CHRISTOPHER GOLDEN

Christopher Golden est né et a grandi dans le Massachusetts, où il vit toujours avec sa famille. Il s'est fait connaître par un ouvrage sur le cinéma fantastique, couronné d'emblée par le prix Bram Stoker, et est également l'auteur prolifique de nombreux livres inspirés de films ou de séries télévisées. C'est ainsi qu'il a travaillé sur *Buffy* et *Star Wars*, dont il a écrit quelques-uns des meilleurs volumes. Non content d'être scénariste de bandes dessinées (*Buffy*, encore, mais aussi *Batman*, *Spiderman* ou *Hellboy*), et scénariste de jeux micro (toujours *Buffy*), il est également l'auteur d'œuvres plus personnelles comme *La Saga des ombres*, un cycle en trois volumes, et le présent roman.

LE PASSEUR

COLLECTION THRILLER FANTASTIQUE
dirigée par Patrice Duvic

CHRISTOPHER GOLDEN

LE PASSEUR

Traduit de l'anglais
par François Truchaud

Fleuve Noir

Titre original :
The Ferryman

ISBN : 2-265-07680-5

Pour mes enfants.
Nagez !

Remerciements

J'aimerais remercier chaleureusement un grand nombre de personnes. Tout d'abord, bien sûr, ma femme, Connie, et mes enfants. Encore et toujours, mais il n'est pas inutile de le rappeler.

Ma directrice littéraire, Laura Anne Gilman, et mon agent, Lori Perkins.

Joelle Corcoran, car lui parler de ce projet revenait presque à mourir.

Hank Wagner et Bill Sheehan (et Connie à nouveau), qui ont lu ce livre à diverses étapes et m'ont prodigué des encouragements et des conseils très utiles.

Ma famille, ceux qui sont toujours auprès de moi et ceux qui sont partis depuis longtemps.

Et enfin, et comme d'habitude, mes amis, ceux qui nagent avec moi contre le courant et me prêtent leur force lorsque je suis fatigué. J'espère que je fais la même chose pour eux. Je vous remercie tous, et tout particulièrement : Tom Sniegoski, Bob Tomko, Stefan Nathanson, Jose Nieto, Rick Hautala, et Megan Bibeau.

PROLOGUE

Ce n'était pas un rêve.

Sur les rives d'un fleuve majestueux aux tourbillons rapides, Janine Hartschorn décrivit un cercle éperdu, à la recherche d'un repère familier, quelque chose qui lui rafraîchirait la mémoire, l'aiderait à comprendre où elle se trouvait, et comment elle était arrivée ici. Faute de quoi, elle serait heureuse de trouver un chemin qui l'éloignerait de ces eaux impétueuses, un chemin menant quelque part – n'importe où – ailleurs.

Mais Janine ne voyait absolument rien.

Une épaisse brume humide l'enveloppait, tel un suaire, et étendait ses volutes entre les arbres et sur le fleuve. Si elle levait les yeux, elle apercevait quelques trouées dans le brouillard, mais elle s'efforçait de ne pas leurs prêter attention. Si elle le faisait, elle serait obligée de penser aux étoiles. D'une façon ou d'une autre, le ciel nocturne semblait plus proche ici, où que ce fût, et les étoiles qui perçaient l'obscurité étaient rouges, comme des larmes écarlates sur le visage de la nuit.

Ou des blessures.

Cela aurait pu être des blessures.

Quelque chose la frôla dans la brume. Janine poussa une exclamation et fit volte-face pour scruter le linceul humide autour d'elle, mais elle ne distingua rien. Une branche, peut-être. C'était probablement une branche, tout simplement, qui se penchait vers elle sous la pression du vent. Mais il n'y avait pas de vent.

Sa respiration s'accéléra ; pourtant chaque inspiration était moins profonde. Comme pris d'un brutal accès de paranoïa, ses yeux se mirent à papilloter tandis qu'elle cherchait à percer les volutes de brouillard autour d'elle. Là-bas, au sein de la brume dense flottant sur le sol marécageux qui gargouillait sous ses pieds, quelqu'un l'observait. Brusquement, Janine eut sept ans à nouveau. Son frère aîné et ses amis l'avaient emmenée dans le bois derrière leur maison et l'avaient abandonnée, comme les parents de Hansel et Gretel. Cachés derrière des arbres, ils ricanaient tout bas tandis qu'elle appelait vers la forêt sans soleil.

Elle appela.

— Ohé ? Qui est là ?

Bien sûr, il n'y eut pas de réponse. « Ils » n'avoueraient pas leur présence.

La brume avait une densité particulière par endroits, des ombres à l'intérieur des ombres, et elle eut l'impression de voir des silhouettes là-bas, d'être observée non pas par une seule paire d'yeux mais par de nombreuses personnes, des personnes qu'elle connaissait toutes. Des personnes qui savaient que chaque pas en avant la mettait en danger et qui, néanmoins, l'encourageaient à avancer.

Elle ne leur faisait pas confiance, à ces fantômes et à ces spectres.

— Je suis désolée, murmura-t-elle, même si elle n'aurait su dire pourquoi. Je ne peux pas rester ici. Je ne peux pas être avec vous. Je dois… Il faut que je parte.

La peau de Janine était moite du fait de la condensation dans l'air, mais sa peau la démangeait comme si elle portait un vêtement à la laine rêche et pesante. Ses pieds étaient enfoncés si profondément dans la fange qu'elle avait du mal à les bouger. Elle lutta contre la boue qui l'avait prise au piège et son cœur se mit à battre plus vite. A nouveau, elle eut l'impression d'être une enfant, retenue ici contre sa volonté, tout juste capable de pleurnicher et d'agiter les bras pour se libérer.

— Je vous en prie, chuchota-t-elle.

Des larmes semblables à de la glace fondue coulèrent sur ses joues, lui irritant la peau. Les spectres sarcastiques qui se tenaient juste au-delà de sa vue lui donnaient le sentiment de se sentir encore plus isolée. Encore plus abandonnée. A nouveau, elle se démena pour dégager ses pieds. Dans un bruit semblable à de l'hélium s'échappant d'un ballon dirigeable, elle arracha son pied droit de la boue qui l'aspirait, et perdit son mocassin marron. L'autre pied se dégagea plus facilement, et elle réussit à sauver sa seconde chaussure.

« *Retrouve ta route, Janine*, se dit-elle. *Et fiche le camp.* »

La paranoïa disparut, mais la peur subsista. C'était comme si le brouillard avait pénétré dans son esprit mais se dissipait autour d'elle à présent. Janine s'obligea à ralentir sa respiration, prit de longues inspirations saccadées et parvint à calmer son corps. Les battements de son cœur continuaient de résonner à l'intérieur d'elle-même, mais plus lentement. Ils ne martelaient plus la caverne de sa poitrine comme avant.

L'eau. Elle devait s'éloigner de l'eau.

Ce qui venait la chercher, ce qui la poursuivait en ce lieu effrayant et oppressant, quoi que ce fût, s'approchait sur l'eau. Battre en retraite, c'était son seul choix.

Poussée par son désir de s'éloigner immédiatement des rives boueuses du fleuve voilé par le brouillard, Janine se retourna et s'avança à l'aveuglette dans la brume. Le sol humide continua pourtant de gargouiller sous ses pieds et, contrairement à ses attentes, la butte de la berge ne se profilait pas devant ses yeux.

Puis les bruits du fleuve diminuèrent légèrement dans son dos, et le vent fit frémir les feuilles des arbres tandis qu'elle progressait dans le sous-bois. Des branches oscillaient et paraissaient s'incliner sur son passage comme autant de sentinelles l'avertissant de revenir sur ses pas. Mais Janine ne fit pas demi-tour.

Les picotements de sa peau commencèrent à se calmer, la peur à refluer de son cœur. Même la brume semblait plus ténue autour d'elle et l'air soufflant entre les arbres était pur, dépourvu – elle le réalisait à présent –, de l'odeur fétide apportée par le fleuve.

Finalement, le sol sembla ferme sous ses pieds, l'un était nu et l'autre toujours chaussé de cuir blanc et de caoutchouc. Poussant un gros soupir de soulagement, Janine baissa les yeux et s'aperçut que, malgré la brume, elle avait commencé à suivre un sentier dans le bois. Des pierres et des racines dépassaient du sentier, pourtant il lui parut familier.

Quelque part dans un recoin de son esprit, l'enfant qu'elle avait été autrefois se rendit compte que c'était le chemin conduisant à sa maison.

« *Je m'étais égarée*, pensa-t-elle. *Perdue. Maintenant je veux rentrer à la maison.* »

Avec un sourire et un hochement de la tête, Janine accéléra le pas, sans se soucier des risques pour son pied nu ni des dangers qui se trouvaient peut-être sur le sentier. Se blesser un orteil ou se fouler la cheville était un prix équitable à payer pour un peu de vitesse supplémentaire, pour une seule minute de moins passée dans ce bois sombre et lugubre.

Son sourire s'estompa. Quelque chose clochait.

Janine fit halte et scruta la brume alentour. A présent, elle était plus en colère qu'effrayée. Des formes se maintenaient juste au-delà de sa vue dans la brume, des yeux étaient toujours fixés sur elle, observant sa fâcheuse posture. Elle les ignora, car elle était presque arrivée à la maison. Leur présence était devenue presque familière à présent, comme la brume elle-même, les arbres autour d'elle, et les bruits du fleuve.

« *Le fleuve.*

Il n'est plus derrière moi. »

D'une façon ou d'une autre, les bruits du fleuve s'étaient déplacés. Le fleuve se trouvait sur sa gauche maintenant, il s'écoulait impétueusement sur des rochers et murmurait le long de la rive marécageuse. A nouveau, sa respiration s'accéléra et son cœur se mit à battre bien trop vite. Janine secoua la tête et fit un pas en arrière. Elle regarda dans la direction d'où elle était venue mais comprit qu'il serait imprudent de rebrousser chemin. Seul le fleuve se trouvait là-bas… et ce qui venait la chercher.

Qui l'attirait.

« *Oui* », pensa-t-elle. C'était la sensation qu'elle avait essayé d'identifier. Le sentiment qui l'avait envahie n'était pas simplement la présence de la créature mais une sorte d'attraction magnétique qui semblait tirer sur ses membres tandis qu'elle marchait. Elle la sentait la tirer depuis l'eau, l'aspirer vers l'eau.

Farouchement déterminée, Janine pressa le pas. Elle avait parcouru quatre mètres à peine au sein de la brume lorsque son pied nu toucha une terre humide et molle qui se glissa entre ses orteils. Avec un cri plaintif, elle baissa les yeux et vit que le sol ferme du sentier avait de nouveau cédé la place à de la boue. Hésitante, elle continua d'avancer néanmoins. Son mocassin et son pied nu faisaient des bruits presque obscènes dans la vase.

« *Le sentier a fait un coude, c'est tout. Il va faire un autre coude. Je vais le suivre. Il finira bien par me conduire loin du fleuve.* »

Mais, un moment plus tard, elle fit un pas en avant et sa jambe droite s'enfonça jusqu'au genou dans une eau chaude comme du sang. Elle trébucha et faillit tomber la tête la première dans le fleuve.

« *Le sentier a fait un coude, c'est tout.* »

Retenant son souffle, Janine fit un pas en arrière… et se retrouva d'une façon impossible encore plus profondément dans l'eau qu'elle ne l'avait été un instant plus tôt. Elle se retourna vivement, cherchant à percer la brume pour apercevoir la rive, mais le fleuve s'écoulait avec impétuosité autour d'elle maintenant, et elle sentait qu'il l'entraînait. L'eau lui arrivait à la taille et elle sentait le courant lui caresser la peau, suivre les contours de ses jambes. Elle avait l'impression que quelque chose, sous la surface, la tirait vers le fond. Elle frappa éperdument l'eau autour d'elle.

Des pièces de monnaie tintèrent dans les poches de sa jupe, à l'endroit où le tissu avait commencé à flotter sur l'eau autour d'elle. Janine fronça les sourcils.

Là-bas sur le fleuve, quelque chose approchait. Une lumière apparut, minuscule, puis elle grossit. Elle venait vers elle sur la surface du fleuve brusquement calme.

— Non, chuchota Janine.

Ses membres lui semblaient pesants et glacés malgré la chaleur de l'eau. Un pas en arrière et elle ne fit que s'enfoncer encore plus profondément dans l'eau. Elle faillit tomber et se retourna vivement, fit face à la lumière de nouveau. Du métal tinta sur du bois et la lumière parut osciller d'un côté et de l'autre, puis elle se rapprocha.

C'était un bateau. Plus étroit qu'un canot à rames et à peu près de la longueur d'un canoë, il venait dans sa direction. Une lanterne à la flamme vacillante était accrochée à la proue. Pas de voile, pas d'avirons, ni même un gouvernail, pour autant qu'elle puisse distinguer quoi que ce soit. Le personnage sombre qui se tenait à l'avant de la petite embarcation ne faisait aucun effort pour propulser l'embarcation ou pour la diriger.

Janine se mordit la lèvre inférieure, assez fort pour la faire saigner, et elle sentit la saveur de cuivre du sang dans sa bouche. Ses intestins avaient cessé de s'agiter sous l'effet de la peur et étaient devenus un bloc compact de glace et de pierre. Un pas de plus dans n'importe quelle direction ne pourrait que la faire s'enfoncer davantage, l'entraîner encore plus loin dans le fleuve. Elle ne pouvait pas lui échapper.

Car c'était le Passeur qui venait la chercher.

Comment le savait-elle ? C'était un mystère pour elle, mais cela ne faisait aucun doute dans son esprit. Ce fait inéluctable surgissait devant elle sur la surface ridée du fleuve. A travers la brume qui se dissipait, elle le voyait à présent. Il portait une longue robe écarlate avec un capuchon, une large ceinture dorée enserrait sa taille étroite. Ses traits étaient cachés par le capuchon, pourtant elle se représenta quelque horreur en dessous, un visage grotesque, aux yeux brûlants enfoncés dans les orbites creuses d'une tête de mort.

La lanterne produisit un bruit métallique contre la coque de bois du bateau. La lumière projetée par la flamme à l'intérieur rasa, tel un insecte, les tourbillons du fleuve. Janine était figée sur place. Elle observait le Passeur s'approcher. Immobile jusque-là à l'avant du bateau, comme taillé dans un bloc de granit, il leva tout à coup des mains étroites aux doigts effilés et fit glisser en arrière le capuchon qui dissimulait son visage.

Janine poussa une exclamation qui s'étrangla au fond de sa gorge.

La peau du Passeur était livide et marbrée, d'une pâleur encore rehaussée par ses yeux, des globes d'un indigo presque noir, enfoncés dans son visage émacié comme si chacune de ses pupilles était sa propre éclipse totale et dévastatrice. Ses cheveux bruns lui descendaient jusqu'aux épaules et sa barbe était hirsute, bien que tirée en pointe à une vingtaine de centimètres au-dessous du menton par un anneau de métal.

Ce n'était pas le visage grotesque qu'elle avait appréhendé. Mais il était tout de même effrayant.

Le canot s'arrêta lentement, à peut-être trente-cinq centimètres de l'endroit où elle se trouvait, une île en lui-même sur le fleuve, et il ne dériva pas plus loin. Il restait là, comme suspendu au-dessus de l'eau.

Les étoiles éteintes qu'étaient les yeux de cet être au visage blafard se posèrent sur elle, et Janine pressentit pour la première fois que sans doute le désir de cet homme – qu'elle le suive –, n'était peut-être pas une fin mais un commencement. Pourtant, alors même qu'elle comprenait cela, elle perçut également un nouveau magnétisme qui la tirait par-derrière. Une autre force l'avait touchée, et elle était très puissante.

Elle regarda vers la rive opposée du fleuve, plissa les yeux pour distinguer le pays d'où était venu le Passeur, mais elle ne vit absolument rien.

La créature décharnée et redoutable sur la barge tendit sa main droite, paume tournée vers le haut. Il appuya son regard sur elle et fit son unique demande d'une voix qui parut ondoyer en même temps que le courant du fleuve :

— *Les pièces.*

Janine secoua la tête. Toute hésitation avait disparu.

— Non, dit-elle.

Ce fut à peine un chuchotement, puis elle répéta avec plus de vigueur :

— Non.

Le Passeur plissa les paupières. Les contours incandescents de ses pupilles noires disparurent pour ne laisser que des puits de ténèbres.

— *Les pièces.*

Le ton s'était fait plus insistant.

Des nausées crispèrent l'estomac de Janine et un

flot de bile lui envahit la gorge. Elle la ravala et fit un pas en arrière… sans pour autant glisser plus profondément dans l'eau. Faisant un autre pas, elle réalisa qu'elle se rapprochait de la rive. Pourtant elle n'osait pas tourner le dos au Passeur.

— *Les pièces ?*

C'était une question à présent, accompagnée d'une mimique qui aurait pu être de l'amusement.

Janine glissa une main dans la poche détrempée de sa jupe et en tira trois pièces en argent. D'un mouvement puissant du bras, elle les lança vers le fleuve comme si elle faisait des ricochets avec des cailloux. Mais, au lieu d'effleurer l'eau, les pièces fendirent la surface puis coulèrent rapidement.

L'expression du Passeur changea aussitôt. La fureur fit se rider ses traits blêmes, ses yeux s'agrandirent et laissèrent apparaître les soleils jumeaux derrière les iris éclipsés. Les soleils s'embrasèrent et semblèrent sur le point de brûler Janine.

Elle prit la fuite. Au prix d'efforts éperdus, elle sortit de l'eau et rejoignit la rive boueuse du fleuve.

Une traction venue de derrière et Janine se retourna une dernière fois.

Le Passeur n'avait pas bougé. Il se tenait à l'avant de la barque et lui lança un regard furieux. Dans un bras, il tenait un paquet qui braillait, enveloppé dans un linge blanc et serré contre son corps décharné.

Janine trébucha. Elle tomba la tête la première dans la fange visqueuse. La boue recouvrit son visage, pénétra dans ses narines et dans sa bouche. Elle s'aperçut qu'elle ne pouvait plus respirer. Et qu'elle ne voyait plus rien. La brume et la vase qui recouvrait ses yeux l'avaient rendue complètement aveugle. Elle passa frénétiquement ses mains sur son visage, sur sa bouche, lutta pour respirer. Ne serait-ce qu'une seule bouffée d'air.

Sa poitrine la brûlait, ses poumons lui donnaient l'impression d'être sur le point d'éclater.

« *Je vais mourir* », pensa-t-elle.

Puis, simplement, « *non* ».

Janine suffoqua. « *De l'air ! Mon Dieu, de l'air !* »

Ses yeux papillotèrent et s'ouvrirent.

Des docteurs, des infirmières, des appareils, une blancheur aseptisée…

— Tout ira bien, Mlle Hartschorn. Détendez-vous à présent, et tout ira très bien.

— Et le bébé ? Comment va le bébé ?

C'était sa voix, une voix rauque, la gorge à vif.

Les visages attristés des infirmières.

Le docteur détourne les yeux.

— Nous avons fait tout notre possible.

1

David Bairstow était en guerre.

Un vent chaud s'engouffrait par les fenêtres ouvertes, mais l'odeur de la craie persistait dans l'air. La pendule égrenait les secondes avec une obstination presque irritée, mais David s'efforçait de ne pas regarder dans sa direction. Non seulement, c'était un mauvais exemple à donner, mais pis, cela pouvait être considéré comme une forme d'abandon.

Il se tenait devant la salle de classe, tournant le dos au tableau noir, face à ses élèves. Ses mains étaient enfoncées négligemment dans ses poches et il haussait les sourcils, sa tête légèrement penchée de façon désinvolte.

— Quelqu'un ? répéta-t-il.

La réponse fut rien moins qu'accablante. David soupira et arrangea la cravate qu'il portait uniquement parce qu'il estimait que ce ne serait pas juste de se présenter sans cravate alors que les garçons de St. Matthew's n'avaient pas le choix sur ce point. Il parcourut du regard les quarante-deux visages devant lui, dans l'espoir d'en apercevoir un – ne serait-ce qu'un seul – apparemment attentif et intéressé.

Rien.

David Bairstow était en guerre.

En guerre contre un ennemi qui n'était pas ses élèves. En fait, il affrontait une créature désincarnée connue sous divers noms : Baisse de Régime des élèves de quatrième année, Fièvre du Printemps, Effondrement des élèves de quatrième année. On était à la fin avril. Ils avaient déjà demandé leur admission dans diverses facs et avaient été acceptés ou bien étaient sur une liste d'attente. Tout ce qu'ils feraient au cours de ces deux derniers mois au lycée ne modifierait pas le destin que chacun d'eux s'était fixé à l'automne. Le résultat, quel que soit le nom aimable qu'on voulait bien lui donner, c'était l'apathie générale, ni plus ni moins.

David eut un sourire crispé.

— Vous êtes vraiment incroyables, leur dit-il, renonçant à faire comme si rien n'avait changé dans leur comportement.

Après tout, c'était un cours de perfectionnement en littérature anglaise et les gosses de cette classe étaient parmi les plus brillants dont St. Matthew's pouvait se prévaloir. Mais tous prenaient un air important à présent, les petits malins encore plus, et cet air disait qu'ils se fichaient éperdument de tout et se contentaient de se laisser porter vers la remise des diplômes par n'importe quel petit courant d'air ascendant qui les emmènerait jusqu'à la fin de l'année scolaire.

Le problème, c'est que David jugeait que c'était insuffisant. Son boulot ne consistait pas à les faire admettre dans une fac, mais à les instruire. Même si certains de ses collègues se laissaient gagner par cette baisse de régime, David n'était pas ainsi fait, tout simplement. Il adorait son métier d'enseignant. S'il avait travaillé aussi dur pour avoir ces cours de perfectionnement, c'était parce qu'il voulait des élèves qui aient envie d'apprendre. Mais, à chaque printemps, il devait prendre des mesures énergiques.

— Très bien, écoutez-moi, tout le monde, dit David d'une voix plus forte.

Plusieurs élèves se secouèrent, tirés du malaise qui s'était instauré. Christi McCann eut même la décence de prendre un air gêné en constatant la façon dont ses paupières s'étaient abaissées. Celles de Brad Flecca, par contre, ne tressaillirent même pas. Le gosse était affalé sur sa chaise, les yeux clos, et un peu de bave coulait des commissures de ses lèvres.

David eut envie de le balancer par la fenêtre. D'un autre côté, il se souvenait de sa dernière année à St. Matthew's, se rappelait avec une netteté étonnante l'effet que cela faisait de s'avancer dans les couloirs durant ces dernières semaines, de se sentir au septième ciel, et d'être agacé par tout ce qui pouvait tuer cette euphorie.

Ainsi donc… ne pas tuer les élèves. Du moins pas cette fois.

— Une dernière fois, annonça-t-il. Est-ce que quelqu'un… et je dis bien n'importe qui… peut me parler de la dichotomie entre le langage et la structure du récit dans la présentation des rôles du protagoniste et de l'antagoniste dans *Moby Dick* ?

Ils étaient attentifs maintenant. Tous excepté Brad Flecca, bien sûr. Mais il n'y avait toujours aucune réponse.

— Est-ce que l'un d'entre vous a vraiment lu *Moby Dick* ?

Cela survint si vite qu'il fut littéralement effrayé, mais toutes les mains sauf une demi-douzaine se levèrent. David secoua la tête et éclata de rire, ce qui sembla déconcerter plusieurs de ses élèves.

— Qu'y a-t-il de si drôle, monsieur Bairstow ? demanda Christi.

— Ah, ils parlent ! répliqua David.

Il considéra la jeune fille en s'efforçant de ne pas remarquer qu'elle était très jolie dans son uniforme de St. Matt's. Faire cours à des élèves de quatrième année, et particulièrement aux plus brillants d'entre eux, était une lutte constante. Mais David avait trente-trois ans, et il connaissait parfaitement la différence entre admiration et perversion.

— Refaites-moi cette démonstration d'enthousiasme, demanda-t-il.

Les mains se levèrent. A nouveau il secoua la tête.

— Je tiens à vous remercier, tous autant que vous êtes, leur dit David. Allons, vous vous dirigez à petite vitesse vers la remise des diplômes. Cela me fait chaud au cœur de voir que vous me témoignez suffisamment de respect pour avoir la politesse de mentir.

Des rires étouffés retentirent dans la salle de classe, mais très peu d'élèves le regardaient en face. Christi, pour sa part, parut offusquée par cette insinuation, de même que Gordon Libertini, lequel prononcerait vraisemblablement le discours de fin d'année lorsque tout aurait été consommé.

— Mettons cartes sur table, poursuivit David. Melville était un semi-grand écrivain. *Moby Dick*, toutefois, est un roman touffu et horriblement ennuyeux. Vous pensez peut-être que mon cerveau est si différent des vôtres pour que je ne le sache pas ? Bon, répondez maintenant, qui a vraiment lu le livre ?

Christi. Gordon. Une demi-douzaine d'autres.

— Je vous félicite, dit-il à ces quelques fidèles. (Puis il parcourut du regard le reste de la classe.) Quant à vous… tout ce que je pourrais dire ne vous fera pas lire ce livre. C'est pourquoi je vais répondre à ma propre question. Je vais vous dire ce qui me fascine le plus dans *Moby Dick* du point de vue de l'histoire et de la structure du récit.

Il lança un regard à Gordon.

— Qui est le protagoniste du roman ?

Christi leva la main, mais il était clair que la question s'adressait à Gordon. Celui-ci répondit d'un ton qui laissait entendre que c'était une question d'une simplicité insultante.

— Achab.

David acquiesça de la tête lentement.

— Et qui est le héros ?

Au fond de la classe, Ashley Garbarino leva vivement la main et parla sans qu'on le lui ait demandé.

— Est-ce que Achab ne serait pas les deux à la fois ?

— Vraiment ? répondit l'enseignant.

— J'ai compris ! s'exclama Christi.

Avec un petit sourire de fierté, David hocha la tête vers elle.

— Christi ? Je t'écoute.

— Le récit est agencé d'une telle manière que Achab en est le protagoniste et la baleine l'antagoniste. Mais qu'avez-vous dit précédemment ? Sur le langage ? Melville décrit toujours Achab comme, bon, je veux dire une espèce de démon noir qui vocifère sur le pont du navire et qui terrifie son équipage. Alors que la baleine est cette créature pure, blanche et innocente. Presque… disons, angélique. Alors même s'ils fonctionnent comme ça…

— Dans ces rôles traditionnels, lui souffla David.

— Exactement, répéta la jeune fille en hâte. Donc, même s'ils fonctionnent dans ces rôles traditionnels, le langage vous dit que ce n'est pas la réalité, que Achab est le méchant, et Moby Dick le héros.

David arbora un large sourire.

— Bravo ! dit-il, en applaudissant doucement.

Bien qu'il soit ravi à la fois de lui-même et de la perspicacité de Christi, il voyait qu'il perdait ses élèves à nouveau. Et qui pouvait les blâmer ? Ils étaient censés discuter d'un classique de la littérature dont la densité et la langue archaïque étaient une corvée pour tout le monde sauf pour les érudits les plus fervents.

Il frappa dans ses mains.

— Très bien. Tout le monde a compris ce que

Christi vient de dire sur *Moby Dick* ? Ce sera le sujet de votre exposé de fin d'année.

Des gémissements de protestation éclatèrent dans la salle de classe.

David contourna son bureau et saisit le chariot sur lequel étaient posés le téléviseur et le magnétoscope qu'il avait empruntés au département de l'audiovisuel.

— Néanmoins, il y a bien d'autres choses. Vous allez tous vous contenter de survoler *Moby Dick* pour étudier sa substance et sa structure. Mais c'est mieux que rien. Je vais également vous montrer un exemple moderne de l'argument que Christi a exprimé avec une telle éloquence. Nous consacrerons nos prochains cours à visionner un film où l'on retrouve les relations traditionnelles de la structure protagoniste/antagoniste, mais dans lequel vous constaterez également que le réalisateur et le directeur de la photographie ont utilisé, de façon délibérée, le langage cinématographique – musique, angles de la caméra, éclairage, etc. – pour saper ces rôles traditionnels et nous donner une idée très différente sur l'identité du héros et celle du méchant.

David se retourna vers ses élèves. Même Brad Flecca était réveillé à présent, et il le regardait avec une expression de surprise qui était presque absurde du fait de sa sincérité enfantine.

Au cours de cette année scolaire, David les avait initiés à la mythologie gréco-romaine, à Poe, Shakespeare, Robert Frost, James Baldwin, Raymond Chandler et John Irving, afin de leur faire comprendre les différentes structures narratives d'un récit. Mais c'était la première fois qu'il faisait intervenir un autre mode d'expression pour raconter une histoire.

Olivia Costa leva la main.

— Oui, Olivia ?

— Comment s'appelle ce film ?

David sourit, savourant la question.

— *Blade Runner*.

Dans la salle des professeurs, Lydia Beal racla avec sa cuillère le fond de son pot de yaourt en plastique et secoua la tête avec étonnement.

— Je t'assure, David, je me demande vraiment comment tu arrives à faire accepter ça chaque année.

Ils étaient assis à l'une des petites tables rondes dans la salle où les professeurs se retrouvaient durant les récréations et le déjeuner lorsqu'ils n'étaient pas de surveillance au réfectoire. Comme la vieille école en granit, la pièce était une sorte de boîte rectangulaire sans grande personnalité. Il y avait trois fenêtres d'un côté et des affiches qui vantaient les mérites de l'Ecole catholique punaisées sur le mur d'en face, un téléviseur et un magnétoscope, un four à micro-ondes, une cafetière électrique, et un réfrigérateur.

La minuterie du four à micro-ondes tinta bruyamment, et il se leva pour retirer le bol de pop-corn qu'il s'était préparé. L'odeur du pop-corn se répandit dans la salle, riche en beurre et en sel. La moitié du plaisir qu'il éprouvait à manger du pop-corn venait de l'odeur qui s'en dégageait.

— Faire accepter quoi ? demanda-t-il en revenant vers la table.

— Ce film, répondit Lydia en plissant les yeux. Chaque année.

— Hé, *Blade Runner* est un classique !

David fourra quelques grains de pop-corn dans sa bouche pour dissimuler son large sourire.

Lydia roula les yeux.

La seule autre personne présente dans la pièce était Ralph Weiss, un homme corpulent d'une cinquantaine d'années aux cheveux clairsemés, qui portait des lunettes aux verres épais et arborait une énorme bedaine. Weiss était un homme guindé à la stature intimidante qui se contentait de dispenser ses cours et pensait que c'était la même chose que d'enseigner.

Pour l'instant, il était plongé dans la lecture d'un magazine sur l'histoire militaire américaine – qu'il comptait probablement lire à haute voix à ses élèves – mais il redressa la tête en entendant les remarques de Lydia. Il lui aurait été impossible de ne pas entendre leur conversation, et il lui était tout aussi impossible de garder son opinion pour lui. Il releva ses lunettes de lecture sur le sommet de son crâne, où ses cheveux roux grisonnants s'étaient retirés, telle la plus basse des marées basses, et il se gratta la barbe d'un air pensif.

— Mlle Beal a raison, monsieur Bairstow, déclara-t-il. Vous avez la responsabilité d'instruire ces enfants jusqu'à ce qu'ils aient reçu leurs diplômes.

— Je les *instruis, Ralph*, répondit David d'un ton sec.

Weiss se raidit. L'une des excentricités de cet homme plutôt vieux jeu, surtout lorsque ça l'arrangeait, consistait à s'adresser quasiment à tout le monde – et notamment à toute personne plus jeune que lui – d'une façon compassée. Il semblait insister tout particulièrement sur cette affectation de ton avec David, lequel estimait que cela provenait sans doute du fait que Weiss *lui* avait enseigné l'histoire du monde bien des années auparavant.

David n'avait aucune envie de le froisser, mais il ne supportait pas la condescendance de son aîné. Aussi était-il contraint de riposter parfois de façon bénigne. En l'appelant *Ralph*, par exemple. Ce qui rendait le gros bonhomme fou de rage.

— Ce que vous faites, monsieur Bairstow, c'est gaspiller un temps de travail scolaire précieux en laissant ces enfants regarder un film de science-fiction qui n'a rien à faire avec l'enseignement de l'anglais. De surcroît, ce film comporte des scènes de violence et de nudité, sans parler du langage blasphématoire. J'ignore pourquoi sœur Mary autorise de tels écarts, mais j'imagine que si l'archevêché l'apprenait, cela provoquerait un scandale.

Près de David, Lydia Beal inspira vivement, et ses dents sifflèrent un tout petit peu.

— Monsieur Weiss, peut-être devriez-vous comprendre que…

— Non, Lydia. Tout va bien, l'interrompit David.

Il la regarda, vit l'inquiétude dans ses yeux, et comprit qu'elle redoutait qu'il ne réagisse trop vivement. Un petit sourire retroussa les commissures de ses lèvres. Ceux qui le connaissaient bien auraient su qu'il n'y avait aucun humour dans ce sourire, ni même le moindre amusement. David Bairstow se piquait d'être un type sympa, mais cela n'impliquait pas qu'il devait reculer devant une bagarre. Jamais.

— Vous savez, Ralph, commença-t-il, vous avez peut-être raison. Peut-être devrais-je entrer dans la salle de classe chaque matin et leur faire la faveur de leur lire *Moby Dick* comme s'ils étaient toujours à l'école primaire.

Des rides courroucées apparurent sur le front de Weiss, ainsi que quelques gouttes de sueur, tandis qu'il encaissait les propos de David. D'une façon quasi surréaliste, David remarqua que l'une de ces gouttes de sueur était grossie par les verres épais des lunettes de lecture perchées sur la tête de l'obèse.

— Monsieur Bairstow… commença-t-il, avec le même ton de reproche qu'il avait utilisé lorsque David était en terminale.

— *Mon-sieur* Weiss, répondit David d'une voix très courtoise, et son sourire se crispa un brin. Je ne me permettrai pas de vous expliquer comment enseigner l'histoire – et pourtant Dieu sait que quelqu'un devrait le faire –, aussi je vous saurais gré de ne pas essayer de m'expliquer comment enseigner l'anglais.

Crachant quasiment de rage, Weiss se leva. Sa chaise grinça sur le sol et faillit se renverser, se rétablissant miraculeusement sur les pieds. Il saisit sur la table les livres et le magazine qu'il avait lu, replia les branches de ses lunettes, les glissa dans sa poche, puis franchit en deux enjambées l'espace qui les séparait.

La porte de la salle des professeurs s'ouvrit à cet instant et Annette Muscari entra avec plusieurs autres enseignants. Le groupe bavardait joyeusement et ne remarqua pas tout de suite la tension qui régnait dans la pièce. David leur lança un seul regard, mais il sut à quel moment précis ils se rendirent compte qu'il se passait quelque chose, car ils se turent sur-le-champ.

— Vous, monsieur, commença Weiss, le dominant de sa haute taille et le fixant d'un air menaçant, monsieur Bairstow, vous êtes une tare pour l'enseignement catholique. Une honte pour cette école et pour l'archevêché.

David hocha la tête lentement.

— C'est bien possible, Ralph. Mais, si tel est le cas, nous avons tous deux bien plus de choses en commun que je ne l'avais réalisé jusqu'à ce jour.

Weiss ouvrit la bouche, peut-être pour lancer une repartie cinglante, mais tout ce qui en sortit fut son haleine de dragon, laquelle empestait comme s'il avait mangé de la viande avariée. Il pinça les lèvres, son visage s'empourpra, et d'autres gouttes de sueur perlèrent sur son front.

Puis il se contenta de pousser un grognement, tourna les talons et sortit de la salle, claquant la porte derrière lui, tel un adolescent de mauvaise humeur.

— Bon dieu de merde ! murmura Lydia.

David eut un petit rire.

— Tu es dans une école catholique, Lyd !

Elle éclata de rire et se cacha le visage dans ses bras posés sur la table. Annette s'approcha immédiatement, les yeux grands ouverts de fascination. Les autres professeurs, dont Clark Weaver, un homme réservé qui enseignait à St. Matthew's depuis plus longtemps encore que Weiss, restèrent à l'écart, parlant à voix basse. David devina qu'ils se demandaient ce qui s'était passé, mais aucun d'eux n'était suffisamment ami avec lui pour le lui demander tout bonnement.

Excepté Annette, bien sûr. Tous deux avaient commencé à enseigner ici la même année et ils s'étaient très vite liés d'amitié. Annette était lesbienne, mignonne et solitaire, avec juste un brin d'allure masculine, mais l'administration de l'école et elle avaient instauré leur propre politique : « on ne pose pas de questions, on n'en parle pas » ; aussi, malgré la position de l'archevêché sur l'homosexualité, cela n'avait jamais été un problème. Sœur Mary ne voyait pas nécessairement les choses du même œil que l'archevêque.

« *Dieu merci !* » pensa David.

— De quoi s'agissait-il ? demanda Annette d'une voix espiègle tandis qu'elle approchait une chaise de la table. Je ne pense pas avoir déjà vu Ralphie aussi furax !

— On voit que tu ne l'as pas eu comme professeur, lui rappela David.

— C'est vrai, admit-elle.

Ses yeux verts brillèrent de façon magnifique. Ses cheveux blonds coupés à la Louise Brooks la faisaient ressembler à un elfe.

David plongea une main dans le sachet de pop-corn réchauffé au micro-ondes, lequel avait suffisamment refroidi pour que le soi-disant beurre ne soit plus qu'une mince couche de graisse. Mais cela n'empêcherait pas David de le manger.

Annette saisit son poignet.

— Réponds-moi, Dave, ordonna-t-elle, puis elle regarda Lydia. Que s'est-il passé ?

— *Blade Runner*, répondit Lydia d'un ton solennel, comme si ces deux mots suffisaient à tout expliquer.

Chose étrange, c'était le cas.

Annette se mit à rire. A la table la plus proche des fenêtres, les autres professeurs se retournèrent pour prêter attention à la scène. David surprit leurs regards et leur adressa un petit haussement d'épaules. Clark Weaver sembla rire tout bas tandis qu'il sortait une banane d'un sac en papier marron. Cette réaction le rendait sympathique, et David l'estima en cet instant comme il ne l'avait jamais fait auparavant.

— Je n'arrive pas à croire que sœur Mary t'autorise à recommencer ça chaque année, lui dit Annette.

— C'est exactement ce que je lui ai dit, fit remarquer Lydia.

David haussa un sourcil en regardant Annette et se demanda si elle se rendait compte de l'ironie de la situation, alors qu'elle s'étonnait de l'indulgence dont sœur Mary faisait preuve envers *lui*.

— Ecoute, c'est un outil pédagogique légitime. D'accord, ce film a un contenu parfois contestable. Mais ces gosses sont en terminale. Ils ont dix-sept ou dix-huit ans. Je suis bigrement sûr qu'ils ont vu pire. La première année, sœur Mary m'a convoqué dans son donjon et m'a tancé vertement. Alors je lui ai expliqué ce que j'avais en tête, la leçon que j'essayais de leur inculquer sur les techniques narratives. Elle a réfléchi un moment, et elle s'est ralliée à mes arguments.

Lydia porta une main à sa bouche, les yeux écarquillés en une expression scandalisée qui aurait été exaspérante chez la plupart des gens mais qui était presque charmante de la part de cette femme de quarante-cinq ans, divorcée et pleine de vie.

— Tu veux dire que sœur Mary a vu ce film ? s'exclama-t-elle.

Clark Weaver s'éclaircit la gorge bruyamment, attirant l'attention de tous ceux qui se trouvaient dans la salle.

— En fait, sœur Mary est une cinéphile enragée, déclara-t-il. Elle a une collection de DVD plus importante que la plupart des élèves, je suis prêt à le parier !

— On en apprend tous les jours, dit Annette, vaguement impressionnée.

David soupira.

— Sauf si tu es dans la classe de Ralph Weiss…

— Excellente réplique ! fit Annette tandis qu'elle se levait et allait chercher son déjeuner dans un casier.

— Ah, si tu les avais entendus ! Tu as raté quelque chose ! répliqua Lydia avant de se lever à son tour. C'est bientôt l'heure d'aller au réfectoire pour surveiller les élèves, David.

Il consulta sa montre. Ils avaient encore quelques minutes devant eux, mais il devina que Lydia désirait aller à ce que les enseignants continuaient d'appeler « les W.-C. ». Il y avait des toilettes juste à côté de la salle des professeurs, mais Lydia ne les utilisait jamais.

David lui adressa un sourire affectueux.

— Je te rejoins là-bas.

Une fois Lydia partie, Annette se glissa sur la chaise qu'elle venait de quitter. Même lorsqu'elle mangeait, elle le faisait avec une modestie affectée. Cela, ainsi que ses lèvres fines et ses oreilles quelque peu pointues, ne faisait qu'ajouter à son air d'appartenir à un autre monde. Ce qui avait amené David à lui donner un surnom qu'il était le seul avec une autre personne à utiliser.

— Alors, quoi de neuf, Elfe ? lui demanda-t-il.

Annette eut un gentil sourire en entendant ce surnom affectueux.

— Pas grand-chose. C'est toujours d'accord pour ce soir ? dit-elle.

Ils avaient prévu d'aller dîner dans le North End, pour fêter avec un peu d'avance l'anniversaire d'Annette, lequel tombait dans une semaine ou un peu plus.

— Je ne manquerais ça pour rien au monde, répondit-il.

Commençant à manger son sandwich à la banane et

au beurre de cacahuète, une tasse de café à la main, Annette se tourna brusquement vers lui et fit tomber quelques gouttes de café sur la table.

— David, marmonna-t-elle, la bouche pleine, je me demande encore si je dois te le dire ou non. Enfin, si tu as envie de le savoir…

Il devina, plutôt qu'il n'entendit réellement, ce qu'elle disait. Annette mâcha rapidement, puis avala.

— J'ai eu des nouvelles de Janine hier soir, dit-elle d'une voix tout à fait grave à présent.

Janine. La seule autre personne au monde qui appelait Annette « Elfe ». David comprit que ce n'était pas une bonne nouvelle. Le pétillement dans les yeux d'Annette avait disparu.

Au cours de son existence, David avait eu de très bons amis. Cependant, d'une façon ou d'une autre, ils semblaient tous s'être éclipsés. Même ceux auxquels il tenait toujours énormément ne faisaient plus vraiment partie de sa vie. La plupart de ses amis de lycée et de la fac s'étaient mariés, avaient des enfants et, par conséquent, avaient des vies trop compliquées pour faire des choses aussi frivoles que d'aller voir un film ou s'envoyer quelques bières avec un vieux pote. Seul Vince Piselli continuait de lui téléphoner régulièrement, mais Vince était divorcé, et David avait le sentiment qu'il essayait de retrouver l'ambiance de leurs beuveries d'étudiant.

Ainsi donc, presque par défaut, Annette était devenue sa meilleure amie. Ce qui ne diminuait en rien son affection pour elle. Peut-être était-ce parce qu'elle était gay et qu'il savait qu'il ne pourrait jamais y avoir quoi que ce soit de sexuel entre eux, mais il l'adorait quasiment plus que toutes les autres femmes qu'il avait connues jusqu'à présent. L'une était sa sœur, qui vivait en Californie et à qui il parlait au moins deux fois par semaine. L'autre était Janine Hartschorn, la femme qu'il avait failli épouser.

Janine enseignait les mathématiques à St. Matthew's depuis un an seulement lorsque David et Annette étaient arrivés. Très vite, tous les trois étaient devenus pratiquement inséparables. Peu de temps après, David et Janine étaient tombés amoureux l'un de l'autre. Pendant quatorze mois, tout avait semblé parfait. Ils faisaient des projets pour l'avenir. Puis le passé avait resurgi pour les tourmenter, sous la forme de l'ex de Janine, lequel lui avait brisé le cœur peu après la fac.

Il se rappelait encore les mots qu'elle avait employés pour lui dire que ce qui lui était arrivé de mieux dans sa vie était terminé. « Je t'aime, avait-elle dit d'une voix mal assurée. Mais si je ne tente pas le coup, si je n'essaie pas de voir si ça peut encore marcher, je le regretterais jusqu'à la fin de mes jours, et je finirais par t'en vouloir. Nous serions malheureux tous les deux. »

A regret, il se rappelait également ce qu'il avait répondu, les mots amers qu'il aurait voulu pouvoir effacer, encore aujourd'hui. « Ouais. Au moins, comme ça, je suis le seul de nous deux à être malheureux. »

— Que s'est-il passé ? demanda-t-il avec hésitation.

— Elle a perdu le bébé.

Une vive douleur lui transperça le cœur et il ferma les yeux un moment. Cet enfoiré avait mis Janine enceinte et ensuite il l'avait plaquée. Annette lui avait tout raconté, elle lui avait même suggéré de l'appeler, mais David avait pensé que si Janine voulait avoir de ses nouvelles, elle le lui ferait savoir.

Mais ceci…

— Comment ?

Annette se mordit la lèvre légèrement. Elle pencha la tête vers lui, puis regarda rapidement vers les autres professeurs. Lorsqu'elle parla de nouveau, sa voix était presque un chuchotement, intime et attristé.

— Tu es sûr de vouloir entendre tout ça ?

David acquiesça d'un coup de menton.

— Bon, durant la grossesse, environ une femme sur dix fait ce qu'on appelle une éclampsie puerpérale. La tension artérielle s'emballe, monte, et la circulation sanguine vers le fœtus tombe de façon vertigineuse. C'est un truc très dangereux. Mais pour Janine, cela a été pire. Elle a contracté une autre affection, un syndrome ou je ne sais quoi. J'ai oublié le terme exact. En tout cas, avec une tension artérielle élevée, le foie se met en surmultipliée et commence à attaquer les globules rouges et les plaquettes sanguines. Il les détruit.

« En un mot, lorsque tu as une numération globulaire très basse, ton sang ne se coagule plus. Ce qui signifie qu'on ne peut pas pratiquer une césarienne et retirer le bébé sans que la mère meure d'une hémorragie. Je suppose que même un accouchement normal peut être dangereux dans ces conditions, mais le bébé est tiré d'affaire, d'une manière ou d'une autre. Mais lorsque l'organisme de la mère est mal en point – et nous parlons d'un état critique – il en va de même pour celui du bébé.

« Janine a failli mourir, mais elle s'en est sortie. Le bébé, lui, n'a pas eu cette chance. Maintenant ils lui ont prescrit un tas de médicaments, des antidépresseurs et tout le reste. Quand je lui ai parlé, elle allait très mal.

— Mon Dieu… chuchota David en baissant les yeux.

Il secoua la tête, incapable de supporter que les choses aient pu en arriver là pour Janine. Tout autant que d'imaginer à quel point elle devait être effondrée.

Profondément accablé, il releva la tête.

— Annette ? Est-ce que… est-ce que tu penses que ce serait trop gênant pour elle si j'allais la voir ?

Annette tendit la main au-dessus de la table et serra les doigts de David dans les siens.

— Je pense que c'est une idée formidable.

Il réfléchit une minute, hésitant, mais en même

temps poussé par son amour et sa compassion pour Janine. Malgré les souvenirs douloureux du passé, cela ne signifiait pas qu'il devait cesser de se préoccuper d'elle, surtout en ce moment, alors qu'elle avait le plus grand besoin d'un soutien moral.

— J'irai la voir demain après-midi, décida-t-il. (Il consulta sa montre.) Merde, je suis en retard ! On se voit après les cours.

Annette hocha la tête.

— Super !

Alors que David repoussait sa chaise et se levait, la porte de la salle des professeurs fut ouverte à la volée, et Lydia Beal entra, une expression affligée sur son visage.

— Ralph Weiss vient d'avoir une crise cardiaque au réfectoire, dit-elle d'une voix tendue. Il est mort.

Ce n'était pas le sommeil. Du moins, pas le sommeil susceptible de recharger de façon significative les batteries du corps et d'apaiser l'âme, avec le doux réconfort des rêves, la retraite vers un oubli serein, ce sommeil auquel les gens s'abandonnent chaque nuit.

Depuis l'instant où elle avait repris connaissance à l'hôpital et avait vu le désespoir sur les visages de ceux qui s'occupaient d'elle, Janine n'avait pas connu un seul instant de ce précieux sommeil qu'elle avait autrefois trouvé parfaitement normal. Elle dormait, certes, mais c'était un état superficiel, troublé par les voix, les râles et toute la rumeur du monde autour d'elle. Pourtant, le plus souvent possible, elle se réfugiait dans les limbes de cette sorte de torpeur peu satisfaisante, ne serait-ce que pour éviter de pleurer.

Car lorsqu'elle était éveillée, elle pleurait.

Les infirmières appelaient ça une dépression. Un docteur lui avait prescrit un médicament, le Zoloft, censé réguler son humeur. Janine prenait les comprimés qu'on lui donnait et, si le médicament semblait émousser son esprit, l'engourdir même un tout petit peu, il ne parvenait pas à soulager le poids qu'elle portait. Si ç'avait été vraiment une dépression, le médicament aurait peut-être eu un autre effet. Mais il ne s'agissait pas du tout d'une dépression.

C'était le chagrin. Un chagrin enraciné au plus profond de son être, à briser le cœur, à fendre l'âme.

« *Comment peuvent-ils ne pas le savoir ?* » avait-elle pensé à un moment.

Mais elle en était venue peu à peu à comprendre la vérité. Ils savaient, bien sûr, mais ils évitaient de parler de son chagrin, parce qu'il n'y avait pas de comprimés contre le chagrin.

Même la thérapeute – ou la psychiatre ou quoi qu'elle soit – que l'hôpital avait chargée de lui parler semblait connaître la vérité. Elle évoquait le chagrin, des observations cliniques sur les souffrances psychologiques, des statistiques et des pronostics de rétablissement qui méritaient une annonce sur deux pages dans un journal ou, à tout le moins, un étalage d'augures plus appropriés pour de telles prédictions, par exemple lancer des osselets ou consulter une boule de cristal.

Des paroles. Rien que des paroles.

Il n'y avait pas de remède contre le chagrin.

Son corps se rétablissait plus vite. Bien qu'elle eût subi un traumatisme physique massif, les infirmières semblaient ravies de ne constater aucun signe de séquelles de longue durée. Pas d'attaque d'apoplexie, pas de lésions cérébrales, aucune nécessité de faire une greffe du foie ou des reins.

Janine voyait rarement les docteurs.

« Reposez-vous », lui disaient-ils. Tout ce qu'il lui fallait à présent, c'était du repos.

Elle avait ri en entendant ces mots, mais personne ne sembla saisir la plaisanterie. Apparemment, ils ne comprenaient pas que les périodes de temps qu'elle passait les yeux fermés ressemblaient plus à une transe qu'à un véritable sommeil. Le repos ne jouait aucun rôle là-dedans.

Cependant, elle cessa de pleurer. A la fin du troisième jour après que son propre corps eut tué son bébé, il ne lui restait plus de larmes. Elle avait même commencé à passer des coups de fil à son frère, à Manhattan, et à quelques amis proches – tous ceux qu'elle avait négligés durant sa réconciliation catastrophique avec Spencer. Mais c'étaient de véritables amis. Aucun d'eux ne lui rappela qu'ils l'avaient mise en garde. Aucun d'eux ne lui dit à quel point elle avait été stupide de renouer avec Spencer.

Non pas qu'elle ait besoin qu'on le lui rappelle.

Car, en permanence, il y avait une voix impitoyable dans sa tête qui la crucifiait pour s'être à nouveau laissée entraîner dans le gouffre de Spencer Hahn.

Et, bien sûr, il y avait sa mère.

Mère.

Le vendredi matin, quatre jours après avoir failli mourir, Janine Hartschorn flottait dans ces limbes, cet état léthargique entre sommeil sans rêves et éveil, quand son subconscient commença à se rendre compte d'une intrusion. Le léger crissement d'un collant, le grincement des stores que l'on relevait, la nouvelle répartition de poids indiquant que quelqu'un s'asseyait sur son lit.

Ses paupières s'ouvrirent paresseusement une fois, deux fois, une troisième fois. Puis elle fronça les sourcils. Sa mère était assise au bout du lit. Ruth Vale. Elle portait une veste et une jupe foncées qui auraient parfaitement convenu au style autoritaire de la directrice d'une agence de publicité aussi bien qu'à des vêtements de deuil.

— Maman ? dit-elle d'une voix rauque en s'étirant faiblement. Je ne t'attendais pas aussi tôt.

Autrefois, Ruth avait eu des cheveux aussi noirs que

ceux de Janine, mais lorsqu'ils avaient commencé à grisonner, elle les avait teints en auburn et les coiffait presque toujours en tresses serrées dans un chignon austère. Les marques du pouvoir : un tailleur strict et une coiffure austère pour aller de pair.

— Il n'est pas si tôt que ça, Nina, la reprit sa mère, ses yeux noisette entourés de rides de désapprobation. Il est bientôt dix heures. Tu as bien dit que cette fille, la lesbienne, devait venir te chercher cet après-midi, n'est-ce pas ?

« *Exact*, pensa Janine. *C'est aujourd'hui qu'ils me renvoient chez moi.* » Cette pensée lui procura une sensation de vide accrue, et elle se réjouit en songeant qu'Annette serait à ses côtés.

— Elle s'appelle Annette, maman, répondit Janine. (Elle se sentait encore plus fatiguée, comme si sa mère aspirait la vie de son corps.) Oui, elle vient me chercher.

— Bien, dit sa mère avec un petit hochement de la tête, comme si elle cochait quelque chose sur une liste de contrôle mentale.

Elle se leva et ôta une peluche imaginaire sur sa jupe, puis elle la lissa.

— J'ai une réunion aujourd'hui, aussi je vais être obligée de partir tout de suite pour attraper la navette.

Janine se renfrogna. Sa bouche était légèrement entrouverte, l'air entrait et sortait, lui séchait les lèvres. Sa mère avait été tout aussi incapable de la réconforter ces derniers jours que les docteurs et les infirmières. Encore plus, à vrai dire. Mais le seul fait de sa présence avait au moins donné à Janine quelque chose à quoi se raccrocher.

— Je reviendrai pour le service religieux, bien sûr, ajouta Ruth Vale en hâte, comme si elle se rendait compte qu'elle devait s'excuser pour quelque chose mais ne savait pas très bien quoi. Larry et moi, nous serons présents.

Larry. Le père de Janine, un pharmacien, était mort très jeune. Deux ans plus tard, alors que Janine n'avait que dix ans, sa mère avait épousé Larry Vale, un autre directeur de l'agence de publicité à Manhattan.

— Je te l'ai dit, je ne sais pas si je ferai mettre une… une inscription.

Ruth soupira.

— Fais comme tu voudras.

Lorsque sa mère se pencha vers le lit pour l'embrasser sur le front, comme elle l'avait toujours fait quand Janine était malade durant son adolescence, elle se retint de toutes ses forces pour ne pas crier et lui reprocher d'être aussi lâche, trop effrayée par la douleur de sa fille pour la soutenir dans cette épreuve.

Puis Ruth s'en alla.

Tel un membre fantôme, Janine sentait le poids contre son corps, là où elle aurait tenu le bébé s'il avait vécu. Ses seins étaient douloureux, gonflés du lait qu'elle ne donnerait jamais. Tandis qu'elle était couchée dans ce lit d'hôpital, une lumière grisâtre filtrant par la fenêtre à double vitrage, elle leva les bras comme si elle berçait son enfant. David Hartschorn, tel aurait été son nom.

C'était du moins ce qu'elle avait prévu. David.

Le vendredi après-midi, deux jours après la mort prématurée de Ralph Weiss, David était assis derrière son bureau et regardait par la fenêtre. La sonnerie avait retenti seulement quelques minutes auparavant, mais la sortie de ses élèves avait été rapide et il s'était retrouvé complètement seul.

Pour le moment, c'était agréable d'être seul.

Le plaisir qu'il éprouvait habituellement à observer ses élèves s'avancer vers leurs derniers jours à St. Matt's l'avait quitté, comme si, après s'être envoyé un certain nombre de canettes de bière, l'euphorie était retombée. Ses yeux le brûlaient un peu et il avait mal à la tête. Pourtant ce n'était pas la gueule de bois.

Plusieurs hirondelles étaient perchées sur les branches du grand chêne juste devant la fenêtre de sa salle de classe, et David les observa en train de sautiller craintivement. Elles sifflaient entre elles comme si chacune montait la garde, perpétuellement sur le qui-vive. Ces oiseaux lui parurent manquer d'élégance. Presque ridiculement inquiets. Ils lui rappelaient les êtres humains. Toute sa vie, David avait eu ce sentiment. Les gens étaient angoissés, toujours préoccupés de savoir sur quoi déboucherait le prochain tournant de leur route. Ils étaient sans cesse sur les nerfs. Aucune intuition.

Cette constatation l'affligeait, mais il ne pouvait guère y remédier.

Une petite brise s'engouffra dans la salle de classe, suffisamment forte pour agiter les papiers sur son bureau, et il déplaça un porte-stylos pour les empêcher de s'envoler. Son nom était écrit en lettres dorées sur le porte-stylos : David J. Bairstow. Quand il était gosse, on l'appelait parfois Dave ou même Davey, mais la plupart du temps David. Sauf son grand-père, lequel l'avait toujours appelé « garçon ». Sa mère lui avait dit que le vieil homme était déçu qu'on n'ait pas donné son prénom à son petit-fils, mais David n'en croyait rien, même à cette époque.

Enfant, David avait été choyé par ses parents presque jusqu'à l'étouffement. Son père, James, était comptable et sa mère, Rita, s'occupait de la maison. Une vie agréable, sans aucun doute. Même sans fermer les yeux, il lui était facile de visualiser des instantanés très détaillés de son enfance. Les arbres dans le jardin où, avec Amy, sa petite sœur, il adorait grimper ; il était tombé de l'un d'eux à l'âge de sept ans et s'était mordu la lèvre inférieure presque complètement. La petite colline à l'arrière de la maison où ils se promenaient en traîneau l'hiver. Leur habitude de glisser leurs pieds glacés sous le radiateur électrique pour les réchauffer. Les week-ends – parfois aussi des semaines entières –, ils les passaient avec leurs parents à Cape Cod ou bien sur la côte du Maine, lorsque son père disait : « Au diable l'argent que ça coûte, la famille passe avant les clients. »

En fait, ces voyages vers la côte du Maine se terminaient trop souvent chez papy Edgar à Kennebunk. Le vieil homme avait été sapeur-pompier dans cette ville pendant quarante-sept ans avant de prendre sa retraite et de se consacrer au bourbon, aux cigares et à la lecture des rubriques nécrologiques pour savoir qui ne viendrait pas à la partie de poker hebdomadaire.

Edgar Bairstow avait prodigué à sa famille tout l'amour qu'il était capable de donner. Sa grosse voix et ses manières bourrues avaient toujours terrifié Amy, pourtant papy Edgar l'aimait à la folie.

En revanche, il haïssait David.

Pendant des années, David n'avait cessé de chercher des excuses à son grand-père. Le vieil homme était mort trois ans auparavant et David était déjà diplômé lorsqu'il avait fini par accepter la vérité : son grand-père l'avait pris en grippe dès son plus jeune âge, et il n'avait pas fait mystère de son mépris à l'égard de son petit-fils jusqu'à la fin de sa vie.

David en avait conçu une certaine tristesse, mais cela l'avait également mis en colère. De quel droit, avait-il pensé maintes et maintes fois, un vieil homme pouvait-il entacher le monde d'un jeune garçon et son image de lui-même d'un tel désarroi, d'un tel doute ? Lorsqu'il faisait défiler ses souvenirs, il lui fallait bien admettre que, trop souvent, les moments heureux de sa vie passée avaient été assombris par le nuage sombre du mépris de son grand-père à son égard.

Peut-être était-ce parce que Edgar Bairstow avait jugé que l'intérêt de son petit-fils pour les livres et son indifférence affirmée pour le sport en général étaient une sorte de trahison ? David se souvenait parfaitement de sa mère lui disant, en roulant les yeux, que son grand-père avait été ravi d'apprendre qu'il avait une petite amie pour le bal de fin d'année au lycée, parce que le vieil homme avait pensé qu'il était homosexuel.

Papy Edgar était mort dans son sommeil durant l'été où David était à la fac, et David s'était réjoui en secret de le voir partir. Ce sentiment l'avait à la fois surpris et troublé, et c'était pour cette raison qu'il l'avait gardé au plus profond de lui-même. Mais une fois son grand-père mort, David l'avait haï encore plus.

Il l'avait haï, parce qu'il continuait de l'aimer. En dépit de tout, il avait désiré ardemment l'affection du vieil homme toute sa vie, et cela avait fait naître une sorte d'amour en lui. Edgar Bairstow avait été son grand-père, et même après sa mort, David désirait toujours avoir sa bénédiction.

David le haïssait encore plus pour cette raison. C'était un cycle sans fin de culpabilité et de chagrin, un piège trop simple pour s'y laisser prendre, aussi permettait-il rarement à son esprit de s'y aventurer.

Aujourd'hui, à la suite de la mort soudaine de Ralph Weiss, il ne pouvait s'en empêcher.

Une porte claqua au fond du couloir. Il leva les yeux et aperçut l'un des concierges, Melvin Halliwell, passer lentement devant la salle de classe, armé d'un seau métallique antédiluvien et d'un balai. Tiré de sa rêverie, David ouvrit le tiroir du haut de son bureau et en sortit le fascicule qu'il avait emprunté à la bibliothèque de l'école un peu plus tôt dans la journée.

C'était l'annuaire de sa promotion.

Le soir précédent, il avait fouillé toute sa maison mais n'avait pas réussi à retrouver son exemplaire personnel. Le lendemain, incapable de chasser cette quête de son esprit, il était allé à la bibliothèque où étaient conservés les annuaires de toutes les promotions depuis le commencement de St. Matthew's.

David n'avait pas eu le temps de le consulter avant la reprise de ses cours, et il avait fourré le livret dans son tiroir. A présent, il examina la couverture, la reliure en toile bleue et l'image du mustang qui y était gravée. Le mustang était l'emblème de l'école.

Surpris de voir que ses doigts hésitaient, il se força à ouvrir l'album. Il tourna rapidement les premières pages et alla directement à la liste des élèves, aux rangées de photographies des années 1980 qui semblaient si stupides maintenant. Bien qu'il y eût quelques visages dont il se souvenait à peine, il constata avec plaisir que la plupart des noms de ses camarades de classe surgissaient immédiatement dans son esprit, avant même d'avoir lu les légendes au-dessous de leurs portraits. Lisa Farrelly. Colin McCabb. Chris Franzini. Nicole Rice.

Une petite pointe de tristesse le traversa lorsqu'il vit la photographie de Maggie Russell.

La mort, semblait-il, était la seule chose à laquelle il pouvait penser aujourd'hui. Trop de sollicitations. Des mois entiers pouvaient s'écouler sans qu'il pense à Maggie Russell, mais à chaque fois qu'elle surgissait dans sa tête, elle continuait à lui manquer. Plus de quinze ans avaient passé. Pourtant, lorsqu'il pensait à elle, le sourire de Maggie apparaissait dans sa mémoire comme si c'était hier.

David Bairstow ne voulait pas mourir.

Il savait que c'était une pensée stupide. A coup sûr, ce n'était pas une découverte révolutionnaire pour la conscience humaine. Personne n'avait envie de mourir. Mais tandis qu'il s'attardait sur les souvenirs de ceux qui lui avaient été chers et avaient quitté cette terre, il ne pouvait s'empêcher de se demander où ils étaient maintenant.

Où lui-même irait un jour.

Il n'avait pas envie d'y aller. Où que ce fût.

A contrecœur, comme devant un barrage routier, il en arriva à la conclusion qu'il ne pouvait plus éviter la chose pour laquelle il avait voulu consulter l'annuaire. Néanmoins, il différa ce moment encore un peu, et il regarda par la fenêtre. Les hirondelles étaient parties.

David revint en arrière jusqu'aux pages consacrées aux professeurs, et il trouva très vite la photographie de Ralph Weiss. A cette époque, il faisait quinze kilos de moins et bien que, dans les souvenirs de David, M. Weiss ait toujours donné l'impression d'être profondément affligé pour une raison ou pour une autre, sur la photographie, il arborait un large sourire, sincère et bienveillant.

A présent que Ralph Weiss était mort, David réalisait tristement à quel point il aurait été plus simple et moins coûteux en énergie, s'il avait tout bonnement accepté cet enseignant tel qu'il était. Ralph Weiss avait été un être compassé et un professeur tout juste compétent, mais il avait aussi été une âme charitable et solitaire.

— Vous nous avez fait le coup de mourir, hein, monsieur Weiss ? marmonna-t-il à la photographie vieille de quinze ans.

Avec un petit sourire et un hochement de la tête, il se mit à feuilleter l'album de nouveau. Quelques minutes plus tard – il n'aurait su dire le laps de temps exact qui s'était écoulé –, on frappa à la porte qui était ouverte.

David leva les yeux et aperçut Annette à l'entrée de la salle de classe.

— Salut, Elfe !

— A quoi penses-tu ? demanda-t-elle, le front plissé dans une expression de profonde sollicitude.

— A des choses plutôt morbides, je le crains, avoua-t-il.

— Je voulais juste te dire au revoir. On se voit demain à l'enterrement, hein ?

— Ouais, acquiesça-t-il. Ensuite on pourrait peut-être aller manger un morceau quelque part ?

Annette repoussa une mèche de cheveux derrière ses oreilles pointues.

— Peut-être. Janine va se retrouver seule cet après-midi, et je passerai beaucoup de temps avec elle la semaine prochaine.

David haussa les sourcils.

— Elle est déjà rentrée ?

— En fait, j'allais partir la chercher à l'hôpital pour la ramener chez elle.

Il s'ensuivit un long silence. Une hirondelle se posa sur une branche, juste devant la fenêtre, et jeta un coup d'œil à l'intérieur de la salle de classe, comme si les regards de David, quelques instants auparavant, avaient fait fuir la troupe de ses congénères, et que cet oiseau solitaire avait été chargé de venir vérifier s'il était toujours là.

— Tu peux me rendre un service ?

— Tout ce que tu voudras.

— Demande à Janine si elle aimerait avoir un peu plus de compagnie demain. Je pourrais peut-être venir avec toi. Si elle a envie de me voir.

Annette eut un sourire légèrement triste.

— Je le lui demanderai, mais je suis sûre qu'elle sera ravie.

David hocha la tête, heureux de sa propre décision, et de la réaction d'Annette. La jeune femme vint vers lui et s'assit sur ses genoux pour le regarder dans les yeux.

— Tu es un type bien, Bairstow. Ne laisse personne te dire le contraire.

— Merci, Elfe.

Il lui donna un doux baiser, et rit en lui-même en se demandant ce que Melvin, le concierge, penserait s'il apercevait M. Bairstow avec la jolie professeur de sciences sur ses genoux.

Cependant, la sensation agréable suscitée par cette réflexion s'estompa très vite tandis que ses pensées revenaient à Janine Hartschorn, et au bébé qu'elle avait perdu. Tous deux avaient été affectés par la mort, bien que la perte plus récente subie par Janine fût infiniment plus tragique et intime que la mort d'un collègue. Brusquement, la mort était omniprésente.

David savait qu'il n'y avait aucun moyen de lui échapper, mais il espérait qu'il serait bientôt capable de regagner la bulle de dénégation dans laquelle la plupart des gens vivaient leur vie. La seule façon de combattre l'inéluctabilité de la mort, c'était de vivre.

Vivre, tout simplement.

2

Lorsqu'Annette s'engagea dans l'allée de Janine, il était seize heures passées. La journée était déjà avancée, mais les rayons du soleil continuaient de briller entre les arbres dont les branches surplombaient Winthrop Street. Janine avait baissé sa vitre de quelques centimètres, et les senteurs que lui apportait la brise étaient délicieuses. Le paysage du monde semblait avoir changé au cours de la semaine qu'elle avait passée à l'hôpital. Le printemps était vraiment arrivé.

Du mieux qu'elle le pouvait, elle s'efforça de saisir et de s'accrocher à l'espoir que cette saison apportait toujours.

Annette se dirigea vers le petit parking à côté de la vieille maison blanche, pleine de coins et de recoins, et elle se gara.

— Et voilà, tu es chez toi ! dit-elle.

Elle adressa un gentil sourire à son amie avant de couper le moteur.

— Oui, admit Janine. Chez moi.

A sa grande surprise, le mot résonna en elle. Ce n'était pourtant pas réellement chez elle, ici. Son père était né à Medford, mais Janine avait grandi à Elmsford, New York. Là-bas, oui, c'était chez elle. Pas la maison de son beau-père à Scarsdale, et pas vraiment non plus son appartement actuel. Toutefois, depuis la fac, la région de Boston avait paru l'accueillir et lui apporter le réconfort qu'elle ne trouvait plus à New York depuis la mort de son père.

Janine descendit de la Saab pourrie d'Annette. Elle tenait dans sa main le gobelet de cappuccino Starbuck's que son amie avait eu la prévoyance d'emporter. Elle leva les yeux vers la maison qui, autrefois, avait servi de cabinet médical à deux frères, l'un dentiste, l'autre médecin. La pensée qu'ils avaient partagé ce lieu lui semblait merveilleuse. Cela faisait tellement Nouvelle-Angleterre ! La maison appartenait toujours à leur famille, mais elle avait été aménagée en trois appartements, un au rez-de-chaussée et un à chacun des deux étages. A l'arrière, il y avait – survivance des temps passés – une immense grange et le docteur Feehan, le propriétaire, avait un million d'histoires à raconter, de l'époque où, encore enfant, il y jouait.

Une douce chaleur envahit Janine tandis qu'elle contemplait la maison, et elle sentit qu'un sourire commençait à animer son visage. Elle avait le cœur gros en raison de la perte qu'elle avait subie, et elle savait que cette douleur ne la quitterait pas de sitôt, si elle la quittait un jour. Mais, pour la première fois, elle pressentait qu'il y avait de la place dans son cœur pour d'autres sentiments, d'autres émotions. Au moins, son appartement était une chose à quoi elle pouvait s'accrocher alors que, à tant d'autres égards, elle se sentait partir à la dérive. Au cours de sa grossesse, elle en était venue à s'identifier mentalement comme une mère. A présent, sans le bébé, elle ne savait plus très bien *ce* qu'elle était. Ni *ce* que sa vie serait maintenant.

— Tu viens, Janine ?

Annette avait fait halte sur les marches du perron et s'était retournée pour l'observer. Janine hocha la tête et la rejoignit dans le vestibule, puis elles montèrent l'escalier ensemble.

L'appartement de Janine était situé au premier étage. Il comportait deux chambres, une cuisine exiguë mais très pratique, et un séjour ravissant avec de hautes fenêtres qui accrochaient le soleil sous trois angles différents durant toute la journée. Lorsqu'elle tourna la clé dans la serrure et ouvrit la porte, Janine éprouva un flot de soulagement. La lumière du soleil faisait briller le parquet de bois, les fenêtres étaient légèrement entrouvertes et laissaient entrer la brise printanière.

Une fois entrée, elle posa par terre le petit sac de voyage qu'elle avait rapporté de l'hôpital et se promena dans l'appartement un moment. Toutes ses plantes avaient été arrosées et, pour quelque raison mystérieuse, cela lui semblait important. Dans le coin du séjour, d'où elle voyait les arbres et la grange au fond du jardin, son pupitre à musique l'attendait. A côté, sur un banc d'époque, l'étui de son violon était ouvert, l'instrument reposant à l'intérieur.

« *Chez moi* », pensa-t-elle à nouveau.

Comme si elle avait compris que Janine désirait être seule quelques instants, Annette était allée dans la cuisine. Janine l'entendait s'affairer et claquer des portes de placard. Au bout d'un moment, poussée par la curiosité et un brin d'inquiétude, elle appela :

— Hé, qu'est-ce tu fais ?

— Je prépare le dîner. Enfin, j'essaye !

Janine haussa les sourcils. Avec un petit sourire ironique, elle se précipita dans la cuisine et aperçut Annette qui, à quatre pattes, farfouillait dans un placard rempli de poêles et de casseroles.

— Arrête immédiatement ! ordonna Janine. J'apprécie ton aide, mais il faut regarder les choses en face : dans une cuisine, tu es un danger pour toi-même et pour les autres.

Annette se retourna et s'assit sur le linoléum. Elle décocha à Janine un regard lourd de reproches.

— Tu sais, ce truc comme quoi les lesbiennes ne sauraient pas cuisiner ? Eh bien, tu veux que je te dise : c'est un mythe !

— Peut-être, mais toi, tu parviens à lui donner une réalité, répliqua Janine carrément.

Annette soupira et se radoucit.

— Bon, ma mère a fait des lasagnes, d'accord ? J'ai juste besoin d'une casserole pour réchauffer la sauce tomate.

— Waouh ! s'exclama Janine. Tu m'as flanqué une sacrée trouille durant un instant !

Il s'ensuivit un moment doux-amer, toutes deux conscientes que c'était probablement la première fois depuis des jours que Janine souriait, la première apparition fugitive du soleil perçant les nuages noirs de son chagrin. Janine accepta résolument le fait qu'il s'agissait seulement d'un répit momentané, que la torpeur qu'elle éprouvait serait vraisemblablement son état normal pendant un bon bout de temps.

Mais ce n'était pas la *seule* chose qu'elle pouvait éprouver. Annette le lui avait rappelé, et elle lui en savait gré plus qu'elle n'aurait su l'exprimer par des mots.

Annette essaya de la faire déguerpir de la cuisine mais Janine resta, et elles préparèrent ensemble une salade pour accompagner les lasagnes. Toutes deux avaient envie d'écouter de la musique – surtout Janine – mais il fallait quelque chose de tonique plutôt que les groupes mélancoliques qu'elles se passaient souvent. Janine mit l'album *live* des Barenaked Ladies, *Rock Spectacle*, et plusieurs fois elles chantèrent ensemble durant le dîner.

Une bouteille de Corvo Bianco dormait dans le réfrigérateur depuis plusieurs mois, et elles la vidèrent tout en savourant les chansons et les parts de lasagnes. Annette ne parla du bébé à aucun moment.

Après le dîner, elles s'installèrent dans le séjour et Janine mit une compilation de musique classique dans le lecteur de CD. Son violon l'appelait depuis le coin de la pièce, comme inspiré par la musique, mais elle résista à la tentation de jouer. Elle aurait tout le temps pour ça. Elle voulait reconstruire sa vie petit à petit.

Janine considéra Annette, assise à côté d'elle sur le canapé, et ressentit un amour profond et durable en elle. Elle n'avait jamais eu de sœur, ni aucune amie, à dire vrai, en qui elle ait senti qu'elle pouvait se confier complètement. Mais dès le premier jour où Annette était arrivée pour enseigner à St. Matthew's, Janine avait perçu des affinités. Elle avait su qu'elles seraient amies. Elle chérissait la place qu'occupait Annette dans sa vie, parfois si profondément qu'elle aurait voulu être gay elle-même. Elles avaient plaisanté à ce sujet très souvent. Pourtant, d'une façon ou d'une autre, parfois à sa grande consternation, elle était parfaitement incapable de concevoir ne serait-ce que le moindre intérêt à l'idée d'avoir des relations sexuelles avec une autre femme, même avec quelqu'un qu'elle aimait aussi profondément.

— Hé ! s'exclama Annette, mal à l'aise devant le regard soutenu de Janine. J'ai de la sauce tomate sur le menton ?

Submergée par l'émotion, Janine se rapprocha sur le canapé, posa sa tête sur la poitrine d'Annette et la serra dans ses bras. Elle se mordit la lèvre pour refouler les larmes et poussa un long soupir.

— Merci, Elfe, chuchota-t-elle.

Janine regarda Annette, les yeux grands ouverts, laissant apparaître toute sa douleur et son affection.

— Je ne crois pas que je pourrais survivre à tout ça sans toi, ajouta-t-elle.

Une sorte d'incertitude apparut sur le visage d'Annette. Elle cligna des paupières un moment, comme si elle hésitait à soutenir le regard de Janine. Puis elle esquissa un sourire et se pencha pour déposer un baiser sur le front de Janine.

— Je t'aime, murmura-t-elle. Tu t'en sortiras.

Janine savoura égoïstement l'affection de son amie

à son égard pendant un moment, puis elle se redressa. Ses doigts serrèrent ceux d'Annette, et elles échangèrent un regard lourd de regrets. Bien qu'elle sache que c'était présomptueux de penser cela, Janine soupçonnait que Annette l'aimait probablement davantage qu'une simple amie, et elle s'efforçait de ne jamais laisser supposer quelque chose qu'elle n'éprouvait pas.

— Je t'aime, moi aussi, dit-elle à Annette, la bouche un peu crispée par l'ambiguïté de ses propres mots.

Annette eut un petit rire et secoua la tête comme pour chasser quelque chose de son esprit.

— Bon, et maintenant ?

— Le New York Super Fudge Chunk de Ben et Jerry ? suggéra Janine.

— Excellente réponse ! Mais je voulais dire : en ce qui te concerne. Tom Carlson a bien dit que tu pouvais te mettre en congé jusqu'à la fin de l'année scolaire et reprendre tes cours à l'automne, non ?

— En effet, répondit Janine lentement. (Carlson était le directeur de Medford High, où elle enseignait depuis qu'elle avait quitté St. Matthew's.) Mais j'hésite. Je ne sais pas ce que je vais faire de moi, tu comprends ? Je pense que ce pourrait être pire d'avoir autant de temps pour réfléchir. Je suis plutôt d'avis de retourner travailler très vite, peut-être dans deux ou trois semaines.

— Je suis sûre que tes élèves seront ravis, dit Annette.

— Tu veux rire ? Ils m'appellent Attila le Hun ! Comme j'aimerais avoir avec mes élèves ne serait-ce qu'une petite parcelle des relations que David a toujours avec les siens.

A la mention du nom de David, les yeux d'Annette s'animèrent.

— Qu'y a-t-il ? demanda Janine.

Un sourire malicieux apparut aux commissures des lèvres d'Annette.

— Je t'ai dit que Ralph Weiss était mort ?

Janine fut horrifiée.

— Et ça te fait sourire ?

— Non ! protesta Annette en hâte. C'est juste que… eh bien, j'ai parlé avec David aujourd'hui, et il se demandait s'il lui serait possible de venir te voir avec moi demain, après l'enterrement.

Durant un moment, Janine ne put détacher ses yeux du visage de son interlocutrice. Un million de pensées surgirent dans son esprit, laissant sa bouche ouverte en un petit « o » de désarroi. « *David* », pensa-t-elle. Son regard et ses souvenirs semblèrent faire des ricochets dans la pièce, se poser juste le temps d'un battement de cœur sur des endroits où David avait laissé des traces de lui-même, sur sa vie, une dizaine d'objets qui évoquaient leur vie commune.

— Janine ? murmura Annette. Je ne voulais pas te bouleverser.

— Tu ne l'as pas fait, lui assura Janine en détournant les yeux timidement.

— Tu veux que je lui dise non ? Je peux le faire. Il comprendra, tu sais.

Janine secoua la tête, une fébrilité dans sa poitrine.

— Non. Non, je t'en prie, dis-lui que cela me fera très plaisir de le voir.

Le service de réanimation était silencieux, à l'exception du bip continuel des moniteurs et des pompes. Non pas qu'il y ait en général beaucoup de bruit en réa, mis à part les conversations entre les docteurs et les infirmières, mais trop souvent, il y avait les manifestations du désespoir. Stefanie Harlow était toujours soulagée lorsqu'elle terminait sa journée de travail sans avoir perdu un patient ou entendu quelqu'un sangloter. Bien qu'elle ait choisi le service de réanimation et soit persuadée qu'elle apportait un certain réconfort à tous ses patients, ceux qui survivaient et ceux qui ne survivaient pas, cela affectait constamment ses émotions.

Deux jours auparavant, elle avait entendu un adolescent chanter doucement à l'intention de sa mère dans le coma. Une heure plus tard, la femme était morte. Stefanie ne parvenait pas à se sortir cette chanson de la tête.

Mais ce soir tout était calme. C'était toujours ça de gagné.

Puis, quasiment comme si elle avait voulu contredire ses pensées, une alarme se déclencha sur l'un des moniteurs.

— Et merde ! fit Stefanie d'une voix sifflante.

M. Haupt était atteint d'un cancer. Il subissait une chimiothérapie intensive et il avait fait une crise cardiaque qui l'avait plongé dans le coma. Moins de deux jours s'étaient écoulés, et l'espoir pour qu'il reprenne connaissance s'était amenuisé pratiquement jusqu'à zéro. Sa femme et ses enfants étaient rentrés chez eux pour dîner et prendre une douche. Ils devaient revenir à vingt heures, dans moins d'une demi-heure.

Malgré tout ce qu'ils avaient fait pour lui, tous autant qu'ils étaient, Stefanie savait que le malade devait souffrir atrocement et elle se demanda si, tout simplement, il ne s'impatientait pas.

Un boucan infernal éclata dans le box entouré par un rideau de M. Haupt tandis que infirmières et médecins accouraient précipitamment à son chevet. D'un seul regard vers le patient – et sans même un coup d'œil sur les moniteurs –, Stefanie comprit que M. Haupt venait de faire un autre épisode cardiaque. Elle comprit également que ce serait le dernier.

« *Ce n'est pas juste* », pensa-t-elle.

Le docteur Pulaski plissa les yeux sur les écrans, considéra M. Haupt un moment, puis il leva une main.

— C'est fini, déclara-t-il.

Comme si une manette avait été abaissée, le silence se fit brusquement. Les moniteurs continuaient de montrer le déclin rapide de l'homme, mais les alarmes venaient d'être débranchées. Stefanie comprit parfaitement. Tout comme les infirmières, le docteur Pulaski savait que l'on ne pouvait plus rien faire pour lui. Cela semblait tellement injuste que ses proches – qui étaient restés près de lui pendant deux jours – soient précisément partis à ce moment-là pour prendre un peu de repos, et ce pour le trouver mort à leur retour…

Les autres infirmières s'affairaient autour de M. Haupt, et commençaient déjà le travail post-mortem. Stefanie trouvait que c'était tout à fait déplacé. Elle s'assit au bord du lit et serra la main flasque du moribond dont la vie se retirait rapidement.

— Ne partez pas, lui chuchota-t-elle. Attendez-les, un petit moment encore.

— Tu disais quelque chose, Stefanie ? demanda l'une des infirmières.

— Quel dommage, ils ne pourront même pas lui dire adieu, avoua-t-elle.

— C'est toujours comme ça, répliqua l'autre femme.

Sur le moniteur, la courbe des pulsations cardiaques de M. Haupt s'aplatit progressivement jusqu'à former une ligne horizontale. Stefanie n'eut pourtant pas besoin de regarder le moniteur pour savoir que l'homme était mort. Sa main froide s'était contractée une fois, avait serré les doigts de Stefanie comme pour essayer de lui envoyer un signal. Puis elle était devenue inerte.

Presque tout de suite, c'est du moins l'impression qu'elle eut, sa peau avait pris le reflet cireux de la chair morte. La chose devant elle n'était plus un être humain, mais une enveloppe desséchée, une coquille vide.

Avec tendresse, Stefanie tendit la main pour effleurer la joue de l'homme. Lorsqu'elle le fit, elle poussa une exclamation et écarta vivement les doigts. La peau du mort n'était pas simplement froide. Elle semblait glacée, gelée.

— Karen ? dit-elle, tout d'abord doucement, puis plus fort. Karen, tu peux venir une minute ?

L'autre infirmière s'approcha. Au même instant, Stefanie constata avec horreur que la peau de M. Haupt commençait à se modifier. Il avait été très pâle à la fin, bien sûr, mais à présent sa peau prenait un aspect diapré.

— Qu'est-ce que c'est ? demanda-t-elle.

— Je ne sais pas, répondit Karen d'une voix effrayée. C'est peut-être un genre de virus.

Car la peau du mort avait perdu sa diaprure, mais elle était devenue encore plus diaphane, et le réseau des veines bleutées sous la surface était nettement visible.

« *On dirait du marbre* », pensa Stefanie.

A cette seconde-là, la main droite de M. Haupt s'élança, tel un serpent qui attaque, et se referma comme un étau sur le poignet de Stefanie. Ses yeux s'ouvrirent brusquement et la regardèrent fixement. Les iris étaient énormes, presque complètement noirs et entourés de halos embrasés. C'était comme si les yeux du mort étaient une fenêtre, et que quelqu'un la scrutait depuis l'autre côté.

Stefanie hurla.

M. Haupt se redressa et arracha le tube de sa gorge en produisant un râle, puis un bruit de déchirement tandis que le sparadrap se détachait de son visage.

— *Janine*, dit le mort d'une voix rauque au fort accent. (On avait l'impression qu'il parlait sur une ligne téléphonique perturbée de parasites. Une voix métallique et lointaine.) *Où est Janine ?*

Par réflexe, elle tendit la main pour essayer de l'empêcher de se lever. Ces yeux noirs semblables à des planètes moribondes fondirent sur elle. Stefanie bascula à la renverse et tomba lourdement par terre. Un froid intense la parcourut qui semblait venir à la fois du dehors et du dedans.

Sa respiration forma un petit nuage de vapeur dans l'air devant son visage.

A la périphérie de son champ de vision, elle aperçut le moniteur qui enregistrait les pulsations cardiaques. Il continuait d'afficher une ligne horizontale…

D'une simple poussée de sa main tendue, il projeta le visage de Stefanie vers le moniteur, fracassant verre et os.

— Allez, allez !

Shane Dowling sautilla légèrement sur la pointe des pieds tandis que l'ascenseur grinçait et montait lentement. Avec ses deux mètres trente et ses cent trente kilos, ce mouvement fut suffisant pour faire osciller la cabine antédiluvienne.

— On aurait dû prendre ces putains d'escaliers, grommela-t-il. (Il passa une main énorme sur la peau noire et luisante de son crâne rasé.) Je te l'avais dit, Noah !

A ses côtés, Noah Levine était l'image même du calme. Il faisait quinze centimètres de moins que Shane, et il avait un corps mince, mais il était costaud et rapide. La seule ressemblance entre les deux hommes était l'uniforme bleu foncé du service de sécurité que chacun d'eux portait.

— C'est au troisième étage, Shane. On n'irait pas plus vite avec les escaliers, et on aurait été essoufflés. Il faut préserver ses forces en cas de crise.

— *Tu* aurais été essoufflé, répliqua Shane avec un sourire pincé. Une crise, mon cul ! Nous ne savons même pas de quoi il s'agit.

— Justement, fit Noah.

Leur conversation prit fin brusquement lorsque l'ascenseur émit un tintement. Les portes coulissèrent et s'ouvrirent sur le palier du troisième. Sans un mot, les deux gardes sortirent rapidement dans le couloir et sprintèrent vers la réa. Tout en courant, Shane maintenait de la main la matraque fixée à sa ceinture.

L'agitation qui régnait dans le couloir n'était pas révélatrice d'une phase de crise aiguë, mais de ses suites. Des infirmières et des aide-soignants entraient rapidement dans la salle de soins intensifs, tandis que d'autres restaient dans le couloir et essayaient de jeter un coup d'œil à l'intérieur. Personne ne semblait effrayé, cependant, ce qui signifiait que ce qui s'était passé, quoi que ce fût, était probablement déjà terminé.

Shane fut déçu.

Noah prit la tête, et Shane le laissa faire. Même s'il adorait son boulot et le cadre hospitalier où il l'exerçait, il savourait les rares occasions où on les appelait pour intervenir de façon un peu plus musclée que pour intimider un pauvre cornichon qui voulait voir un patient en dehors des heures de visite.

Ses énormes semelles en caoutchouc couinèrent sur le linoléum comme il ralentissait son allure. Une infirmière d'un certain âge au visage fripé se tenait dans le couloir à l'entrée de la salle de réanimation. Ses yeux étaient grands ouverts sous l'effet d'une fascination avide tandis qu'elle essayait de mieux voir à l'intérieur. L'arrivée des gardes de la sécurité parut l'exciter encore plus.

Noah écarta ceux qui restaient devant la porte et à l'entrée de la salle. Des infirmières se plaquèrent contre les murs tels des spectateurs lors d'un marathon. Shane l'imita sans beaucoup d'enthousiasme et son regard se posa sur l'infirmière d'un certain âge. Elle le fit penser à un vautour qui décrit des cercles dans le ciel et cherche une proie.

— C'est à l'intérieur ! lui dit-elle.

« *Sans dec, ma p'tite dame ? Hé, j'suis pas aveugle !* » eut-il envie de dire. Mais il se contenta de lui faire un petit sourire et suivit son coéquipier.

Le service de soins intensifs évoquait une scène de carnage. La plupart des boxes étaient fermés par des rideaux, mais Shane apercevait distinctement des silhouettes se déplacer à l'intérieur, sans doute des docteurs et des infirmières qui vérifiaient l'état de leurs patients. L'un des boxes avait été entièrement dévasté, les moniteurs fracassés, un chariot renversé, des tubes et un tas de trucs éparpillés sur le sol. Alors que Shane regardait vers ce box, la lumière s'éteignit à l'intérieur.

Le nettoyage devrait attendre que la police ait jeté un coup d'œil, il le savait.

Dans l'allée centrale, c'était encore plus moche. Un docteur aux cheveux clairsemés et aux lunettes rondes dont l'un des verres était craquelé se faisait poser des points de suture sur la lèvre tandis qu'un autre palpait son bras gauche et son poignet, à la recherche d'éventuelles fractures.

Cependant, le pire c'était l'infirmière. Shane avait souvent remarqué cette jolie fille dans les couloirs de l'hôpital. Elle était allongée sur une civière, sans connaissance, et Nelson Ramos, un toubib que Shane connaissait, retirait délicatement avec une pince à épiler des petits éclats de verre de son visage.

— Et merde, qu'est-ce que…, commença-t-il.

Mais Noah avait déjà abordé le médecin aux lèvres couturées de points de suture. Le type était un sacré geignard mais, en l'occurrence, Shane ne pouvait guère le lui reprocher. Ces points de suture devaient faire un mal de chien. L'infirmière coupa les fils, et le toubib se tourna vers eux, l'air furieux.

— Pourquoi restez-vous plantés là, putain de merde ? demanda-t-il d'une voix étouffée par le gonflement de sa lèvre inférieure et par son effort pour ne pas trop la bouger.

— Docteur Pulaski, répondit Noah. Si vous pouviez juste…

— Geoffrey Haupt, soixante-seize ans. Atteint d'un

cancer. Il a filé il y a deux minutes, mais il n'a pas pu aller bien loin. Il est mourant. Et merde, nous pensions qu'il était déjà mort !

Shane porta sa main droite à sa bouche pour dissimuler le large sourire qui apparaissait sur son visage. Tout ce bordel à cause d'un pauvre vieux type en train de mourir d'un cancer ! C'était foutrement absurde. D'un autre côté, ce n'était pas la première fois qu'il entendait parler de personnes en phase terminale qui s'offraient une petite balade avant d'avaler leur bulletin de naissance. Le toubib avait raison sur un point, cependant. Haupt n'avait pas pu aller bien loin.

— Je pars à sa recherche, Noah, proposa-t-il. S'il n'est pas à cet étage, il a certainement emprunté l'escalier. Il s'est probablement écroulé dans la cage d'escalier quelque part.

Shane poussa un soupir et ressortit dans le couloir. Infirmières et aide-soignants s'écartèrent pour le laisser passer. Il leur jeta un regard, chercha des yeux qui contenaient des réponses et non des questions. Tous avaient une expression identique, médusée, sur leurs visages. Tous à une exception près.

Le vautour, l'infirmière d'un certain âge qui avait paru presque trop intéressée lorsqu'ils étaient arrivés. Elle se tenait contre le mur opposé. Les commissures des lèvres de Shane se retroussèrent pour former un sourire approximatif.

— De quel côté ? lui demanda-t-il.

Comme si elle n'avait pensé à aucun moment qu'une telle information puisse être importante, la femme battit des paupières plusieurs fois, puis elle montra du doigt la sortie de secours tout au fond du couloir.

— Il est sorti par cette porte ? demanda Shane.

Elle hocha la tête.

— Mais… il était mort, fit la femme d'une voix rauque.

Il examina les yeux de son interlocutrice et commença à se demander si ce à quoi elle avait assisté ici ne l'avait pas mise en état de choc.

D'un autre côté, ce n'était pas son boulot. Ils se trouvaient dans un bâtiment rempli de gens qui étaient censés s'occuper de ce genre de choses, mais lui, après tout, il ne faisait pas partie de ce cercle.

— Merci, répondit-il en souriant poliment.

— Il était mort, insista-t-elle, un brin sur la défensive. Je l'ai vu partir. Son cœur s'est arrêté de battre.

— Dans ce cas, ce ne devrait pas être trop difficile de le rattraper, hein ? fit Shane.

Il remonta le couloir au petit trot, ravi que la femme commotionnée ait vu l'homme sortir. Il n'avait pas du tout envie de vérifier toutes les salles de l'étage.

Lorsqu'il poussa la porte donnant sur l'escalier, les lumières clignotaient sur le palier. Shane s'était attendu à voir immédiatement le vieux type, et il se renfrogna en constatant qu'il n'y avait personne. Par réflexe, il regarda rapidement vers le haut, mais il ne pensait pas que le patient avait pu filer par là. Ce type était en train de clamser. Se tirer de cette façon signifiait vraisemblablement qu'il voulait foutre le camp ou bien qu'il voulait sortir de l'hôpital. Une dernière fois. Dans les deux cas, il serait descendu. Pour sortir de l'hôpital.

« *Bien sûr, impossible qu'il soit descendu jusqu'au rez-de-chaussée* », pensa-t-il.

Mais lorsque Shane atteignit le palier du deuxième étage, il n'y avait toujours aucun signe du type. Tandis qu'il commençait à descendre vers le premier étage, il eut une légère hésitation. Peut-être avait-il choisi la mauvaise direction. M. Haupt était peut-être monté vers l'étage supérieur, tout compte fait.

Son pied gauche se déplaça et se posa sur la quatrième marche.

Une alarme stridente retentit au rez-de-chaussée.

« *La sortie de secours* », pensa Shane immédiatement.

— Tu t'es bien foutu de ma gueule ! grogna-t-il.

Puis il se mit à dévaler l'escalier, franchissant d'un bond les quatre ou cinq dernières marches à chaque coude de l'escalier.

Moins de vingt secondes plus tard, il arriva au rez-de-chaussée – la sonnerie au-dessus de la porte hurlait avec fureur – et il courut vers la sortie de secours. La porte métallique heurta le mur en brique de l'hôpital et Shane s'avança vers le parking.

Le Phillips Memorial Hospital était situé sur une petite colline dans le quartier de Lions Gate de Medford, un quartier assez coté dans les années 1940 et qui avait conservé une certaine allure malgré l'état de délabrement avancé de la plupart des maisons coloniales et victoriennes qui bordaient les rues. L'hôpital, bien que décrépit lui aussi, jouissait également d'un certain renom, en grande partie une survivance des temps passés, même si les qualifications du personnel médical justifiaient largement cette réputation.

L'un des avantages qu'il présentait, par rapport aux autres hôpitaux de l'agglomération de Boston, c'était celui d'avoir été construit à une époque et dans un quartier où peu de promoteurs avaient envie d'empiéter sur le caractère sacré de ce lieu de guérison.

Ce qui expliquait que, bien que le Phillips Memorial soit plein à craquer de patients et de personnel médical, l'étroite bande de terrain vague à l'arrière de l'hôpital était presque toujours désespérément déserte, à l'exception des énormes bennes à ordures vertes, d'hypothétiques poubelles, et des véhicules qui venaient les vider régulièrement.

Un vent froid soufflait sur le terrain vague. Pris dans un tourbillon, un sachet McDonald's vide voletait par intermittence, tournoyant sous un réverbère comme s'il exécutait un ballet sous des projecteurs. La porte se referma derrière Shane et étouffa la sonnerie d'alarme à l'intérieur. L'ampoule électrique au-dessus de la porte était grillée, mais les veilleuses disposées sur le terrain lui donnaient une lumière suffisante pour voir.

Pour voir qu'il n'y avait rien à voir.

Mais comment pouvait-il n'y avoir rien du tout ?

Le martèlement d'une radio de voiture réglée sur « assourdissant » parvint jusqu'à lui tandis qu'il se tenait dans l'obscurité près de la porte et parcourait le terrain du regard, tout à fait déconcerté. La sonnerie d'alarme continuait de gémir à l'intérieur. Il l'entendait comme si elle se trouvait très loin, ou comme si c'était son réveil qui sonnait le matin alors qu'il avait enfoui sa tête sous l'oreiller. Néanmoins, c'était la preuve incontestable que quelqu'un était sorti par cette porte. Bien sûr, il était possible que ce soit quelqu'un d'autre que le fugitif de la réa, mais les chances pour que ce soit le cas étaient astronomiques.

D'un autre côté, quelle distance pouvait parcourir un type en train de clamser d'un cancer quelques minutes après que le personnel de la réa ait eu la certitude qu'il était mort ?

Shane poussa un soupir et prit le talkie-walkie fixé à sa ceinture. Il s'éloigna de la porte et regarda à droite et à gauche sur toute la longueur de l'arrière de l'hôpital. Des containers du système sanitaire. C'était tout ce qu'il voyait autour de lui. Avec acharnement, et se sentant parfaitement ridicule, il réalisa que le vieux type se cachait peut-être derrière l'un d'eux.

Il pressa un bouton de son talkie-walkie avec son pouce.

— Noah, t'es là ?

Un instant plus tard, les crachotements du talkie-walkie furent interrompus par la voix de son coéquipier.

— Je t'écoute. T'as trouvé quelque chose ? L'alarme

s'est déclenchée au rez-de-chaussée. Le vieux type est vraiment arrivé jusque-là ?

— Et même plus loin, je pense, répondit Shane. Je suis en ce moment près de la porte de derrière et je vois foutrement rien.

— T'as pas de contact visuel ? insista Noah.

Shane roula les yeux, puis lança un regard presque furieux à son talkie-walkie.

— Tu regardes trop de séries sur ce putain de câble, fit-il d'un ton sec. Non, j'ai pas de « contact visuel », abruti ! Je viens de te le dire, je vois foutrement rien. S'il est sorti par cette porte, je pense qu'il a filé. Je vais jeter un coup d'œil dans le coin, et…

— Reconnais le périmètre, lui dit Noah. Si tu trouves quelque chose, tu me rappelles.

Shane gloussa et appuya à nouveau sur le bouton de son talkie-walkie.

— Ouais, c'est ça, compte sur moi !

Il fixa le talkie-walkie à sa ceinture puis jeta un regard à la ronde en secouant la tête.

— Reconnaître ce putain de périmètre, chuchota-t-il pour lui-même. Mais c'est pas vrai, je suis dans *Platoon* !

Au hasard, il se dirigea vers la gauche. Dix mètres plus loin, il y avait une énorme benne à ordures bleue avec BFD peint au pochoir sur le côté en lettres de soixante-dix centimètres de haut. La main de Shane était posée à nouveau sur sa matraque de façon réconfortante, ne serait-ce qu'instinctivement. Il était curieux à propos de ce patient qui s'était volatilisé, mais il était également amusé. Ça ferait une sacrée histoire à raconter aux copains.

Comme il passait à la hauteur de la benne à ordures, il jeta un regard derrière.

Le cadavre gisait sous la lumière jaunâtre de la veilleuse. Ses bras et ses jambes formaient des angles impossibles, s'entassant presque les uns sur les autres.

Du sang avait éclaboussé le flanc de la benne et la chaussée tout autour de lui, sa blouse d'hôpital qu'il portait encore était trempée d'hémoglobine et déchiquetée. Des lambeaux de chair pendaient du corps.

— Bordel de merde ! murmura Shane, le souffle coupé.

Le type était un patient, on pouvait donc supposer sans trop de risques de se tromper que c'était le fugitif, mais Shane avait besoin de s'en assurer. Il plissa les yeux et scruta la demi-obscurité pour examiner le visage.

Les deux visages.

Ou, plus précisément, les deux moitiés de la tête de l'homme. Shane battit des paupières, retint son souffle tandis qu'il réalisait avec une horreur grandissante que le corps devant lui n'était pas simplement étendu par terre, ni complètement tordu. Le mort avait été déchiré en deux depuis la tête jusqu'aux orteils. Eventré. Ses organes internes s'étaient répandus sur le sol, les intestins formaient des replis humides, entassés contre les moitiés du corps.

Quelque chose bougea au sein de l'amas foncé de chair et de viscères, donna des saccades sous la chair à vif, ensanglantée.

Ce quelque chose pointa un museau à l'extérieur et des yeux brillèrent d'un éclat jaune dans la lumière ténue. Un rat. Et en voyant la façon dont les entrailles du mort commençaient presque à ondoyer, Shane comprit qu'il y en avait beaucoup d'autres à l'endroit d'où celui-ci était venu.

Il se détourna rapidement, tomba à genoux et vomit violemment son dîner sur la chaussée.

3

Le jour des obsèques de Ralph Weiss, le temps était en quelque sorte blasphématoire. David avait toujours pensé que les enterrements devaient être accompagnés d'un ciel gris au bord des larmes. Mais ce samedi matin était probablement la journée la plus magnifique que le printemps ait offert jusqu'ici. Le ciel était d'un bleu limpide et sans le moindre nuage. Le soleil brillait avec éclat, mais avec douceur, sans la vigueur et même la brutalité qu'il adopterait au plus fort de l'été. La pelouse du cimetière d'Oak Grove avait été fraîchement tondue, et les fleurs et les arbres, bourgeonnant depuis peu, embaumaient la légère brise de senteurs douces et chaudes qui rappelaient son enfance à David.

Comme cela lui arrivait souvent, ce matin il avait l'impression d'être un homme qui contenait deux identités, deux David Bairstow. L'un était l'enfant qu'il avait été, le jeune homme se dirigeant lentement vers l'âge adulte avec la certitude que grandir, devenir un adulte, n'était qu'un mythe que l'on racontait aux enfants, guère plus réel que le croque-mitaine. L'autre était le David de maintenant, plus vieux, devenu par force plus sage en raison du spectre de la mort et de la connaissance de ses imperfections. Son attitude envers Ralph Weiss en était une. Son incapacité à réussir sa relation amoureuse avec Janine en était une autre.

La vérité regrettable était que les gens finissaient par grandir. Même s'il savait que ce processus l'avait enrichi, l'avait rendu plus pleinement humain et plus pleinement conscient du monde différent de celui que son esprit égoïste d'enfant avait créé, il n'avait jamais su avec certitude s'il était soulagé d'être débarrassé de cet enfant stupide, ou bien si ce qu'il éprouvait était un chagrin intense et sans fin.

Un fragment de chanson surgit dans sa tête. Une vieille chanson, datant de l'époque où il allait encore à l'école. Une chanson de Bob Seger. *Against the Wind.* « Comme je voudrais ne pas savoir maintenant ce que je ne savais pas alors. »

Cela continuait de le surprendre, toutes les choses qu'il avait cru comprendre dans son enfance et qui avaient pris un sens tout à fait différent lorsqu'il était devenu adulte. Cette chanson en faisait partie.

Les personnes venues aux obsèques de Ralph Weiss étaient tristement peu nombreuses. Outre son épouse et ses enfants adultes, accompagnés de leurs propres enfants, il y avait quelques amis appartenant au cercle de la vie privée de Ralph Weiss. La plupart des enseignants de St. Matthew's avaient assisté à la messe et à l'enterrement, ainsi qu'une demi-douzaine de religieuses du couvent de St. Matthew's et un petit groupe d'élèves, les plus compatissants et les plus dévoués.

C'était un triste contraste avec le dernier enterrement auquel David avait assisté. L'année précédente, un élève du nom de Steve Themeli avait été mortellement poignardé au cours d'une bagarre à propos d'une sombre histoire de trafic de drogues. Themeli était un adolescent brutal, un élève très difficile même, qui s'en prenait à tous les professeurs qui lui donnaient les mauvaises notes qu'il méritait – et David en particulier –, pourtant la moitié des élèves de l'école étaient venus présenter leurs condoléances lors de ses obsèques. Méprisé à juste titre par le corps enseignant, Themeli était adulé par ses co-disciples.

Cela semblait injuste à David que tant de personnes

aient assisté à l'enterrement d'un petit voyou camé et d'une arrogance insupportable, et si peu pour celui du vieux professeur d'histoire qui, certes, était un peu imbu de lui-même, mais plein de bonnes intentions. C'était injuste, et triste.

Le prêtre de la paroisse de Weiss était venu, mais ses paroles à l'église avaient renforcé les soupçons de David qu'il n'avait pas très bien connu le défunt. N'importe lequel de ses collègues aurait pu faire un panégyrique plus circonstancié, mais, bien sûr, il aurait été plus approprié de demander au père Charles de s'en charger.

Hugh Charles était l'aumônier de St. Matthew's, un homme perspicace, un original, aux yeux pétillant de malice et au froncement de sourcils semblable à une nuée d'orage lorsque son courroux s'abattait sur des élèves indisciplinés. Tout le monde à St. Matthew's reconnaissait que le père Charles était le trésor le plus précieux de l'école, quoique certains parmi le personnel pédagogique – principalement des religieuses d'un certain âge dont l'unique fonction était de surveiller les élèves à l'étude – eussent quelques réserves, estimant qu'il était bien trop familier avec les élèves, et que cela n'engendrait pas le respect qui était dû au clergé.

David pensait que c'étaient des conneries. En fait, c'était précisément cette cordialité – que les religieuses méprisaient –, ainsi qu'une insistance féroce, et même sévère, sur l'acquisition du savoir, qui forçaient le respect des élèves à son égard, un respect comme David n'avait jamais vu des adolescents en témoigner à un ecclésiastique. Lorsque lui-même était élève à St. Matt's, l'aumônier était le père O'Connor, un petit troll à la mine austère qui n'inspirait que consternation et un certain effroi à ceux dont il avait la charge.

Et ce fut pour cette raison que David ne quitta pas

des yeux le père Charles tandis que les dernières bénédictions étaient prononcées devant le cercueil qui contenait la dépouille mortelle de Ralph Weiss. Une petite file se forma, les gens qui désiraient passer devant le catafalque pour se signer et peut-être chuchoter une prière d'adieu. Bien que David n'ait aucune envie de le faire, il aurait trouvé inconvenant de ne pas les imiter.

Annette resta à côté de lui durant la cérémonie devant la sépulture. Parfois leurs corps se frôlaient en une communication silencieuse et inconsciente. *Nous sommes ici ensemble. N'est-ce pas horrible ? Fichons le camp de ce lieu dès que possible. Sache que je t'aime et que cet amour te gardera en vie.*

Bien sûr, il n'en serait rien. Mais tous deux se donnaient mutuellement le réconfort de cette prière muette.

Lorsque la file se forma, Annette s'avança la première et brisa le lien qui les avait soutenus. Avec un froncement de sourcils, elle se retourna pour lui lancer un regard. Ses yeux brillèrent, dans l'attente qu'il la rejoigne. Au bout d'un moment, il lui fit un petit sourire et vint se mettre derrière elle dans la file.

Un à un, ils passèrent devant le cercueil, près de la fosse creusée en pleine terre où la dépouille de Ralph Weiss reposerait jusqu'à ce qu'elle tombe en poussière. La fosse était recouverte, bien sûr, comme si c'était un spectacle obscène, de la même façon que les islamistes exigent que les femmes dissimulent entièrement leur corps sous les voiles de leur bourka.

Un spectacle de mauvais goût.

Ces mots s'imposèrent presque malgré lui dans sa tête, et David ne parvenait pas à les chasser. Les fleurs qui recouvraient le cercueil semblaient trop gaies, le ciel trop bleu, le soleil trop chaud, rempli d'espérances et de promesses de vie.

Alors qu'il se tenait au-dessus de la fosse, David se surprit à se pencher de côté pour prendre une rose sur une gerbe déposée à ses pieds, puis il la jeta sur le cercueil. D'autres personnes le précédant avaient fait ce même geste, mais il ne savait pas qu'il les imiterait jusqu'à ce qu'il se soit avancé.

Un chuchotement de prière franchit ses lèvres, il regarda vers sa gauche et aperçut la veuve de Weiss, soutenue par ses enfants. Elle s'essuyait les yeux. Comme si elle avait senti son regard posé sur elle, Mme Weiss redressa la tête et le fixa un moment. Elle sembla le reconnaître et se renfrogna légèrement. David se demanda combien de fois son mari s'était plaint auprès d'elle de cet ancien élève qui était revenu à St. Matt's pour enseigner et qui estimait qu'il pouvait mieux faire que son ancien prof.

Saisi de remords, il rougit et baissa les yeux, puis il posa une main sur l'épaule d'Annette et la poussa doucement afin qu'ils puissent partir et rejoindre le petit groupe de personnes qui s'étaient rassemblées sur la pelouse près des voitures. Annette se retourna pour le regarder et battit des paupières d'un air surpris.

— Qu'y a-t-il ? demanda-t-il aussitôt.

Elle détourna la tête.

— Rien. Excuse-moi. C'est juste que… je ne m'attendais pas à te voir le pleurer.

Déconcerté, David passa une main sur ses joues et fut stupéfait de constater qu'elle était humide de larmes salées lorsqu'il la retira. Il ne s'était même pas rendu compte qu'il pleurait.

Le regard d'Annette se posa sur lui à nouveau. David haussa les épaules.

— Ces larmes ne sont peut-être pas pour lui. Elles sont peut-être pour sa famille. Ou peut-être pour moi. J'ai le sentiment d'avoir perdu quelque chose. C'est bizarre, je sais, alors que je n'avais aucune sympathie pour lui… (il chuchota cette dernière phrase) et pourtant… C'est comme si on m'avait pris une partie de mon passé.

Avec un gentil sourire, Annette prit sa main. Elle se dressa sur la pointe des pieds pour l'embrasser. Néanmoins, il dut se pencher un peu pour lui permettre de déposer un baiser rapide sur sa joue.

— Tu es un type bien, David Bairstow. Fais-moi confiance. Je suis foutrement objective.

David s'essuya les yeux à nouveau mais ne trouva pas de nouvelles larmes. Il hocha la tête.

— Merci, Elfe.

Au même moment, il aperçut le père Charles qui traversait la pelouse et venait dans leur direction. Annette suivit son regard et son expression se modifia légèrement. Elle était sans doute la seule personne à St. Matt's qui ne s'entendait pas avec le prêtre. Le père Charles avait toujours été très gentil avec elle, mais il lui avait aussi dit un jour qu'il approuvait la position de l'Eglise sur l'homosexualité. Depuis lors, Annette s'était montrée froide avec lui. En fait, David pensait que c'était davantage pour se protéger que parce qu'elle était en colère.

Néanmoins, tous deux se tournèrent pour accueillir le prêtre qui s'approchait.

— Tiens, tiens, deux de mes professeurs préférés, déclara ce dernier en les rejoignant. Vous allez bien, j'espère ?

Ils lui répondirent qu'ils allaient bien. Le prêtre les considéra tour à tour, puis il lança un regard de côté vers le cercueil et la famille du défunt.

— Un enseignant, c'est quelqu'un de merveilleux, leur dit-il d'un ton qui n'admettait aucune discussion. Initier au monde l'esprit d'une autre personne, jeune ou âgée, instruire, former et donner une méthode pour faire l'apprentissage de la vie… C'est magnifique !

Puis il les observa à nouveau, un petit sourire béat sur son visage, bien que son regard soit sévère.

— N'oubliez jamais cela, vous deux. Nous sommes tous des enseignants. En même temps que nous sommes tous des élèves. Nous ne cessons jamais d'apprendre, ou d'enseigner. Mais ceux qui consacrent leur vie à la recherche et à la diffusion du savoir et de la compréhension sont les instruments de Dieu. Même celui qui est dépourvu d'éloquence, car il continue d'enseigner, par son exemple, par son dévouement, par la valeur de son érudition. Je suis sûr qu'il y a une place particulière au ciel pour les enseignants. Je le crois vraiment.

Comme s'il essayait de vérifier qu'ils avaient bien compris son message, il les scruta une dernière fois. Puis il hocha la tête et tourna les talons. Au second pas qu'il fit en s'éloignant, il s'arrêta et leur fit face à nouveau. Il s'approcha d'Annette et toucha légèrement son épaule. Puis il prit la main de David et se pencha pour lui chuchoter à l'oreille :

— Il savait, lui dit le père Charles. Malgré vos prises de bec, Ralph savait que vous le respectiez, David, et lui aussi vous respectait.

Puis il partit, laissant David le suivre du regard, muet d'étonnement. Il sentit la piqûre chaude d'une larme qui coulait sur sa joue.

Cette fois, cependant, il ne fit pas semblant d'être surpris.

— Tu ne remues pas le couteau dans la plaie, d'accord ? déclara Annette. Tu ne lui dis pas qu'elle a fait une erreur en te quittant, hein ?

Avec un petit rire gêné, David tourna la tête pour la regarder d'un air stupéfait.

— Bon sang, Annette, certainement pas ! répondit-il d'un ton moqueur. Tu es vraiment incroyable !

— Ecoute, elle t'a plaqué, après tout…

Il adopta une expression peinée qui n'était qu'à moitié feinte.

— C'était une décision prise d'un commun accord.

— Ouais, d'un commun accord parce qu'elle voulait donner à Spencer une autre chance de lui passer la bague au doigt, répliqua Annette.

David n'avait pas de réponse à cela. Il observa Annette un moment. Au volant de sa vieille Saab pourrie, elle sirotait son café et attendait que le feu passe au vert. La circulation dans Medford Square était bloquée autour d'eux dans un tel imbroglio qu'ils avaient l'impression d'être coincés dans un embouteillage. Mais David savait par expérience que lorsque le feu passerait au vert, elle redeviendrait fluide. Annette ramena une mèche de ses cheveux derrière son oreille gauche et tourna la tête pour le regarder.

— Je ne voulais pas te faire de la peine, dit-elle en l'observant. Je dis simplement qu'il n'y aurait aucun mal à ce que tu sois un peu en colère contre elle. Vous viviez quelque chose de fort tous les deux, et elle a tout foutu en l'air.

David acquiesça de la tête. Il se souvint de la nuit où Janine lui avait appris que Spencer voulait revenir dans sa vie, et qu'elle allait le quitter. Son parfum avait une odeur de cannelle qui s'insinuait dans ses narines et dans son cerveau, réveillant des instincts qui étaient à la fois romantiques et libidineux. Encore aujourd'hui, il ne pouvait pas respirer l'arôme de la cannelle sans que cela fasse surgir dans son esprit des images érotiques de leurs corps emmêlés en train de faire l'amour.

Un petit sourire apparut sur ses lèvres tandis qu'il pensait à cette odeur. Mais ce sourire fut fugace. Car son esprit s'attardait sur leurs paroles cette nuit-là, elle disant que cela ne signifiait pas qu'elle ne l'aimait plus, et lui déclarant qu'il pensait sincèrement qu'un jour viendrait où elle regretterait sa décision, regretterait d'avoir abandonné ce qu'ils vivaient ensemble.

A l'évidence, ce jour était arrivé. Pourtant, David ressentait seulement de la tristesse pour Janine à présent. Il n'avait jamais imaginé quelque chose de ce genre lorsqu'il avait prononcé ces paroles.

— Je ne ferai jamais rien qui puisse la faire souffrir, Elfe, dit-il.

— Tu l'aimes toujours ?

David lança un regard à Annette. Elle cala son gobelet de café entre ses cuisses et posa ses deux mains sur le volant.

— Tu le sais très bien, répondit-il. Mais j'ai poursuivi ma route. On ne reste pas figé sur place lorsqu'une relation prend fin. Enfin, si, mais pas très longtemps. La vie continue à se dérouler devant toi même si tu fais l'impossible pour te complaire dans ton malheur.

Annette émit un gloussement.

— Hé, c'est un vrai slogan à coller sur un pare-chocs ! (Elle secoua la tête.) Tout se passera bien. Je t'assure. Pas de tension. Tu tiens à elle. Elle en a bavé. Tout le reste est superflu.

Le feu passa au vert et Annette appuya sur l'accélérateur. Elle se faufila entre les voitures jusqu'à Winthrop Street et se dirigea vers l'appartement de Janine. David observait les boutiques et les maisons familières qui défilaient à sa hauteur. La douce brise printanière soufflait sur son visage. Bien qu'il soit enseignant dans une école catholique, il n'avait pas l'habitude de prier. Pourtant, en cet instant, il remercia Dieu silencieusement pour ce temps magnifique. Entre la tristesse des obsèques de Ralph Weiss et l'anxiété qu'il ressentait à la perspective de revoir Janine, une journée de pluie l'aurait probablement achevé.

Il avait retiré sa veste et sa cravate dès qu'ils avaient quitté le cimetière. Maintenant il déboutonna ses manches de chemise et les retroussa. Il flottait dans l'air le parfum de la nature en train d'exploser de tous ses bourgeons. David adorait ça. Une vieille chanson des années 1970 passait à la radio. Les premiers accords de *Brandy* furent suffisants pour le faire rire tout bas et augmenter le volume. Il se mit à chantonner en même temps.

Annette éclata de rire et chanta à son tour.

Les freins de la Saab émirent un gémissement de protestation quand Annette ralentit pour s'engager dans l'allée de la maison ancienne où habitait Janine. Des chênes et des érables ponctuaient la propriété. A l'arrière de la maison, près de la grange, des massifs de lilas sauvages commençaient déjà à fleurir. Il n'y avait que deux voitures sur le petit parking, mais David repéra la Toyota familière de Janine sur l'emplacement le plus éloigné. Une image libidineuse fusa dans son esprit. « *Quand je pense à tout ce que nous avons fait dans cette voiture...* » Ils s'étaient conduits comme des adolescents.

Une bouffée de culpabilité l'obligea à fermer les yeux un moment. Ses sentiments envers Janine étaient bien plus que de tels souvenirs, même s'il les chérissait. A présent, elle avait besoin de lui en tant qu'ami, et non en tant qu'ex-petit ami. David rouvrit les yeux, lança un regard de côté à Annette tandis qu'elle se garait, et il se demanda si tous les hommes étaient vraiment ces porcs obsédés par le sexe, conformes à la vision que la société moderne véhiculait d'eux, ou bien si les femmes étaient tout simplement plus habiles pour dissimuler cette même attirance.

— L'aigle s'est posé, fit Annette, s'adressant manifestement à elle-même.

Tandis qu'ils sortaient de la voiture, David parcourut du regard la maison et le jardin. Il y avait une sorte d'électricité dans l'air. Les lieux étaient à la fois familiers et irréels, un sentiment qu'il éprouvait chaque fois qu'il passait devant des endroits où il avait joué dans son enfance, comme si le temps s'était enroulé sur lui-même.

Alors que cette pensée lui traversait l'esprit, un nuage isolé passa devant le soleil, assourdissant son éclat et projetant un voile grisâtre sur le monde autour d'eux. David frissonna comme s'il avait froid. Un mouvement attira son attention vers la droite, et son regard se porta à nouveau vers la grange. L'une des énormes portes anciennes était ouverte et il aperçut à l'intérieur la MG décapotable garée là-bas par le docteur à la retraite qui était le propriétaire de la maison.

Au-delà de la voiture, cependant, c'était là que quelque chose avait bougé.

Une silhouette – un homme lui sembla-t-il – l'observait depuis les ombres derrière le véhicule. Durant le moment où le soleil fut caché par le nuage, il entrevit une barbe et des sourcils touffus, froncés. Puis le nuage passa et les rayons du soleil firent briller toute chose à nouveau. Dans la grange, les ombres s'épaissirent, et la vision de l'homme s'effaça.

Néanmoins, le froid intense qu'il avait ressenti durant ces quelques secondes sans soleil persista.

— Qu'est-ce que tu as ? demanda Annette.

David sursauta, puis se retourna. Elle se tenait sur la marche du haut du perron, la porte d'entrée ouverte, et attendait une réponse.

— Rien, répondit-il en chassant cette sensation de froid. J'ai aperçu quelqu'un dans la grange, c'est tout. Probablement le docteur Feehan. Ce sont principalement ses affaires là-dedans, je pense.

— Probablement. Mais je ne crois pas l'avoir jamais vu, déclara Annette comme ils pénétraient dans le vestibule et refermaient la porte derrière eux. C'est foutrement dommage de laisser cette chouette petite bagnole se couvrir de poussière là-dedans. Janine devrait entrer dans ses bonnes grâces. Peut-être qu'il la lui lèguerait.

— Ou bien à *toi* ? suggéra David.

— Si Dieu n'était pas aussi grognon, il ferait tout le temps des choses de ce genre pour les gens, répondit Annette avec un sourire désenchanté sur son visage.

— Dieu est grognon ?

— Tu as jeté un coup d'œil sur le monde autour de toi ces derniers temps ?

— Waouh ! Bon après-midi, mademoiselle la Pessimiste ! la taquina David.

Annette lui montra son médius par-dessus son épaule tandis qu'elle montait l'escalier jusqu'au premier étage. Sur le palier, elle s'arrêta à peine avant de frapper à la porte de Janine. David prit une profonde inspiration.

Il entendit les pas de Janine comme elle traversait l'appartement. Le bruit sec de la serrure fit s'accélérer les battements de son cœur, et il fut surpris de constater dans quelle agitation violente le mettaient ces retrouvailles.

La porte s'ouvrit. Janine portait un haut blanc moulant en coton côtelé et un Levi's bordeaux. Elle était nu-pieds, ses ongles et ses orteils étaient vernis d'une laque rouge foncé. Ses cheveux noirs encadraient son visage pâle et rond d'une façon qui le faisait toujours penser au glamour des stars hollywoodiennes d'autrefois. Même en jean.

Pourtant c'était ses yeux qui l'avaient toujours captivé. Ils semblaient bruns la plupart du temps, mais ils avaient une façon particulière de changer de couleur avec la lumière, ou même en fonction de son humeur. Or, ambre et cuivre. Les yeux de Janine étaient de toutes ces couleurs, à condition de la regarder au bon moment.

Lorsqu'elle ouvrit la porte, son regard alla d'abord vers Annette. Janine esquissa un sourire. Puis elle regarda David, et son sourire se fit triste et pensif. Figé en cet instant, il la trouva comme amoindrie de quelque chose, fragile et hésitante, comme si elle portait un terrible secret.

Il songea que c'était probablement le cas.

— Salut, dit-elle.

— Salut.

— Je suis très contente que tu sois venu.

Puis la mélancolie sembla la quitter, son sourire étincela, et David pensa au nuage qui avait caché le soleil juste avant qu'ils entrent.

Janine sortit sur le palier et l'étreignit avec force. Son corps semblait *bien* contre lui. Alors que Annette était menue et avait une silhouette d'adolescente, Janine était grande et avait un corps aux formes pleines. Pas exactement voluptueuse, mais quelque part dans la zone de ce mot, très vraisemblablement.

Ils allaient ensemble comme les pièces d'un puzzle. Il se souvint de la façon dont ils étaient couchés le soir avant de s'endormir, lorsqu'elle se blottissait contre lui. Il passait son bras autour de ses épaules et elle posait sa jambe sur la sienne. Un puzzle, oui, et les pièces s'assemblaient si bien alors, qu'elles avaient paru reproduire une certaine vérité de l'univers, comme si le destin existait vraiment.

« *Et peut-être existe-t-il, qui sait ?* », songea-t-il.

Il l'embrassa sur la joue. Elle sentait la cannelle.

« J'ai envie de vivre avec une fille cannelle. Je pourrais être heureux jusqu'à la fin de mes jours avec ma fille cannelle. »

Il eut un sourire triste lorsqu'il pensa à cette vieille chanson. David tint Janine à bout de bras et il sentit quelque chose passer entre eux. Toute sa nervosité disparut en un instant.

— Tu es superbe, dit-il. Comme d'habitude.

— Je suis pourtant bonne à jeter à la poubelle, répondit-elle avec nonchalance. Ce doit être le Zoloft que le docteur m'a prescrit, mais je te remercie tout de même.

Sur ce, elle les fit entrer.

L'appartement lui rappela bien d'autres souvenirs. Il aperçut la délicate sculpture en verre qu'il lui avait offerte alors qu'ils vivaient ensemble depuis quelques mois. C'était une danseuse revêtue d'une robe splendide. Elle occupait toujours la même place sur l'une des étagères dans le séjour.

La brise printanière faisait frissonner et osciller les feuilles des plantes de Janine, une véritable jungle. Quelque chose de doux et de jazzy passait sur la chaîne stéréo. Des senteurs délicieusement épicées embaumaient tout l'appartement.

— C'est quoi, cette odeur ? demanda Annette. Je pensais que nous allions juste manger des sandwichs.

— J'ai eu envie de cuisiner, répondit Janine avec un petit haussement d'épaules. Crevettes Kung Pao avec des noix de cajou.

— Tu n'aurais pas dû te donner tout ce mal, dit David en hâte.

— Allons donc ! Je n'avais pas cuisiné depuis un bon bout de temps. Ça m'a pris brusquement. Rien ne peut m'arrêter lorsque j'ai envie de faire quelque chose.

— Oui, ça, on est au courant ! intervint Annette.

Janine la foudroya du regard puis se dirigea vers la cuisine. Annette regarda David et roula les yeux. Elle arbora un petit sourire affecté.

— Ce sera prêt dans une minute, lança Janine depuis la cuisine.

— Dis donc… fit David à voix basse.

Annette fronça les sourcils en entendant son intonation.

— Elle n'a peut-être pas besoin de ça en ce moment, suggéra-t-il.

— C'est exactement ce qu'il lui faut, répliqua Annette. Etre avec ses amis, et se changer les idées.

Un instant plus tard, Janine les appela pour remplir leurs assiettes et ils s'installèrent dans le séjour sans la moindre cérémonie. Ils mangèrent leurs crevettes Kung Pao et évitèrent soigneusement de parler de Spencer

Hahn, d'amis d'autrefois, ou du bébé que Janine avait porté en elle.

Son fantôme flottait dans la pièce avec les épices orientales et la musique jazzy apaisante. Pourtant David songea que c'était probablement très bien comme ça. Cette perte était une partie de la vie de Janine à présent, une partie de ce qu'elle était. Même s'ils ne parlèrent à aucun moment de la souffrance qu'elle éprouvait de façon aussi évidente, il ne pensait pas que c'était maladroit d'éviter ce sujet. C'était *sa* souffrance, après tout. Elle leur en ferait part si et quand elle le voudrait ou en aurait besoin.

« *Qu'est-ce que tu fais ici ?* »

Ces mots résonnèrent dans l'esprit de Janine maintes et maintes fois durant la visite de David et d'Annette, mais elle n'osait pas leur parler. Durant le déjeuner, et plus tard, alors qu'ils étaient assis dans le séjour inondé de soleil, la température juste assez fraîche pour faire s'élever de la buée du cappuccino qu'elle avait préparé, elle lançait des regards à David de temps en temps et s'étonnait qu'il soit venu.

« *Je t'ai fait souffrir* », avait-elle envie de lui dire. « *Pourquoi es-tu venu ici ?* »

La réponse qui se présentait continuellement à son esprit était très simple. Il était là parce qu'elle souffrait, et parce qu'il se préoccupait d'elle. D'une façon ou d'une autre, elle parvenait à survivre malgré l'énorme et douloureuse blessure infligée à son cœur par la perte de son enfant, et pourtant la présence de David – et le pardon que cela impliquait – était suffisante pour la mettre au bord des larmes.

A bien des égards, elle avait l'impression d'être une simulatrice, ici dans cet appartement. Elle souriait, parlait de choses et d'autres, les écoutait avec attention, et tout cela était un masque pour dissimuler le fond de son être, glacé et engourdi, où plus rien n'avait la moindre importance. Et pourtant, qu'elle puisse le ressentir vraiment ou non, tout cela était important. Ces amis étaient importants, sans quoi elle n'aurait même pas fait l'effort de se comporter normalement. Elle sentait l'anxiété et la dépression l'agripper par la manche, mais grâce à la présence d'Annette et de David – et aussi, elle devait le reconnaître, grâce au médicament que son docteur lui avait prescrit –, elle comprenait que le monde n'était pas fait uniquement d'affliction. Elle avait l'impression d'être prise au piège, enfermée avec son chagrin dans une bulle aux parois infranchissables, mais maintenant, au moins, elle voyait ce qui se trouvait au-delà de cette bulle.

Ils parlèrent principalement de St. Matthew's, et un peu de Medford High. Ils parlèrent de leurs élèves et de leur tâche d'enseignant, et bien que le sujet de la mort de Ralph Weiss ait été abordé, ils n'y consacrèrent que quelques minutes, comme si la Mort était trop proche en ce moment, risquant de surprendre leur conversation et susceptible de les écouter plus attentivement. Et ça, personne ne le désirait.

Heureusement, David semblait ne pas se rendre compte des sentiments complexes qu'elle éprouvait envers lui, et Janine s'en réjouissait. Elle avait beaucoup de choses à surmonter avant d'être à même de se concentrer sur une chose aussi frivole qu'une liaison amoureuse.

Néanmoins, elle ressentait un réel réconfort auprès de lui. David avait l'air parfaitement détendu, et Janine lui enviait cette assurance tranquille. Il était renversé dans son fauteuil, en pantalon gris et chemise blanche, les vestiges du costume qu'il avait mis pour l'enterrement, et il lui accordait toute son attention. Après tous ces mois qu'elle avait passés avec Spencer Hahn, dont l'attention paraissait toujours tournée vers l'intérieur de lui-même, quelques heures avec David lui faisaient un bien énorme.

Annette en était consciente, bien sûr. Janine la surprit en train de sourire plusieurs fois tandis que la conversation se poursuivait paresseusement. Cela la fit l'aimer encore plus. Elle ne pensait pas avoir jamais eu une meilleure amie.

L'après-midi s'écoula et le soleil se déplaça dans le ciel de telle sorte que les fenêtres projetaient sur le parquet des silhouettes brillantes qui semblaient s'étirer et se déformer comme des reflets dans les miroirs d'une fête foraine. La fatigue s'empara de Janine. Elle s'efforça de le cacher, mais Annette s'en aperçut. Un peu après seize heures, elle lança un regard à David.

— Je pense que nous ferions bien de partir, dit-elle.

Janine s'attendait à autre chose, à une remarque sur son air fatigué ou sur le fait qu'elle avait besoin de se reposer. Mais Annette n'ajouta rien et David n'avait pas besoin qu'on lui donne plus d'explications. Il regarda Annette, puis Janine, puis il acquiesça de la tête et se leva.

— En effet, il est temps que nous partions. Il faut que je fasse un petit somme.

Les deux jeunes femmes éclatèrent de rire et David leur lança un regard offensé dont Janine se souvenait parfaitement.

Annette se leva à son tour, et Janine les raccompagna jusqu'à la porte. Elle sentit l'appartement vide dans son dos, le silence qui l'attendait lorsqu'ils seraient partis, et une certaine tristesse l'envahit. Pourtant, curieusement, cela ne la gênait pas. Si elle parvenait à prendre le temps de s'habituer à sa souffrance, Janine pensait que tout irait bien.

— Merci d'être venus. A tous les deux. (Elle serra Annette dans ses bras et lui chuchota à l'oreille :) Tu es la meilleure.

— Il faut bien quelqu'un !

Annette l'embrassa sur la joue puis sortit sur le palier.

Janine prit les deux mains de David dans les siennes. Elles étaient chaudes et robustes, et elle les serra avec force.

— C'est très important pour moi que tu sois venu. Il y a tellement de choses que je…

— Hé ! l'interrompit David d'une voix douce. Inutile d'en dire plus.

Elle haussa les sourcils, lâcha les mains de David, et lui tapota la poitrine du bout de son index.

— Ne m'interromps pas. C'est un truc de mec, je sais. Mais ne m'interromps pas.

Avec un petit sourire, il leva les mains en signe de reddition et hocha la tête pour qu'elle poursuive.

— J'ai fait un tas de choses assez moches. Pas seulement moches, mais stupides, déclara Janine.

Elle serra ses bras sur sa poitrine un moment, puis les laissa retomber le long de son corps. Elle agita ses mains maladroitement, comme si elle ne savait pas très bien quoi en faire. Puis elle s'autorisa un petit haussement d'épaules.

— Je pense que ce que je veux dire, c'est que je suis heureuse que tu ne me haïsses pas. Je suis heureuse que tu sois venu.

David la regarda, dans l'expectative, comme pour être sûr qu'elle avait fini de parler. Il ne voulait pas risquer de l'interrompre, apparemment. Puis il hocha la tête.

— Moi aussi.

Son sourire pensif disparut et une expression attristée apparut sur ses traits.

Janine s'avança et passa ses bras autour sa taille. David la serra contre lui et elle sentit la chaleur de son souffle sur sa nuque, la force de ses mains sur son dos.

— Je suis désolé, Janine, murmura-t-il. Pour tout ce qui t'est arrivé, mais particulièrement pour le bébé. Si tu as envie d'en parler, ou si tu as juste envie de prendre un café avec moi, téléphone-moi. Ce n'est pas compliqué. Je tiens à ce que tu saches que je suis ton ami.

Ils mirent fin à leur étreinte, mais elle prit ses mains à nouveau.

— Je le sais, David. Je le sais, crois-moi.

Annette promit de l'appeler le lendemain, et un instant plus tard, Janine referma la porte derrière eux.

Elle prit une profonde inspiration et s'adossa à la porte. Des larmes commencèrent à couler sur ses joues. Janine les essuya rapidement. Il faisait plus frais tandis que l'après-midi avançait, mais les fenêtres étaient toujours grandes ouvertes. Ses bras se couvrirent de chair de poule et elle les serra sur sa poitrine.

« Ce n'est pas compliqué », avait dit David.

— Trop tard, murmura Janine à son appartement désert.

Cette nuit-là, elle rêva d'un fleuve.

Le lieu est familier. Janine est déjà venue ici. L'air est lourd et humide et le sol sous ses pieds est une boue détrempée et vaseuse.

Il fait sombre, tellement sombre.

Ses yeux s'habituent lentement à l'obscurité, et elle se rend compte qu'il y a des étoiles dans le ciel. Mais elles ne ressemblent pas à de vraies étoiles. C'est comme si elles étaient peintes sur le ciel, des piqûres d'épingle dans une voûte qui donne l'impression d'être beaucoup plus basse qu'elle ne semble. Janine sent son poids peser sur elle, de même que la sensation oppressante de ce lieu semble se refermer sur elle et la faire suffoquer.

Elle entend seulement les bruits du fleuve tandis qu'il murmure et suit son cours qui se modifie sans cesse. Comment quelque chose peut-il être à la fois éternel et éphémère ? Et pourtant c'est le cas. Le fleuve s'étend aussi loin que son regard peut porter, aussi loin qu'elle pense être à même de voir. Aussi vaste qu'un océan, pourtant il s'écoule près d'elle, allant vers quelque destination inconnue, ou bien peut-être décrit-il un cercle, tout simplement, contournant ce qui se trouve de l'autre côté de son étendue pour revenir en un courant sans fin.

Janine n'a pas envie d'être ici. Elle veut rentrer chez elle. Elle veut se réveiller.

Se réveiller, car elle sait que c'est un rêve.

Mais l'humidité, la fange entre ses orteils, les bruits du fleuve, tout cela est tellement réel... Derrière elle, il y a un bois sombre où les arbres poussent trop près les uns des autres, comme pour résister à toute tentative d'intrusion. Ou bien pour barrer la route à quelqu'un qui désirerait s'éloigner du fleuve.

S'éloigner du fleuve. Elle l'avait déjà fait.

Janine n'avait pas traversé le fleuve. Elle s'était enfuie, elle avait jeté les pièces, et...

Quelque part, tout près, un bébé se met à pleurer. Ce son la transperce et elle retient son souffle pendant de longues minutes jusqu'à ce qu'elle ait l'impression de n'avoir même plus besoin de respirer. Ici, sur la rive du fleuve, peut-être est-ce vrai.

Le tintement métallique la fait sursauter.

Elle recule en trébuchant, s'éloigne de la rive, et le sol est plus ferme sous ses pieds. Chaud et sec. Janine regarde vers le fleuve, vers la lumière de la lanterne qui brille au sein de l'obscurité tel l'œil unique de quelque bête surgie du lit du fleuve.

Mais elle sait. Elle sait parce qu'elle était déjà venue ici, qu'elle a déjà entendu ce tintement métallique.

Paniquée, elle cherche dans ses poches, mais elle ne trouve pas de pièces. Rien pour payer son passage. Elle ne voulait pas traverser le fleuve, et maintenant elle ne le peut pas, même si elle l'avait voulu.

Les vagissements du nouveau-né semblent plus proches qu'auparavant. Le bébé pleure, appelle sa mère. Des larmes salées, brûlantes, tracent des sillons sur ses joues et Janine perçoit leur saveur.

Mais c'est un rêve. Elle n'aurait pas dû être capable de percevoir la saveur de ses larmes.

Le tintement métallique se rapproche, et elle aperçoit l'avant de la barque, éclairée par la lueur ténue de la lanterne qui oscille et tinte contre le poteau.

Lentement, la barque glisse vers la rive et s'échoue dans un chuchotement contre la terre granuleuse.

Janine recule de quelques pas encore, mais son regard est fixé sur la petite embarcation. Une douleur sourde lui traverse la poitrine.

La lanterne cesse d'osciller.

Brusquement, le bébé s'arrête de pleurer.

Il n'y a personne à bord de l'embarcation.

Une peur soudaine, irraisonnée, l'envahit. Janine recule, trébuche et manque de tomber, puis elle se redresse et s'enfuit vers les arbres.

Où est-il ? se demande-t-elle.

Quelque chose ne va pas.

Elle tourne la tête et regarde vers la barque qui se balance si doucement au bord de l'eau. La lanterne brille, l'embarcation vide semble hantée par l'absence de son maître.

Janine court. Elle respire de nouveau, ou plutôt elle halète douloureusement. Elle est folle de peur, cette peur horrible qui s'insinue dans ses os comme l'humidité de ce lieu l'avait déjà fait auparavant.

Elle entre en collision avec lui, manque de tomber lorsqu'elle heurte sa poitrine. Il saisit ses bras pour la soutenir, et elle regarde ses yeux – éclipses noires – et comprend qu'elle doit s'arracher à son étreinte et s'enfuir.

Mais elle en est incapable.

Son corps ne lui obéit pas, comme si elle avait été pétrifiée sur place par le contact de ses longs doigts effilés. Ses traits pâles semblent sculptés dans le marbre, sans expression, inhumains. Puis sa bouche se crispe et ses lèvres s'entrouvrent. Il à l'air de vouloir lui parler mais il hésite.

Alors le Passeur l'embrasse. Des lèvres rugueuses et sèches sur les siennes, tellement froides que cela lui fait mal. Son haleine ressemble à du givre.

Janine vacille, désemparée durant un moment. Puis le baiser prend fin et le Passeur appuie son regard sur elle.

— N'aie pas peur de moi, Janine, dit-il d'une voix semblable au tintement métallique de sa lanterne contre le bois. Je suis ici pour toi.

« Je suis ici.

Une plainte ténue s'échappa des lèvres de Janine au moment où elle ouvrit les yeux brusquement. Il n'y eut pas de transition entre le sommeil et l'éveil. De fait, elle fut immédiatement consciente de la chambre autour d'elle. Les réverbères au-dehors étaient tout juste suffisants pour épaissir les ombres et projeter une sorte de lumière maussade sur le parquet et le bord du lit.

Quelque chose produisit un bruissement parmi les ombres tapies près de la porte.

Janine se redressa vivement et, les yeux grands ouverts, parcourut la chambre du regard, déconcertée par ce rêve, dont les images ne se dissipaient pas comme d'habitude lorsqu'on se réveille. Son cœur battit la chamade dans sa poitrine tandis qu'elle cherchait à percer l'obscurité autour d'elle et scrutait chaque recoin, persuadée qu'elle n'était pas seule.

Cela lui prendrait plus d'une heure avant qu'elle soit à même de se rendormir.

Ses lèvres étaient tellement froides…

4

Le dimanche matin, un peu plus d'une semaine après qu'elle soit sortie de l'hôpital, le téléphone tira Janine d'un rêve dans lequel elle tenait son bébé contre sa poitrine et lui chantait une berceuse. Une sonnerie discordante interrompit sa chanson. A la troisième sonnerie, ses yeux s'ouvrirent en papillotant et elle regarda ses bras avec un sentiment de perte sans équivalent avec tout ce qu'elle avait éprouvé jusqu'à maintenant.

Le rêve commença à s'estomper mais elle continuait de sentir le poids de son enfant dans ses bras.

Un coup d'œil à son réveil lui apprit qu'il était dix heures passées. Le soleil avait réchauffé sa chambre et les douces odeurs du printemps et des plantes en train de pousser étaient apportées par la légère brise qui faisait ondoyer les rideaux. La journée avait commencé sans elle.

Si elle avait réfléchi ne serait-ce qu'un instant, elle aurait laissé le répondeur prendre le message. Mais Janine était furieuse contre elle-même pour avoir dormi aussi tard, et contre la personne qui appelait et lui avait pris le bébé de son rêve. Au bout de la quatrième sonnerie, alors que le répondeur se déclenchait avec un bruit sec, elle saisit le combiné.

— Allô ? dit-elle d'une voix plus rauque qu'elle ne s'y attendait.

— Oh, Janine, je t'ai réveillée ?

Sa mère. Janine ferma les yeux et reposa sa tête sur l'oreiller.

— Tu m'as réveillée, oui, mais je devais me lever, de toute façon.

— Ça va ? Pourquoi tu dors si tard ? Cela ne te vaut rien de mener une vie de recluse. Tu devrais sortir. Faire quelque chose. Tu sais…

— Continuer de vivre ? suggéra Janine avec lassitude.

— Exactement, répondit Ruth Vale.

— Je te remercie pour ce conseil, maman. Je n'y avais pas pensé.

Sa mère demeura silencieuse un moment au bout du fil et Janine se représenta la femme à la coiffure impeccable affichant une moue de désapprobation sévère.

— Je ne crois pas que les sarcasmes résolvent quoi que ce soit, lui dit-elle.

« *Pourtant, tu ne t'en prives pas à la moindre occasion* », pensa Janine.

Se grattant la nuque paresseusement, elle se mit sur son séant et s'étira. Un instant plus tard, elle se leva, alla jusqu'à la fenêtre et écarta les rideaux à l'aide de deux doigts pour contempler la journée ensoleillée.

— Tu as raison, dit-elle en s'appuyant contre le mur pour observer deux geais bleus qui voletaient d'un arbre à l'autre. Je ne dors pas très bien, maman.

— C'est peut-être ce médicament, suggéra sa mère en hâte, leur antagonisme momentané déjà oublié. Tu sais que tu dois l'utiliser avec prudence.

— Je regarderai la posologie.

Son téléphone cellulaire dans une main, Janine ouvrit la porte vitrée masquée par un rideau et alla dans le séjour. La pièce était si lumineuse qu'elle papillota des paupières plusieurs fois, et elle se sentit revigorée par tout ce soleil. Tout comme ses plantes semblaient s'incliner vers les fenêtres pour s'imprégner des rayons du soleil, Janine fut attirée dans cette direction durant un moment.

— Alors, que se passe-t-il, maman ?

Janine pivota sur un talon et alla dans la cuisine. Elle mit de l'eau à chauffer pour se faire du thé tandis que sa mère hésitait au téléphone.

— Eh bien, j'en ai parlé avec Larry, et nous pensons tous deux qu'il est temps pour toi de prendre un nouveau départ. Je me demande si tu y as réfléchi. C'est peut-être ce qu'il te faut, Nina. Tu pourrais venir t'installer ici, peut-être même travailler à l'agence.

Stupéfaite, Janine durcit sa prise sur le téléphone. Elle tenait une boîte de sachets de thé dans son autre main et elle la regarda d'un air ahuri comme si elle avait oublié pourquoi elle l'avait sortie du placard.

— Et pour y faire quoi ? demanda-t-elle.

— Inutile de prendre ce ton, dit sa mère sèchement. Je propose simplement de t'aider. Tout le monde n'a pas l'opportunité de recommencer sa vie, tu sais. Je pensais que tu me remercierais.

Janine déglutit avec difficulté, prit une profonde inspiration pour se calmer, puis elle posa la boîte de sachets de thé sur le plan de travail et ouvrit le placard pour prendre une tasse.

— Je te remercie, maman. C'est très gentil de ta part de me proposer cela. Mais je me plais beaucoup ici. Je ne sais pas ce que je ferais à l'agence. Je suis enseignante, tu sais ? C'est le métier que j'ai choisi de faire.

— Allons, Janine, je ne pense pas que ce choix ne t'ait jamais rendue très heureuse. C'est peut-être ce que tu fais, mais ce n'est pas ce que tu es.

La bouilloire se mit à siffler sur la cuisinière. Janine lui lança un regard furibond. Sa main droite s'agita dans l'air, puis elle secoua la tête et ôta la bouilloire du brûleur.

« *Si ce n'est pas ce que je suis, alors qui suis-je ?* »

Janine se mordit la lèvre. « *Maman, c'est pourtant ce que j'étais censée être.* » Sa mère avait raison, dans un sens. Elle ne s'était jamais définie d'après son statut d'enseignante, comme David et Annette le faisaient. C'était bien plus important pour eux que ça ne l'était pour elle. Alors qui était-elle ?

Même si cela lui semblait superficiel, elle avait eu le sentiment que le bébé qu'elle portait lui donnerait une certaine identité, du moins dans son esprit. Mais il n'en avait pas été ainsi.

— Tu sais quoi, maman ? Je crois que je suis incapable d'envisager ça pour le moment. Je ne suis pas encore assez solide pour ce genre de discussion.

Ruth marqua un temps d'arrêt. Janine songea que la sonorité du téléphone, vide, sourde, en disait long sur la véritable distance qui les séparait.

— Si tu changes d'avis, nous serons toujours là pour t'aider, Janine, dit sa mère.

— Je te remercie.

— Alors tu vas reprendre ton travail bientôt ?

— Tout à fait. Dans une semaine, répondit Janine.

C'était une décision qu'elle venait de prendre alors que les mots sortaient de sa bouche. Néanmoins, elle lui sembla opportune.

— Est-ce que tu as réfléchi au service religieux pour le bébé ?

Janine versa l'eau pour son thé. Sa main trembla un tout petit peu.

— Pas vraiment.

— Nous avons tous besoin de…

— De mettre un point final. Oui, je sais, maman, fit Janine d'un ton brusque.

Elle ouvrit la porte du réfrigérateur, prit un pot de yaourt dans un compartiment, et referma la porte en la poussant avec sa hanche. Puis elle se tint immobile au milieu de la cuisine, le téléphone dans une main et le yaourt dans l'autre, les yeux fermés avec force.

Lorsqu'elle parla à nouveau, sa voix n'était guère plus qu'un chuchotement.

— Il ne t'est pas venu à l'esprit que je n'ai peut-être pas envie de mettre un point final à ce qui s'est passé ?

Ruth commença à répondre.

— Au revoir, maman, dit Janine.

Elle coupa la communication et laissa le téléphone sur le plan de travail tandis qu'elle mélangeait du sucre en poudre dans son yaourt. Assise à sa table de cuisine, elle prit son petit déjeuner frugal et fit comme si cette conversation n'avait jamais eu lieu. Lorsqu'elle eut terminé, elle alla dans le séjour.

L'étui de son violon était placé contre le mur, solitaire et accusateur. Elle n'avait pas joué depuis… depuis *avant*. Avec un pâle sourire, elle se déplaça lentement, comme hypnotisée, à travers la pièce baignée de soleil et elle sortit l'instrument de l'étui.

Il se nicha sous son menton, si familier, à la texture si douce. Dans sa main droite, elle leva l'archet comme si c'était une baguette de fée. Puis elle commença à pincer les cordes, à accorder le violon, et finalement elle joua.

Pendant un petit moment, la musique l'emmena ailleurs, très loin.

Winchester, Massachusetts, était une ville pour gens friqués, avec des rues ombragées par des arbres et bordées de demeures anciennes en briques, des allées peuplées de BMW et de Mercedes, et les meilleurs collèges privés de Nouvelle-Angleterre. Pourtant Winchester avait beau jouxter Medford, elle ne remplacerait jamais la ville avoisinante pour ceux qui y étaient nés.

Le dimanche, peu après midi, David, au volant de sa modeste Volkswagen, passa devant le country club de Winchester pour se rendre à la fête d'anniversaire de Lucas Kenton, âgé de six ans. Les parents du petit garçon, Geoff et Lily, s'aimaient depuis leur scolarité à

St. Matthew's, et ils s'étaient retrouvés lorsqu'ils étaient revenus dans leur ville natale, une fois leurs études universitaires terminées.

Toujours célibataire à trente ans passés, David était très gêné chaque fois qu'il était invité à une fête de ce genre, sauf quand il y allait accompagné d'une petite amie. Lucas était un gosse charmant, mais la plupart des adultes là-bas étaient mariés et avaient des enfants.

Aujourd'hui, il avait l'intention de faire bonne contenance. Geoff et Lily étaient à peu près les seuls camarades de sa promotion qu'il voyait régulièrement, et il les aimait beaucoup tous les deux. Ils étaient assez riches pour habiter à Winchester, mais ils avaient réussi à ne pas se laisser contaminer par la mentalité insupportable de ceux qui ont de l'argent dont tellement de résidents de cette ville semblaient affligés.

La maison des Kenton était une demeure en briques traditionnelle de la Nouvelle-Angleterre, avec un garage indépendant et un petit jardin. Même la maison n'était pas aussi immense qu'on aurait pu s'y attendre, étant donné le coût que cela représentait d'habiter ici. Néanmoins, elle était située dans un quartier huppé et adossée au lac, avec des marches en ciment qui descendaient vers l'eau depuis le jardin de derrière.

Impossible de jouer au football dans le jardin. A moins d'avoir envie de plonger pour récupérer le ballon.

Une douzaine de voitures étaient garées de chaque côté de la rue. David trouva un emplacement trois maisons plus loin. La plupart des voitures devant lesquelles il passa, tandis qu'il revenait à pied vers la maison, étaient équipées de sièges pour enfants. Avec un petit soupir, il fourra sous son bras son cadeau pour Lucas – un sous-marin en Lego – et appuya sur la sonnette.

Lorsque la porte s'ouvrit, un flot de conversations animées déferla sur lui. Des arômes chauds et alléchants s'échappèrent de la maison, et l'estomac de

David gargouilla. Bien que la plupart des amies de Lily Kenton auraient probablement fait appel à un traiteur, même pour un goûter d'enfants, celle-ci adorait cuisiner, et c'était une cuisinière hors pair.

— David ! s'écria Lily en ouvrant la porte.

Comme d'habitude, elle était superbe. Lily était toujours coiffée à la perfection, bien qu'elle ait fait la cuisine depuis la veille. Ses cheveux teints en auburn étaient coupés selon la dernière mode et ses vêtements semblaient toujours neufs. Mais David la connaissait depuis son adolescence. La recherche de la perfection n'était pas un maniérisme affecté de sa part, mais l'aboutissement de l'obsession qu'elle avait tenté de fuir depuis toujours.

— Tu es superbe, dit-il en entrant et en l'embrassant. Et tu sens merveilleusement bon. Ou bien est-ce le déjeuner ?

Les yeux de Lily brillèrent de malice.

— Non, c'est moi.

— Grrrr ! grogna David.

Elle lui donna une tape sur le bras, puis elle l'entraîna dans le vestibule et le fit entrer dans l'immense cuisine. Des femmes étaient assises à la table ou appuyées contre le plan de travail, la plupart avec de grosses tasses de café ou des verres de vin à la main. Des enfants passèrent en courant en poussant des cris joyeux. Enjambant des piles de jouets, Lily et David s'avancèrent au milieu des amis et des voisins réunis.

— La plupart des mecs sont dans le jardin, lui dit Lily. Le déjeuner sera prêt dans quelques minutes. Il y a de la bière là-bas, ou bien veux-tu que je te serve un verre de vin ?

— Ne te donne pas cette peine, merci.

David montra son cadeau et haussa des sourcils interrogateurs.

— La table basse dans le séjour, lui dit Lily.

Il hocha la tête, se faufila entre les femmes dans la

cuisine, et trouva la table basse où les cadeaux de Lucas avaient été déposés. Des enfants jouaient avec un train en bois installé par terre, mais la plupart ne faisaient pas attention aux cadeaux. David fut impressionné. Il songea que, à six ans, que ce fût son anniversaire ou celui de qui que soit d'autre, il aurait déchiré le papier d'emballage pour jeter un coup d'œil à l'intérieur.

Il y avait une véranda vitrée à l'arrière de la maison avec une porte qui donnait sur le jardin. Une demi-douzaine d'invités – David en connaissait vaguement deux –, étaient installés dans des chaises de jardin et regardaient ESPN. L'un d'eux, David crut se souvenir qu'il s'appelait Anthony, le salua de la tête et émit un grognement viril. David lui rendit son salut, mais il n'avait jamais maîtrisé l'art de pousser des grognements virils, aussi demeura-t-il silencieux.

Il trouva finalement Geoff dans le jardin de derrière en train de jouer au ballon avec Lucas, une demi-douzaine d'autres enfants, et un autre papa. Geoff l'aperçut immédiatement et lui lança le ballon en plastique. David le rattrapa au vol et le lança vers les enfants.

— Lucas ! cria-t-il en forçant un peu la voix.

Le ballon en plastique heurta et rebondit sur la tête du garçon, puis roula dans l'herbe. Deux enfants commencèrent à se battre pour s'en emparer, et deux autres pères furent obligés d'intervenir pour les séparer.

Geoff secoua la tête comme il rejoignait David.

— Bravo, tu as réussi ton coup ! dit-il en jetant un regard aux enfants qui criaient.

— Ce n'est pas de ma faute si ton fils ne sait pas rattraper un ballon, le taquina David.

Mais il le dit tellement bas que Lucas ne l'entendit pas. C'était une chose de lancer des vannes à Geoff, et tout autre chose de risquer de marquer son fils pour la vie.

Avec un petit rire, Geoff lui fit le geste du médius

levé, près de sa poitrine, à l'abri des regards des gosses.

— Tu veux une bière ?

— Ce n'est pas de refus.

Ils se dirigèrent vers les deux énormes glacières qui étaient appuyées contre la véranda. Geoff présenta de nouveau David à plusieurs personnes qu'il avait rencontrées lors du dernier anniversaire de Lucas. La plupart du temps, lorsqu'il voyait les Kenton, il était seul, bien que, durant quelque temps, il soit venu avec Janine.

Cette seule pensée fit sourire David.

— C'est quoi, ce sourire béat ? demanda Geoff en sortant deux canettes de Bass Ale de la glace.

Pris au dépourvu, David secoua la tête.

— Oh, rien. C'est juste… j'ai vu Janine la semaine dernière.

— Sans dec ?

Geoff prit un décapsuleur dans sa poche – indispensable lors de telles réunions – et fit sauter les capsules des deux canettes.

— Et que devient-elle ?

Un peu à contrecœur, David lui relata néanmoins la récente tragédie survenue à Janine, et il lui raconta leurs retrouvailles, le samedi précédent. Geoff était un mec, un vrai, mais la tristesse qui apparut sur son visage, lorsqu'il apprit pour le bébé de Janine, était sincère. Il avait un cœur gros comme ça. C'était pour cette raison que David s'était efforcé de préserver leur amitié, même si leurs vies avaient pris des directions différentes.

— Lily va être effondrée si tu recommences à voir Janine, lui dit Geoff.

David buvait une gorgée de bière, et il faillit s'étrangler. Il abaissa la canette et s'essuya la bouche du dos de la main.

— Pourquoi ? Je pensais qu'elle aimait bien Janine.

— Oh, tout à fait. Mais elle a invité une amie de son club du livre qu'elle tient absolument à te présenter. Samantha. J'étais contre, je tiens à ce que tu le saches.

David haussa les sourcils.

— Qu'est-ce qu'elle a de spécial ?

Geoff eut un petit rire grivois.

— Rien du tout sinon qu'elle est super-bandante et que je n'ai pas envie que tu finisses par t'envoyer en l'air avec elle, parce que, dans ce cas, je serai foutrement jaloux !

Ils éclatèrent de rire.

— Maintenant j'ai sacrément envie de la connaître ! dit David.

Il regarda autour de lui avec ostentation, savourant l'opportunité de rappeler à Geoff l'avantage d'être célibataire. Même si, personnellement, il estimait que les gens qui avaient une vie de couple réussie étaient sans doute les plus heureux au monde, cela apaisait un peu la mélancolie qui allait de pair avec le célibat chaque fois qu'il était en mesure de tirer avantage de la tendance naturelle des types mariés à avoir l'impression de rater quelque chose.

— Elle s'appelle comment, déjà ? fit-il d'un ton sarcastique. Samantha, c'est ça ? Comme dans *Ma sorcière bien-aimée* ? J'aime bien.

— Va te faire foutre, marmonna Geoff.

David continua de jeter un regard à la ronde. Quelques mères étaient sorties dans le jardin, mais il y avait principalement des papas et les enfants. La partie de ballon avait pris fin. A présent les gamins jouaient à chat en poussant des cris stridents.

Lucas traversa la pelouse en courant pour éviter d'être touché. Alors que David observait le garçon, une silhouette à la périphérie de son champ de vision attira son attention. Il leva les yeux. Là-bas, de l'autre côté de la pelouse, juste à l'endroit où le jardin était étayé par un mur en béton et où des marches amenaient au lac en contrebas, se tenait Ralph Weiss.

Du fait du soleil éclatant, il semblait presque gris et se détachait sur la limite du jardin avec le lac qui s'étendait derrière lui. Un vent froid ridait la surface de l'eau.

Paralysé, David regardait fixement, incapable de parler ou même de respirer. Ses yeux lui donnaient l'impression d'être secs, de le brûler.

Geoff vint se mettre devant lui et l'empêcha de voir.

— Vise un peu ! La voilà, en compagnie de Lily. Je t'avais bien dit que Lily allait jouer les entremetteuses !

David pencha la tête d'un côté et regarda au-delà de Geoff. Lucas avait été touché et était maintenant le chat. Un autre garçon était tombé et son père se précipita pour le relever.

Il n'y avait personne au bord du lac.

— Nom de Dieu ! chuchota David.

Il se mit à traverser la pelouse sans la moindre hésitation. Tout en marchant, il jeta des regards à gauche et à droite, scruta les visages des adultes présents dans le jardin. Ralph Weiss était mort. Il le savait, et cela ne faisait aucun doute pour lui. David Bairstow ne croyait pas aux fantômes et il n'avait aucune envie de croire qu'il avait peut-être eu une hallucination, aussi examinait-il attentivement ces visages dans l'espoir que l'un d'eux ressemblerait à Weiss, ne serait-ce qu'un tout petit peu. Suffisamment pour avoir suggéré son apparition à son subconscient.

Aucun d'eux ne présentait la moindre ressemblance avec le défunt.

A l'endroit où se terminait la propriété des Kenton, il y avait un à-pic de deux mètres, renforcé par du béton, jusqu'au lac en contrebas. L'eau clapotait contre le mur de soutènement et recouvrait deux des marches. Il n'y avait pas de voiliers sur l'eau, rien du tout excepté un amateur de kayak de l'autre côté du lac. Il était encore un peu tôt dans l'année pour faire de la voile.

David contempla le lac un long moment. Puis il fut surpris par les trente kilos d'un gamin qui entrait en collision avec lui. La panique le submergea tandis qu'il perdait presque l'équilibre. S'il ne s'était pas jeté à terre juste à temps, tous deux auraient basculé du mur et seraient tombés dans l'eau peu profonde.

— C'est toi le chat ! s'écria Lucas Kenton joyeusement.

David éclata de rire et ébouriffa les cheveux du garçon, puis il l'écarta et se releva. Ensuite il tendit la main, tapa Lucas sur l'épaule, et s'enfuit en courant.

— C'est toi le chat ! lui lança-t-il.

Lucas cria que ce n'était pas juste mais il riait, aussi David se dit que tout allait bien. Près de la maison, Geoff et Lily parlaient avec une rousse époustouflante qui semblait beaucoup plus jeune que toute l'assemblée. Il se traita de tous les noms en réalisant combien cela avait dû paraître grossier de s'éloigner de cette façon. Alors qu'il s'approchait, Lily chuchota quelque chose à Geoff, et il se sentit coupable.

— Désolé, dit-il à Geoff. J'avais cru voir des faucons sur l'autre rive du lac. Ils sont… très intéressants.

Geoff fronça les sourcils.

— J'ignorais que tu étais un ornithologue averti.

Mais Lily enchaîna immédiatement, visiblement ravie d'avoir une excuse à donner à son amie qui était préférable à « il t'a vue arriver et il a pris les jambes à son cou ».

— Je n'avais jamais remarqué qu'il y avait des faucons ici, déclara-t-elle. Il faudra que j'ouvre l'œil. Ce sont des oiseaux magnifiques.

De près, la rouquine était encore plus superbe. Elle avait des yeux bleu-vert et un charmant sourire. Ses cheveux étaient tressés sur sa nuque et ses lunettes ovales lui donnaient un air intellectuel que David trouva très séduisant.

— Bonjour. David Bairstow. Habituellement, je ne suis pas aussi débile.

— Oh, que si ! intervint Geoff.

— Samantha Kresky. (Elle tendit la main et il la serra.) On m'a beaucoup parlé de vous.

— En mal, j'en suis sûr, répondit David.

C'était un flirt bénin, mais il était en pilotage automatique. C'était ce que Geoff et Lily attendaient de lui, et il voulait être poli. Pourtant son esprit était ailleurs. Même s'il n'avait pas été à moitié amoureux – peut-être plus qu'à moitié – de Janine, il était encore bouleversé par ce qu'il avait cru voir un moment auparavant, illusion ou pas.

Comment aurait-il pu dire à ses amis que, durant un instant, il avait cru voir un mort debout sur leur pelouse ? Il s'était agi de quelqu'un d'autre, il en avait la certitude, et son esprit avait superposé la suggestion que cette personne ressemblât à Ralph Weiss. Après tout, il pensait toujours à lui. Ses obsèques avaient eu lieu la veille, et Geoff et Lily avaient été également ses élèves.

Mais, durant cet instant où l'illusion avait persisté, elle avait fait bien plus que le déconcerter. Elle avait suscité un froid intense en lui, qu'il continuait de ressentir.

La conversation se poursuivit, et David s'efforça d'être affable, mais son regard était sans cesse attiré vers l'endroit où le terrain s'arrêtait et où le lac commençait. Il continuait presque de voir le personnage là-bas, tels les points lumineux qu'un rapide regard vers le soleil laissait sur sa vue.

Des nuages commencèrent à s'amonceler en début d'après-midi. Lorsque Annette vint chercher Janine, la journée était devenue grise et fraîche, comme si la matinée radieuse avait été un accident que Dieu s'empressait maintenant de réparer.

De l'avis de Janine, Dieu avait permis bien trop d'accidents ces derniers temps. Cependant, elle s'efforçait de ne pas trop penser au Tout-Puissant. Lorsqu'elle le faisait, cela la mettait en boule. En ce qui la concernait, Dieu était un sadique, tout simplement. Il lui avait donné des amis comme Annette et David, mais c'était à peu près tout ce qu'elle pouvait dire en Sa faveur.

Elles demeurèrent silencieuses durant la plus grande partie du trajet jusqu'au cimetière. Janine ressentait un malaise imprécis depuis qu'elle s'était réveillée ce matin, et cela s'était accentué après la conversation avec sa mère. Elle n'avait aucune envie d'aborder ce sujet. La vie continuait, du moins était-ce ce qu'on disait. Et c'était ce qu'elle désirait. Que la vie continue.

Pourtant elle n'était pas disposée à faire comme si elle n'avait jamais porté ce bébé en elle, comme s'il n'avait pas existé. Sa perte était une partie d'elle à présent, et ce bébé l'accompagnait toujours, d'une certaine façon.

Cela lui semblait juste d'aller le voir. Elle se sentait déjà coupable de ne pas l'avoir fait les jours précédents. Pour elle, ces jours ressemblaient à une longue nuit, une nuit agitée où des rêves tordus, inquiétants, étaient trop souvent venus la visiter. Il y avait eu aussi des rêves agréables, mais ils étaient l'exception. Elle était restée dans son appartement la plupart du temps, sortant uniquement pour faire des courses et ne téléphonant qu'à Annette, à sa mère et à Tom Carlson, le principal du lycée.

L'entrée du cimetière d'Oak Grove apparut.

Le père de Janine était né et avait grandi à Medford. Ses parents étaient enterrés à Oak Grove et, lorsqu'il était mort, il avait été inhumé auprès d'eux. Les tantes de Janine avaient eu la gentillesse de lui proposer de faire enterrer le bébé dans le caveau familial et de lui donner la place qui avait été destinée autrefois à sa mère.

— C'est sympa de ta part de m'emmener, dit Janine.

Annette hocha la tête.

— Mais non, c'est normal…

Toutefois, son sourire manquait d'assurance. Janine fronça les sourcils.

— Ça va ?

Comme si cette question la prenait au dépourvu, Annette ramena derrière son oreille une mèche de ses cheveux, et elle haussa les épaules.

— Je vais très bien. C'est juste que… (Elle roula les yeux.) Aucune importance. C'est stupide.

— Pas si cela te tracasse.

Annette franchit le portail du cimetière et lui lança un regard.

— Etant donné où nous sommes et pourquoi nous sommes ici ? C'est stupide.

Janine la regarda d'un air menaçant. Finalement, Annette poussa un soupir.

— C'est juste que… j'ai vu Melinda hier soir.

— Vous vous êtes réconciliées ? C'est formidable ! s'exclama Janine en s'efforçant de prendre un ton enthousiaste même si elle n'avait pas eu beaucoup de sympathie pour la dernière petite amie en date d'Annette.

Annette continua de regarder devant elle et se dirigea lentement vers la colline boisée au fond du cimetière.

— Je l'ai aperçue dans un bar. Avec quelqu'un d'autre. Le couple parfait, apparemment.

Janine eut le cœur serré.

— Oh, Elfe, je suis désolée…

Annette secoua la tête tandis qu'elle se garait.

— Ce n'est rien. Je pense à la raison pour laquelle nous sommes ici, et je me sens parfaitement débile –

pour ne pas dire sans cœur –, de me laisser affecter par ce genre de connerie.

Janine prit la main de son amie et la serra.

— Je te remercie. Mais ce n'est pas parce que je… enfin, je veux dire, ce qui s'est passé ne signifie pas que tu n'as pas le droit d'avoir de la peine.

Lorsque Annette releva la tête, ses yeux étaient humides.

— Je me sens foutrement seule parfois.

— Je sais, tu peux me croire.

Janine serra sa main à nouveau, puis elle ouvrit la portière et commença à sortir.

Elle était à moitié descendue de la voiture lorsqu'elle aperçut un homme portant un long manteau devant le caveau des Hartschorn. Son manteau claquait au gré du vent, et ses mains étaient enfoncées dans ses poches.

Le monde devint silencieux autour d'elle. Le grondement du moteur de la voiture d'Annette, le bruissement du vent dans les branches encore nues au-dessus d'elle, le bruit des battements de son cœur, tout cela avait disparu.

Janine se redressa et regarda l'homme fixement. Un souvenir, ou juste le fantôme d'un rêve, traversa rapidement son esprit tel un écureuil qui détale vers un arbre pour se mettre à l'abri. Ses lèvres étaient glacées.

Puis l'homme se retourna.

C'était Spencer.

La colère remplaça la peur en elle. Janine serra les poings tandis qu'elle jetait un regard à la ronde et repérait la voiture de Spencer garée un peu plus loin. Grinçant des dents, elle traversa la pelouse pour se diriger vers lui. Spencer l'aperçut immédiatement, et il se raidit, les yeux grands ouverts.

La voir le rendait nerveux. Janine s'en réjouit.

— Fils de pute ! chuchota-t-elle tandis qu'elle s'avançait sur le sol encore durci par l'hiver.

— Bonjour, Janine, dit-il.

Il garda une expression neutre et attendit.

Sans s'arrêter de marcher, elle le gifla. Sa paume l'élança, et le bruit de la gifle résonna sur la colline. Spencer chancela, les yeux plissés de douleur, et il jura à voix basse tandis qu'il se redressait, une main plaquée sur la tache rouge de sa joue.

— Tu te sens mieux ?

Sa voix était comme son expression, terne, sourde.

Les commissures des lèvres de Janine se crispèrent.

— Pas du tout, mais ça m'a fait un plaisir fou. Suffisamment pour recommencer.

Il recula d'un demi-pas.

— Qu'est-ce que tu fous ici ?

Spencer abaissa sa main. Une marque écarlate était apparue sur sa joue. Il secoua la tête légèrement.

— A ton avis ? Tu ne répondais pas à mes messages, alors j'ai appelé l'hôpital. Ils m'ont dit où il avait été enterré.

Janine pinça les lèvres avec amertume.

— Les enfoirés !

— Ils étaient bien obligés de me le dire. Je suis le père.

Un flot de bile monta dans la gorge de Janine et sa respiration s'accéléra. Elle plissa les paupières et, malgré la douleur cuisante dans ses yeux, elle s'ordonna de ne pas pleurer.

— Tu n'es rien du tout. Ta place n'est pas ici.

Le regard de Spencer se durcit. Il se redressa encore plus. Il afficha sur son visage l'expression qu'il prenait toujours avec ses clients, l'expression « je vous emmerde, c'est moi qui commande ici », et il fourra à nouveau ses mains dans les poches de son pardessus. Comme le complet qu'il portait en dessous, il n'y avait pas une seule tache ni un seul faux pli sur le tissu coûteux.

— Les choses ne doivent pas se passer ainsi, Janine.

D'accord, je suis un salaud. Je n'avais pas envie d'avoir un gosse. Mais je n'ai jamais cessé de t'aimer.

De toutes les phrases qu'il aurait pu prononcer, c'était bien la dernière à laquelle elle s'attendait. Janine se mit à rire. Le rire commença au fond de son être puis il monta et jaillit de ses lèvres avec une violence suffisante pour la faire se pencher légèrement en avant. Des larmes coulèrent de ses yeux et elle les essuya rapidement. Elle se rendait vaguement compte qu'elle faisait probablement une crise de nerfs, mais elle s'en moquait.

Spencer la considéra pendant quelques secondes, puis il secoua la tête, tourna les talons et se dirigea vers sa voiture à grandes enjambées, d'une démarche raide.

Janine aperçut Annette qui observait la scène depuis la voiture, et son rire commença à se calmer.

Arrivé près de l'allée, Spencer fit halte et se retourna pour regarder Janine.

— Sur la pierre tombale, il est seulement écrit « enfant Hartschorn ». Tu ne lui avais pas donné de prénom ?

Les muscles de son visage étaient douloureux, mais ils commencèrent à se relâcher.

— Il a un prénom. Mais tu ne le connaîtras jamais.

Spencer se détourna.

— Je t'aime, Janine, dit-il, puis il monta dans sa voiture.

Cela la mit hors d'elle.

— Je t'emmerde ! lui cria-t-elle tandis que la voiture démarrait et commençait à s'éloigner. Espèce d'ordure, je t'emmerde !

Annette accourut vers Janine, s'agenouilla près d'elle et la serra dans ses bras, mais Janine continua de crier des injures jusqu'à ce que la voiture ait disparu.

5

A l'exception d'un drugstore et d'un café, le quartier autour de St. Matthew's était résidentiel. Autrefois, les maisons avoisinantes étaient habitées par des couples âgés qui avaient grandi à Medford, mais avec le temps, les loyers à Boston étaient montés en flèche et c'était devenu à la fois pratique et très tendance pour de jeunes cadres dynamiques de vivre dans des villes à la périphérie.

David se souvenait de l'aspect de ce quartier vingt ans auparavant, et il trouvait que tous ces changements lui avaient volé un peu de son caractère particulier.

Ou peut-être était-ce juste la pluie…

On était mercredi et, comme les deux jours précédents, le matin ne semblait pas vouloir se lever. Le ciel n'était pas simplement gris, il était noir comme du charbon et, à longueur de journée, il fallait rouler phares allumés. Par endroits, la pluie ruisselait comme un torrent dans les rues, s'accumulant en flaques d'eau dans les nids-de-poule insidieusement dissimulés que les voitures abordaient sans méfiance et qui se creusaient un peu plus à chaque passage.

Le pneu avant droit de la Volkswagen de David cahota dans l'un d'eux et s'enfonça dans un trou assez profond pour que le châssis racle la chaussée un instant. Il jura à haute voix et se pencha en avant pour scruter la pluie au-delà de ses essuie-glaces tout juste efficaces, à la recherche d'un emplacement sur le parking réservé aux enseignants.

Lorsqu'il en trouva un, il fut obligé de baisser sa vitre pour être certain de ne pas heurter un autre véhicule en se garant, et son visage fut éclaboussé par la pluie. Il soupira et coupa le moteur. La radio s'éteignit brusquement, et ce fut seulement à ce moment qu'il réalisa qu'il avait mis le volume au maximum pour essayer de couvrir le martèlement des gouttes sur la carrosserie.

Il courut vers la porte de derrière, sa serviette en cuir posée sur sa tête, et tint le col de son imperméable serré autour de sa gorge pour se protéger du froid glacial. Les giboulées d'avril. Il connaissait la chanson. Elles apportaient les fleurs qui fleurissaient en mai.

Mais, pour l'instant, David Bairstow aurait volontiers renoncé aux fleurs. Que ce soit en mai, ou pour toujours.

Il y avait une grande flaque d'eau au bas du perron en granit de l'entrée. Il ralentit un tout petit peu sa course, puis sauta vers la première marche. Une distance facile à franchir, s'il n'avait pas voulu jouer à « dansons sous la pluie », un numéro de contorsionniste avec sa serviette en cuir et son imperméable. Son pied gauche atterrit dans la flaque, l'eau pénétra dans sa chaussure, et sa chaussette fut immédiatement trempée.

— Bordel de merde !

Ecumant de colère, il souleva son pied comme s'il avait marché dans une crotte de chien et lui lança un regard furieux. Puis il secoua la tête et se dirigea vers la porte.

A l'intérieur, plusieurs élèves détournèrent les yeux en hâte, dissimulant à peine leur hilarité. Avec un sourire crispé et un soupir de soulagement, David entra et laissa sa serviette pendre à nouveau le long de son corps.

— Bonjour, monsieur Bairstow, roucoula une jeune fille de seconde année qu'il remit vaguement.

Ce n'était pas l'une de ses élèves. Peut-être la sœur cadette de l'un d'entre eux.

— Si tu le dis, répondit-il. Ma foi, tu n'as pas l'air mouillée du tout.

La jeune fille sourit à son sarcasme.

— J'avais emporté un parapluie.

David se donna une tape sur le front.

— Un parapluie ! Mais bon sang, bien sûr ! (Il commença à monter l'escalier, puis il se retourna pour regarder la jeune fille une dernière fois.) En fait, je me demande si nous n'aurons pas besoin d'une arche dans quelque temps !

Arrivé au premier étage, il entreprit de déboutonner son imperméable tandis qu'il se faufilait entre les élèves qui se dirigeaient vers leurs salles respectives. Lui-même n'avait pas cours en première heure, mais il voulait échapper à la pluie et se sécher, puis relire ses notes avant d'entrer en classe. Ses élèves devaient commencer à présenter leurs exposés de fin d'année aujourd'hui, et il voulait vérifier lesquels étaient fin prêts et quels sujets ils avaient choisis, afin d'être à même de faire des remarques intelligentes.

Au fond du couloir, il aperçut Lydia qui sortait de la salle des professeurs, les bras chargés de livres.

— Monsieur Bairstow ?

Plongé dans ses pensées, David eut l'impression très nette que ce n'était pas la première fois qu'on l'appelait. Il se retourna et aperçut Brad Flecca qui l'observait, dans l'expectative.

— Brad. Excuse-moi. (Il secoua la tête.) Qu'y a-t-il ?

L'adolescent était blond et avait les traits extrêmement fins, mais il était bâti comme un char d'assaut. Brad était la star de l'équipe de football de l'école, un sportif comme il s'en présentait un à peu près tous les dix ans. Dans l'ensemble, c'était également un élève passable. Contrairement à la plaisanterie classique, Brad n'était pas stupide, mais il ne semblait guère disposé à se donner du mal pour ses études.

David glissa une main dans sa poche et fit mine de n'avoir aucune idée du sujet que Brad désirait aborder.

— Qu'est-ce que je peux faire pour toi ?

La star de l'équipe de football détourna les yeux, se dandina d'une jambe sur l'autre, puis il finit par soupirer et regarda David à nouveau.

— Euh, vous avez peut-être appris que j'avais obtenu une bourse à B.C. pour faire partie de l'équipe de football ?

— C'était dans tous les journaux, fit remarquer David.

Brad gonfla légèrement les joues.

— Ouais. Ouais, c'est cool, hein ? Ecoutez, je sais que je n'ai pas fait beaucoup d'efforts ce trimestre. Mais le problème, c'est que ma bourse est soumise à certaines conditions, d'accord ? Je dois avoir la moyenne dans toutes les matières, ou même un peu plus. Si je n'ai pas la moyenne en anglais, je suis bais… euh, enfin, j'aurai de gros problèmes.

Il eut un pâle sourire.

David hocha la tête et s'efforça de prendre une expression bienveillante.

— Ce serait moche, hein ?

— Plutôt, ouais.

Ils se regardèrent un moment. Des gosses passaient près d'eux dans le couloir, ils ne leur prêtaient aucune attention, chacun absorbé par ses propres soucis. David durcit sa prise sur la poignée de sa serviette.

— Il va te falloir une bonne note pour ton exposé de fin d'année si tu veux avoir la moyenne en anglais, Brad. Peut-être même une très bonne note, dit-il.

Brad fit une grimace.

— Je suppose qu'il est raisonnable de penser que

ton exposé ne sera pas prêt pour… voyons, en principe c'était vendredi, hein ?

— Vendredi, ouais.

La voix du garçon était mal assurée. David ressentit de la pitié pour lui. Brad s'était relâché depuis Noël, cela ne faisait aucun doute. Mais c'était un gosse intelligent, et même si c'était le football qui lui permettait d'aller à B.C., David estimait qu'une fac de cette qualité pouvait changer beaucoup de choses pour l'avenir de Brad.

— Je vais te dire ce que nous allons faire, déclara-t-il.

Brad le regarda, plein d'espoir.

— Tu passeras en dernier. Ce qui te laisse deux semaines à partir d'aujourd'hui. Néanmoins, je ne te ferai aucune faveur pour la note. Tu as intérêt à te remuer les fesses, à nous étonner, si tu veux obtenir cette bourse.

— Absolument, monsieur Bairstow. Juré, craché ! (Brad hocha la tête avec enthousiasme.) Je fonce à fond la caisse ! Ce sera super !

David se surprit à hocher la tête à son tour.

— Quel sujet as-tu choisi, déjà ?

— L'atavisme dans l'œuvre de Jack London.

David lança un regard dubitatif au garçon.

— Brad, est-ce que tu as la moindre idée de ce qu'est l'atavisme ?

L'élève, qui rendait trois centimètres et vingt kilos à l'enseignant, donna une tape amicale sur le bras de son professeur de littérature.

— Pas encore, m'sieur, mais je trouverai, je trouverai !

Tous deux éclatèrent de rire.

Au fond du couloir, une fille poussa un cri paniqué.

— Tim, non ! gémit-elle. Laisse-le tranquille !

— Fils de pute ! lança une voix masculine.

Il y eut le bruit de quelque chose qui heurtait violemment du métal, un corps contre un casier de vestiaire, pensa David. Il repéra deux garçons qui se colletaient près de la cage d'escalier, d'où il était venu. Des élèves commencèrent à former un cercle autour d'eux tels des chiens sauvages, la meute observant un combat pour gagner la place du chef.

— L'atavisme, murmura-t-il. Allons voir ça de plus près.

Puis il se dirigea vers l'escalier sans un autre mot à Brad.

Tandis qu'il remontait le couloir au petit trot, David distingua mieux les gosses qui se bagarraient. Tim Ferris était en troisième année ; c'était un élève moyen mais un garçon très gentil. En quatrième année, Vinnie Abate, lui, était un paquet de problèmes sur deux jambes. Pourtant, en l'occurrence, telles que les choses se présentaient *a priori*, c'était Tim qui était à l'origine de la bagarre. Vinnie était plus costaud, mais Tim avait manifestement pris le dessus sur lui. Il serrait la gorge de son adversaire avec sa main gauche et, de l'autre, il le frappa au visage une fois, deux fois, trois fois.

La petite amie de Tim, Liz Rossiter, lui saisit l'avant-bras.

— Tim, arrête ! Il n'a rien fait !

Avec un grognement de rage, Tim l'obligea à le lâcher.

— Fous le camp, espèce de roulure ! vociféra-t-il.

Il se retourna et leva la main pour la gifler. David retint son poignet avant que le coup ne parte.

— Tu te calmes maintenant ! cria-t-il.

L'attroupement se dispersa aussitôt. Aucun des élèves n'avait envie qu'on lui demande de raconter ce qu'il avait vu, ou de désigner celui qui avait commencé le premier. Liz voulut elle aussi s'éloigner, mais David l'en dissuada d'un regard sévère.

— Tu restes ici, Liz !

Il poussa Tim contre un casier et le maintint là.

Durant une seconde, il lança un regard furieux au garçon, puis il se tourna vers Vinnie. Celui-ci palpa délicatement sa lèvre enflée et écarta ses doigts de son visage pour regarder s'il y avait du sang.

La sonnerie annonçant le début des cours retentit.

— Monsieur Bairstow… commença Liz.

Il la considéra attentivement, puis il lâcha Tim et s'écarta du casier.

— Et si tu me disais ce qui se passe, Liz ?

Le regard de la fille se durcit et son expression se renfrogna. D'un air irrité et de façon puérile, elle détourna la tête. David regarda Vinnie, puis Tim. Finalement, il secoua la tête avec tristesse.

— Je vais vous dire ce que je vais faire. Je vais vous faciliter les choses. Je vous livre mon hypothèse, et vous me direz si je me trompe.

Aucun d'eux ne le regardait à présent. Tous les trois s'étaient retranchés derrière des boucliers de mine fermée.

— Très bien. Mon hypothèse est la suivante : je pense que toi, Liz, tu as fait certaines choses avec Vinnie que peut-être tu n'aurais pas dû faire, étant donné que Tim est ton petit ami.

— Ce n'est pas mon petit ami, marmonna Liz.

Tim lui lança un regard furieux.

— Salope !

David hocha la tête.

— Je suppose que cela veut dire que je brûle, hein ?

Il se pinça l'arête du nez, inspira profondément, puis il donna une tape sur l'épaule de Vinnie.

— Bien que cela me surprenne beaucoup, je dois le reconnaître, ce n'est pas toi qui as commencé. Tu peux t'en aller.

— Quoi ? s'exclama Tim. Ecoutez, monsieur Bairstow, il…

— Fais-moi grâce des détails, Tim. Je n'ai pas besoin de les connaître. Quoi que Vinnie et Liz aient fait ou n'aient pas fait, cela ne regarde qu'eux. Même si tu meurs d'envie d'avoir recours à la violence, tu n'en as pas le droit. C'est ce que dit la loi, c'est ce que dit le règlement de l'école, et c'est ce que dit le bon sens. Je croyais que tu en avais un peu, du bon sens.

Le garçon lui lança un regard mauvais.

— Liz, tu peux t'en aller, toi aussi. (Il fit un geste de la main pour la congédier.) A l'avenir, tu aurais peut-être intérêt à rompre avec ton petit copain avant de t'en trouver un autre. C'est juste un conseil d'ami.

La jeune fille s'éloigna, en hâte et sans aucun commentaire. Vinnie la rattrapa et ils partirent ensemble. David avait pitié de Tim, comprenait ce qu'il devait ressentir. Mais ses sentiments n'excusaient pas sa conduite.

— Et moi ? demanda Tim, toujours la mine revêche.

— Ce n'est pas à moi d'en décider, mais il est possible que tu sois renvoyé pour quelques jours, lui dit David. Je t'attends dans le bureau de sœur Mary après les cours.

— Vous pouvez toujours courir ! ricana Tim.

David battit des paupières, abasourdi par l'insolence du garçon. Toute la compassion qu'il avait éprouvée pour lui disparut.

— Tim, tu ne réalises peut-être pas dans quel pétrin tu te trouves déjà, mais si j'étais toi…

— Vous n'êtes pas moi, monsieur Bairstow. Loin de là même. Alors foutez-moi la paix !

Tim leva une main, tourna les talons et commença à s'éloigner comme si de rien n'était.

Avant que David ait pu réagir, une voix retentit depuis l'escalier près d'eux.

— Monsieur Ferris !

Tim s'arrêta brusquement, puis il se retourna lentement. L'expression sur son visage avait complètement changé. L'adolescent hocha la tête craintivement, mais sans relever les yeux. Il dansa d'un pied sur l'autre, mal à l'aise, tandis que le père Charles s'interposait entre eux. Le prêtre regarda à peine David avant de s'approcher de l'élève et d'appuyer son regard sur lui. Une dizaine de centimètres les séparait.

— Je n'ai entendu que la fin de cette conversation, monsieur Ferris, aussi peut-être ai-je mal compris ce que vous avez répondu à M. Bairstow. Ai-je mal compris ?

Le garçon fit une grimace comme s'il venait d'avaler un concentré de limonade.

Le père Charles se pencha vers lui.

— Ai-je mal compris vos paroles, monsieur Ferris ?

— Oui, mon père, répondit le garçon, à peine plus qu'un chuchotement.

— C'est ce que j'espérais, dit le père Charles d'un ton cassant. (Puis, à son tour, il baissa la voix jusqu'à chuchoter :) Peu m'importe qui est votre père, ou combien d'argent il donne à l'archevêché, monsieur Ferris. Personne ne parle de cette façon à un professeur dans cette école. Vous irez rejoindre M. Bairstow dans le bureau de sœur Mary après la dernière sonnerie, et vous lui remettrez une lettre d'excuses pour votre conduite, une lettre en bonne et due forme. Ensuite vous vous en remettrez à la clémence de sœur Mary, mais sachez ceci…

Le prêtre se redressa de toute sa taille, et Tim leva les yeux vers lui.

— Je serai également présent, ajouta-t-il. Et personne ne m'a jamais accusé de laxisme.

Tim se raidit visiblement. Il avait l'air effrayé, et David s'en réjouit.

— Vous pouvez partir maintenant, dit le prêtre.

Tim s'en alla, aussi vite qu'il le pouvait, sans vraiment courir. Ils l'observèrent s'éloigner précipitamment. Lorsqu'il fut parti, David regarda le père Charles avec stupeur.

Celui-ci arborait un large sourire.

— C'est la soutane, dit-il.

David éclata de rire et, sa serviette pendillant dans sa main gauche, il emboîta le pas du père Charles et l'accompagna jusqu'à son bureau. Ils parlèrent brièvement du mauvais temps, mais après trois jours de pluie d'affilée, il restait très peu de choses à en dire.

Ils firent halte devant la porte du bureau.

— La journée commence plutôt mal, non ? dit le père Charles.

— Donc, elle ne peut que s'améliorer.

— Ne serait-ce pas merveilleux si c'était vrai ?

David lui lança un regard étonné, et le prêtre lui offrit en retour ce sourire énigmatique qui était son image de marque. L'une des choses les plus troublantes le concernant, c'était son approche directe de la vie, son refus d'y laisser s'installer la banalité.

— Vous savez ce que vous devriez faire ? dit-il brusquement.

— Non. Qu'est-ce que c'est ?

— Vous devriez téléphoner à Janine Hartschorn et l'inviter à dîner ce week-end. Qu'est-ce que vous attendez ?

Durant un moment, David en resta bouche bée de surprise. Puis une petite voix lui dit qu'il devait avoir l'air complètement stupide, et son esprit se remit à fonctionner, les rouages à tourner.

— Vous en avez parlé avec Annette ?

Le père Charles eut un sourire malicieux.

— Mlle Muscari n'est peut-être pas la présidente de mon fan-club, mais nous sommes amenés à nous croiser de temps en temps dans les couloirs et au réfectoire. Et, lorsque cela nous arrive, le seul sujet que nous pouvons aborder sans nous disputer, c'est vous.

David roula les yeux.

— Vous êtes une vraie commère !

— Vous l'appellerez ?

— Aujourd'hui, affirma David.

— Le téléphone dans mon bureau est à votre disposition, lui proposa le prêtre. Il se trouve que je sais qu'elle ne reprendra pas ses cours à Medford High avant lundi prochain, aussi elle est probablement chez elle.

Il montra de la main la porte de son bureau. David eut un petit rire et entra pour téléphoner.

Ils s'efforçaient de faire comme si ce n'était pas un rendez-vous d'amoureux.

Janine était assise en face de David à une petite table bancale du *Border Café* et mangeait des crevettes au pop-corn avec une rapidité qui confinait à la gloutonnerie. Le restaurant avait été l'un de leurs préférés autrefois parce qu'il était situé dans Harvard Square à Cambridge, un quartier tape-à-l'œil et animé, où c'était toujours amusant d'observer les gens, et parce qu'il servait une délicieuse cuisine cajun et mexicaine.

Les crevettes au pop-corn étaient le hors-d'œuvre préféré de Janine. Le *Border* était décoré de façon à donner l'impression qu'il se trouvait au bord d'un bayou, comme si les objets fixés sur les murs avaient été sortis de l'eau ou bien trouvés sur le bas-côté de la route. Le chic-poubelle cajun. Depuis les tables jusqu'aux menus, tout présentait une sorte d'éclat poisseux, et l'air était saturé d'odeurs épicées au point qu'on y larmoyait presque continuellement. Pourtant tous deux avaient toujours considéré ce restaurant comme une sorte de paradis, et rien n'avait changé depuis leur rupture.

C'était samedi après-midi – Janine songea que David avait probablement préféré l'inviter à déjeuner pour que cela ressemble moins à un tête-à-tête amoureux – et plus de deux semaines s'étaient écoulées depuis qu'elle était sortie de l'hôpital. Bien que son chagrin soit toujours intense, souvent il s'estompait suffisamment pour qu'une heure entière se passe sans qu'elle pense une seule fois au bébé. C'était probablement l'effet de son médicament, mais si c'était le cas, elle savait qu'elle proclamerait avec joie qu'elle était une droguée.

Janine n'était pas vraiment prête à cette rencontre. Ni même capable d'envisager d'ouvrir son cœur à quoi que ce soit ou à quiconque. Son cœur était déjà brisé et, si elle ôtait l'écran protecteur qui l'entourait, il risquait de se flétrir et de tomber sur le sol comme les feuilles en automne. Elle n'était pas prête, mais elle était également terrifiée à la pensée qu'elle ne le serait peut-être jamais. Autrefois, elle avait commis une erreur épouvantable avec David Bairstow. A présent, elle avait la possibilité de rectifier cette erreur.

Prête ou non, elle n'avait pas l'intention de laisser passer cette opportunité.

Le garçon lui apporta un bol de gumbo si savoureux que Janine poussait pratiquement des gémissements de plaisir à chaque cuillerée. Au bout d'une minute, elle s'en rendit compte et elle leva les yeux pour voir si David l'observait.

Embarrassée, elle mit sa main devant sa bouche et eut un petit rire, se moquant d'elle-même.

— Seigneur, je suis une vraie goinfre ! Mais la cuisine ici est tellement merveilleuse…

— Elle l'est, répondit David d'un air très sérieux. Et tu l'es. Une vraie goinfre, je veux dire.

Janine en resta bouche bée. Elle fronça le nez et lui lança un regard torve, puis elle se pencha pour lui donner une tape sur l'épaule.

— Espèce de sale type ! dit-elle, sachant parfaitement qu'elle n'était guère convaincante, étant donné le sourire qui illuminait son visage.

Les yeux de David eurent une lueur de malice qu'elle avait complètement oubliée, mais qui lui avait terriblement manqué, elle s'en rendait compte à présent. Puis elle réalisa, à sa grande surprise, qu'elle ne jouait plus la comédie. Elle n'était plus une simulatrice qui faisait semblant d'agir selon les règles. Cela l'effraya, la fit se sentir vulnérable, mise à nu. David dut le percevoir en voyant son expression, car il fronça les sourcils et se pencha vers elle.

— Détends-toi, Janine, murmura-t-il. Respire profondément. Ce n'est pas comme si tu devais faire bonne impression à un premier rendez-vous.

Il battit des paupières d'un air gêné, puis il secoua la tête.

— Attends, ce n'est pas ce que je voulais dire. Bien sûr que tu fais bonne impression. Je veux juste dire, tu sais, là, c'est moi. Tu me connais. Et je crois te connaître pratiquement mieux que quiconque. Tu n'as pas à te surveiller.

« *Oh, que si !* » cria une petite voix dans un recoin de la tête de Janine. Elle ne voulait surtout pas qu'il revienne dans sa vie et qu'il se demande ensuite ce qu'il lui avait trouvé. Elle n'avait eu aucune arrière-pensée en acceptant de déjeuner avec David, mais, même s'il était juste un ami, elle avait éperdument besoin de cette amitié en ce moment.

Cela ne gâtait rien qu'il ait une mine superbe. Bien qu'il soit habillé de façon décontractée, un chandail en coton avec un col en V et un jean, elle se surprit à songer brusquement à la sensation des muscles de David sous ses caresses.

« *Le Zoloft*, pensa-t-elle. *C'est la faute de ce foutu médicament.* »

David l'observait avec un sourire étrange.

— Qu'y a-t-il ? demanda-t-elle en finissant son gumbo.

— Tu as l'air heureuse. Je suis ravi de le constater, c'est tout.

— C'est une illusion. Tu peux me croire sur parole. Mais je suis contente que tu m'aies téléphoné, avoua-t-elle en évitant son regard. J'avais envie de te revoir, de te parler plus longuement, mais je ne voulais pas t'appeler. Je trouvais cela bizarre.

— Pourquoi ?

Avec un froncement de sourcils, elle le considéra, hésitant à en dire plus.

— Eh bien... les choses s'étaient mal terminées entre nous, et je... enfin, c'était entièrement de ma faute, mais je ne voudrais pas qu'il y ait le moindre malentendu à présent. Je ne le supporterais pas.

Ils furent interrompus par le garçon qui apportait leurs plats, gratin d'écrevisses pour Janine et poisson-chat grillé pour David. Après avoir rempli à nouveau leurs verres d'eau, il s'éloigna pour servir d'autres clients. Durant un moment, Janine et David se contentèrent de se regarder. Puis David se passa la langue sur les lèvres et esquissa un sourire.

— Ne t'inquiète pas, Janine. Il n'y a aucun malentendu, d'accord ? Et aucune arrière-pensée non plus. Si nous voulons être amis, nous devons être capables de nous montrer sincères l'un envers l'autre, exact ?

« *Amis*, pensa-t-elle. *Ainsi c'est le but du jeu ?* » Pourtant elle ne prononça pas ces mots à voix haute, ne demanda aucun éclaircissement. Elle réagissait de façon sarcastique aux paroles de David, mais elle ne pouvait pas s'en empêcher. Il était trop tôt pour qu'elle soit en mesure ne serait-ce que de penser de la sorte, et elle n'était pas en état de commencer une nouvelle relation, ou même d'en renouer une ancienne. Néanmoins, elle était désappointée.

— Tout à fait exact, mentit-elle.

Son sourire était hésitant, mais David ne sembla pas s'en apercevoir.

— Alors, quels sont tes projets ? demanda-t-il. Mon petit doigt m'a dit que tu reprenais tes cours lundi.

Janine roula des yeux interrogateurs.

— Annette ?

— En fait, non. C'était le père Charles. Lequel, sans aucun doute, l'a appris par Annette.

Janine haussa les sourcils.

— Ils se parlent ?

— Seulement lorsqu'ils ne peuvent pas faire autrement, confirma David.

Elle éclata de rire.

— On s'attendrait à ce qu'un homme de Dieu ait d'autres préoccupations que de se mêler d'arranger des mariages !

Le sourire de David s'estompa une seconde, et Janine se raidit intérieurement. « Arranger des mariages » donnait à entendre tellement de choses…

— Mais regarde-nous ! fit David. Nous nous chamaillons comme des écoliers.

— Pis, comme des gosses de maternelle ! le repritelle en secouant la tête. (Puis elle redevint sérieuse, solennelle même.) Je suis tellement désolée de t'avoir fait souffrir, David.

— Il faut que tu réalises ce qui aurait pu se passer, dit-il à voix basse, ses mains figées dans le geste de découper son poisson. Si tu avais choisi de rester, tu aurais fini par m'en vouloir, à te demander à quoi ta vie aurait ressemblé avec Spencer.

— Même ainsi, il aurait mieux valu que je reste.

Leurs regards se croisèrent et Janine sentit son cœur et son estomac tressaillir.

— Alors, dit-elle d'un ton trop enjoué, que pensestu des Red Sox ?

— Hum, ils vont se faire enfoncer par les All-Star !

Le moment de tension disparut. Ils attaquèrent leurs plats et la conversation porta principalement sur le travail et leurs collègues respectifs à Medford Hugh et à St. Matt's. Le seul fait d'en parler avec David amena Janine à se rendre compte qu'elle avait hâte d'être à lundi matin.

— Les adolescents sont parfois violents, lui dit-elle,

mais je pense vraiment les retrouver dans de bonnes dispositions.

David hocha la tête, mais il avait la bouche pleine, et il dut attendre un moment avant de pouvoir répondre.

— Je suis sûr qu'ils seront gentils avec toi. Mais seulement pendant une semaine. Ensuite ils ne prendront plus de gants avec toi !

Il était quatorze heures passées lorsqu'ils sortirent du *Border*. Bras dessus bras dessous, ils remontèrent la rue transversale qui amenait au centre de Harvard Square. Le ciel était bleu et dégagé, le soleil se reflétait sur les pare-brise et les devantures des magasins. Un petit vent frais soufflait sur la place et Janine se pelotonna contre David. Il sembla plus que ravi.

Ils s'arrêtèrent un instant chez le marchand de journaux au coin pour regarder les magazines. Puis David lui acheta une rose à moitié fanée et prit un air aussi désinvolte que possible lorsqu'il la lui tendit. « *Si ce n'est pas un rendez-vous d'amoureux, pourquoi m'offres-tu des fleurs ?* » La question lui brûlait les lèvres, mais Janine ne la posa pas.

De l'autre côté de la place, à une cinquantaine de mètres, un homme avec un orgue de Barbarie chantait des chansons des Beatles dans un micro, livrant un combat musical avec un Hare Krishna en robe jaune qui psalmodiait une litanie monotone ponctuée de coups de cymbales.

— Mon Dieu, comment supportez-vous ce boucan ? demanda Janine à l'homme derrière le comptoir.

— Au moins vous êtes content de rentrer chez vous, répondit-il en grimaçant comme s'il avait mal. Remarquez, le type des Beatles chante foutrement faux, mais le Krishna a une voix passable. Si on les faisait chanter ensemble, ce serait beaucoup mieux !

Sur la place, la foule allait et venait. Des étudiants de Harvard, du MIT et de Tufts, des babas cool vieillissants, des habitants de Cambridge, et des flopées de touristes. Des punks aux cheveux teints en vert, des représentants en informatique aux complets de lainage, des sans-logis portant d'énormes parkas crasseuses parce qu'ils ne pouvaient les laisser nulle part. Une splendide Asiatique aussi menue qu'une enfant de douze ans se promenait main dans la main avec une jeune femme blonde aussi belle qu'un top model et bâtie comme une championne olympique.

De la musique braillait des voitures ou s'écoulait mélodieusement des guitares acoustiques de musiciens des rues. L'odeur d'encens était suffocante lorsqu'ils entrèrent dans une petite boutique appelée *Le Garage*, où ils achetèrent d'énormes gaufres Ben & Jerry's. Janine était repue, mais elle était incapable de résister à des Ben & Jerry's.

« *Nous devrions rentrer maintenant*, pensa-t-elle. *Si ce n'est pas un rendez-vous d'amoureux, nous devrions rentrer.* »

Ils restèrent. En fait, ils firent plus que rester. Ils flânèrent sur la place puis se dirigèrent vers la Charles River. Envahie par toute cette cohue chaleureuse et excentrique, Harvard Square avait de quoi rendre claustrophobe. Janine adorait cet endroit, mais elle fut contente lorsqu'ils s'en éloignèrent.

Alors qu'ils s'approchaient de la rivière, le vent se leva et Janine frissonna. Sa veste en cuir était très chic, mais pas très chaude. David était en train de lui raconter tout ce qu'elle avait raté depuis qu'ils s'étaient séparés, non seulement dans sa vie à lui, mais dans celle de sa sœur et d'autres personnes que Janine avait connues grâce à lui. Lorsqu'ils s'arrêtèrent à l'angle de Memorial Drive, en face de la rivière, attendant que le feu passe au vert, il remarqua certainement que Janine avait froid, parce qu'il proposa de lui donner sa veste.

Janine refusa, mais David insista. Quelques minutes plus tard, ils se promenaient au bord de la rivière, côte à côte mais sans se toucher. David avait fourré ses mains dans les poches de son pantalon et il était évident qu'il faisait de gros efforts pour ne pas claquer des dents. Mais il refusa de reprendre sa veste. Il refusa même de reconnaître qu'il était transi de froid.

« *Mon chevalier servant* », pensa-t-elle.

Cependant, même la chaleur de la veste de David ne suffisait pas à chasser ce froid étrange qui s'emparait d'elle chaque fois qu'elle regardait vers l'eau. David lui en fit la remarque un moment plus tard.

— Hé, dit-il doucement, les muscles de son cou raidis tandis qu'il s'efforçait de réprimer ses frissons, c'est toi qui as voulu venir ici, d'accord ?

— Oui, répondit-elle, trop vite, en évitant son regard.

Il s'arrêta de marcher. Il posa une main sur l'épaule de Janine et la fit se tourner vers lui.

— Est-ce que j'en fais trop, Janine ? Tu donnes l'impression d'avoir hâte de rentrer chez toi. Je sais que nous évitons de parler de certaines choses, mais je suis vraiment content que tu aies accepté de me voir aujourd'hui. Je ne veux surtout pas te mettre mal à l'aise.

Un joggeur passa à leur hauteur, un lecteur de CD fixé à son pantalon. Un couple à vélo approchait de la direction opposée. La circulation était dense dans Memorial Drive. Il y avait de nombreuses personnes à proximité. Pourtant Janine se sentait troublée par ce cadre.

Elle leva la main pour toucher le visage de David, juste une caresse furtive du bout des doigts sur sa joue.

— Ce n'est pas toi, David. C'est… (Elle jeta un regard à la ronde, fit un geste vers la rivière, puis elle le regarda à nouveau.) J'avais pensé que ce serait agréable de se promener ici tous les deux. Peut-être fait-il encore trop froid, ou peut-être est-ce encore trop tôt dans la saison, mais cet endroit me donne la chair de poule. Je suis sortie de l'hôpital depuis plusieurs semaines, mais je ne dors pas très bien. Des mauvais rêves, tu sais ? Et pour quelque raison, cette rivière…

— Pas de problème ! On rentre, dit David en hâte.

Dans un même mouvement, Janine ôta la veste de David et la fit passer derrière lui. Elle se pencha pour l'arranger sur ses épaules, et elle sentit une étincelle chaude la traverser. Ses seins pressés sur la poitrine de David juste un instant, l'intimité de ce contact, la sensation de son haleine chaude sur son visage, tout cela fut suffisant pour la faire rougir.

D'un mouvement rapide, elle se dressa sur la pointe des pieds et l'embrassa sur la joue avant même de se rendre compte de ce qu'elle faisait. Un petit rire s'échappa de ses lèvres. Elle posa une main sur sa bouche et leva les yeux au ciel comme elle se détournait.

— Nous devrions *vraiment* partir, dit-elle, surprise par sa propre réaction.

Voyant que David ne lui emboîtait pas le pas tandis qu'elle commençait à s'éloigner, elle s'arrêta brusquement, là, sur la berge de la Charles. Tous les bruits du monde semblèrent disparaître, excepté le clapotement de la rivière tandis qu'elle suivait son cours paresseusement.

— Janine, dit David.

Sa voix paraissait dépouillée de toute intonation, comme un fil de cuivre dénudé de sa gaine de plastique, prêt à être connecté, pour diffuser de la musique ou des images… ou bien pour électrocuter.

Elle chassa l'air de ses poumons mais ne se retourna pas.

— C'est injuste pour toi, reprit-il, après tout ce que tu as traversé… Je m'étais promis de ne rien faire de stupide. Mais il y a quelque chose que je dois te dire : je ne sais pas pendant combien de temps encore je pourrai faire comme si j'avais cessé de t'aimer.

Stupéfaite, complètement prise au dépourvu, Janine pivota vivement dans sa direction. David la regarda fixement. Il prit une inspiration frémissante et se redressa un peu. Janine voulut parler, mais elle s'aperçut qu'elle en était incapable. Aussi courut-elle vers lui et se jeta dans ses bras. Elle le serra si fort que ses bras lui faisaient mal.

Des larmes jaillirent, comme si Janine les avait refoulées pendant tout ce temps et avait attendu cette seconde où David la tiendrait dans ses bras pour les laisser couler.

— Tu ne dois pas faire semblant avec moi, chuchota-t-elle quelques minutes plus tard, tandis qu'elle s'essuyait les yeux.

Janine blottie contre lui, son bras passé autour de ses épaules, marchant à pas lents, David et elle s'éloignèrent alors des berges de la Charles River.

Derrière eux, le tintement d'un objet métallique heurtant le bois résonna de la rivière. Puis, dans le lointain, semblables au sifflement du vent, s'élevèrent les pleurs d'un bébé.

Janine ferma les yeux et se serra encore plus fort contre David. Elle ne se retourna pas.

« *Le vent. C'est juste le vent.* »

6

Bien sûr, il y avait des librairies plus près de chez elle, mais Annette préférait aller au *Bookiccino* sur Massachussetts Avenue à Arlington. Elle pouvait y être en une petite quinzaine de minutes, à condition d'éviter les heures de pointe. Ce lieu était une vraie merveille alors que les librairies du centre-ville étaient pour la plupart froides et austères, sans parler des vendeurs qui ignoraient pratiquement tout des livres.

Situé à un angle de rues, à quelques blocs seulement du légendaire *Capitol* – un vieux cinéma qui diffusait aussi bien des films grand public que des films d'art et d'essai –, le *Bookiccino* se targuait d'être une « boutique de livres » et, de fait, il drainait la même clientèle que le *Capitol*. Les deux tiers de la devanture d'angle, assez grande, étaient principalement occupés par des romans. Pas de guides pratiques au *Bookiccino*. Le rayon documents et essais était essentiellement constitué de récits de voyages, de biographies et d'ouvrages sur les serial killers.

Concernant les romans, il n'y avait pas une telle discrimination. La seule règle de la direction était « *pas de rayon romans à l'eau de rose* ». Annette n'avait jamais réussi à savoir si cela résultait du goût des habitués, si c'était un moyen d'attirer l'attention ou bien un véritable parti pris. Mais, aux dires du propriétaire, il n'y avait jamais eu de réclamations à propos de cette politique commerciale délibérément « étriquée ».

Le dernier tiers du magasin qui n'était pas occupé par des livres justifiait la partie « *iccino* » du nom de l'endroit. C'était une cafétéria-pâtisserie décorée dans des tons chauds et spécialisée dans des cafés et des gâteaux pour lesquels Annette aurait tué, le cas échéant, comme elle le reconnaissait bien volontiers.

Aussi, lorsque le besoin de bouquiner la prenait, ou bien si elle avait simplement deux heures à tuer et avait envie d'un café délicieux, elle se retrouvait dans sa petite Saab, en route vers Arlington. Les employés se souvenaient rarement de son nom, mais la plupart d'entre eux la reconnaissaient dès qu'ils la voyaient.

Ce dimanche après-midi, alors que l'air se rafraîchissait et que le ciel se montrait plutôt avare de soleil, elle mit le chauffage de sa voiture, alluma la radio, et emprunta la Route 16 vers Massachusetts Avenue. Dans quelques jours, ce serait le mois de mai, et elle maudissait le mauvais temps. Il faisait trop froid à son goût, bien trop froid pour cette époque de l'année. Une raison de plus pour se rendre à son endroit préféré et boire un mochaccino.

Derrière son volant, Annette arbora un large sourire. « *Peut-être avec de la crème fouettée.* »

De fait, c'était vraiment *son* lieu de prédilection. Elle allait au *Bookaccino* depuis quatre ans, pourtant elle n'avait jamais demandé à quelqu'un de l'y accompagner. Tant qu'elle n'aurait pas trouvé une personne à qui elle désirait faire connaître cet endroit merveilleux, elle ne le ferait pas. Dans ses moments de déprime, elle se disait que, peut-être, cela ne se produirait jamais.

De telles pensées étaient inopportunes. Annette trouva un emplacement dans la rue, un demi-bloc plus loin, et ressentit un petit élan de contentement en se disant que les parcmètres se reposaient le dimanche. Parfois les choses les plus insignifiantes pouvaient lui remonter le moral.

Il était bientôt quatorze heures trente lorsqu'elle coupa le moteur et interrompit Sarah McLachlan au milieu de sa chanson. Quasiment sans se rendre compte de ce qu'elle faisait, elle passa un moment à vérifier dans le rétroviseur l'air qu'elle avait. Puis elle mit son petit sac à main en bandoulière et descendit. Durant toute la journée, les nuages n'avaient pas cessé de s'amonceler puis de s'éclaircir. Pour le moment, ils étaient hauts dans le ciel et s'effilochaient, et le soleil n'était que légèrement atténué par leur présence grise.

La chanson de Sarah McLachlan résonnait toujours dans sa tête et elle la fredonna tandis qu'elle ouvrait la porte d'entrée du *Bookaccino*. « Je préfère ton amour à une glace… »

« *Pas moi !* »

Annette sourit, puis elle se plongea dans les livres. Les derniers thrillers étaient placés bien en évidence, mais elle les ignora et se dirigea vers le rayon science-fiction. Elle aimait lire un bon roman policier de temps en temps, mais la science-fiction séduisait son esprit de mathématicienne.

Alors qu'elle examinait les rayonnages depuis quelques minutes seulement, une femme d'un certain âge aux cheveux teints d'un rouge criard s'approcha. Elle attendit un moment puis elle lui adressa un charmant sourire.

— Est-ce que je peux vous aider ?

Annette battit des cils.

— Je cherche quelque chose de romantique.

Durant un moment, la femme parut déconcertée. Puis elle comprit, et toutes deux eurent un petit rire.

— Si vous avez besoin de renseignements, je suis là pour ça, dit-elle.

Et elle s'éloigna pour aborder un jeune couple, une Noire svelte, très élégante, et son compagnon, un colosse blond.

Annette déambula pendant plus de vingt minutes

dans les rayons, mais un seul livre retint son attention, un curieux mélange de fantasy et de science-fiction qui racontait l'histoire d'une jeune femme pilote de l'espace qui découvrait un monde parallèle peuplé de dragons. Ce n'était pas le genre d'histoire qu'elle lisait habituellement, mais, pour une raison mystérieuse, celui-ci l'attirait.

Bientôt elle était installée à une table de la cafétéria avec son mochaccino et un muffin aux pommes et à la cannelle scandaleusement riche en calories, le livre ouvert devant elle. Avec les arômes des cafés et des gâteaux qui flottaient dans la salle, c'était le paradis ! Tandis qu'elle faisait une pause entre le premier et le second chapitre, elle songea qu'une partie de la raison pour laquelle elle n'amenait jamais personne avec elle, était qu'elle pouvait s'offrir ces petits plaisirs sans être obligée de chercher des excuses.

— C'est bon ?

Annette leva les yeux, la bouche à moitié pleine de muffin, puis elle s'efforça de mâcher plus vite afin de répondre. La femme qui avait parlé – ou plutôt la jeune fille, car elle donnait l'impression d'être tout juste en âge d'avoir terminé ses études secondaires – sourit, gênée de l'avoir surprise ainsi. Elle avait de longs cheveux blonds qui lui descendaient dans le dos, des yeux bleus brillants, et une fossette sur la joue gauche qui lui donnait un air espiègle.

— Le muffin ou le livre ? demanda finalement Annette.

La jeune fille émit un petit rire délicieux et s'appuya sur le dossier de l'autre chaise près de la table.

— Le livre. Je sais que les muffins sont très bons.

Annette referma le livre et jeta un coup d'œil à la couverture. Puis elle haussa les épaules.

— En fait, je n'en sais rien. Je viens juste de le commencer. Mais l'action avance à toute allure, et le personnage principal est super. J'adore les romans dont les protagonistes sont des femmes sexy et futées.

— Moi aussi, dit la jeune fille.

Son sourire s'agrandit, la fossette se précisa, et son air espiègle fut encore plus prononcé.

— Quel dommage que la vie ne soit pas comme ça ! ajouta-t-elle.

Un petit sourire apparut lentement sur les traits d'Annette. De la main droite, elle ramena une mèche de cheveux derrière son oreille et posa un regard franc sur cette nouvelle venue tout à fait fascinante.

— Je m'appelle Annette, dit-elle.

— Jill, répondit la jeune fille. Moi, c'est Jill.

— Vous voulez vous asseoir, Jill ?

« *Mais qu'est-ce qui te prend, Annette ? C'est une gosse. Dix-neuf ans, à tout casser.* »

Dans une ondulation de ses longs cheveux, Jill se retourna vivement et se laissa glisser sur la chaise en face d'Annette.

— Avec plaisir, dit-elle. Alors c'est la première fois que vous venez ici ?

— Pas du tout. Je viens ici tout le temps.

Jill jeta un regard à la ronde et fit un geste ample du bras.

— C'est bizarre que je ne vous aie jamais vue ici auparavant. Cet endroit est mon second chez-moi. Je trouve que les livres et le café vont ensemble, comme les films et le pop-corn.

Annette se sentit mal à l'aise. Elle devint étrangement timide et but une gorgée de son café. Durant un moment, Jill fronça les sourcils et l'observa attentivement. Puis elle se pencha en avant, s'empara du livre d'Annette, et commença à lire silencieusement la quatrième de couverture. Fascinée par la jeune fille, Annette ne la quittait pas des yeux.

Comme si elle percevait l'attention dont elle faisait l'objet, Jill releva la tête et regarda Annette.

— Vingt-deux, dit-elle doucement.

Annette battit des paupières.

— Pardon ?

Le sourire sensuel, aguichant, qui apparut sur les traits de Jill à ce moment coupa le souffle à Annette.

— C'est mon âge. J'ai vingt-deux ans, déclara la jeune fille. Vous ne l'avez pas demandé, mais j'imagine que vous vous posiez la question. Un jour, je serai ravie de paraître plus jeune, du moins c'est ce qu'on m'a dit. Mais la plupart du temps, c'est vachement gênant. Comme maintenant, par exemple.

Durant un moment, Annette se contenta de la regarder fixement. Puis elle haussa les sourcils et secoua la tête.

— Vingt-neuf ans, murmura-t-elle tandis qu'elle portait sa tasse à ses lèvres.

— Ça vous dirait que je prenne une tasse de *latte* en vitesse et que nous allions nous promener ensuite ? demanda Jill.

Annette savait qu'elle aurait dû être troublée par l'audace de son interlocutrice, mais elle était trop occupée à se laisser captiver par tout ce qui la concernait, y compris son toupet.

— Je crois que cela me ferait très plaisir.

Les élèves de Medford High accordèrent trois jours entiers à Janine pour se réadapter à sa fonction d'enseignante. Le jeudi matin, le répit qu'ils lui avaient laissé en signe de compassion arriva à son terme. Elle savait que c'était en partie de sa faute. Elle s'était efforcée de convaincre les professeurs et les élèves qu'elle s'en sortait très bien. Ils la prirent au mot ce jour-là : sept élèves se présentèrent sans avoir fait leur explication de texte chez eux, deux autres se virent infliger une retenue pour avoir bavardé continuellement en classe malgré ses nombreuses remontrances, et une fille fit une crise de nerfs sans raison apparente lorsque Janine lui posa une question.

Au réfectoire, elle sépara deux adolescentes de troisième année qui se battaient apparemment à propos de cigarettes et de calomnies. Et durant son dernier cours de la journée, Andy Watkiss lui demanda carrément pourquoi elle avait pris la peine de revenir alors que la moitié des élèves se foutaient complètement de l'école et qu'ils venaient aux cours uniquement parce que leurs parents les y obligeaient.

— Tu ne peux pas penser une chose pareille, lui répondit-elle. Nous sommes à Medford, et non dans un lycée de quartier défavorisé. La plupart d'entre vous avez envie d'étudier, même si vous affirmez le contraire. Je suis revenue pour ceux-là. Les autres peuvent rester chez eux, en ce qui me concerne.

Ensuite tous se tinrent tranquilles. Ils écoutèrent jusqu'à la fin du cours. Et, bien mieux, ils participèrent.

Janine était revenue, et chaque fois que l'un de ses élèves posait une question pertinente ou exprimait une opinion, elle réalisait à quel point son métier lui avait manqué. Certes, tous n'étaient pas passionnés par les cours et certains mêmes ne manifestaient pas le moindre intérêt à la plupart des choses qu'elle disait. Mais il y avait des moments, parfois plusieurs minutes d'affilée, où elle retenait l'attention de tous. Dans ces moments-là, elle découvrait, avec une acuité dont elle ne s'était jamais rendu compte jusqu'à présent, que son métier d'enseignante était une chose fondamentale pour elle.

A quinze heures cet après-midi-là, elle eut un entretien avec Tom Carlson dans son bureau. Le principal de Medford High était un homme barbu et plutôt bedonnant qui, de l'avis des élèves, était un *commandante* sévère, inflexible et dépourvu d'humour ; en outre, son obsession du respect des règlements, les plus infimes soicnt-ils, semblait à la fois intolérante et intolérable aux jeunes gens dont il avait la charge.

Par bonheur, Tom Carlson était le principal et n'avait pas la responsabilité d'une classe. Janine imaginait qu'il avait dû être autrefois un professeur parfaitement épouvantable. Carlson avait d'excellents rapports avec les parents, mais il était tout à fait incapable d'entretenir un bon contact avec des adolescents. Il le savait, et il n'en avait que plus de mérite.

Lorsqu'elle frappa à sa porte quelques minutes après quinze heures, il lui cria immédiatement d'entrer. Carlson se tenait devant la tablette de la fenêtre derrière son bureau, un arrosoir dans la main droite. Avec un sourire, il lui lança un regard par-dessus son épaule.

— Bonjour, Janine. Asseyez-vous, je vous en prie. Je suis à vous dans un instant.

Comme si les plantes étaient des orphelines de serre chaude, délicates et exotiques, il répandit une légère averse de gouttelettes sur chacune d'elles. Janine l'observa tandis qu'elle se glissait dans un fauteuil en cuir placé devant son bureau. Elle était fascinée par l'affection évidente qu'il manifestait à ses plantes. Elle songea qu'il devait probablement leur parler et qu'il communiquait sans doute infiniment mieux avec les plantes qu'avec les élèves.

Carlson posa l'arrosoir sur l'extrémité de la tablette de la fenêtre et recula pour contempler « ses enfants ». Il coupa une feuille fanée sur l'une des plantes, une chose en fleur que Janine fut incapable d'identifier. Puis il arbora un large sourire de contentement et se tourna pour la considérer à nouveau.

— Excusez-moi. Une fois que j'ai commencé ce petit travail, j'ai toujours peur, si je m'arrête, d'oublier que je n'ai pas terminé, et…

— Ne vous excusez pas, Tom. Cela ne me dérange pas.

Satisfaite de la façon dont sa journée s'était terminée, mais également fatiguée par son travail et le manque de sommeil, elle s'installa plus confortablement dans le fauteuil et se détendit en s'étirant comme un chat.

Carlson posa sur elle un regard bienveillant.

— Vous êtes hantée.

Janine tressaillit.

— Pardon ?

— Hantée, répéta-t-il, et il hocha la tête comme pour souligner ce mot. C'est quelque chose dans vos yeux, dans votre façon de marcher dans les couloirs. Non pas que je vous le reproche, mais vous paraissez tellement ailleurs. Je n'ai pas assisté à vos cours, mais…

— Peut-être devriez-vous le faire, l'interrompit-elle sèchement.

Le principal battit des paupières, pris au dépourvu.

— J'avais besoin de me réadapter, reprit Janine. Ce n'est sans doute pas encore terminé, mais aujourd'hui, tout s'est très bien passé. C'est vrai, il m'a fallu deux jours, mais je m'en sors parfaitement. Je trouve que c'est injuste de…

— Janine !

Sa voix était ferme, mais si bienveillante qu'elle posa ses yeux sur lui. Elle vit du désarroi et de la tristesse sur son visage. Depuis la perte qu'elle avait subie, Carlson avait été tout à fait charmant et gentil avec elle. Janine lui était reconnaissante de cette compassion à son égard, mais en ce moment, c'était trop. Son comportement la faisait se sentir vulnérable.

Les yeux fermés avec force pour refouler ses larmes, elle plaqua une main sur sa bouche et baissa la tête. Au bout d'un certain temps, gênée, elle rouvrit les yeux.

Carlson se leva de son fauteuil et contourna le bureau. Malgré sa corpulence, il s'accroupit à côté d'elle, une main posée sur l'accoudoir du fauteuil.

— J'ai probablement bien mal choisi mes mots, commença-t-il. Je n'avais pas l'intention de vous bouleverser.

Elle secoua la tête.

— Non, vous avez raison. C'est parfaitement ridicule. Vous n'avez que faire d'un professeur qui est incapable de maîtriser ses émotions.

Janine sentit les doigts chauds, étonnamment vigoureux, de Carlson serrer sa main. A contrecœur, elle releva la tête pour regarder à nouveau ces yeux empreints de tristesse.

— Je trouve que vous vous en sortez très bien jusqu'ici, dit-il. Et devant vos élèves, c'est formidable. Mais ici, vous n'avez pas à cacher vos sentiments. Et, même si je suis loin d'imaginer la douleur qui est la vôtre, sachez que je suis content que vous soyez revenue, que les élèves sont contents que vous soyez revenue et que vos collègues sont contents que vous soyez revenue.

Pleine d'espoir, elle lui adressa un sourire hésitant.

— Je croyais que vous alliez me dire de prendre davantage de temps.

Sans la moindre difficulté, il se redressa et s'appuya contre son bureau en lâchant la main de Janine.

— Si vous en avez besoin, vous pouvez le prendre. C'est ce que je m'apprêtais à vous dire. Vous semblez hantée par ce qui vous est arrivé. Comment pourrait-il en être autrement ? Mais j'ai l'impression que vous prenez les choses en main. A moins que vous me disiez le contraire, je suis convaincu que vous êtes capable d'assurer vos cours.

— J'en suis capable, dit-elle vivement.

Puis, après un instant de réflexion, elle hocha la tête lentement.

— J'en suis capable.

Un large sourire apparut sur le visage de Carlson.

— Parfait.

Cependant, Janine était troublée, et Carlson le vit sur son visage.

— Qu'y a-t-il ?

Elle eut un haussement d'épaules quasi imperceptible.

— C'est à propos de ce que vous avez dit. Hantée. J'ai, en effet, l'impression d'être hantée, dans un sens. Par cette image que j'avais de la façon dont les choses auraient dû être.

— Ma chère Janine, dit Carlson avec douceur, ce spectre nous hante tous. C'est le syndrome du fantôme du Noël d'antan, ou quelque chose de ce genre, il me semble. Mais je ne pense pas que vous ayez à vous préoccuper des autres esprits. J'ai le sentiment que tout ira très bien pour vous.

Janine acquiesça de la tête.

— Moi aussi. J'ai des amis qui veillent sur moi, qui me soutiennent. Sans Annette Muscari, j'aurais été complètement perdue.

— Et j'ai appris que vous revoyiez également David Bairstow, fit remarquer Carlson.

— Vous êtes tous des amateurs de commérages ! s'écria Janine.

Puis elle secoua la tête, stupéfaite de constater avec quelle rapidité la nouvelle avait circulé.

— Nous sommes sortis ensemble deux fois, murmura-t-elle.

— En cinq jours, bravo ! (Carlson haussa un sourcil d'une façon suggestive.) Mais c'est très bien. J'ai toujours pensé que tous deux vous formiez un couple merveilleux. Je suis content qu'Annette et David soient à vos côtés pour vous aider à surmonter cette épreuve.

— Et vous, Tom, dit Janine. Vous m'avez aidée, vous aussi. Enormément. Je vous en remercie.

Il sembla décontenancé par ces paroles de gratitude, et il se contenta de hocher la tête, un peu timidement.

— Ce lycée a besoin de vous, Janine.

— Et moi, j'ai encore plus besoin de ce lycée !

Elle se leva et alla jusqu'à la porte, puis elle se retourna vers lui.

— Ravi d'entendre cela, répondit Carlson. Transmettez mes amitiés à David.

— Je n'y manquerai pas.

Janine ouvrit la porte et s'avança dans l'antichambre. Alors que le sanctuaire de Carlson, certes envahi par les plantes, était impeccablement rangé, l'antichambre – l'antre de la réceptionniste – était un immense capharnaüm de corbeilles à correspondance, de classeurs, de dossiers, sans parler d'un énorme bocal rempli de papillotes de Sweet-Tarts. Janine s'était souvent demandé pourquoi des Sweet-Tarts, mais elle oubliait toujours de poser la question.

Personne n'était assis derrière le comptoir, mais alors qu'elle sortait et passait devant le distributeur d'eau, un homme grand et mince à la chevelure pauvre, portant une cravate rouge et un costume froissé, se leva d'une chaise près de la porte du bureau de Carlson.

— Janine Hartschorn ? demanda l'homme.

« *Le père d'un élève, sans doute* », pensa-t-elle. Mais elle ne connaissait pas cet homme.

— Je suis mademoiselle Hartschorn, en effet, répondit-elle, retrouvant le formalisme traditionnel de cet établissement.

L'homme glissa la main dans la poche de sa veste. Pour quelle raison, Janine se raidit-elle ? Une légère brise produisait un sifflement en entrant par la fenêtre entrouverte, et cela ressemblait presque à des pleurs. Aux pleurs d'un jeune enfant.

Il lui tendit une feuille de papier pliée en deux. Janine la prit sans réfléchir.

L'homme eut un sourire de requin.

— Une citation à comparaître, mademoiselle Hartschorn. Passez une bonne journée !

Il tourna les talons et sortit de la pièce d'un pas raide.

— Quoi ? chuchota-t-elle, déconcertée.

La brise venant de la fenêtre l'enveloppa de vrilles d'air froid et Janine frissonna tandis qu'elle dépliait la feuille de papier et lisait la citation à comparaître.

Son cœur fit un bond dans sa poitrine. Les larmes qu'elle avait retenues dans le bureau de Carlson commencèrent à couler et elle plaqua une main sur sa bouche à nouveau. Un petit cri s'échappa de ses lèvres, une exclamation presque inaudible, comme si un coup de poing dans l'estomac lui avait coupé le souffle. Elle lâcha la feuille de papier qui lui brûlait les doigts et recula de plusieurs pas tandis que le document voletait vers la moquette. Ses jambes devinrent engourdies et cédèrent sous elle. Janine se retrouva assise par terre. Elle serra ses bras sur sa poitrine et se balança légèrement en un mouvement de va-et-vient.

— Salaud ! chuchota-t-elle. Espèce de fumier…

— Hé ! dit une voix doucement.

Janine leva les yeux. Carlson était là. Il lissait sa barbe et fronçait les sourcils d'un air inquiet.

— Qu'avez-vous ? Que s'est-il passé ?

— Spencer, répondit-elle.

Elle s'efforça de respirer, lutta contre l'hyperventilation.

La pendule murale tictaquait bruyamment, la preuve pour Janine qu'elle était toujours en vie, que la Terre continuait de tourner. Quelque part au-delà de la fenêtre, sur le parking, le moteur d'une voiture, dont la radio se mit à beugler, démarra dans un grondement. Dans le couloir, une fille eut le fou rire.

Les mots qui sortirent de sa bouche lui parurent totalement étrangers, comme si c'était une autre personne qui les prononçait. Lointains, sourds et métalliques, comme si elle essayait de parler sous l'eau.

— Il me poursuit en justice pour la garde de… du

bébé. Ce papier dit que j'ai fait enterrer mon fils sans son consentement. Il…

Elle leva les yeux vers Carlson. L'horreur de tout cela lui apparaissait pleinement maintenant. Des nausées agitèrent son ventre, puis un haut-le-cœur lui tordit l'estomac. Avec difficulté, elle parvint à ne pas vomir, mais elle sentit le goût de cette bile dans sa bouche.

— Nom de Dieu, Janine, comment peut-il faire ça ? Le bébé est déjà enterré.

Carlson la regardait d'un air embarrassé. Peut-être ne savait-il pas comment l'aider, ou bien il ne voulait pas admettre qu'il en était incapable.

De longs halètements frémissants s'échappaient d'elle et tout son corps tremblait. Les larmes sur ses joues semblaient la brûler. Elle sentait une boule en elle, mais pas dans son estomac cette fois. Plus bas, plus profondément, Janine sentait le poids dans son utérus, sentait la chair distendue s'étirer sur son ventre, où le bébé David avait respiré et s'était développé. Son sang avait été le sang du bébé, sa respiration celle du bébé.

Vide, à présent. C'était vide à l'intérieur.

A présent il reposait dans le sol froid auprès des ossements de son père, lequel l'avait elle-même tenue dans ses bras alors qu'elle était une petite fille, lui disant que tout irait bien. Il ne saurait jamais à quel point il s'était trompé. Elle avait pensé, d'une façon insensée, qu'il veillerait sur son petit-fils maintenant.

Mais il était mort. Son père était mort, son fils était mort, et elle faisait tout son possible pour empêcher son esprit de se dessécher et de se décomposer comme eux, pour empêcher son âme de devenir aussi vide que son ventre.

— Janine ? dit Carlson doucement.

Glacée, hébétée, elle leva les yeux vers lui à nouveau. Sa main était plaquée sur sa bouche et son nez comme un masque, et elle le regarda par-dessus ses doigts tremblants.

— Spencer veut le… le faire déterrer. Il veut le faire exhumer afin qu'on mette le bébé dans le caveau de sa famille.

Puis elle vomit, là sur la moquette dans l'antichambre, devant la porte du bureau du principal.

7

L'odeur du pop-corn.

Janine était assise sur le siège du passager d'une vieille Monte-Carlo, semblable à celle que sa mère avait conduite dans son adolescence. A travers les vitres de la voiture, elle voyait le parking du drive-in tout autour d'elle. Il y avait des dizaines de voitures, chacune avec des formes sombres à l'intérieur, éclairées seulement par la lueur ténue des tableaux de bord.

Sa vitre était baissée et le vent s'engouffrait dans l'habitacle. Pourtant elle ne le sentait pas. La sensation de ses cheveux virevoltant au gré du vent, oui, mais pas la caresse du vent sur son visage. Il apportait l'odeur du pop-corn, toutefois, et elle s'aperçut qu'elle avait très envie de son goût salé.

Avec un grand sourire par avance, elle regarda vers le siège du conducteur.

Il était inoccupé, et elle fronça les sourcils, se demandant pourquoi elle ne se rappelait pas qui l'avait amenée ici. Sur la portière du conducteur, cependant, était fixé le haut-parleur qui était censé diffuser la bande son du film qui était projeté sur l'écran géant.

L'écran. Avait-elle même prêté attention au film ?

Seuls des crachotements sortaient du haut-parleur, et Janine poussa un grognement de frustration en se rendant compte qu'elle ne savait absolument pas de quel film il s'agissait. « J'ai dû m'assoupir », *pensa-t-elle.*

Le vent apporta à nouveau l'odeur du pop-corn dans l'habitacle. Elle se souvint et sortit de la voiture. Avec un sentiment de détermination, elle claqua la portière derrière elle. Parfaitement synchronisé avec le bruit sec de métal comme la portière se refermait brutalement, le vent tomba.

Janine jeta un regard à la ronde et vit que les voitures étaient inoccupées à présent. Cette douce lueur émanant des tableaux de bord continuait d'éclairer chaque véhicule, mais il n'y avait personne à l'intérieur. Juste des voitures vides tout autour, elles formaient des rangées sur le parking immense au sol craquelé et envahi par des herbes folles.

Des crachotements sortaient des haut-parleurs installés sur des poteaux métalliques. Janine songea brusquement que les gens n'allaient plus dans des drive-in, il n'en restait plus qu'une poignée en Amérique. Pourtant il y avait celui-ci, et les affaires marchaient bien, apparemment. Mais où étaient les gens ?

Le pop-corn. « Ils ont senti l'odeur du pop-corn. » *Cette pensée sembla la satisfaire, et elle regarda de l'autre côté du parking vers le bâtiment en béton de la cabine de projection où les fenêtres de la cafétéria étaient grandes ouvertes, d'où émanait une lumière jaune. Jaune comme du beurre.*

Une rafale de vent souffla brusquement, et ces lumières jaunes s'éteignirent comme si elles avaient été la lueur tremblotante de bougies. L'arrière du parking fut plongé dans l'obscurité. Un instant plus tard, la dernière rangée de voitures fut à son tour plongée dans l'obscurité, toutes les voitures en même temps. Sans les lumières des tableaux à l'intérieur, elles donnèrent presque l'impression de disparaître, d'être englouties par les ténèbres.

Puis ce fut la rangée suivante.

L'obscurité semblait s'écouler vers elle.

Janine frissonna. L'odeur du pop-corn lui arrivait de nouveau, apportée par le vent qui s'était levé, mais cette fois son envie de pop-corn avait disparu, remplacée par une répulsion qui lui soulevait le cœur.

Inquiète, elle revint d'un pas mal assuré vers la voiture qu'elle avait quittée. Elle avait claqué la portière, pourtant celle-ci était ouverte à présent. Elle l'attendait, l'appelait, lui disait de regagner la sécurité et la chaleur de l'habitacle, seul refuge contre l'obscurité qui s'approchait.

Des parasites sifflaient des haut-parleurs tout autour.

Comme si les yeux des acteurs sur l'écran la regardaient fixement, elle se sentit gênée et se retourna pour regarder l'immense mur d'images en noir et blanc qui scintillaient au-dessus de sa tête. Jack Klugman et Tony Randall évoluaient sur l'écran. Cela n'avait pas de sens, parce que c'était un show télévisé, ou plutôt cela avait été un show télévisé autrefois. Néanmoins elle aimait bien ces deux acteurs, donc tout allait bien.

Le seul problème, c'est qu'elle ne les entendait pas à cause des parasites. Sur l'écran, les deux hommes parlaient, leurs lèvres bougeaient sans émettre le moindre mot en une sorte de pantomime insensée.

Du coin de l'œil, elle vit l'obscurité recouvrir la rangée de voitures juste derrière elle. Un bruit sec, et toutes furent plongées dans l'obscurité.

Janine se mit à courir, poursuivie par le sifflement des parasites et par l'odeur douceâtre du pop-corn. Elle se glissa sur le siège du passager et referma vivement la portière, puis elle regarda vers l'écran géant où les deux hommes mimaient une comédie, et elle refusa de se retourner. Refusa de regarder derrière elle vers l'obscurité.

Quelque chose bougea à côté d'elle et elle se tourna pour voir ce qui se passait. Le siège du conducteur n'était plus inoccupé. Une énorme barquette de pop-

corn gluant de beurre était posée sur le siège. Il luisait d'une façon presque obscène dans la lueur émanant du tableau de bord. Avec un petit rire pour se moquer de sa peur ridicule, Janine tendit la main et saisit la barquette. Elle la posa sur ses genoux et mangea quelques grains de pop-corn. C'était délicieux, exactement comme elle l'avait imaginé.

Elle regarda l'écran silencieux et essaya de lire sur les lèvres des acteurs.

Les parasites sortant du haut-parleur furent interrompus par les pleurs d'un bébé.

Janine tressaillit et tourna la tête pour regarder le haut-parleur, mais il émettait seulement des sifflements, puis il se mit à sautiller, à cogner contre la vitre. Quelque chose bougea dans ses bras et elle baissa les yeux…

… alors un doux sentiment de paix se répandit en elle, lui calmant les nerfs et apaisant son cœur. Son bébé était là, dans ses bras, les yeux brillants, lumineux. Il tétait son sein nu avec contentement, se tortillait pour se rapprocher de la chaleur de son corps. Tandis que le bébé se nourrissait, son mamelon commença à lui faire mal, mais c'était une sensation agréable, pure, totalement étrangère à tout ce qu'elle avait pu ressentir jusqu'à maintenant.

C'était la béatitude. Les yeux du bébé papillotèrent et se fermèrent, la succion se ralentit tandis qu'il finissait par s'endormir dans ses bras. Janine sourit et chantonna une berceuse, remplie d'un amour qu'elle n'avait jamais imaginé.

Elle ferma les yeux.

Son mamelon la brûlait. Poussant une exclamation, elle ouvrit les yeux en hâte et regarda le bébé. Ses yeux étaient toujours fermés, mais il n'était plus aussi paisible à présent. Il suçait violemment son mamelon, ses lèvres étaient violacées et froides, son visage d'une pâleur mortelle et couvert de givre.

Janine tenta d'écarter la bouche du bébé de son sein, mais ses lèvres glacées étaient collées à son mamelon gelé. Sa chair se déchira tandis qu'elle tirait plus fort et criait.

Saisie de panique, elle jeta un regard à la ronde, cherchant éperdument de l'aide.

Elle était nue dans une longue embarcation en bois, entourée d'une eau noire et agitée de remous. Seule et terrifiée. Elle aurait voulu ne pas savoir où elle allait ou, plus probablement, elle appréhendait de le savoir.

Le fleuve s'écoulait avec impétuosité autour d'elle. Le bateau était emporté vers l'obscurité, seule la lanterne à l'avant éclairait la route. Janine serra le bébé glacé dans ses bras et se mit à pleurer.

De longs doigts effilés se posèrent sur son épaule. Une voix froide lui parla.

— Je prendrai soin de toi.

Elle ouvrit les yeux brusquement et fixa un instant le plafond de sa chambre. Puis les larmes commencèrent à couler, elle se tourna sur le côté et, gémissante, s'efforça de se rendormir. Plus de vingt minutes de pleurs furent nécessaires avant qu'elle finisse par se rendormir.

Ensuite elle ne fit pas d'autres rêves.

— Vingt-deux ans ?

David regarda Annette d'un air incrédule. C'était vendredi après-midi et ils étaient seuls dans la salle de classe de David. Elle buvait à petites gorgées un gobelet de café, appuyée contre le radiateur près de la fenêtre, tandis qu'il rassemblait ses papiers avant de rentrer chez lui.

Du moins, c'était ce qu'il était en train de faire avant que Annette ne mentionne l'âge de la nouvelle femme dans sa vie.

— Vingt-deux ans ? répéta-t-il.

Cette fois, cependant, il y avait un peu moins de

désapprobation dans sa voix. Mais il n'avait pas pu supprimer complètement la nuance d'étonnement dans laquelle cette révélation l'avait plongé.

Annette le regarda en fronçant les sourcils par-dessus le bord de son gobelet de café tandis qu'elle buvait une longue gorgée. David fut fasciné par elle en cet instant. Durant toute la semaine, elle lui avait paru différente, plus heureuse. Il avait aussi remarqué, lorsqu'ils avaient déjeuné ensemble ou s'étaient simplement croisés dans les couloirs de St. Matt's, qu'elle avait dans les yeux une expression rêveuse qui l'avait étonné.

Plus maintenant.

Bien que ses vêtements ne soient pas très différents de ce qu'elle portait habituellement – aujourd'hui elle avait opté pour un chandail en coton bordeaux avec un col en V et un pantalon en velours beige –, d'une manière ou d'une autre, elle semblait plus jolie. Plus sexy.

C'était seulement maintenant qu'il comprenait que si elle semblait plus sexy, c'était pour une bonne raison.

— Mince alors ! chuchota-t-il.

L'expression d'Annette se modifia, et elle sembla presque peinée.

— Dis donc, David, tu pourrais essayer de faire preuve d'un peu plus de largeur d'esprit ! Si l'un de tes amis dotés d'un pénis avait fait la connaissance d'une petite nana âgée de vingt-deux ans, tu le féliciterais et tu lui flanquerais de grandes claques dans le dos dans le couloir. Elle n'est pas *tellement* plus jeune que moi, après tout.

Son bureau était loin d'être rangé, mais il avait pris les affaires dont il avait besoin. David referma sa serviette d'une chiquenaude et lança à Annette un regard penaud en guise d'excuse.

— Cela ne te ressemble pas, Elfe, c'est tout. Tu m'as pris au dépourvu.

Ce regard rêveur qui l'avait accompagnée toute la semaine réapparut, ainsi qu'un large sourire à la fois timide et malicieux.

— C'est uniquement parce que tu ne la connais pas.

— Elle doit être superbe, dit-il.

— Oh, oui ! Mais tu pourras t'en rendre compte personnellement lors de ma soirée d'anniversaire demain.

— J'attends ce moment avec impatience, lui dit David. Alors je pourrai être jaloux et grognon parce que tu fréquentes une jeunesse super-bandante à peine sortie du lycée, et que je n'aurai même pas le droit de la regarder, encore moins de la toucher.

Annette éclata de rire et pointa son index sur lui.

— Et voilà ! Tu n'es qu'un sale macho ! C'est la réaction que j'attendais. La jalousie ! Dis donc, mon vieux, tu t'es trouvé une femme, et une femme superbe, qui plus est !

— Touché ! (Il haussa les épaules d'un air faussement innocent.) Néanmoins, si tu as besoin de quelqu'un pour filmer vos ébats…

Elle lui donna une tape sur le bras tandis qu'ils sortaient de la salle de classe.

— Je suppose que je dois te féliciter et te flanquer une grande claque dans le dos maintenant, la taquina-t-il.

— Tu le pourras lorsque tu auras fait sa connaissance. Apparemment, nous sommes tous deux heureux en amour ces derniers temps. Ce n'est pas trop tôt !

David songea à Janine et sourit, mais avec un brin de mélancolie. Il aurait voulu être persuadé que cela allait marcher avec Janine, mais il n'osait pas se montrer aussi optimiste. Elle s'était refermée sur elle-même après le dernier coup qu'elle avait reçu. Depuis lors, il s'efforçait précautionneusement de l'amener à s'ouvrir de nouveau. Ce que Spencer Hahn lui avait fait, la poursuivre en justice pour obtenir la garde de leur enfant décédé, était la chose la plus cruelle qu'il ait jamais entendue dire à propos de quelqu'un qui voulait se venger sur une autre personne, à part la violence.

Janine lui avait déjà brisé le cœur une fois. David désirait être prudent maintenant. Du moins, aussi prudent qu'il pouvait l'être, étant donné qu'il l'aimait profondément.

— Elle s'appelle comment, au fait ? Cette collégienne ?

Dans l'escalier conduisant à la porte à deux battants qui donnait sur le parking des enseignants, Annette s'arrêta et lui enfonça son index dans les côtes.

— Ce n'est plus une collégienne, David. Ne m'oblige pas à sévir.

— C'est l'aigreur, avoua-t-il, rigolard.

C'était en partie vrai. Il aimait Janine, certes, et elle était très belle, incontestablement. Mais il était un homme, après tout, et l'idée de faire l'amour avec une superbe jeune femme âgée de vingt-deux ans était plutôt alléchante. L'image d'Annette en train de faire l'amour avec elle l'était tout autant, voire peut-être plus d'ailleurs. Bien sûr, jamais David n'oserait évoquer une chose pareille devant Annette. C'était un fantasme de mec, tout simplement. Ces pensées lubriques étaient uniquement cela, des pensées, et elles n'affectaient en aucune manière l'amitié profonde qu'il éprouvait pour Annette.

Du moins, pas trop. Il s'efforça de chasser ces images de son esprit, songeant qu'il devait se comporter en adulte.

— Alors, elle s'appelle comment ?

Ils franchirent la porte et sortirent sur le parking. Il faisait plus chaud que ce matin, dans les quinze degrés, et David retira sa veste tout en jonglant avec sa serviette.

Annette eut un sourire joyeux.

— Jill. Elle s'appelle Jill.

— Tu ne peux même pas prononcer son prénom sans avoir ce sourire du chat qui a avalé le canari ! s'étonna-t-il. (Puis il baissa la voix.) Je suppose que cela répond à ma question suivante.

— M'est avis que oui ! le taquina Annette. Et juste pour ta gouverne, sache que cela a été le super-pied entre nous !

David pencha la tête.

— Tu me tues, Elfe… soupira-t-il.

— Eh, oui, qu'est-ce que tu veux, je suis le grand tourment de ta vie !

Un sentiment de chaude camaraderie envahit David. C'était quelque chose qu'il éprouvait souvent avec Annette, tout en sachant parfaitement à quel point ce sentiment était rare. Dans son enfance, il s'était baladé dans cette ville avec toute une tribu de garçons et de filles auprès de qui il éprouvait presque toujours ce même sentiment de complicité quasi indéfinissable. Mais en vieillissant, c'était devenu un bien très précieux et, depuis qu'il était adulte, il n'avait cette impression de bien-être qu'avec sa sœur, Amy, et avec Annette.

Avec personne d'autre.

Pas même avec Janine.

Particulièrement avec Janine, s'il était honnête avec lui-même sur ce point. Son amour pour elle désirait une intimité, mais cela créait également une distance entre eux, un fossé qui ne se comblerait qu'avec le temps. Il soupçonnait que cela se passait ainsi dans la plupart des relations au début, à user de précautions l'un envers l'autre, n'osant pas révéler le moindre défaut, la moindre imperfection, allant parfois même jusqu'à taire l'attirance. La véritable intimité, si jamais elle s'installait, ne venait qu'avec le temps. Ce qui rendait le risque qu'il prenait maintenant avec Janine d'autant plus grand. Autrefois, tous les deux, ils avaient connu ce genre de proximité et Janine l'avait profondément blessé.

Pourtant il était prêt à prendre le risque de souffrir à nouveau.

Un truc de mec.

Les emplacements du parking étaient déjà à moitié vides. Plusieurs voitures étaient agglutinées autour de l'unique sortie, tels des avions privés des instructions d'un contrôleur aérien. Les deux amis s'avancèrent sur l'asphalte d'un gris terne vers la Saab d'Annette. Elle était garée sous un chêne dont le feuillage précoce commençait déjà à se déployer.

Un battement d'ailes dans les branches du chêne attira l'attention de David qui leva les yeux et aperçut un couple de rouges-gorges qui s'activaient au milieu des jeunes pousses de l'arbre. Venant de l'autre côté du bâtiment principal, dans la rue, David entendit le gémissement pesant du moteur d'un car, puis la plainte hydraulique de ses freins. Un car de ramassage scolaire, supposa-t-il, qui transportait sa charge utile d'adolescents. Tous les cars de St. Matt's étaient partis depuis une bonne demi-heure.

Annette déverrouilla la portière de la Saab et jeta son sac à main sur la banquette arrière.

— Bon, demain soir à sept heures ? demanda David.

— Si tu veux manger quelque chose, tu as intérêt à être à l'heure, répondit-elle. Jill a préparé des choses pour le dessert, et je ne sais absolument pas si elle sait cuisiner.

— Sept heures pile-poil.

Il suspendit sa veste sur sa serviette et se servit de sa main libre pour chercher ses clés de voiture dans sa poche.

— Vous êtes David Bairstow ?

David fronça les sourcils et se tourna vers le son de la voix. Garée à côté de la Saab d'Annette, il y avait une Chevy rouge au pare-chocs arrière cabossé qui, croyait-il, appartenait à l'un des concierges. Derrière la Chevy, il aperçut un homme dont les longs cheveux blonds cascadaient sur ses épaules ; il arborait une barbe naissante qui, bien habillé comme il l'était – chemise en coton au col ouvert et un pantalon de laine foncé au pli impeccable –, ne parvenait pas à lui donner l'allure d'un caïd. Il dégageait plutôt une impression d'arrogance et d'aisance.

A l'évidence, la Chevy ne lui appartenait pas.

Annette descendit de sa voiture et lança un regard furieux par-dessus la portière ouverte au nouveau venu.

— Putain, qu'est-ce que tu veux, Spencer ?

David se raidit. Il sortit la main de sa poche sans prendre les clés et, instinctivement, fit passer sa serviette et sa veste dans sa main gauche. Bordel, c'était le salaud qui lui avait pris Janine ! C'était le fils de pute qui avait foutu la vie de Janine en l'air, qui lui avait brisé le cœur plus d'une fois, le type qui voulait maintenant lui intenter un procès afin de faire exhumer le corps de son enfant, uniquement par rancune.

Spencer leur adressa un sourire de loup.

— Ça me fait plaisir de te voir, Annette. Tu as l'air en pleine forme.

— Je t'emmerde ! lança Annette.

Les mots semblèrent résonner sur le parking, mais pour le moment il n'y avait personne pour les entendre. La première vague des enseignants était partie, et personne d'autre n'était encore sorti.

Le téléphone cellulaire de Spencer était fixé à sa ceinture. Il se mit à sonner, produisant un bruit exaspérant, qui paraissait venir d'un autre monde. Spencer haussa un sourcil et regarda l'appareil, visiblement tenté de répondre. Il n'en fit rien, et une minuscule fissure apparut dans le vernis impeccable qui semblait l'envelopper. Son aspect suggérait les préparatifs minutieux d'une séance de photos de mode dans un magazine, mais une ride venait de griffer la surface de cette bulle d'élégance.

— J'ai l'impression que tu as passé trop de temps à lécher des chattes et que tu te conduis comme une de ces gougnottes, déclara Spencer.

Sa voix avait baissé d'une octave. Elle était insidieuse, maintenant. Dangereuse.

Annette éclata de rire.

— C'est sans doute ce qui explique pourquoi *tu* es un tel enculé !

Mais David ne rit pas.

Il laissa tomber veste et serviette sur le sol, sans se préoccuper de l'endroit où elles pouvaient atterrir, et il contourna rapidement l'arrière de la Chevy. Spencer lui adressa un sourire de requin tandis qu'il approchait.

— C'est vous que j'étais venu voir, de toute façon. Ecoutez, il faut que nous…

David balança son poing, de toutes ses forces. Spencer était rapide. Suffisamment rapide pour esquiver le coup. Mais David avait d'autres atouts dans sa manche et il enchaîna d'un uppercut du gauche à l'estomac. Spencer poussa un grognement et commença à se courber en deux. David bloqua sa chute d'un jab du droit à la mâchoire qui lui donna des élancements dans les jointures mais qui fit aussi vaciller l' « enculé » en arrière, claquant des dents.

— Espèce de…, marmonna Spencer.

David le saisit par le bras, le fit pivoter sur lui-même, et tira le bras vers le haut. Spencer poussa un grognement de douleur, suivi d'un nouveau juron, tout en essayant de se dégager de la prise. Ecumant de colère à présent, David le poussa contre le coffre de la

Chevy, le visage en avant, et l'immobilisa dans cette position, plaqué contre la voiture.

— Faites des excuses à Annette.

— Vous me le paierez, Bairstow, vociféra Spencer.

— Et que comptez-vous faire, hein ? répliqua David. Me poursuivre en justice ?

Il imprima une traction sur le bras de Spencer – un peu plus fort et il lui aurait démis le bras – qui poussa un cri de douleur.

— Excusez-vous.

— Désolé ! grogna Spencer, le visage grimaçant de douleur, de rage et d'impuissance. Je suis désolé, ça vous va ?

— Un minimum de courtoisie, chuchota David, c'est tout ce que je vous demande.

Puis il le lâcha et s'écarta rapidement au cas où Spencer déciderait de contre-attaquer. Mais, se redressant lentement, ce dernier épousseta de la main sa chemise à l'endroit où elle avait été salie par le coffre de la voiture.

— Vous avez commis une erreur, Bairstow.

Au moment où Spencer prononçait ces mots, David comprit que c'était vrai. Ce type était une ordure, et ce qu'il avait fait à Janine était impardonnable. Quant à ce qu'il avait dit à Annette… on ne se tire pas à bon compte de ce genre d'insulte. C'est pourquoi la violence n'était peut-être pas la solution. Pourtant, même s'il avait conscience d'avoir peut-être commis une erreur en le frappant, David savait qu'il était prêt à recommencer.

— Vous voulez déposer plainte contre moi ? Allez-y ! dit-il d'un ton cassant. Faites-moi un procès ! Je n'en serai pas surpris, venant d'un type comme vous. Alors on est appelés à se revoir. Mais pour le moment, vous allez foutre le camp d'ici et répondre à cet appel téléphonique que vous avez eu !

Spencer hocha la tête lentement, sans le moindre

signe d'amusement sur son visage. Une petite marque rouge commençait à apparaître sur sa joue.

— J'étais venu ici pour vous dire quelque chose, déclara-t-il à David sans accorder un seul regard à Annette. Je vous ai pris Janine une fois. Je le ferai à nouveau. Tout ce que vous faites en ce moment, c'est faire perdre du temps à tout le monde. Elle ne vous aime pas, Bairstow. Si elle vous aimait, elle ne serait jamais revenue vers moi la dernière fois.

— Espèce de salopard ! s'écria Annette en secouant la tête d'un air stupéfait. Tu es vraiment con et arrogant au point de ne pas penser qu'après tout ce que tu lui as fait, elle n'a qu'une envie, c'est que tu disparaisses ? Tu t'es servi d'elle et ensuite tu l'as plaquée alors qu'elle était enceinte. Elle a failli mourir à cause de toi. La mort du bébé l'a quasiment anéantie, corps et âme. Et maintenant tu veux le faire exhumer ? Franchement, tu n'as pas plus d'humanité qu'un porc !

Avec un autre léger hochement de la tête, Spencer ramena en arrière ses cheveux trop longs et bomba le torse, comme si les paroles d'Annette le gonflaient de fierté.

— Vous ne la connaissez pas vraiment, ni l'un ni l'autre. Moi, si. Cela n'a jamais été vraiment terminé entre nous deux, depuis le premier jour où nous nous sommes rencontrés sur le campus. (Il lança à nouveau un regard furieux à David.) Ne vous approchez pas d'elle ! Ça ne servirait qu'à nous compliquer un peu plus la situation !

— Vous êtes complètement dingue, murmura David.

Spencer haussa les épaules.

— J'ai essayé de vous prévenir, c'est tout. Maintenant c'est la guerre, compris ?

Sans un autre mot, il tourna les talons et traversa le parking avec assurance pour se diriger vers une BMW décapotable qui était garée près de la Honda de sœur Mary.

Côte à côte, David et Annette l'observèrent monter dans la voiture et démarrer. La colère froide en David s'effrita et céda la place à des émotions plus chaudes : chagrin, doute, et même haine. Mais il éprouvait également un sentiment de satisfaction.

Il se tourna vers Annette. Toutes ces émotions s'agitaient en lui.

Elle le regarda avec tendresse, glissa son bras sous le sien, et appuya sa tête sur l'épaule de David.

— Dommage… J'aurais bien voulu filmer la scène !

Janine regarda fixement David assis en face d'elle, certaine d'avoir mal compris.

— Tu as fait quoi ?

Il baissa les yeux.

— Je l'ai frappé.

Elle posa précautionneusement son verre de vin sur la nappe froissée. Autour d'eux, le petit restaurant italien bourdonnait d'activité. *Asagio*, c'était le nom de cette pizzeria que lui avait recommandée un de ses collègues de Medford High, et Janine avait sauté sur l'occasion de découvrir quelque chose de nouveau. Elle ne voulait pas que ses rendez-vous avec David les fassent revenir continuellement dans des endroits qu'ils avaient découverts ensemble ou partagés autrefois. Pour que cela marche entre eux, ils devaient créer une nouvelle relation.

Dans la salle exiguë de l'*Asagio*, il n'y avait qu'une douzaine de petites tables ; chacune était drapée d'une nappe blanche et ornée d'une bougie allumée et d'un soliflore où s'épanouissait une rose fraîchement cueillie. Les garçons avaient un air très italien. Dans le North End de Boston, c'était quasiment indispensable.

Le ciel s'était couvert en fin d'après-midi. Maintenant, tandis qu'elle considérait les traits à la fois énergiques et doux de David, s'étonnant qu'il soit capable de recourir à la violence, la pluie commença à tomber légèrement au-dehors. Elle se mit à crépiter sur la fenêtre à proximité de leur table.

Un garçon apporta une bouteille de Chianti et une corbeille de pain qu'il déposa entre la bougie et la rose.

— Est-ce que je peux prendre votre commande ? demanda-t-il dans un anglais à l'accent prononcé.

Janine battit des paupières et le regarda, mais elle semblait incapable de trouver une réponse.

— On n'a pas encore choisi, intervint David.

Le garçon acquiesça de la tête et alla débarrasser une table un peu plus loin.

Avec un doux sourire, Janine regarda cet homme qu'elle connaissait depuis si longtemps et que, pourtant, elle ne connaissait peut-être pas vraiment.

— Tu l'as vraiment frappé ?

Il hocha la tête.

— Une seule fois ?

L'air honteux, il haussa les épaules.

— Non, plusieurs fois, en fait. Annette voulait te téléphoner tout de suite, mais je lui ai demandé d'attendre. Je préférais te le dire moi-même.

Les deux jours précédents avaient été difficiles. Avec toute cette peine refoulée en elle, Janine fit la seule chose qu'elle pouvait faire. Elle se mit à rire. Au début, ce fut quelque chose de minuscule, un gloussement au fond de sa gorge qu'elle dissimula d'une main plaquée sur sa bouche. Puis cela jaillit d'elle en un rire tonitruant, et des larmes lui vinrent aux yeux.

Tout d'abord, il fut évident que David ne savait absolument pas comment gérer cette réaction. Il regarda rapidement vers les autres clients et les garçons. Il redoutait vraisemblablement qu'ils ne la prennent pour une folle. Janine songea qu'ils avaient sans doute le droit de penser ainsi, et cela lui était parfaitement égal si c'était le cas.

Puis David commença à rire, lui aussi. Le rire enfla

autour d'autour d'eux comme un ballon que l'on gonfle. Au bout d'une minute, le rire commença à se dégonfler. Janine poussa un soupir de contentement et revint à la charge.

— Tu lui as botté les fesses ?

David acquiesça de la tête.

— Ça fait quel effet ?

— On se sent foutrement bien, je dois l'avouer. Annette m'a dit qu'elle aurait bien aimé pouvoir filmer la scène.

Leur rire partagé retomba, mais tous deux continuaient d'arborer de grands sourires. David but une gorgée de vin.

— Il a menacé de me poursuivre en justice, bien sûr. Il veut que je cesse de te voir parce qu'il est persuadé que les choses finiront par s'arranger entre vous deux.

Janine en resta bouche bée. Elle sentit le sang quitter son visage tandis qu'elle regardait David fixement.

— Quoi ? Il a vraiment dit ça ?

— Tout à fait.

— Nom de Dieu, ce fils de pute se fait des illusions ! chuchota-t-elle.

Puis ils se retirèrent dans une méditation silencieuse durant laquelle ils examinèrent le menu. Le garçon s'approcha quelques minutes plus tard et prit leur commande. *Insalata caprese* et *ziti* avec du poulet et des brocolis pour elle, salade César et veau au parmesan pour lui. Lorsque le garçon eut récupéré les menus et qu'ils furent seuls à nouveau, David tendit le bras par-dessus la table pour prendre la main de Janine.

Il posa ses doigts sur les siens, les entrelaça. Janine le laissa faire. C'était une sensation agréable et douce. Elle promena son pouce sur le dos de la main de David et il sursauta. Fronçant les sourcils, elle baissa les yeux et vit que les jointures étaient rouges et enflées.

— Je suis contente que tu l'aies frappé, dit-elle à

voix basse. J'appréhende un peu ce que ça risque de te coûter, mais je suis contente que tu l'aies frappé. Je l'aurais fait moi-même si j'avais pu.

David hocha la tête.

— Est-ce que tu as vu un avocat ? Pour cette action en justice ?

— Aujourd'hui, répondit-elle. Après avoir reçu cette citation à comparaître, je t'avoue que je me suis demandé si Dieu avait une dent contre moi. Je ne te l'ai pas dit, mais je ne suis pas allée travailler hier. Tom Carlson a fait les cours à ma place.

— Tom est un type bien, dit David.

Janine esquissa un sourire.

— C'est vrai. En tout cas, je me suis réveillée ce matin et je me suis sentie... différente. J'ai très mal dormi ces derniers temps, je t'en ai parlé. Un sommeil peuplé de cauchemars, parfois inquiétants. Toujours à propos du bébé. Je ne peux guère y remédier. Je ne peux pas faire revenir mon bébé. Je ne peux pas non plus remonter le temps et me dire de ne pas être stupide, de rester avec toi, et de fuir Spencer.

« Mais je peux l'affronter. Il m'a fait du mal. Il m'a profondément blessée. Ce serait facile de me traîner comme une handicapée affective, de passer mon temps à me lamenter et à crier que c'est une ordure. Surtout après cette dernière saloperie qu'il vient de me faire.

Les doigts de David serrèrent les siens et Janine se pencha vers lui. La lueur de la bougie se reflétait dans les yeux de David et projetait des vagues d'ombres sur ses traits finement dessinés. Janine sentit l'odeur de la rose.

— Mais ça ne me ressemble pas, David. Ce matin, je me suis réveillée et j'ai réalisé que ce n'était pas moi. J'ai vécu des moments terribles l'année dernière, particulièrement le dernier mois. A chaque instant, il me mettait dans une position qui m'empêchait de l'affronter. Mais je peux me battre à présent. Et je vais le faire.

« J'ai téléphoné à ma mère ce matin. Mon beau-père et elle ont beaucoup d'argent, et ils connaissent une flopée d'avocats, même ici. J'ai parlé à l'un d'eux, une avocate en fait, Elaine Krakoff. Elle m'a dit que cette affaire était peu commune, mais elle a déniché une décision judiciaire faisant jurisprudence. Il y a eu un cas semblable en Virginie au début des années 1990, mais la mère était allée vivre dans une autre ville. Elle est devenue accro au crack, a eu son enfant là-bas, et le bébé a été enterré dans une fosse commune.

— Alors elle pense que tu gagneras ?

Janine se redressa et dégagea ses doigts de ceux de David. Elle tendit la main et suivit de son ongle le pied de son verre de vin.

— Impossible de le dire avec certitude. Mais, oui, elle pense qu'il n'aura pas gain de cause. Cependant, même si je gagne, cela n'effacera pas l'horreur de ce qu'il m'aura fait subir. S'il y avait un moyen de le faire souffrir pour cette saloperie, je n'hésiterais pas une seule seconde. Mais tu lui as peut-être rendu la monnaie de sa pièce aujourd'hui.

David leva son verre pour porter un toast.

— A la contre-attaque !

Les doigts de Janine serrèrent le pied de son verre, puis elle le leva à son tour. Lentement, délibérément.

— A un nouveau départ !

— Je préfère ta formule, chuchota David.

Ils choquèrent leurs verres et burent une gorgée de vin. Un instant plus tard, le garçon apporta leurs salades et la conversation porta sur d'autres sujets, notamment sur la nouvelle petite amie d'Annette et sa soirée d'anniversaire du lendemain. Tous deux attendaient ce moment avec plaisir. Mais ils étaient également très curieux de connaître la femme qui entrait dans la vie d'Annette.

Après le dîner, ils se promenèrent sous la pluie dans le North End, savourant les vestiges du passé de ce vieux quartier. Ils prirent un café et un dessert *Chez Mike*, une pâtisserie légendaire dans la région. Quand ils rebroussèrent chemin vers la voiture, il était vingt-deux heures trente.

Lorsque David déverrouilla la portière de Janine avant de se diriger vers le côté conducteur, elle le retint en posant doucement la main sur son bras. Il la regarda, et elle vit dans ses yeux de l'amour, de la chaleur, de l'espoir, mais aussi de la peur.

Leurs lèvres se joignirent, puis Janine appuya sa tête sur la poitrine de David et se laissa envahir par un sentiment de sécurité que firent naître les battements de son cœur.

Durant le trajet, David conduisit d'une main. L'autre serrait celle de Janine.

Lorsqu'ils s'engagèrent dans l'allée de la maison de Janine, les phares balayèrent la vieille grange et les arbres au-delà. Derrière la grange, à proximité des arbres, les phares éclairèrent un instant une forme solitaire, un homme qui se tenait immobile là-bas.

Janine serra les doigts de David avec force.

— Tu as vu ?

Il dégagea sa main et la posa sur le volant.

— J'ai vu quelque chose, oui.

Il fit rapidement une manœuvre pour que les phares éclairent de nouveau le jardin au fond de la propriété.

Rien. La silhouette avait disparu.

— Tu crois que c'était…, chuchota Janine.

Sa voix retomba.

— Spencer ? termina David à sa place. C'est possible.

— Le salaud !

Janine n'était pas en mesure de trouver en elle la colère qu'elle aurait dû ressentir, elle le savait.

— Tu devrais prévenir la police, au moins demander un procès-verbal. Sinon, au cas où tu devrais en faire état par la suite, au tribunal ou ailleurs, on te demandera pourquoi tu n'as pas signalé cet incident.

Il gara la voiture et tous deux descendirent. David l'accompagna jusqu'à la porte d'entrée. Là, il s'arrêta pour écarter les cheveux bruns de Janine de ses yeux, et il l'embrassa, d'abord sur le front, puis sur les lèvres. Longuement.

On ne voyait pas le jardin depuis les marches du perron, mais David lança néanmoins un regard inquiet dans cette direction. Puis il considéra Janine attentivement.

— Je n'ai absolument aucune arrière-pensée, Janine, mais… est-ce que tu veux que je monte ? Au moins jusqu'à l'arrivée de la police ?

Janine glissa son bras derrière le dos de David et se serra contre lui, moula son corps contre le sien. Penser qu'elle avait renoncé à cet homme pour Spencer… cela aurait suffi à la faire pleurer si Dieu, malgré la série de catastrophes qu'il lui avait déversées sur la tête ces derniers temps, n'avait pas jugé bon de lui donner une seconde chance avec David Bairstow.

Elle ne savait pas si elle était prête pour ce qui allait se passer maintenant, mais cela l'effrayait de se demander si elle le serait un jour. « *Prête ou pas* », pensa-t-elle.

— J'ai envie que tu montes, chuchota-t-elle, son regard rivé au sien afin que son intention soit parfaitement claire. Mais pas parce que j'ai besoin que tu me protèges. En fait, je ne vais pas appeler la police tout de suite.

David fronça les sourcils d'un air déconcerté.

— Mais il faut…

Elle le fit taire d'un baiser. Il se détendit et elle s'écarta pour le considérer à nouveau. Ils montèrent l'escalier jusqu'à son appartement. Une fois entrés, ils se déshabillèrent lentement l'un l'autre, sans allumer les lumières, avec seulement la lueur des réverbères pour se regarder. Avec la passion langoureuse et brûlante d'anciens amants qui se retrouvent après une longue absence, ils s'enlacèrent et s'explorèrent, parcourant ensemble des terres inconnues et redécouvrant des plaisirs qu'ils avaient presque oubliés.

David la caressait avec une avidité que Spencer n'avait jamais eue. Affamée elle aussi, Janine voulut le caresser et l'embrasser à son tour, mais, timide ou taquin, il la maintenait hors de sa portée et insista pour la contenter. Il l'embrassa et la lécha sur tout le corps. Frissonnante de désir, elle fourrageait fébrilement ses cheveux tandis qu'il lui titillait l'intérieur des cuisses de la pointe de la langue.

Puis il mit fin à ces préliminaires.

Janine ferma les yeux et trembla, transie d'extase. Pourtant, même ce plaisir intense n'était pas suffisant. Elle le repoussa, le fit s'allonger sur le dos et s'installa à califourchon sur lui.

Lorsqu'elle s'abaissa et s'empala sur lui, Janine poussa un cri en le sentant l'envahir, tandis qu'il la pénétrait profondément. David soupira de plaisir et leva les mains pour promener ses doigts sur ses seins et son ventre, se redressa suffisamment pour prendre ses mamelons dans sa bouche, l'un après l'autre.

Ils bougeaient ensemble, prenaient leur temps. Janine savait qu'il devait en être ainsi. Faire l'amour ne suffirait pas à effacer sa souffrance, mais la jouissance pouvait sans doute la compenser un tant soit peu. Tous les doutes et les maladresses que ces deux dernières années avaient accumulées entre eux se consumèrent dans la fournaise de leur deux corps imbriqués l'un dans l'autre.

Tout irait bien désormais, elle en était persuadée.

Une seconde vie venait de s'ouvrir devant eux.

David chasserait les mauvais rêves.

8

La brève averse du vendredi soir avait été un simple flirt avec l'orage qui explosa le samedi matin. Le ciel était envahi de gros nuages, noirs et menaçants, qui tourbillonnaient et semblaient pourtant se déplacer avec une lenteur presque provocante, comme s'ils voulaient s'attarder dans une intention malveillante.

Ce fut à peine si David remarqua la pluie. Ils s'étaient endormis un peu avant deux heures du matin, néanmoins ils se réveillèrent à huit heures. Un coup de tonnerre le salua lorsqu'il ouvrit les yeux difficilement. Puis il se tourna vers Janine. Ses cheveux bruns étaient étalés sur l'oreiller, ses rondeurs sensuelles apparaissaient furtivement sous les draps froissés. Lorsqu'il tendit la main pour caresser son visage, ses paupières papillotèrent et s'ouvrirent, et elle lui adressa un sourire ensommeillé.

Puis elle avança la main pour promener ses ongles sur la poitrine de David de façon suggestive.

Midi était largement passé quand ils finirent par se lever, à contrecœur, et s'habillèrent. Au milieu de la matinée, ils avaient pris une douche, mais, ensemble dans la cabine, ils avaient vite eu d'autres préoccupations que la propreté de leur corps. Un peu après treize heures, David confectionna des sandwichs au poulet et à la salade sur le comptoir de la cuisine tandis que Janine se séchait les cheveux dans la salle de bains. David avait voulu la suivre, mais elle avait insisté pour qu'ils prennent séparément leur seconde douche de la journée.

Ils mangèrent leurs sandwichs dans la cuisine. Un pot de pickles et un sachet de chips étaient posés sur la petite table avec une simplicité que David adorait. Cela lui rappelait l'intimité qu'ils avaient partagée autrefois, le bien-être paisible qui avait existé entre eux. Au cours du déjeuner, ils parlèrent de la fête d'anniversaire d'Annette prévue pour le soir même, firent des conjectures sur sa nouvelle petite amie et évitèrent toute conversation sur leur nuit d'amour, comme si une tierce personne les avait rejoints dans la cuisine. Pourtant ils échangeaient de temps en temps un sourire entendu. Une sorte d'allégresse insouciante avait envahi David, néanmoins il n'osait pas confier à Janine ce qu'il ressentait, de peur que l'ardeur qui subsistait en lui ne lui fasse perdre la prudence qu'il savait être nécessaire. Du moins pour le moment.

Il ne voulait surtout pas révéler trop de lui-même, présumer une intimité affective qui pouvait effrayer Janine.

Il lui avait manqué.

Pour le moment, c'était suffisant.

A part le fait d'avoir une gare bénéficiant de l'un des plus longs et des plus raides escalators du secteur nord-est, Porter Square présentait peu d'intérêt. Certes, il y avait dans le coin une foule de restaurants, des chaînes aussi bien que des gargotes pittoresques, et un grand nombre de magasins et boutiques de toutes sortes, mais ce n'était pas le genre d'endroit où les touristes avaient envie de flâner. En raison de sa proximité avec Harvard Square, on avait toujours le sentiment que Porter Square était le parent pauvre des habitants de Cambridge. Pour ne rien arranger, le quartier de Davis Square – sur la même ligne, à Somerville toute proche – avait hérité du charme bohème très tendance qui s'était peu à peu estompé à Harvard Square au cours des années. Davis avait donc logiquement hérité de la faune de marginaux qui allait de pair avec l'ambiance, ce qui laissait Porter Square en plan entre deux zones d'attraction où la plupart des gens préféraient aller.

Un arrêt sur le trajet, un endroit où faire ses courses, et personne ne s'attardait.

Il y avait des exceptions, bien sûr. Porter Square était situé sur Massachusetts Avenue, laquelle était bourrée de petites boutiques fascinantes et de pubs, de librairies et de cafés. Parmi ces exceptions, à un bloc environ de la station aux escalators d'une longueur terrifiante, il y avait *Le Cayenne*.

Le Cayenne était l'un des restaurants les plus bizarres où David ait jamais mis les pieds. Bien que son nom fût lié au poivre largement utilisé dans la cuisine cajun et créole, le menu proposé dépassait largement le cadre de ces spécialités. On trouvait au *Cayenne* des plats venant de tous les pays et le décor aux styles hétéroclites de la salle reflétait la diversité de sa cuisine. Pourtant, ça marchait.

Le propriétaire des lieux était un certain Carl Montenegro – bien que David ait toujours douté que ce soit son véritable nom. Homosexuel lui-même, Montenegro avait participé à un programme destiné à offrir aux adolescents gays des modèles d'insertion, ceux de gens équilibrés et épanouis qui, tout en vivant leur homosexualité, avaient réussi leur vie. C'était par l'intermédiaire de ce programme qu'il avait fait la connaissance d'Annette. Montenegro avait eu une discussion animée avec elle, lui reprochant publiquement sa position d'enseignante dans une école catholique et lui disant qu'il estimait qu'un tel choix était totalement à l'opposé des intérêts de la communauté. En fait, affirmait-il, Annette travaillait pour l'ennemi.

David se souvenait très bien de cette discussion, parce qu'il avait été aux premières loges. Ça avait commencé alors qu'ils attendaient une table au bar. Annette avait tout d'abord dit au propriétaire du restaurant d'aller se faire foutre, puis elle avait entrepris de lui expliquer que la seule façon de changer le système, à son avis, c'était de l'infiltrer et de le reconstruire de l'intérieur. Tout le reste était de la lâcheté, avait-elle dit à Montenegro.

Il avait menacé de les flanquer à la porte. Puis il leur avait offert le dîner. Bien que David s'entendît plutôt bien avec lui, il ne le connaissait que superficiellement. Annette, quant à elle, avait instauré une amitié très forte ce soir-là.

C'était la troisième année d'affilée que Montenegro accueillait les invités d'Annette pour sa fête d'anniversaire dans la petite salle au premier étage du *Cayenne*. Le bar était payant – il n'avait pas envie qu'un de ses clients, conduisant en état d'ébriété, ait un accident ou se fasse arrêter par la police – mais il offrait le dîner à tout le monde. Chaque année, David se surprenait à s'interroger sur les rentrées de l'établissement pour que Montenegro soit en mesure d'assumer une telle générosité. Et chaque année, il se surprenait à réaliser que c'était peut-être parce que Montenegro adorait Annette, tout simplement.

Elle inspirait de l'affection à pratiquement toutes les personnes qu'elle connaissait – de l'affection et de la fidélité – et elle les rendait en retour. Le père Charles à St. Matt's était la seule exception qui lui venait à l'esprit, et c'était davantage le fait d'Annette que celui du prêtre.

David se gara sur Massachusetts Avenue et tendit la main vers la banquette arrière pour prendre un énorme parapluie. Il descendit et fit le tour de la voiture en courant jusqu'à la portière de Janine pour l'abriter de la pluie. Il était passé rapidement chez lui afin d'enfiler une tenue convenable pour la soirée, mais cela ne le gênait pas du tout d'être un peu mouillé. Janine, en revanche, avait pris tout son temps pour fignoler sa coiffure et son maquillage, et la robe rouge foncé qu'elle portait était bien trop jolie pour laisser une seule goutte de pluie gâcher cette perfection.

Tandis qu'ils remontaient à pied le bloc et demi qui les séparait du restaurant, il mania le parapluie avec une attention presque absurde, pour être sûr que Janine demeurait immaculée.

Une fois la porte d'entrée franchie, ils eurent droit à un hochement de tête amical de la part de l'hôtesse, laissèrent leurs manteaux au vestiaire, et se dirigèrent vers l'escalier.

— Tu n'es pas venue l'année dernière, fit remarquer David.

Il s'était posé énormément de questions à ce sujet.

Janine prit sa main et tapota leurs doigts entrelacés sur sa cuisse tandis qu'ils montaient. Ses yeux semblaient presque violets dans la lumière ténue de la cage d'escalier, et sa robe ondoyait comme si elle était un séduisant fantôme plutôt qu'un être de chair et de sang.

— Je ne voulais pas te voir, avoua-t-elle. (Puis elle lui lança un regard effrayé.) Je me sentais coupable, tu comprends ? J'estimais que je t'avais fait suffisamment de mal comme ça. Je ne voulais surtout pas venir ici avec…

Elle ne termina pas sa phrase. Elle n'avait pas envie de prononcer le nom de Spencer. David leva la main pour glisser ses doigts sous les cheveux de Janine. Il promena doucement son pouce sur sa nuque.

— Je comprends. Sur ce, on ne parle plus du passé ce soir. Uniquement de l'avenir.

— Entendu.

En haut des marches, ils franchirent une porte vitrée et s'avancèrent dans une petite salle dont les fenêtres de façade donnaient sur Massachusetts Avenue. Il y avait une dizaine de tables rondes, le couvert mis pour six personnes sur chacune d'elles, mais l'essentiel de l'activité se passait près du bar. Les gens réunis ici étaient tous des amis d'Annette et formaient un groupe presque aussi éclectique que la salle principale au rez-de-chaussée. David aperçut Clark Weaver en compagnie d'autres enseignants de St. Matthew's qui formaient une sorte de cercle tribal dans le coin opposé. Clark rit bruyamment et faillit renverser le verre de Martini qu'il tenait à la main. David eut un sourire. Clark avait été très affecté par la mort de Ralph Weiss, et c'était bon de le voir se lâcher un peu.

Autour du bar il y avait un groupe de femmes. David en connaissait certaines de vue, et il supposait que la plupart étaient gays. Quelques hommes bavardaient avec elles, dont le compagnon de longue date de Montenegro, Alex Cotton.

— J'ai l'impression que la fête est déjà bien avancée, fit remarquer David.

— Nous sommes juste décemment en retard, lui objecta Janine en serrant sa main.

— Il est peut-être indécent maintenant d'arriver en retard…

— Ah oui ? Alors où est l'héroïne de la fête ?

David fut incapable de réprimer le sourire malicieux qui apparut sur son visage.

— Elle reçoit sa fessée ?

— Si elle a de la chance, répliqua Janine avec un sourire assorti au sien.

Ils éclatèrent de rire, rejoignirent les invités et se mêlèrent aux petits groupes. Bien qu'il ne l'ait pas reconnue tout de suite, David se retrouva aux prises avec la cousine d'Annette, Gwen, une alcoolique repentie et une républicaine enragée, dont le mari, un riche agent de change, était prodigieusement ennuyeux. Il y avait également quelques amis qu'Annette avait connus à la fac ou au sein de diverses associations bénévoles dont elle avait fait partie pendant des années. A tout prendre, leurs collègues et les couples gays étaient une compagnie bien plus agréable.

Il fut soulagé lorsque Lydia Beal se précipita vers lui. Elle se fraya un chemin parmi les groupes et bouscula une éditrice de manuels scolaires de Little Brown affublée de son expert-comptable de mari.

— David, je te cherchais partout ! lui dit-elle à voix basse. Il faut absolument que tu me montres lesquels de ces types sont hétéros et libres !

— Je me mets au boulot, lui promit-il, et il se mit à parcourir la salle du regard avec le plus grand sérieux.

— Lydia !

Janine s'était débarrassée de Montenegro. Celui-ci lui avait reproché d'être une personne abominable parce qu'elle n'était pas venue le voir depuis bientôt deux ans, puis il avait entrepris de la régaler d'anecdotes sur la guerre de tranchées qui se livrait dans la restauration. David avait écouté d'une oreille durant les premières minutes, puis il avait complètement décroché. Si Janine avait besoin d'un prétexte pour mettre fin à cette conversation, Lydia la lui fournit.

Les deux femmes s'étreignirent et s'embrassèrent. Janine remercia Lydia pour la gentille carte et les fleurs qu'elle lui avait envoyées ; une onde de tristesse glissa alors sur leurs visages mais s'estompa très vite, tandis que les deux amies de longue date commençaient à papoter.

— Vous avez fait la connaissance de Jill ? demanda Lydia. Seigneur, elle a l'air si jeune, elle pourrait être encore en terminale !

David fronça les sourcils.

— Tu veux dire qu'elle est déjà là ?

Lydia lui lança un regard déconcerté.

— Bien sûr qu'elle est ici ! C'est l'anniversaire d'Annette, non ?

— Nous n'avons même pas encore vu Annette, dit

Janine d'un ton de regret. Nous pensions qu'elle était en retard.

— Elle l'était, confirma Lydia en regardant autour d'elle. Mais elle est arrivée maintenant. Elle est quelque part.

Au bout d'un moment, ses yeux brillèrent.

— Là-bas ! A côté de ce bel avocat et de son petit ami.

Bien sûr, ils repérèrent Annette immédiatement. L'avocat et son petit ami n'étaient pas des visages familiers, mais Annette semblait leur parler avec animation. En toute logique, David supposa que la femme aux côtés d'Annette était Jill, bien qu'elle leur tournât le dos. Néanmoins, même de l'endroit où il se trouvait, il pouvait se rendre compte que cette femme au corps svelte et aux longs cheveux blonds avait l'air très jeune. Même dans sa façon de se tenir.

Intrigué, il sourit.

— Lydia, tu nous excuses un moment ? dit-il.

— Naturellement ! C'est son anniversaire. Allez vite lui dire bonjour, sinon elle va s'inquiéter de ne pas vous voir.

Lydia replongea dans la foule, à la recherche d'un homme disponible, tout en s'efforçant de manifester une totale indifférence à cet égard. David l'encouragea en silence, espérant qu'elle trouverait l'oiseau rare.

Janine reprit la main de David et ils se frayèrent un chemin parmi les invités, prodiguant des excuses et manquant renverser des verres. Pendant tout ce temps, David essayait de voir distinctement Jill. Le petit ami de l'avocat dit une plaisanterie, et Annette et sa nouvelle compagne éclatèrent de rire. Jill tourna la tête pour regarder Annette tendrement, puis elle déposa un petit baiser sur sa joue.

David resta cloué sur place.

Les doigts de Janine glissèrent des siens. Haussant les sourcils, elle se retourna pour le regarder d'un air inquiet.

— Qu'est-ce que tu as ? demanda-t-elle. David ?

Il leva lentement une main pour se frotter les yeux, puis il regarda à nouveau. Comme si elle avait senti son regard posé sur elle, Jill le regarda par-dessus son épaule.

— David ? dit Janine d'une voix encore plus inquiète. Ça va ?

L'avocat ajouta autre chose à la conversation. Annette et Jill rirent à nouveau. La gaieté des deux femmes était un son adorable, une légère mélodie. David vit que Jill avait passé son bras autour de la taille d'Annette. Il ne voyait plus le visage de la jeune femme, mais c'était inutile. Son image était gravée dans son esprit.

— Ça alors ! fit-il en chassant l'air de ses poumons.

— Hé ! dit Janine, d'une voix douce mais préoccupée.

Il croisa son regard inquiet, lui adressa un faible sourire mais néanmoins rassurant, puis il secoua la tête.

— Excuse-moi. Je… c'est impossible.

— Qu'est-ce qui est impossible ?

D'un air gêné, il regarda autour de lui pour vérifier que personne n'écoutait. Cependant, il baissa la voix.

— Cette Jill… Elle ressemble presque trait pour trait à une fille que j'ai connue au lycée.

— Connue jusqu'à quel point ? demanda Janine.

— Très bien connue.

— Elle a vingt-deux ans, David !

Il esquissa un sourire.

— Je sais. C'est dingue, non ?

D'un geste de la main, il s'efforça de chasser le froid qui s'était répandu en lui dès qu'il avait aperçu le visage de la jeune femme.

C'était l'anniversaire d'Annette. Il était là pour s'amuser.

Et même si Jill n'avait pas été aussi jeune, elle n'aurait pas pu être Maggie Russell. Maggie était morte.

David l'avait tuée.

« *Salope de gouine !* »

Spencer était assis dans sa Mercedes et regardait d'un air furieux à travers le pare-brise vers la façade du *Cayenne*. Pour plus de sûreté, il avait laissé la BMW, déjà repérée, chez lui. La Mercedes bleu foncé était splendide, mais plus discrète. La veille, il s'était garé à un demi-bloc de l'appartement de Janine et s'était planqué là toute la nuit. Cet enfoiré d'enseignant, Bairstow, était resté chez Janine jusqu'au milieu de l'après-midi. Depuis des images roulaient dans sa tête, qu'il était incapable de chasser, des images d'eux en train de baiser. Janine et Bairstow, ensemble. Ça le foutait hors de lui.

Il les haïssait tous les deux. Elle s'était fait mettre enceinte afin de le coincer, de l'enfermer dans une boîte, puis elle avait laissé son bébé mourir et elle l'avait enterré dans une boîte quelque part, et il n'avait même pas pu le voir. Non pas qu'il ait désiré le gosse, pas après la façon dont elle s'y était prise. Mais il était le père, bordel de merde ! Il avait des droits.

Sans le bébé, il aurait pu se remettre avec Janine. Il aurait établi de nouvelles règles, mais ça aurait probablement marché. A la fac, ils avaient partagé une passion qu'il n'avait jamais plus retrouvée par la suite. C'était pour cette raison que, des années plus tard, incapable de la chasser de son esprit, il l'avait recherchée, avait essayé d'apprendre ce qu'elle était devenue. Ensuite elle avait essayé de l'arnaquer avec le bébé… mais maintenant, plus de bébé !

Tout aurait pu s'arranger.

S'il n'y avait pas eu Bairstow.

Néanmoins, il ne blâmait pas le prof. C'était un enfoiré, mais il avait une queue et Janine était une baiseuse de première.

N'empêche que Bairstow allait en prendre plein la gueule. Il allait traîner cet enculé au tribunal. Il le ferait condamner pour coups et blessures, le ferait clouer par les couilles. Et Janine ? Il avait déjà torturé cette salope des milliers de fois, mais ce plan avec le bébé… Ça, ça allait vraiment la foutre en l'air s'il réussissait à faire exhumer le gosse. Ce n'était d'ailleurs pas sa seule motivation : sa chair et son sang devaient être enterré avec sa famille à lui. Point final.

La seule personne qu'il ne pouvait pas atteindre, c'était celle qu'il haïssait le plus. Cette gouine, Annette. Spencer savait que c'était elle qui avait tout manigancé pour que Bairstow et Janine se retrouvent. Cette petite connasse de marieuse avait œuvré contre lui. Tout le temps.

« *Salope de gouine* », pensa-t-il à nouveau.

La pluie qui tombait à verse sur son pare-brise brouillait la vue qu'il avait du restaurant en un fouillis éclairé par les néons. Mais ça n'avait au fond aucune importance. Bien qu'il soit stationné sur le parking du supermarché de l'autre côté de la rue, à deux pas de la gare, il voyait parfaitement la voiture de Bairstow. Il les verrait forcement lorsqu'ils partiraient.

Mais il ne les suivrait pas. Pas cette fois. Spencer avait passé beaucoup de temps à ruminer les façons dont il pouvait faire souffrir Janine et Bairstow. Il avait tout le temps pour ça.

La gouine, en revanche, c'était différent.

La faire souffrir exigeait une tactique d'approche plus directe.

Une paire de gants en cuir et un pied-de-biche étaient posés sur le siège à côté de lui. Dans la boîte à gants, il y avait un masque de Frankenstein. Il l'avait acheté pour le précédent Halloween mais ne l'avait jamais mis.

Spencer se renversa dans son siège et écouta le crépitement de la pluie sur le toit de la Mercedes. Il attendait que la soirée d'anniversaire d'Annette se termine. Il avait un petit cadeau pour elle.

Au bout d'un moment, il s'ennuya et tourna la clé de contact. Le tableau de bord s'illumina et la radio se mit en marche. Une vieille chanson de Queen. Ses narines frémirent. Il appuya sur les boutons de présélection pour trouver quelque chose qui convenait mieux à son humeur présente.

Quelqu'un donna de petits coups à la vitre.

Effrayé, Spencer leva les yeux et aperçut un vieil homme qui le regardait à travers la vitre striée par la pluie. Un visage très pâle, des traits ravinés, et une barbe à la Hemingway. D'ailleurs, constata-t-il vaguement amusé, sa ressemblance avec l'écrivain était même frappante. Toutefois, contrairement à ce à quoi il s'attendait, il était trop bien habillé pour être l'un de ces clochards qui importunaient les gens pour leur arracher un peu d'argent. Le vieil homme semblait alerte et ses yeux vifs avaient une expression amicale et intelligente.

Inquiet à la pensée que le pied-de-biche puisse éveiller des soupçons, et que le vieil homme s'en souvienne par la suite, Spencer se pencha en avant sur son siège, puis il baissa sa vitre.

— Vous allez vous faire tremper, mon vieux ! Que puis-je faire pour vous ? Vous avez besoin d'un remontant ?

Le vieil homme fut rapide.

Il passa sa main gauche à travers la vitre baissée et saisit une poignée des longs cheveux dont Spencer était si fier. Puis il leva le couteau de chasse qu'il tenait dans sa main droite et le plongea dans la gorge de Spencer, lui transperçant la trachée-artère avec un bruit qui rappela à Spencer celui du crépitement des barbecues en été.

Le vieil homme maintint ses cheveux fermement et tira le couteau de côté. Un jet de sang gicla des artères, aspergea les sièges en cuir et le pare-brise, et forma des motifs semblables à un test de Rorschach. Spencer s'affaissa sur son siège, s'écroula sur le pied-de-biche et les gants.

Alors qu'il s'éloignait sur le parking, le vieil homme abaissa le couteau. La pluie lava le sang sur la lame et sur ses mains.

Les essuie-glaces réglés à la vitesse maximum couinaient sur le pare-brise. Pourtant, même ainsi, c'était à peine si David voyait la route devant lui. Le faisceau de ses phares se reflétait sur la pluie battante. Il se tenait crispé, le dos bien droit, les mains agrippées au volant. La course de l'essuie-glace de son côté était mal réglée, trop longue, si bien que l'extrémité du balai dépassait le rebord du pare-brise et produisait un petit claquement à chaque fois.

— Et merde, quel temps pourri !

Il demeura silencieux. Il sentait le regard de Janine posé sur lui. Néanmoins, il ne savait absolument pas comment exprimer ce qu'il ressentait en ce moment. L'orage le rendait nerveux, oui, mais il y avait autre chose que l'orage.

Janine posa une main sur son épaule et massa ses muscles.

— Hé, David ! Tu veux que je prenne le volant ?

Cette proposition était tellement ironique qu'il eut un léger rire. Cela lui permit de se détendre un tout petit peu.

— Non, ça va.

— C'est à cause de Jill ? Parce qu'elle ressemble à l'une de tes anciennes petites amies ? Ne me dis pas que tu es toujours amoureux d'une fille que tu n'as pas vue depuis au moins quinze ans !

Une image de Jill apparut dans son esprit, puis elle sembla se figer là, un visage derrière un rideau de glace. Le dessin de sa mâchoire, ses narines qui frémissaient lorsqu'elle riait, la façon dont la peau aux commissures de ses lèvres se ridait lorsqu'elle souriait.

— Je la trouve très gentille, ajouta Janine.

— Je n'ai jamais dit le contraire, répondit-il.

Le pneu avant gauche roula sur une grande flaque et il sentit la masse de l'eau frotter contre le châssis de la voiture. Une gerbe jaillit et aspergea le trottoir. Durant une fraction de seconde, la voiture se mit en aquaplaning.

David raffermit sa prise sur le volant mais n'osa ni freiner ni accélérer jusqu'à ce qu'il sente ses pneus retrouver une adhérence sur l'asphalte. Néanmoins, alors qu'ils traversaient Medford Square, David freina en douceur et roula encore plus lentement. Des voitures derrière lui donnèrent des coups de Klaxon, mais il se tint à l'écart du trottoir, à l'affût de la moindre flaque d'eau.

— Si tu la trouves sympa, qu'est-ce qui t'a flanqué une telle frousse ? demanda Janine.

David soupira.

— Ce n'est pas uniquement la ressemblance. Bon, d'accord, ça m'a foutu les jetons, cette ressemblance incroyable avec Maggie. Mais le fait de la voir a fait resurgir en moi une profonde douleur. Une grande culpabilité.

— Une culpabilité ? Mais pourquoi ?

Le feu devant eux passa au rouge. Cette lueur cramoisie lui parvint avec la sensation qu'elle s'était en quelque sorte écrasée sur le pare-brise, étalée par la pluie, comme si le feu de signalisation s'était mis à saigner. David freina et s'arrêta. Au bout d'un moment, il lança un regard à Janine, puis il détourna rapidement les yeux.

— J'ai eu un accident de voiture lorsque j'étais au lycée. Résultat, une jambe cassée et deux côtes enfoncées. Maggie n'avait pas mis sa ceinture de sécurité. Sa tête a heurté le pare-brise.

Il serrait si fort le volant que ses jointures lui faisaient mal.

— Fracture du crâne et nuque brisée.

— Mon Dieu, David ! chuchota Janine.

Elle posa la main sur son bras. Il la regarda à nouveau. La lueur rouge du feu brillait sur sa peau claire.

— Je suis désolée. Je comprends que ça doit être horrible de se remémorer cette histoire. Mais… je sais que ça peut paraître dérisoire, mais des accidents, il s'en produit tous les jours.

David regarda fixement la pluie qui balayait la rue devant lui.

— Nous étions ivres. J'étais ivre, Janine. Je n'aurais jamais dû prendre le volant. C'était un accident, bien sûr. Je le sais. Néanmoins je l'ai tuée.

Le silence qui s'instaura entre eux était chargé d'électricité. Il dura le temps de trois battements de cœur, pas plus. Puis le feu passa au vert et David démarra en scrutant la rue. A nouveau, il sentit le regard de Janine posé sur lui, qui l'observait. Il tourna dans Winthrop Street, à proximité de l'appartement de Janine.

— Tu sais que tu ne l'as pas réellement tuée, dit Janine d'une voix mal assurée.

— Néanmoins je suis responsable, répondit-il.

Une profonde tristesse l'envahit, mais elle dissipa une partie de sa tension. Il chassa l'air de ses poumons.

— Ça va. J'ai fait avec depuis longtemps. Mais… voir Jill… c'est tellement bizarre. Je t'assure, si je te montrais des photos…

A nouveau, le silence s'instaura entre eux. Quelques minutes plus tard, il s'engagea dans l'allée près de la maison et se gara.

— Tu veux monter ? lui demanda-t-elle.

Il s'efforça de sourire.

— Pas ce soir. Je crois que je ne serais pas d'une compagnie très agréable. On s'appelle demain, d'accord ?

Après un moment d'hésitation, quelques secondes durant lesquelles elle ébaucha un geste de la main vers lui, Janine acquiesça de la tête. David avait perçu l'amorce de cet élan et se réjouit qu'elle l'eût retenu. Ce qu'il lui fallait en ce moment, c'était un peu de temps pour se remettre du choc, un peu de temps pour sortir de son esprit le visage de Jill… le visage de Maggie. Il adorait Annette, mais il espérait secrètement que cette relation ne durerait pas. Il n'avait aucune envie de se retrouver constamment face à sa culpabilité.

Son parapluie à la main, il laissa le moteur tourner et accompagna Janine jusqu'à la porte d'entrée. Il vit qu'elle aussi était profondément troublée, son regard tourmenté et triste.

— Hé, ne t'inquiète pas pour moi, dit-il doucement en lui releva le menton afin de la regarder dans les yeux. Tout ira bien. J'ai juste besoin d'un peu de sommeil, je pense, et de soleil demain. Espérons que nous l'aurons !

Le sourire de Janine fut visiblement un effort.

— Janine ? insista-t-il.

— Je… je réfléchissais, je me demandais pourquoi, durant tout ce temps où nous étions ensemble, avec tout ce que nous partagions, tu ne m'avais jamais parlé de cet accident.

Une minuscule boule de glace se forma dans son estomac, bien qu'il eût l'impression que son visage était brûlant et empourpré. La culpabilité… C'était un sentiment familier.

— C'est un sujet que j'ai du mal à aborder, tu comprends ?

Peinée, déconcertée, elle le regarda, dans l'expectative.

— Mais nous partagions tout. Les bonnes choses comme les mauvaises. Tu m'avais raconté des moments très douloureux pour toi. Je suis juste surprise que tu ne m'aies jamais parlé de Maggie. Je ne me souviens même pas que tu aies prononcé son nom une seule fois. Cette fille que tu aimais au lycée, c'est comme si tu l'avais effacée de ta mémoire.

Attristé, il détourna les yeux.

— Si seulement je le pouvais !

— Tout à coup, j'ai le sentiment qu'il y a beaucoup de choses qui m'échappent en ce qui te concerne.

— Je croyais tout savoir sur toi, moi aussi, répondit David en hâte. Je n'avais jamais soupçonné que tu pourrais abandonner tout ce que nous vivions ensemble si un jour Spencer réapparaissait dans ta vie.

Les yeux grands ouverts, Janine leva la main vers le visage de David, affectée par ses paroles. Elle toucha doucement sa joue.

— Je l'ai payé assez cher, il me semble. Que puis-je faire pour que *tu* me pardonnes ?

Son cœur se serra. Cela lui arrivait souvent, particulièrement lorsqu'il s'agissait de Janine.

— Je ne voulais pas dire ça. Bien sûr que je te pardonne. D'ailleurs, même à l'époque, je t'avais pardonné. Ce que j'essaie de te dire, c'est que je ne crois pas qu'on soit jamais complètement limpide, même vis-à-vis de la personne qu'on aime le plus au monde. Peut-être après cinquante ans de vie commune… et encore, je n'en suis pas certain. Ça ne veut pas dire que je ne t'aime pas. Ça signifie simplement qu'il y a des zones d'ombre dans ma vie où tu n'as pas accès. Elles recouvrent un tas de petites choses pénibles qui sont douloureuses pour moi, ou qui pourraient l'être pour toi, des choses que, peut-être aussi, je me dissimule à moi-même. Ça peut paraître égoïste, mais tu agis exactement de la même façon. Nous sommes tous pareils.

« Et puis, n'oublie pas que je viens de t'en parler ! Finalement, je t'ai raconté cet épisode lorsque j'ai estimé que tu devais le savoir.

L'eau ruisselait du parapluie de tous les côtés, tombait autour d'eux et formait un rideau. Janine esquissa un sourire, ce qui déconcerta David encore plus.

— Qu'y a-t-il ? demanda-t-il.

— Tu as raison, bien sûr. C'est vrai que tout ça, ce paysage intérieur, les gens n'aiment guère en parler. Mais je m'en tiendrai à autre chose que tu m'as dite, il y a un instant.

Il fronça les sourcils.

— Qu'est-ce que j'ai dit ?

— Que tu m'aimais.

— Et ça t'étonne ? demanda-t-il. (La tension, la culpabilité et le nœud glacé dans son estomac commencèrent à se dissiper dans la chaleur de ses sentiments pour Janine.) Je n'ai jamais cessé de t'aimer.

Janine passa ses bras autour de la taille de David et posa sa tête sur sa poitrine. A présent la pluie tombait de biais, les chaussures et le pantalon de David étaient trempés, mais il ne dit rien.

— Il y a longtemps de ça, tu m'as dit que tu serais toujours là pour me retenir si je tombais, dit-elle d'une voix empreinte d'émotion. Maintenant je sais que tu le pensais vraiment. Je veux que tu saches que la même chose est vraie pour moi. Je veux être là pour te retenir si tu tombes.

Il lui caressa les cheveux et l'embrassa sur le sommet de la tête.

— Je trouve que c'est un marché honnête.

Au bout d'un moment, Janine le serra dans ses bras encore plus fort, puis elle s'écarta. Elle prit ses clés, ouvrit la porte et entra.

— Tu m'appelles demain ?

— Sans faute, promit-il.

Il attendit qu'elle referme la porte avant de rebrousser chemin vers sa voiture. L'image de la nouvelle petite amie d'Annette persistait dans son esprit, mais cette image, et la culpabilité qu'elle avait fait surgir en lui tel un fantôme, étaient estompées par la puissance de ses sentiments pour Janine et le souvenir de leurs deux corps emmêlés tandis qu'ils faisaient l'amour la nuit précédente, et durant toute la matinée.

Pour rentrer chez lui, il passa près de la Mystic River dont les eaux gonflées par l'orage recouvraient les berges. Il y avait peu de circulation sur la route à présent. Il était tard, bientôt minuit, et l'orage avait probablement incité les gens à rester chez eux. Il n'avait bu que deux ou trois verres au cours de la soirée, mais il avait attaché sa ceinture de sécurité et tenait le volant des deux mains. Les leçons qu'il avait douloureusement apprises seize ans plus tôt étaient profondément incrustées en lui cette nuit.

David roula prudemment tandis qu'il suivait la route qui faisait des tours et des détours à proximité du fleuve. Des réverbères répandaient une lueur diffuse à intervalles réguliers le long de la rue, mais leur lumière ne servait pas à grand-chose. Il avait mis la radio et s'était branché sur une station de slow rock pour retrouver un peu de calme. Devant, le fleuve formait une boucle et la route la suivait. Un panneau jaune signalait le virage prononcé. David appuya sur la pédale de frein pour ralentir, en prenant soin de ne pas freiner trop brusquement au cas où la chaussée serait glissante.

Les phares balayèrent l'accotement non stabilisé, l'herbe de la berge, et l'eau elle-même.

Le fantôme de Ralph Weiss se tenait au bord du fleuve. Alors que le faisceau des phares passait sur lui, le traversait, le professeur décédé leva la main droite et pointa un doigt accusateur sur David, la bouche ouverte en un cri de colère qui était silencieux ou bien étouffé par l'orage.

— Nom de Dieu ! chuchota David.

Un froid intense le parcourut, les battements de son cœur s'accélérèrent, et son attention sur la route se relâcha tandis qu'il regardait fixement l'apparition. Il donna un coup de volant pour suivre la route, mais il jeta un regard vers la droite comme il passait près de l'endroit où s'était tenu le fantôme.

L'apparition avait disparu.

— Bordel de merde ! dit-il à voix haute.

« *Je n'avais pas rêvé !* »

Dans une lueur soudaine, des phares apparurent brusquement derrière lui. Il n'y avait personne un instant plus tôt. Dans un rugissement de moteur, la voiture se positionna sur sa gauche en plein virage. Le ciel d'orage était illuminé d'éclairs. Cependant, le conducteur ne le dépassa pas, comme s'il voulait faire la course avec lui.

— Putain ! s'exclama David, toujours sous le choc de l'apparition qu'il venait de voir.

Il regarda vers la voiture qui roulait à sa hauteur sur la route rendue glissante par la pluie. Au moment où il cherchait à percer l'obscurité, ils passèrent sous un réverbère et il aperçut distinctement le visage du pilote.

C'était Steve Themeli.

Steve Themeli, qui était un de ses anciens élèves, un drogué à qui il avait, en vain, tendu la main. Steve Themeli, qui avait été assassiné au cours d'une bagarre à propos de drogues. Steve Themeli, qui était mort.

Puis ils furent plongés dans l'obscurité à nouveau. La pluie martelait le toit de la voiture assez fort pour couvrir la musique. David, les yeux grands ouverts sous l'effet de la terreur et du désarroi, entendit le moteur de la voiture à côté de lui s'emballer une seconde avant qu'elle se déporte vers la sienne. Il y eut un crissement de métal au moment où les deux voitures se heurtèrent. David se cramponna au volant et bloqua les freins.

Aussitôt, les pneus se mirent à chasser et il perdit le contrôle de sa voiture. Il tenta de la redresser, se débattant avec l'accélérateur, les freins et le volant qui tournait dans le vide mais, très vite, il dérapa sur l'accotement et les pneus patinèrent dans l'herbe grasse.

Puis la voiture fit un tonneau.

Le pare-brise explosa en un millier de fragments, dessinant une énorme toile d'araignée, lorsqu'elle se retourna. David poussa un hurlement de peur qui mit sa gorge à vif, les yeux rivés sur les éclats de verre brisé tandis qu'elle glissait sur le toit vers les berges du fleuve.

Et finissait par s'arrêter.

Le cœur haletant dans sa poitrine, les yeux toujours écarquillés, David attendit, comme s'il était certain que ce n'était pas fini.

Pourtant c'était fini. La voiture oscilla légèrement, mais elle s'était bel et bien arrêtée, à deux mètres du bord du fleuve. La tête en bas, maintenu par la ceinture de sécurité qu'il avait serrée très fort, David vérifia rapidement qu'il n'avait rien. Il s'était cogné la tête contre la vitre côté conducteur, et une grosse bosse se formait déjà à cet endroit. A part ça, à sa grande stupeur, il était sain et sauf.

Il se mit à pleurer.

9

La maison où vivait David, dans Briarwood Lane, appartenait à sa famille depuis le début des années 1900. Elle avait été construite en 1887 pour un médecin du coin, un certain Early. Au-dessus de la porte, une plaque, posée là par l'Association des amis de Medford, signalait « La maison du Dr Jos. Early ». David n'avait jamais aimé cette plaque, mais ses parents lui avaient expliqué qu'ils bénéficiaient d'une réduction d'impôts en contrepartie. Ensuite il n'y avait plus prêté beaucoup d'attention.

La vieille demeure victorienne était située à quatre cents mètres de la Mystic River. A moins de huit cents mètres de l'endroit de l'accident. Sa façade était à la fois classique et baroque, avec une tourelle rehaussée sur la gauche de deux hautes lucarnes faîtières au deuxième étage. Bâtie sur un terrain de moins de deux mille cinq cents mètres carrés – ce qui, pour une ville comme Medford, était considérable –, la maison était immense, pleine de coins et de recoins, à l'instar de celles situées dans la rue. C'était une construction très typique de l'époque.

Il y avait deux petits salons au rez-de-chaussée, de part et d'autre du vestibule, chacun comportant une cheminée, des placards incorporés et des boiseries décorées. L'escalier principal était imposant. A l'arrière, il y avait un petite salle de séjour assez conventionnelle, une vaste salle à manger avec de grandes fenêtres qui laissaient entrer beaucoup de soleil, une cuisine exiguë aux appareils ménagers démodés, un escalier de service, un petit office et un vestibule qui donnait sur le jardin de derrière.

Le premier étage comportait trois grandes chambres à coucher, deux salles de bains et une bibliothèque qui était d'origine. Au deuxième étage, il y avait deux autres chambres à coucher et ce qui avait toujours été appelé « la pièce de la tourelle », à laquelle on accédait par un minuscule palier dont les marches débouchaient sur un espace de deux mètres cinquante de diamètre, juste suffisant pour y placer un bureau, un fauteuil, et deux lampes permettant de lire.

Bien qu'il ne s'y installât pas très souvent, c'était la pièce préférée de David. Il y allait pour lire, ou simplement pour regarder par la fenêtre vers la rue en contrebas. Quasiment à chaque fois qu'il se sentait d'humeur mélancolique, c'était là qu'il allait se réfugier. Lorsqu'il neigeait, il aimait s'asseoir là-haut, dans le silence, et contempler les flocons tomber. Dans son enfance, déjà, c'était un endroit où sa sœur Amy et lui se sentaient heureux et en sécurité. Leur sanctuaire privé.

Lorsque Janine l'avait quitté, il y avait souvent passé la nuit, finissant par s'endormir sur les pages d'un livre où il cherchait à apaiser son chagrin.

Lorsqu'il se réveilla le dimanche matin, peu après neuf heures, il mit un pantalon de survêtement, s'emmitoufla dans le couvre-lit et grimpa jusqu'à la pièce de la tourelle. Il ne chauffait pas le deuxième étage depuis des années, mais la chaleur du bas suffisait à y entretenir une température supportable malgré la fraîcheur matinale, et le couvre-lit l'empêchait de claquer des dents.

Le siège du bureau était un fauteuil en cuir clouté à haut dossier que son père avait utilisé jusqu'à la fin des années 1970, avant de l'abandonner à la maison. Dès lors, David en était tombé amoureux et, encore maintenant, l'odeur et la sensation du cuir, même la façon dont il semblait absorber et garder la température de la maison, tout cela lui remémorait des moments de parfaite innocence.

Il s'installa dans le fauteuil et posa la main sur la biographie de Teddy Roosevelt qu'il feuilletait de temps à autre. Bien qu'il n'ait aucune intention de lire ce livre pour l'instant, il fit comme si c'était pour cette raison qu'il était venu dans cette pièce.

Néanmoins, il regarda par les fenêtres de la tourelle vers la façade sombre des pavillons d'en face, de l'autre côté de la rue, où, apparemment, tout le monde dormait encore. Au-delà, quelques arbres, bien plus vieux que les maisons, tendaient leurs branches vers le ciel, comme s'ils essayaient vainement d'atteindre les nuages qui s'y effilochaient en une multitude de petits morceaux déchirés. La pluie avait cessé vers quatre heures du matin. David l'avait constaté au cours d'une des nombreuses périodes d'insomnie qui avaient ponctué sa nuit. A présent, le soleil brillait à travers quelques éclaircies dans les nuages, luttant pour réclamer ce que l'orage avait volé la veille, ou comme pour effacer un mauvais souvenir.

Une porte claqua. David se pencha en avant et aperçut Mme Dodolan sur le trottoir d'en face qui se baissait pour ramasser le volumineux *Sunday Globe* sur les marches de son perron. Tandis qu'elle rentrait chez elle, un homme d'une cinquantaine d'années, aux cheveux blancs, mais visiblement en grande forme passa au petit trot devant sa maison, en zigzaguant pour éviter les grandes flaques laissées par les trombes d'eau de la veille.

Pendant plus d'une heure, David demeura ainsi, immobile, le livre posé sur ses genoux, à contempler son univers qui paraissait semblable à ce qu'il était quand il avait huit ans.

Mais David ne s'y sentait plus en sécurité.

Sa voiture étant à l'état d'épave, il avait finalement accepté qu'une ambulance le conduise à l'hôpital. Là, une infirmière avait nettoyé ses nombreuses blessures qui, très superficielles, ne nécessitaient aucune intervention chirurgicale ni même de points de suture. Il avait mal partout mais, de l'avis de l'équipe médicale du Lawrence Memorial, il n'avait aucune commotion cérébrale et, lorsqu'un docteur finit par l'examiner, il ne lui fallut pas plus de cinq minutes pour conclure que David pouvait rentrer chez lui.

Il ne voulait déranger personne, aussi avait-il pris un taxi pour regagner son domicile. Ensuite, vers deux heures du matin, il s'était endormi, comme si l'accident n'avait jamais eu lieu.

Mais ce n'était pas un accident. Et c'était ce qui avait tourmenté ses rêves. Il n'y avait pas de fantômes dans les images de son rêve, aucun visage familier, en fait. Juste le crissement du métal froissé, le monde qui devenait sens dessus dessous, et le fleuve qui se précipitait vers lui. Il avait rêvé qu'il se noyait. Au fond de l'eau, il y avait un visage.

Un visage qui souriait.

Cette image l'avait réveillé plusieurs fois dans la nuit, et il n'était parvenu à y échapper que lorsque la pluie avait enfin cessé. Après, il avait réussi à dormir d'un sommeil de plomb, sans rêve, pendant plusieurs heures d'affilée. Mais, lorsqu'il s'était réveillé à nouveau, les visages étaient revenus. Ralph Weiss. Maggie Russell. Steve Themeli, qui heurtait sa voiture et l'envoyait dans le décor.

Un adolescent mort avait essayé de le tuer.

Impossible. Pourtant cela s'était passé ainsi.

Peu après dix heures trente, David observa une voiture de police remonter lentement Briarwood Lane et s'engager dans son allée. La porte d'entrée était très loin – trop de marches d'escalier – néanmoins, il s'extirpa du fauteuil à contrecœur et commença à descendre l'escalier. Il laissa le couvre-lit dans la pièce. Arrivé au palier du premier étage, il s'aperçut qu'il tenait toujours la biographie Teddy Roosevelt dans ses mains. Il le serra contre lui comme un enfant s'agrippe à son ours en peluche.

La sonnette de l'entrée retentit alors qu'il atteignait le rez-de-chaussée. Au moment où il tendait la main vers la poignée, le policier de l'autre côté de la porte frappa, et David sursauta, effrayé. Les battements de son cœur s'accélérèrent. Il prit une longue inspiration frémissante et se demanda quand il cesserait d'avoir peur.

Il soupira et ouvrit la porte. Un jeune officier de police en uniforme, impeccable et à la robuste constitution quasi militaire, se tenait sur le seuil. A ses côtés, il y avait un homme plus âgé en pantalon foncé et veste de cuir de bonne facture. Il portait également une cravate, mais avec une telle absence de conviction que David supposa que c'était uniquement pour se conformer aux ordres de sa hiérarchie. L'homme avait la carrure d'un boxeur des années 1930, il était robuste mais pas corpulent. Ses cheveux étaient un peu trop longs, et il avait des poches sous les yeux.

— Monsieur Bairstow ?

David acquiesça de la tête.

— Je suis l'inspecteur Kindzierski, fit l'homme à la veste de cuir. Pourriez-vous me consacrer quelques minutes afin de parler de votre accident survenu la nuit dernière ?

— J'ai déjà tout raconté aux policiers à l'hôpital. Ce n'était pas un accident.

Lorsqu'il prononça ces mots, David trouva que sa voix paraissait terne, comme s'il était drogué ou essayait de parler sous l'eau.

Les yeux de l'inspecteur Kindzierski s'animèrent.

— C'est précisément ce dont je voulais m'entretenir avec vous. La nuit a été longue.

David s'écarta pour laisser entrer les deux policiers. Il se rendait vaguement compte qu'il aurait dû leur proposer quelque chose : du café ou du thé. Mais il n'en avait pas l'énergie. Aussi les conduisit-il dans le petit salon sur la droite et il leur dit de s'asseoir. L'inspecteur obtempéra. Le policier en uniforme resta près de la porte, comme s'il se tenait au garde-à-vous.

— Vous pouvez m'appeler Gary, au fait. Ou simplement « inspecteur ». Mon nom est plutôt casse-bonbons et je sais de quoi je parle ! Je me dis souvent que, si je ne me suis pas marié, c'est parce qu'aucune femme ne voudrait s'affubler d'un nom pareil, même pour se faire naturaliser.

Kindzierski prit place sur un sofa d'époque et adressa un large sourire à David.

— Et puis je me souviens que je suis un emmerdeur de première, parfaitement invivable, et je réalise que c'est une explication plus logique.

Le flic en uniforme eut un petit rire, le premier signe de vie qu'il manifestait, en dehors du fait qu'il savait marcher. L'inspecteur lui décocha un regard sévère.

— Voici l'agent Simmons, à propos. Il me sert de chauffeur.

Le sourire de Simmons disparut.

David salua de la tête le policier en uniforme, puis il s'assit dans un rocking-chair en bois qui avait appartenu autrefois à papy Edgar, son livre toujours à la main. Parfois, cela lui procurait une sorte de plaisir pervers, de s'asseoir dans ce fauteuil et de savoir que le vieil homme aurait frémi à cette pensée.

— Que puis-je vous dire de plus, inspecteur ?

Avec un hochement de la tête, Kindzierski glissa une main dans la poche intérieure de sa veste et en tira un calepin et un stylo.

— Tout d'abord, vous devez savoir que votre déposition a été vérifiée dans la mesure où nous avons pu faire les premières constatations. Aucun témoin ne vous a vu prendre un verre, à notre connaissance, vous n'aviez pas d'alcool dans le sang, et votre voiture présente clairement les signes d'un choc provoqué par une collision avec un véhicule. Ce matin, vous avez déclaré que vous étiez certain que le conducteur de ce véhicule vous avait heurté de façon délibérée afin de vous faire sortir de la route, et que vous aviez distinctement vu le visage de cet homme.

Un flot de souvenirs surgit en lui, un fouillis d'images de la collision, du trajet en ambulance, de l'entretien avec les flics à l'hôpital.

— Vous avez déclaré, poursuivit Kindzierski, que ce conducteur était un adolescent du nom de Stephen Themeli, l'un de vos anciens élèves. Mais vous et moi savons que Themeli est mort. Désirez-vous donner plus de détails sur ce point ?

L'inspecteur fronça les sourcils et se pencha en avant comme si son interlocuteur s'apprêtait à lui faire des aveux complets. David fit une grimace, puis il craignit que son demi-sourire ne puisse paraître un peu fou. Kindzierski ne donnait pas l'impression de porter un jugement. Il faisait simplement son boulot.

— Je… Ce n'est pas tout à fait ce que j'ai dit, répondit-il.

— Ah bon ? fit Kindzierski en haussant un sourcil.

— Non. J'ai dit qu'il ressemblait beaucoup à Themeli, assez pour que, si vous vouliez le retrouver, vous puissiez utiliser une vieille photo de Steve afin de l'identifier formellement.

— C'est bizarre que l'agent qui a pris votre déposition n'ait pas noté plus précisément votre déclaration, fit remarquer Kindzierski.

David haussa les épaules.

— J'étais plutôt secoué. Et fatigué. Je n'ai peut-être pas été très clair.

— Entendu. Nous vérifierons cela. En attendant, il y a autre chose.

La voix de l'inspecteur avait baissé d'une octave, et le changement dans son intonation était révélateur. Il n'était pas venu pour parler de l'accident. Pas vraiment.

— Oui ? demanda David.

Kindzierski s'appuya sur le dossier du sofa et le considéra d'un air pensif.

— La nuit dernière, l'agent qui a pris votre déposition vous a demandé si vous connaissiez quelqu'un qui pourrait vous en vouloir, avoir un motif de chercher à vous nuire.

— J'ai vu le conducteur, l'interrompit David.

L'inspecteur balaya cette affirmation d'un geste de la main.

— S'il a heurté votre voiture de façon délibérée, il est peu probable qu'il l'ait fait pour s'amuser. Si vous ne le connaissez pas, il y a des chances pour qu'on l'ait payé pour cette sale besogne ou, du moins, qu'il ait accepté de faire ça pour rendre service à quelqu'un. Le seul nom qui vous est venu à l'esprit concernant l'identité de ce quelqu'un a été celui de Spencer Hahn.

Il hocha la tête et eut un petit haussement d'épaules. L'agent Simmons fit craquer ses jointures bruyamment. David tressaillit et chassa l'air de ses poumons.

— Spencer et moi avons eu une explication un peu musclée, il y a deux jours de cela. C'est un salaud de première qui sortait autrefois avec la femme que je fréquente à présent. Et si vous avez besoin d'autres témoignages sur ce fumier, je suis sûr que vous n'aurez aucun mal à en trouver.

— Je n'en doute pas, dit Kindzierski. En fait, j'ai parlé à Mlle Hartschorn ce matin. Je lui ai demandé de ne pas vous téléphoner, mais elle m'a prié de vous dire qu'elle viendrait ici dès qu'elle aurait pris une douche et se serait habillée.

David lui lança un regard furieux.

— Vous lui avez dit pour l'accident ?

— Désolé. (Il était toutefois évident que Kindzierski

ne l'était pas.) Je sais que vous auriez préféré le lui apprendre vous-même. Mais j'ai une enquête à mener. Permettez-moi d'en venir au fait à présent, monsieur Bairstow.

David frissonna. Cette façon de l'appeler ainsi « Monsieur Bairstow » venait de réveiller le souvenir de Ralph Weiss ; il s'efforça de ne pas penser à ce qu'il avait vu la nuit dernière.

— Je vous en prie, allez-y, inspecteur Kindzierski.

David regretta immédiatement le ton qu'il avait pris, mais il était trop tard pour réparer cette erreur.

Kindzierski prit une brève inspiration. Son expression était grave.

— La nuit dernière, à peu près au moment où Mlle Hartschorn et vous quittiez *Le Cayenne*, Spencer Hahn a été mortellement poignardé dans sa voiture, sur un parking situé en face du restaurant.

David eut un mouvement de recul et se renfonça dans le rocking-chair, lui imprimant un mouvement de va-et-vient. La voix lui manqua et il tourna la tête pour regarder l'agent Simmons. Celui-ci fixait sur lui un regard accusateur, la bouche crispée en une ligne sévère. Lentement, David commença à secouer la tête.

— Oh, attendez ! s'écria-t-il d'une voix rauque. Pas si vite !

— Calmez-vous, dit Kindzierski en levant une main. Vous devez comprendre que Mlle Hartschorn et vous étiez nécessairement mes suspects numéro un. En raison de ce qui s'est passé avec son bébé, et des poursuites en justice intentées par Hahn – ce qui, en effet et soit dit en passant, fait sans aucun doute de lui un fumier de première, et je n'ai besoin de personne pour m'en convaincre – vous aviez tous deux un mobile. Et ce d'autant plus que vous vous êtes battu avec la victime sur le parking d'une école catholique.

— Bon Dieu de merde ! lâcha David dans un souffle.

— Waouh, monsieur Bairstow ! Inutile d'invoquer

toutes les puissances divines à la rescousse ! Vous allez comprendre tout de suite : j'ai deux témoins qui ont vu l'assassin de Hahn. Peut-être pas assez nettement pour le reconnaître formellement parmi d'autres suspects lors d'une séance d'identification, mais suffisamment pour que je sache que ce n'était pas vous. Le type était âgé, plus petit que vous, et il avait une barbe.

Déconcerté, David secoua la tête.

— Si je ne figure dans votre liste de suspects, qu'est-ce que sa mort a à voir avec moi ?

Kindzierski haussa les sourcils. Il se renversa dans le sofa et croisa les doigts sous son menton d'un air pensif. Après un moment d'hésitation, il sourit, un sourire dénué d'humour.

— Hahn avait eu une liaison avec Janine Hartschorn. Vous avez en ce moment – ainsi qu'autrefois – une liaison avec elle, vous aussi. Une heure après son meurtre, peut-être même moins, quelqu'un a essayé de vous tuer. Je me demande simplement si vous connaissez quelqu'un d'autre dans la vie de Mlle Hartschorn qui pourrait vouloir se débarrasser de *vous deux*.

David le regarda avec stupeur.

Kindzierski grimaça un sourire.

— Maintenant vous pouvez dire « bon Dieu de merde » si vous en avez envie.

— Bon Dieu de merde !

— Parfait. Alors, des idées ?

— Bordel de merde, chuchota David. Non, aucune…

Kindzierski se leva, lissa son pantalon, et rangea le calepin et le stylo dans la poche de sa veste. Il n'avait absolument rien noté durant son entretien avec David. L'agent Simmons sortit dans le vestibule tandis que Kindzierski tendait la main à David.

— C'est exactement ce que Mlle Hartschorn a dit. Merci pour votre coopération. Il se peut que nous vous contactions à nouveau, surtout si nous trouvons le type qui a tenté de vous liquider. En attendant, avez-vous un téléphone cellulaire ?

David posa sur la tablette de la cheminée le livre qu'il tenait et lui serra la main. La poigne de l'inspecteur était vigoureuse.

— Je n'en ai jamais éprouvé la nécessité.

— En ce moment, pourtant, ce ne serait pas une mauvaise idée, si quelqu'un cherche vraiment à vous causer des ennuis, fit remarquer Kindzierski.

Il lui tendit une carte de visite, comme surgie de nulle part, et quitta la pièce. David jeta un coup d'œil à la carte, puis il le suivit. L'agent Simmons était déjà sur les marches du perron. Arrivé à la porte, Kindzierski se retourna pour le regarder à nouveau. Durant un moment, David se demanda s'ils s'étaient déjà rencontrés quelque part : l'expression sur le visage de l'inspecteur, le geste de la main, tandis qu'il se souvenait qu'il avait une dernière question à poser… Puis David comprit.

Gary Kindzierski avait regardé trop d'épisodes de *Columbo* et il en avait pris tous les tics !

— Une dernière chose, monsieur Bairstow. Vous savez que nous pouvons obtenir un mandat pour vérifier vos relevés de téléphone. Vous êtes certain que Mlle Hartschorn ne vous a pas appelé ce matin après que je sois passé la voir ?

— Tout à fait certain, répondit David.

Il était un brin irrité maintenant, mais ravi de constater qu'il était à même d'éprouver une certaine contrariété. Heureux de ne plus être transi d'angoisse.

— D'ailleurs, vous pouvez le lui demander vous-même, ajouta-t-il. Car la voici.

Kindzierski jeta un coup d'œil par la porte, aperçut la voiture de Janine se ranger contre le trottoir, et acquiesça de la tête.

— C'est elle, en effet. Je vous remercie de m'avoir accordé un peu de votre temps, monsieur Bairstow.

David sortit sur le perron et observa les deux policiers se diriger vers leur voiture. Kindzierski salua de la main Janine, dont l'expression était crispée tandis qu'elle remontait l'allée en hâte. Elle portait un jean et un chandail vert foncé. Les nuages s'étaient dissipés, et le soleil brillait sur son visage et ses cheveux. Elle avait pris une douche, mais ses cheveux étaient tirés en arrière en une queue de cheval, et elle ne s'était pas maquillée.

Son salut de la main à l'inspecteur en retour ne fut guère plus qu'une constatation de sa présence. Puis elle traversa rapidement la pelouse et gravit les marches du perron.

— J'allais t'appeler, dit-il comme elle s'approchait.

Janine passa ses bras autour de la taille de David, le serra avec force, puis elle le repoussa afin d'examiner ses blessures. Satisfaite de voir qu'il était indemne, elle lui lança un regard furieux.

— La prochaine fois que je te dis de rester chez moi, tu restes chez moi ! dit-elle avec colère.

Puis elle l'embrassa, avidement et longuement. Ses lèvres avaient un goût de larmes et de joie, d'anxiété et de peur.

David ne prit pas la peine de regarder la voiture de police qui partait.

— Au sujet de Spencer…, commença-t-il.

Elle secoua la tête.

— Non. Je n'ai pas envie de parler de lui.

Ils entrèrent et s'avancèrent dans le vestibule. Arrivés au bas de l'escalier majestueux, Janine le regarda à nouveau et leva la main pour passer ses doigts dans ses cheveux.

— Est-ce que tu penses… enfin, est-ce que tu penses vraiment qu'il y a un lien quelconque ?

Il promena le dos de sa main le long de la joue de Janine en une légère caresse.

— Non, absolument pas.

— Alors, pourquoi ?

Il se raidit. Une fois encore, des images de la nuit précédente jaillirent dans son esprit. La ressemblance de Jill avec Maggie Russell était certainement une coïncidence. Il avait parlé et ri avec elle. Mais qu'en était-il pour Ralph Weiss ? A deux reprises, il avait vu cette apparition. Et qu'en était-il pour le conducteur de cette voiture, l'adolescent qui avait tenté de le tuer ? Il ne s'agissait pas d'une apparition, mais d'une personne en chair et en os qui tenait le volant. En aucun cas, cela n'avait pu être Steve Themeli.

Pourtant, d'une façon ou d'une autre, il était persuadé que c'était lui.

Un frisson le parcourut tandis qu'il prenait la main de Janine dans la sienne et lui embrassait les doigts.

— J'ignore pourquoi, répondit-il d'une voix rauque. Mais tout va bien, Janine. Je vais très bien.

Comme si elle se dégonflait, Janine laissa échapper un long soupir et sembla se tasser légèrement, pour redevenir elle-même. Elle s'assit au bas des marches. Son soulagement était perceptible, et un petit sourire las apparut sur son visage tandis qu'elle parcourait le vestibule du regard.

— Cette maison m'a manqué, dit-elle. Je n'avais pas réalisé à quel point jusqu'à maintenant, lorsque j'y suis entrée.

Une pensée traversa l'esprit de David et, avant qu'il n'ait eu le temps d'y réfléchir, les mots sortirent de sa bouche.

— Rien ne t'oblige à la quitter désormais.

Janine battit des paupières plusieurs fois et lui lança un regard étonné. Puis elle hocha la tête lentement.

— Ça alors !

La lassitude de son sourire s'évanouit pour laisser place à la surprise puis à la stupéfaction même lorsque, devant sa mine ahurie, David éclata de rire.

— Trop rapide, j'en conviens ! Mais c'est difficile

de ne pas songer à reprendre les choses là où elles s'étaient arrêtées, même si je sais que ce n'est pas aussi simple.

— Ça ne l'est pas, en effet, répondit Janine, l'air grave à présent, mais je voudrais bien qu'on en reparle plus tard tous les deux.

— Quand tu voudras.

— Quoi qu'il en soit, c'est vrai, j'adore ce lieu. Souvent les vieilles maisons sentent le moisi et semblent, tu sais…, hantées et…

Elle ne termina pas sa phrase, troublée, semblait-elle, par ce dernier mot sur lequel elle avait hésité.

Néanmoins, David comprit ce qu'elle voulait dire. A l'inverse de beaucoup de maisons anciennes qui sont comme éteintes et desséchées, la sienne donnait l'impression d'être vivante.

« *Dans ce cas*, pensa-t-il, *ce n'est pas la maison qui est hantée. C'est moi.* »

Alors même que cette idée surgissait dans son esprit, il comprit qu'il devait la considérer comme une boutade, un moyen pour enrober de légèreté ce qu'il avait éprouvé, l'amuser en quelque sorte.

Cependant, il frissonna.

Le quartier où Ruth Vale habitait avec Larry, son mari, était un havre de paix pour les riches. Ruth savourait l'argent et ses privilèges, elle goûtait la liberté qu'il procurait, et la possibilité de s'entourer de beaux objets, de se libérer des occupations triviales et des corvées auxquelles la plupart des gens étaient bien obligés de se soumettre : le ménage, l'entretien courant de la voiture, la lessive. Mais il avait aussi des inconvénients. Presque chaque jour, elle déambulait dans les rues de son quartier, entourée d'immenses villas sans aucune vie visible à l'intérieur. Des fenêtres aux rideaux fermés, des jardins parfaitement entretenus, sans âme, et aucun signe d'humanité. La plupart des habitants se cachaient derrière les portes de leur château.

Pour cette raison, Ruth n'aimait guère rester chez elle. Malgré la beauté du cadre et tout ce luxe dans lequel elle évoluait avec son mari, elle préférait l'environnement de son bureau à Manhattan. Et le week-end, entre le jogging, le jardinage et les réceptions qu'ils organisaient aussi souvent que possible, leur emploi du temps à tous les deux était bien rempli.

Très souvent, elle pensait à Janine et se demandait à quel moment au juste le fossé entre sa fille et elle était devenu aussi large et aussi profond. Et, à présent, Ruth ne savait absolument pas comment combler cette grande distance qui s'était installée entre elles.

Ce dimanche matin, ces pensées douces-amères à propos de sa fille tournoyaient à nouveau dans sa tête tandis qu'elle terminait son jogging. La matinée était largement avancée. Son survêtement rouge semblait presque de mauvais goût dans ce voisinage compassé de Scarsdale, mais elle prenait un plaisir secret à son aspect choquant. Pleine d'énergie, malgré le brin de mélancolie qu'elle ressentait, Ruth gravit prestement les marches du perron et ouvrit la porte.

A l'arrière de la maison, Larry passa la tête par la porte de la cuisine. Il tenait le téléphone collé à son oreille, une expression inquiète sur son visage.

— Bon, Hugh, merci de m'avoir appelé, mais Ruth vient de rentrer de sa balade. Au fait, demain, il faudrait qu'on parle du contrat Judson, O.K. ? Merci encore, Hugh.

Tandis que Ruth ôtait le haut de son survêtement, les battements de son cœur revenant lentement à la normale, son mari coupa la communication et garda le combiné dans sa main. Il avait pris une douche durant son absence mais n'avait pas pris le temps de se raser. Il passa une main sur ses joues couvertes de poils gris et noirs. Larry prenait de l'âge, mais avec sa chevelure ondoyante et sa moustache à la Tom Selleck, il était toujours bel homme. Pour le moment, cependant, il semblait seulement triste.

— Qu'est-ce qui se passe ? C'était Hugh Beaumont ?

Larry hésita un instant. Il souleva le combiné dans sa main comme s'il le soupesait.

— Il a regardé les informations ce matin à Boston. Spencer Hahn a été assassiné la nuit dernière.

Ruth porta une main à sa bouche et ferma les yeux.

— Oh, mon Dieu ! chuchota-t-elle. Oh, merde, pas maintenant ! Pourquoi maintenant ?

Les yeux toujours fermés, elle sentit la main de son mari sur son épaule et elle se blottit contre lui. Ses bras robustes l'entourèrent et Ruth appuya sa tête sur sa poitrine. Un long soupir s'échappa de ses lèvres.

— Ma foi, je ne souhaite ça à personne, murmura Larry, mais il l'avait bien mérité, non ?

— Je me fous complètement de ce salaud ! répliqua Ruth vivement. J'espère qu'il va rôtir en enfer. C'est Janine qui me préoccupe.

Ruth ouvrit les yeux et regarda son mari. Larry acquiesça de la tête pour dire qu'il comprenait, mais elle n'y croyait guère. Larry était quelqu'un de bien – un brin bourru, mais gentil et sincère. Pourtant Janine et lui n'avaient jamais eu de véritables liens d'affection, et Ruth doutait qu'il puisse ressentir ce qu'elle éprouvait.

— Elle n'a pas encore surmonté la perte de son bébé, insista Ruth. Je suis persuadée que si elle n'a pas voulu entendre parler d'un service religieux, c'est parce qu'elle essaie de fuir la réalité. D'accord, elle haïssait Spencer à cause de tout ce qu'il lui a fait subir, mais elle l'avait aimé autrefois, il était le père de cet enfant. Aujourd'hui, même si elle le détestait de toutes ses forces, elle doit avoir le sentiment que le monde autour d'elle est en train de s'écrouler.

Larry sembla pensif un moment. Il posa une main sur l'épaule de Ruth et la massa doucement.

— Tu devrais aller là-bas.

Ruth secoua la tête.

— Elle n'a aucune envie de me voir. Je lui tape sur les nerfs. Et nous n'arrivons pas… Enfin, c'est comme si nous étions incapables de communiquer désormais.

— Peut-être, admit Larry. Mais c'est quand même sans doute ce qu'elle désire confusément. Que tu lui tapes sur les nerfs, comme tu dis. Si votre relation en est à ce point, c'est probablement parce qu'elle a besoin de ça en ce moment. Alors, rends-la folle de rage. Tu es sa mère. C'est ton boulot. Et même si tu l'exaspères, elle t'aime.

Prise au dépourvu, Ruth battit des paupières et considéra Larry. Puis un petit sourire apparut sur son visage.

— C'est la chose la plus gentille et la plus intelligente que vous ayez jamais dite, monsieur Vale !

— Hé, merci beaucoup, madame Vale !

Ruth l'embrassa rapidement, puis elle se dirigea vers l'escalier.

— Bon, le temps de terminer deux ou trois bricoles, et je file là-bas.

Dans son dos, elle entendit Larry qui fourgonnait à nouveau dans la cuisine.

— Pourquoi n'y ai-je pas pensé plus tôt ? marmonna-t-elle.

Sur la berge de la Mystic River, Janine se tenait derrière David et contemplait l'eau. Ils avaient pris sa voiture, bien sûr, parce que celle de David était complètement foutue. A présent, après avoir vu les traces du dérapage, les éclats de verre et les mottes de terre arrachées à l'endroit où sa voiture avait fait un tonneau et failli basculer dans le fleuve, Janine était encore plus déconcertée, encore plus horrifiée qu'elle l'avait été ce matin en apprenant l'accident.

Quelques nuages subsistaient dans le ciel, mais il s'était dégagé en grande partie, et le soleil brillait par endroits sur le fleuve. Le vent soufflait et ridait la surface de l'eau. Janine s'approcha de David et passa ses bras autour de sa taille. Elle appuya sa tête contre son dos.

— J'ai de la chance, chuchota-t-elle.

Il se retourna lentement, prit et serra ses mains, la considéra.

— De la chance ? Comment ça ? demanda-t-il d'un air de doute.

— Quelqu'un t'a envoyé dans le décor la nuit dernière. Il aurait pu te tuer. (Elle sourit.) Il a bousillé ta voiture. Mais tu es là avec moi, et tu es indemne.

— J'ai quand même pris un sacré coup sur la gueule même si tout a l'air de marcher normalement, répondit-il avec un sourire hésitant.

— Hé, je suis sérieuse ! Pas de sous-entendus graveleux !

— Il n'y en avait pas, je te le promets. Je suis sérieux moi aussi, aujourd'hui.

Janine acquiesça de la tête.

— Oui, aujourd'hui, répéta-t-elle. En tout cas, je suis heureuse que tu sois sain et sauf. Maintenant, je peux te poser une question ?

— Bien sûr.

Il serra ses mains d'une manière rassurante, mais son regard se porta vers l'accotement de la route, à proximité de l'endroit où il avait été heurté et déporté de la chaussée.

— Qu'est-ce que tu cherches ici ?

David tressaillit comme si elle l'avait pincé.

— Que veux-tu dire ?

— La police a examiné la berge, expliqua-t-elle en se renfrognant. Ta voiture a été remorquée par une dépanneuse. Le taré ivre mort qui a fait ça a filé depuis longtemps. Alors qu'est-ce qu'on est venus faire ici ?

Il haussa les épaules, détourna les yeux, puis il croisa son regard, la mine sévère.

— Je ne sais pas. J'ai failli mourir à cet endroit-là. Lorsqu'on m'a conduit à l'hôpital, j'étais tellement secoué que j'ai presque eu l'impression de laisser quelque chose derrière moi. J'avais besoin de m'en *éloigner*. Est-ce que tu comprends ?

— Un peu, répondit Janine, même si ce n'était pas tout à fait vrai.

L'important était que cela eût un sens pour lui.

— J'ai eu l'impression d'avoir touché quelque chose d'essentiel ici, d'avoir été tout près de voir ce qui m'attend lorsque la fin surviendra vraiment.

Elle voulut déglutir et s'aperçut que sa gorge était sèche. A présent, elle comprenait les paroles de David, mais trop bien. Depuis qu'elle avait perdu le bébé et avait failli mourir elle-même, elle se sentait déconnectée de la réalité. Elle frissonna, malgré le soleil.

— On s'en va ? demanda-t-elle en lui adressant un sourire las. Je t'invite à déjeuner, d'accord ?

— Excellente idée !

David se retourna pour regarder le fleuve une dernière fois. Janine resta près de lui, un bras passé autour de sa taille. Il secoua la tête et grommela avec stupeur en voyant à quel point il l'avait échappé belle.

Janine regarda vers la rive opposée, et elle se raidit. Un homme se tenait au bord de l'eau, au milieu des arbres qui bordaient la Mystic. L'homme était parfaitement immobile, comme un épouvantail qui aurait été planté près du fleuve. La berge en face se trouvait à une bonne distance, pourtant Janine distingua qu'il portait une longue barbe. Son visage était très pâle, et il semblait les regarder fixement.

Elle resta clouée sur place.

« *C'est lui* ! pensa-t-elle, prise de panique. *L'homme de mon rêve.* »

Mais après cette première réaction, elle plissa les yeux et scruta l'apparition plus attentivement. Même si elle ne le distinguait pas très bien, c'était manifestement un être en chair et en os, et non un spectre comme celui qui hantait ses rêves. Janine estimait qu'elle était intelligente, et elle comprit que ses impressions un peu floues de l'homme inquiétant de ses rêves seraient automatiquement altérées par le fait de voir quelqu'un dans la vie réelle qui lui remémorait ces rêves.

Néanmoins, la façon dont il se tenait là-bas et semblait les observer lui glaçait les sangs.

— Merde, il est effrayant.

— Qui ça ? demanda David.

Elle lui lança un regard.

— Ce type, là-bas, sur la berge opposée. Il me flanque la trouille.

David regarda dans cette direction et scruta la berge. Puis il haussa les épaules.

— M'est avis que je l'ai raté !

Lorsque Janine regarda à nouveau, l'homme avait disparu.

Il avait très bien pu disparaître derrière un arbre, néanmoins elle ne put s'empêcher de se demander s'il avait réellement existé ailleurs que dans sa tête. Cela l'inquiétait de penser que la réponse était peut-être *non*. Elle savait qu'elle était plutôt fragile ces derniers temps, que la mort de son bébé l'avait affectée largement au-delà de ce qu'elle voulait bien le reconnaître, mais avoir des hallucinations, ce serait très grave. Du fait de sa grande fatigue et de son chagrin, elle savait qu'elle avait entendu des choses qui, très vraisemblablement, n'existaient pas. Mais ça, c'était tout à fait différent.

Une petite pensée s'insinua dans sa tête, mais elle la

repoussa, refusa d'écouter la voix effrayée, semblable à un rêve, dans un recoin de son esprit. La voix qui lui disait qu'il s'était agi nécessairement d'une hallucination puisque David n'avait pas vu l'homme.

« *Mais... et si cela n'avait pas été une hallucination ?* »

10

Le lundi matin, une heure avant que la première sonnerie retentisse, Hugh Charles était assis dans son bureau et relisait les notes qu'il avait préparées pour les cours de théologie de la semaine. La fenêtre était ouverte et les rideaux tirés. Le vent qui pénétrait dans la pièce était frais, mais le soleil était éclatant et chaud, le ciel d'un bleu lumineux, les senteurs du printemps quasi enivrantes.

Une petite radio était allumée sur l'étagère dans le coin, à côté d'une énorme masse couverte de feuilles vertes qui aurait grand besoin d'un pot plus grand d'ici peu. La mélodie grêle qui sortait des haut-parleurs de la radio était un vieux tube de la Motown, qui ramena le père Charles trente-cinq ou quarante ans en arrière, à des journées de printemps semblables à celle-ci. Il adorait les disques de la Motown.

Son pied droit donnait de petits coups contre le pied de son fauteuil, accompagnant la musique et il fredonnait machinalement tandis qu'il s'efforçait de se concentrer sur ses projets pour l'examen en théologie de fin d'année.

Quelqu'un frappa sur le verre dépoli de sa porte.

Le père Charles leva les yeux et aperçut David Bairstow et Annette Muscari qui se tenaient dans le couloir. Le prêtre fut saisi en voyant que David semblait très pâle, et l'expression préoccupée d'Annette ne fit qu'accroître son inquiétude.

— Est-ce que vous avez une minute, mon père ? demanda David.

— Bien sûr. Entrez, entrez !

David lança un regard à Annette. Elle serra sa main, puis regarda à l'intérieur de la pièce d'un air circonspect, comme c'était toujours le cas lorsqu'elle se trouvait en présence du prêtre.

— Bon, je vous laisse. Je vous verrai plus tard, mon père.

— Entendu, Annette. N'oubliez pas, vous avez promis de dire deux mots à Patrick O'Connell de ma part.

Annette acquiesça de la tête et partit. Le père Charles observa David tandis que celui-ci entrait dans le bureau d'un air hésitant. Il semblait incapable de décider où mettre ses mains. Elles voletèrent vers ses poches, puis se levèrent ; il se gratta nerveusement la tête, puis baissa les bras à nouveau, les plaquant cette fois le long de son corps. Ses yeux étaient également agités, son regard se posait un peu partout dans la pièce sans se fixer nulle part ; bref, tout dans son comportement ne laissa pas d'inquiéter le prêtre. Il portait beaucoup d'affection à David. S'il avait un ami dans cette école, à part sœur Mary, bien sûr, c'était David.

— J'ai appris ce matin pour votre accident, hasarda-t-il.

David se raidit.

Le prêtre appuya son regard sur lui.

— Sœur Mary l'avait su par l'inspecteur Kindzierski. Mais elle m'avait assuré que vous étiez sain et sauf. Je ne sais pas pourquoi, mais j'ai tout de suite pensé que ce n'est peut-être pas tout à fait exact…

— Mon père, je…

David se dandina légèrement.

— Allons, asseyez-vous ! Vous désiriez me parler, David. Pardonnez-moi si je vous ai troublé.

Un voile de tristesse apparut sur le visage de l'enseignant, mais le père Charles songea que c'était bien plus grave que cela. Ce n'était pas uniquement de la tristesse, mais de l'angoisse, de la peur même, une sorte d'électricité statique émotionnelle qui résonnait en David comme le grondement de l'océan dans un coquillage.

— J'ai pas mal d'égratignures, quelques bleus, mais je vais bien. Toutefois, ma voiture a eu moins de chance que moi.

David sourit un instant, de façon peu convaincante, puis il détourna les yeux.

Le père Charles attendit. D'une certaine manière, cette situation ressemblait un peu à ce qui se passait dans un confessionnal où, parfois, le pénitent en face de lui avait besoin d'un léger encouragement pour démarrer, mais il ne pressait jamais les choses.

Au bout d'un moment, David soupira et se redressa sur son siège. Comme s'il avait recouvré une certaine détermination, il regarda le père Charles dans les yeux.

— Est-ce que vous croyez aux fantômes, mon père ?

Le silence se fit dans la pièce, à l'exception de la voix langoureuse de Smokey Robinson à la radio et du gazouillis de quelques oiseaux au-dehors. Le père Charles regarda fixement David et s'efforça de garder la même expression. C'était la dernière question à laquelle il se serait attendu.

Il prit un stylo et le tapota sur sa table de travail tandis qu'il observait l'expression de David et se demandait ce qui avait motivé une telle question.

— Eh bien, l'Eglise croit…

— Je ne demande pas ce que l'Eglise croit, l'interrompit David. Je demande ce que *vous* croyez.

Le père Charles se renversa dans son fauteuil et plaça ses mains sous son menton, les doigts joints en un geste inconscient de prière ou de concentration, peut-être les deux.

— Lorsque j'étais au séminaire, j'ai vu plusieurs choses pour lesquelles je serais bien en peine de trouver une explication non surnaturelle. Si je crois aux fantômes ? Disons que je suis porté à y croire, mais je ne fais qu'exprimer une opinion personnelle.

Avec un long soupir, comme s'il venait soudain d'être libéré d'un poids énorme, David frissonna et porta une main à son visage. Il hocha la tête lentement. Puis, même s'il parlait d'une manière hésitante et s'interrompait de temps à autre pour trouver les termes exacts, il entreprit de raconter une histoire tout à fait singulière qui commençait par la mort de Ralph Weiss et se terminait, du moins pour le moment, par son accident de voiture deux nuits auparavant.

Le père Charles écouta le récit de David sans faire le moindre commentaire, excepté un hochement de la tête de temps en temps pour l'encourager à poursuivre. A nouveau, la similitude de la situation avec celle d'une confession s'imposa. Lorsque David eut terminé, il semblait fatigué, mais également soulagé.

— Vous n'avez parlé à personne de ce qui vous est arrivé ? demanda-t-il.

David haussa les épaules.

— A Janine, un peu, mais j'ai omis la partie fantôme. Elle pense que la ressemblance de Jill est une simple coïncidence. Mais la nuit dernière, j'ai retrouvé l'annuaire de ma promotion. Mon père, il ne s'agit pas d'une coïncidence. Maggie Russell est morte depuis longtemps, mais cette Jill ? Je vous jure que c'est son portrait vivant...

David eut un petit rire sans joie.

— ... si vous me passez cette comparaison un peu morbide...

Sans répondre, le prêtre laissa ses pensées vagabonder et retourna ce récit dans sa tête. C'était de loin la chose la plus folle qu'il ait jamais entendue. Bien qu'il n'ait jamais assisté à un exorcisme, il avait connu au séminaire des prêtres plus âgés dont c'était le cas. Ce qu'ils lui avaient raconté donnait la chair de poule. Les fantômes, cependant, c'était une autre affaire. Il s'était montré vague avec David, mais ce n'était pas la première fois qu'il entendait une histoire à propos de fantômes. En l'occurrence, certaines s'étaient même avérées authentiques.

— Vous pensez que je suis fou ? demanda David.

Les mots n'étaient pas amers, mais tristes et inquiets. Le père Charles le regarda dans les yeux et y vit une confiance et un espoir éperdus. Il fut envahi par une peur soudaine.

Parfois ces histoires étaient vraies.

— Je ne pense pas que vous êtes fou, répondit le prêtre. Mais je pense que nous devons parler de ces faits plus longuement. Approfondir les choses, découvrir ce qui se passe vraiment. Je suis prêtre, David. Personne n'a besoin de me convaincre de l'existence d'un pouvoir surnaturel. En tant que catholique, je crois en un seul Dieu, bien que, historiquement, ce soit une théorie relativement récente. Je crois aux anges et aux démons, au ciel et à l'enfer. C'est ce qu'on vous enseigne au séminaire. Néanmoins, j'avais un procureur là-bas qui avait d'autres théories. Il les énonçait de temps en temps en dehors des cours de théologie. Il a suggéré, plus d'une fois, que toutes ces choses faisaient peut-être partie de cet être que nous appelons Dieu.

— Que sont les fantômes, alors ? Des âmes en peine ? Des esprits venus du ciel qui visitent la Terre de nouveau ou bien des esprits qui apparaissent une dernière fois avant de s'en aller vers le repos éternel ?

Le prêtre eut un petit rire.

— Vous avez une grande confiance dans ma capacité à vous fournir des réponses, David. Le problème, c'est que personne ne le peut. Vous le savez. Ils semblent être des possibilités raisonnables, étant donné les autres choses auxquelles nous croyons, mais qui peut le dire avec certitude ? Je vous répondrai seulement ceci. Je n'ai jamais entendu dire que les fantômes, s'ils existent, peuvent conduire une voiture. Ni qu'ils sont suffisamment matériels pour participer à des soirées d'anniversaire, où ils mangent, boivent et côtoient des personnes en chair et en os. Je suis troublé que cette… manifestation… semble être Steve Themeli. Si ces êtres sont réels, nous devons découvrir ce qu'ils sont, et pourquoi ils vous harcèlent.

L'expression de gratitude sur le visage de David s'estompa au bout d'un moment, et il fronça les sourcils.

— Et pour M. Weiss ? Je l'ai vu au moins deux fois, peut-être trois. Et ce n'était pas un être en chair et en os.

Le père Charles regarda par la fenêtre. Par une si belle journée, avec une réalité aussi tangible, c'était étrange d'avoir cette conversation. Pourtant, il savait parfaitement que les hommes définissaient la réalité en s'appuyant sur leur expérience, sur leurs cinq sens, et que le monde contenait bien d'autres choses.

— Je m'interrogeais à ce sujet, depuis que vous en avez parlé, répondit le prêtre d'un air pensif. Le fantôme, s'il s'agit effectivement d'un fantôme et non d'une manifestation de votre subconscient – ce qui est toujours une possibilité – n'a pas essayé de vous faire du mal ni même de vous tourmenter en aucune façon.

— Alors que fait-il ? demanda David.

— Avez-vous envisagé l'éventualité qu'il essaie peut-être de vous avertir d'un danger ? S'il y a bien un fantôme dans cette affaire, David, il me semble qu'il est de votre côté.

Durant plusieurs minutes, les deux hommes furent absorbés dans leurs pensées. La pièce était silencieuse, à l'exception des Supremes à la radio.

Janine s'agita, mal à l'aise, sur le canapé dans son séjour. Elle baissa les yeux un moment. L'expression sur le visage d'Annette aurait pu être comique si cela n'avait pas été à ses dépens. C'était lundi soir. Il y avait des assiettes sales sur la table basse, les vestiges du dîner qu'elle avait préparé, mais ni l'une ni l'autre ne se levait pour débarrasser.

— Il faut que tu me pardonnes, d'accord ? J'essaie de faire entrer tout ça dans ma pauvre tête, dit Annette. Ecoute… tu prends toujours ce médicament, le Zoloft, non ?

Exaspérée, Janine acquiesça de la tête.

— Ne te mets pas en colère, reprit Annette d'une voix âpre. Qu'est-ce que tu crois que j'allais te dire ? Tu as vécu une… enfin, cette expérience de mort rapprochée ou je ne sais quoi, ensuite des cauchemars, et maintenant, quoi ? Des hallucinations ? Un mot trop fort, peut-être, mais peut-être pas. Janine, tu ne penses pas que tu devrais en parler à quelqu'un ?

— Tu veux dire un psychiatre ?

Elle fit la moue et poussa un petit soupir.

— Je ne sais pas… Quelqu'un en tout cas. Ecoute, il y a des trucs qui peuvent causer des hallucinations, tu sais ? Des affections aiguës. Une insomnie chronique, par exemple.

— Ou bien une tumeur au cerveau.

Annette blêmit.

— Hé, ce n'est pas du tout ce que je dis ! Je pense simplement que, dans ton intérêt, tu devrais t'assurer que c'est juste ton imagination et non quelque chose qui *cloche* chez toi. Mais, si tu n'as pas envie de consulter un psychiatre, tu devrais au moins en parler avec David. Je n'arrive pas à croire que tu ne lui aies rien dit.

Janine lui lança un regard horrifié.

— Comment le pourrais-je ? Et merde, Annette, les choses repartent tout juste entre nous ! Qu'est-ce que tu veux que je lui dise ? « Dis donc, je sais que je t'ai brisé le cœur, que tu m'as plus ou moins pardonné, que nous nous efforçons de reconstruire l'amour et la confiance entre nous et, d'accord, question sexe, c'est le pied, mais à propos, ou bien je suis complètement barjo, parano et sujette à des hallucinations, ou bien je suis poursuivie par un croque-mitaine venu de l'au-delà » !

Annette haussa les épaules et s'efforça de ne pas éclater de rire.

— Ce serait toujours un début. Je dis simplement que cela ne peut pas arranger les choses si tu gardes toutes ces conneries dans ta tête et que tu n'en parles pas à David. Il t'aime, Janine. Il t'a toujours aimé. Et pour un mec, il est foutrement perspicace. Peut-être peut-il t'aider.

— Peut-être, admit Janine à contrecœur.

Cela semblait absurde à Janine de parler de tout ça. Elle avait l'impression de regarder le film de la vie d'une autre personne. Pourtant cette créature qui avait hanté ses rêves – puis qui était apparue sur la berge du fleuve – suscitait une terreur en elle à laquelle elle ne pouvait se soustraire. Et ces images du Passeur dans sa tête l'obsédaient au point qu'elles finissaient par éclipser des choses qui auraient dû être bien plus importantes.

Jusqu'à présent, elle avait plus ou moins réussi à rationaliser ses rêves, et même à ignorer cette sensation terrifiante d'être surveillée qui la gagnait de temps à autre. Mais le dimanche matin, elle l'avait *vu*. Spectral à certains égards, mais néanmoins matériel. Et, quel qu'il fût, elle refusait de croire que c'était une sorte de mirage.

Avec un soupir frémissant, Janine sourit.

— Tu sais quoi ? Franchement, ce serait un soulagement si je découvrais que tout cela se passe dans ma tête. Je… je suis incapable de me défaire de cette impression que quelqu'un me surveille.

Annette se pencha vers elle et posa une main sur sa jambe pour la réconforter.

— Janine, écoute-moi. Quelqu'un te *surveillait*.

Lorsque Spencer a été tué, durant ma soirée d'anniversaire, il se trouvait de l'autre côté de la rue, assis dans une voiture en face du restaurant. Tu crois vraiment que c'était une simple coïncidence ?

— Peut-être pas, admit Janine. (Un frisson la parcourut à nouveau, et elle serra ses bras sur sa poitrine.) Mais Spencer est mort, Annette. C'était un fumier de première, mais j'ai cru que je l'aimais, autrefois. C'est horrible et effrayant que quelqu'un l'ait assassiné alors que je me trouvais à proximité. Il me suivait, bon, d'accord. Il m'a semblé apercevoir quelqu'un dans le jardin l'autre nuit, et j'ai plus ou moins supposé que c'était lui.

— Et si c'était quelqu'un d'autre ?

Janine prit la main d'Annette dans la sienne comme si elle pouvait s'imprégner de la chaleur et de la force de son amie. La Terre continuait de tourner sans se soucier de son angoisse. La réalité était implacable. Cela aurait dû la réconforter, de savoir que, malgré ses rêves inquiétants, ses pensées bizarres et la frayeur qui l'avait saisie dimanche, toute chose autour d'elle demeurait banale et douloureusement normale. David l'aimait, et bien qu'elle éprouve toujours une terrible culpabilité pour l'avoir fait souffrir autrefois, elle avait commencé à s'autoriser à l'aimer de nouveau, elle aussi.

Elle était bien dans les bras de David, dans son lit. Elle trouvait un réconfort dans son travail et sur le visage de ses élèves.

Mais chez elle, la nuit, elle était terrifiée.

— Janine ?

Elle ne répondit pas tout de suite. Son regard était perdu dans le vague, fixait l'obscurité au-delà de la fenêtre.

— Hé, je suis là ! dit Annette en lui serrant la main.

Janine finit par la regarder, et elle trouva dans les

yeux empreints d'affection de son amie le refuge qu'elle cherchait.

— Spencer te suivait, très vraisemblablement. Mais il n'est plus de ce monde. Tu as vécu des moments terribles l'année dernière. Laisse tout ça derrière toi. Essaye de ne penser qu'aux bonnes choses qui t'arrivent en ce moment. Cela te prendra sans doute un certain temps, mais tu peux y arriver. Et je serai là pour t'aider.

Janine sourit doucement, tristement.

— Sans toi, je crois que j'en serais incapable, dit-elle, la gorge nouée par l'émotion.

Avec un soupir de soulagement, elle se pencha et Annette la prit dans ses bras. Janine posa sa tête sur la poitrine de son amie. Des images de ses rêves et du personnage sur la berge du fleuve le jour précédent tourbillonnaient dans son esprit. La serrant tendrement, Annette l'embrassa sur le sommet de la tête. Elles demeurèrent silencieuses durant plusieurs minutes.

Janine avait espéré que la présence d'Annette l'aiderait à faire le point et à chasser les fantômes qui hantaient son esprit. Mais la peur ne la quittait pas.

— Tout ira bien, tu verras, lui dit Annette.

— Le problème, murmura Janine, tu sais, cette impression que quelqu'un me surveille en permanence, eh bien, c'est que Spencer est mort, mais cette impression est toujours là. Je sens les yeux de cet homme sur moi. Il m'attend, Elfe. Et il ne s'en va pas.

Annette habitait dans un trois pièces situé au-dessus d'un salon de coiffure dans Medford Square. Le salon de coiffure avait changé de propriétaire quatre fois en deux ans depuis qu'elle vivait ici, et elle avait du mal à se souvenir de son nom. Peut-être était-ce aussi parce qu'elle n'y avait jamais mis les pieds.

Ce soir-là, toujours inquiète au sujet de Janine, elle se gara comme d'habitude sur le parking municipal deux blocs plus loin et commença à marcher vers son immeuble. Une lune argentée voguait dans le ciel et les étoiles brillaient avec éclat. La nuit était claire et tiède ; Annette songea que le printemps était vraiment arrivé, que c'en était fini du froid et des pluies glaciales de l'hiver.

Sa veste posée sur son bras tandis qu'elle se dirigeait vers la porte d'entrée de l'immeuble, elle remarqua que, bien que le salon de coiffure fût fermé depuis longtemps, quelqu'un attendait dans l'ombre sous l'auvent du magasin.

Elle hésita, bien plus affectée qu'elle ne l'avait réalisé par les peurs de Janine, et par ce qui était arrivé à David.

Puis un sourire illumina son visage.

C'était Jill. Elle était superbe. Ses longs cheveux blonds cascadaient sur ses épaules et dans le dos et, avec ses lèvres pulpeuses et ses yeux immenses, elle ressemblait à une poupée de porcelaine. Elle était à couper le souffle. Etait-ce dû au fait qu'à vingt-deux ans, elle avait toujours la grâce d'une adolescente ? Tout en pressant le pas pour la rejoindre, un flot de pensées lubriques assaillit Annette au souvenir des choses qu'elle avait faites avec cette presque jeune fille.

Qu'elle avait envie de faire, en ce moment même.

— Hé, c'est super de te trouver ici ! dit-elle.

Sa voix n'était guère plus qu'un chuchotement. Jill sourit et ses lèvres sensuelles s'entrouvrirent légèrement.

— Tu avais dit que tu pensais rentrer vers vingt-deux heures. Plutôt que de te téléphoner, j'ai préféré venir à ta rencontre.

Un sentiment de culpabilité traversa Annette : il était bientôt vingt-deux heures trente.

— Tu attendais depuis longtemps ?

— Une quinzaine de minutes. Mais la nuit est

douce. Et puis c'est un vrai plaisir de t'attendre. Dis-moi, ça ne t'ennuie pas que je sois venue comme ça ? ajouta Jill avec une intonation un peu gênée. Je voulais te faire une surprise.

Annette s'approcha, passa ses bras autour de la taille de son amante, et effleura des lèvres celles de Jill.

— Au contraire, c'est super ! répondit-elle.

Jill eut un sourire entendu, pressant.

Elles montèrent l'escalier jusqu'à l'appartement. Annette alluma le plafonnier de l'entrée, révélant le foutoir qui régnait à l'intérieur. Il y avait trois paires de mocassins qui traînaient devant la porte, dans la salle de séjour, des vestes et des jupes étaient posées sur les chaises, des cassettes vidéo étaient empilées sur la table basse… Annette s'empressa d'actionner de nouveau l'interrupteur et, à la lueur des étoiles, de la lune et des lumières qui venaient de la rue, elles s'étreignirent dans le séjour, se touchèrent, s'embrassèrent, se caressèrent.

Essoufflée, Annette mit fin à leur étreinte. Elle alla dans la cuisine pour prendre des bougies et une boîte d'allumettes. Sans un mot, elle se dirigea vers sa chambre. Le lit n'était pas fait, mais les draps étaient propres. Elle disposa les bougies dans la chambre et les alluma. Dave Grusin était déjà dans le lecteur de CD, et elle appuya sur la touche « *play* ». Des notes de jazz mélodieuses et feutrées sortirent des petits haut-parleurs.

Lorsqu'elle se retourna, elle eut la respiration coupée. Jill se tenait dans l'embrasure de la porte. Elle était entièrement nue. La douce lumière des bougies tremblotait et se reflétait sur sa peau laiteuse, formait des ombres autour de ses petits seins parfaits. Les yeux de Jill brillaient, et elle regardait Annette avec intensité. Son sourire avait disparu à présent. Ses cheveux étaient ramenés en arrière, et elle s'avança dans la chambre sans un bruit.

Annette eut un minuscule halètement lorsque sa maîtresse s'approcha et l'embrassa, puis commença à la déshabiller, ponctuant de petits baisers chaque partie du corps révélée.

— Janine va bien ? demanda-t-elle d'une voix rauque.

L'incongruité de cette question déconcerta Annette. Elle battit des paupières.

— Quoi ?

— Tu m'avais dit qu'elle était perturbée par quelque chose.

Jill posa ses lèvres sur la poitrine d'Annette tandis qu'elle dégrafait son soutien-gorge. Puis, elle promena ses mains sur son dos, y dessinant de larges cercles qui faisaient frissonner sa partenaire. Sa bouche se déplaça plus bas, mais elle leva les yeux, attendant une réponse.

— Elle est effrayée par… Enfin, son ex a été assassiné. Elle va très bien.

Jill eut un sourire espiègle et ses doigts se déplacèrent pour caresser les seins menus d'Annette. Puis sa bouche descendit et Jill entreprit de lui lécher les mamelons, lentement, en la taquinant.

Elle s'arrêta brusquement. A nouveau, elle leva les yeux vers Annette, mais à présent son visage exprimait une certaine tristesse.

— Tu l'aimes, n'est-ce pas ?

Annette se raidit. La tête lui tournait sous l'effet de la passion, sa poitrine se soulevait et s'abaissait rapidement du fait de son excitation, mais la question de Jill sembla presque lui cingler le visage.

— Non, je… Elle est hétéro, Jill. Et elle ne changera pas.

— Alors tu ne peux pas l'avoir, mais tu l'aimes ?

— Janine est mon amie.

Comme si elle n'avait pas obtenu de réponse, Jill promena sa langue sur le ventre légèrement bombé d'Annette et tira sur la fermeture à glissière de son jean.

— Tu n'as pas envie d'elle ?

Annette sentit son jean tomber sur ses hanches, descendre sur ses chevilles qu'une poigne douce et ferme leva l'une après l'autre pour l'en dégager ; puis, tremblante de désir, elle frémit au contact des doigts qui se glissaient dans son slip et l'abaissaient.

— Non, haleta-t-elle, sentant ses jambes céder sous elle. Je...

Elle enfouit ses mains dans les longs cheveux soyeux de Jill qui se redressa et pressa son corps contre le sien. Ses seins étaient chauds et ses paumes se déplaçaient doucement sur les rondeurs d'Annette.

— Prouve-le-moi, chuchota Jill.

Ensuite Annette se perdit dans les bras de sa maîtresse, et durant de longs moments, toute pensée de Janine fut bannie de son esprit.

Plus tard, cependant, tandis qu'elles étaient allongées dans le lit, enlacées, et que Jill commençait à s'endormir, elle pensa de nouveau à sa meilleure amie. Pourtant rassasiée et euphorique après avoir fait l'amour avec Jill, elle éprouvait un étrange sentiment de culpabilité, à l'idée de savoir Janine profondément troublée, terrifiée.

Et, à présent, malgré la présence de Jill à ses côtés, Annette se remémorait les appréhensions de son amie avec une telle netteté qu'un frisson de peur la parcourut soudain.

La lueur tremblotante des bougies projetait des ombres inquiétantes sur les murs. Annette prit soudain conscience que la peur qu'elle ressentait n'était pas simplement celle de Janine, mais aussi, tout à coup, de façon inexplicable, la sienne. Cette impression dont Janine avait parlé, comme si des yeux malveillants étaient fixés sur elle... Annette comprenait maintenant parfaitement ce que cela signifiait.

Jamais depuis son enfance, lorsqu'elle était effrayée par la porte ouverte de son placard ou par le frottement d'une branche d'arbre sur la fenêtre de sa chambre, elle n'avait ressenti cette épouvante diffuse qui l'envahissait à présent.

La respiration de Jill se modifia. Elle dormait d'un sommeil paisible, blottie contre elle. Pourtant, ce corps abandonné contre le sien, qui avait su éveiller en elle un désir puissant et une jouissance qu'elle n'avait jamais connus auparavant, la déconcertait ; en fait, dans ce moment de bonheur tranquille et serein, elle se sentait mal à l'aise, comme si une inconnue dormait dans son lit.

Elle était chez elle, dans son appartement. Jamais elle n'y avait éprouvé le moindre sentiment de peur.

Jusqu'à maintenant.

Durant tout le long trajet solitaire qui l'amenait à Boston, Ruth Vale ne cessa de remâcher d'innombrables regrets. Elle aurait voulu pouvoir partir plus tôt dans la journée, mais ses obligations professionnelles en avaient décidé autrement. Des réunions devaient être reportées, des décisions urgentes devaient être prises, et elle avait accepté à contrecœur de venir à l'agence durant quelques heures le matin afin de jeter un coup d'œil à la maquette d'une nouvelle campagne publicitaire pour une société de produits de beauté qui était l'un de ses plus gros clients.

Il était quinze heures largement passées lorsqu'elle quitta enfin New York ; auparavant, en se traitant de tous les noms, elle avait dû repasser chez elle pour prendre son sac de voyage – heureusement prêt depuis la veille au soir – et, avant de se mettre en route, téléphoner à Larry, toujours à l'agence, juste pour lui rappeler qu'elle l'aimait et qu'il pouvait l'appeler au *Parker House* dans le centre de Boston, en cas de problème. Il lui avait promis de faire tout son possible pour ne pas la déranger durant son séjour à Boston qui ne devait concerner que Janine. Mais Ruth savait que cette promesse volerait en éclats à la première difficulté un tant soit peu sérieuse qui viendrait à surgir. Néanmoins elle ne lui en voulait pas. Ruth était certaine que son mari était sincère en disant cela. Mais, tout simplement, l'agence avait toujours occupé une trop grande place dans leur vie à tous deux. Cette réalité incontournable l'attristait, mais elle s'y était résignée depuis longtemps.

Lorsqu'elle rejoignit la Merritt Parkway nord vers le Connecticut, il était dix-sept heures passées. Elle détestait conduire la nuit, mais elle ne pouvait faire autrement, à moins de dormir quelque part et de reprendre la route le matin suivant. Peu après dix-neuf heures, elle s'arrêta pour dîner dans le restaurant d'un hypermarché. A son âge, Ruth ne pouvait se résoudre à manger dans un fast-food.

Durant tout ce temps, elle se reprocha de ne pas avoir téléphoné à Janine. Ce n'était guère dans ses habitudes de débarquer à l'improviste, et elle doutait fort que sa fille apprécierait la surprise. D'un autre côté, elle savait que si elle avait téléphoné, Janine lui aurait dit de ne pas venir. C'était ce qu'elle regrettait par-dessus tout : sa petite fille, son enfant, souffrait, et elle ne se tournait pas vers sa mère pour y chercher un réconfort. Mais le « ici et maintenant » était immuable : même si, pour autant, elle ne pouvait pas ignorer la souffrance de Janine, elle ne pouvait pas non plus revenir en arrière et réparer les erreurs qu'elle avait faites en tant que mère.

C'était lundi soir, aussi il y avait très peu de circulation. Elle fit une bonne moyenne malgré son arrêt pour dîner. Peu après vingt et une heures trente, elle s'inscrivait au *Parker House*. La chambre était magnifique, comme on pouvait s'y attendre, étant donné les prix et la réputation de ce somptueux hôtel de Beacon Hill. Il y avait un téléphone près du lit, et après avoir fait un brin de toilette dans la salle de bains, elle s'allongea sur le couvre-lit moelleux au motif floral et le regarda fixement.

« *Je devrais l'appeler. Il est trop tard pour aller là-bas.* »

Après une brève hésitation, elle se leva et sortit de sa chambre. Ruth avait le sentiment irrépressible que sa fille avait besoin d'elle, et la crainte que Janine puisse lui dire de repartir ne l'empêcherait pas d'aller la voir.

Le trajet jusqu'à Medford lui prit vingt minutes. Bien que Winthrop Street, où était située la maison de Janine, soit une rue principale, elle était très calme à cette heure de la nuit. Lorsqu'elle s'engagea dans l'allée et aperçut la voiture de sa fille à la lumière des étoiles, un soupir de soulagement s'échappa de ses lèvres.

« *Elle va bien* », pensa-t-elle.

A cet instant, elle fut tentée de faire demi-tour, de rentrer au Parker House et de téléphoner dans la matinée. Mais Janine commençait ses cours de bonne heure, et elles n'auraient pas le temps de se parler avant la fin de la journée. Finalement, elle se résolut à se garer à côté de la voiture de Janine, mit son sac à main en bandoulière, et sortit. Elle actionna d'une chiquenaude l'alarme de la voiture et laissa tomber les clés dans son sac.

Une petite brise chaude faisait frémir les feuilles des arbres au fond du jardin. La grange, à l'arrière de la maison, était plongée dans les ténèbres et sa porte ouverte faisait comme une bouche obscure peuplée d'ombres profondes que ne parvenaient pas à éclairer la maigre lueur de la lune et les étoiles.

Ruth se dirigea vers la porte d'entrée.

A cet instant, les pleurs d'un bébé retentirent dans la grange.

Surprise, Ruth se figea, fronçant les sourcils, et se retourna pour scruter la nuit vers la façade austère du bâtiment. Elle avait dû rêver, songea-t-elle, mais, à nouveau, les cris reprirent – les vagissements d'un nouveau-né qui lui vrillaient le cœur. Horrifiée, craignant pour la vie de l'enfant, Ruth traversa le petit parking et se dirigea vers la grange.

Quelqu'un y avait abandonné un bébé, cela ne faisait aucun doute. Certainement une adolescente, doublée d'une toxicomane, c'était plus que probable. Ruth sentit une bouffée de colère l'envahir contre cette mère indigne, et une certaine amertume en s'interrogeant sur le dessein d'un Dieu qui accordait régulièrement des enfants à de telles femmes, mais qui avait refusé à sa fille, si belle et intelligente, les joies de la maternité.

Son courroux s'estompa tandis qu'elle s'approchait de la grange. Elle chercha à percer les recoins obscurs du bâtiment, et ses pas hésitèrent. C'était comme si la lumière des cieux s'arrêtait tout bonnement à l'entrée de la grange, comme si elle était engloutie par l'obscurité à l'intérieur. Elle savait ce qu'il y avait dans la grange – une tondeuse à gazon, une souffleuse à neige, des outils de jardinage, des chaises, une table, et une vieille voiture appartenant au propriétaire de la maison –, mais la profondeur de cet abysse qui s'ouvrait devant elle estompa, durant un instant, le bébé en pleurs. Après tout, ce n'était pas son problème. Surtout si elle devait s'aventurer dans cette obscurité épaisse.

Puis les cris se firent plus perçants. Des cris plaintifs, qui exprimaient la peur et un désir ardent, peut-être la faim.

— Il y a quelqu'un ? demanda Ruth, d'une voix un peu rauque.

Seuls les pleurs du bébé lui répondirent.

Elle pénétra dans la grange.

Les pleurs cessèrent.

11

Le mardi en fin de matinée, l'angoisse causée par l'accident – David doutait qu'il puisse un jour accepter ce mot – s'était quelque peu estompée. Ses égratignures commençaient à cicatriser et, la compagnie d'assurances ayant reconnu que sa voiture était bonne pour la casse, il réfléchissait même au modèle qu'il allait acheter pour la remplacer. Puis, sautant du coq à l'âne, ses pensées vagabondèrent sur la conversation qu'il avait eue avec le père Charles le matin précédent.

Mais très vite, comme cela se produisait souvent ces derniers temps, son esprit se tourna vers Janine. David n'était pas aveugle. Le dimanche, il s'était rendu compte qu'elle semblait presque aussi lointaine et pensive qu'il l'était, peut-être même davantage. Il est vrai que tous deux avaient de bonnes raisons d'être préoccupés : l'accident de voiture, le mystère de l'assassinat de Spencer et ses agissements avant le meurtre, tout cela aurait gâché la vie de n'importe qui pendant des jours et des jours.

Mais David n'avait pas l'intention de se laisser torturer aussi longtemps, pas plus qu'il ne désirait voir Janine s'y embourber. Lorsqu'il lui avait parlé le lundi matin et avait constaté qu'elle était toujours dans cet état dépressif, il en avait fait part à Annette. Avec toutes ces choses insensées et troublantes qui se passaient dans sa tête, il estimait que cela vaudrait mieux si c'était elle qui essayait de remonter le moral de

Janine. Comme il s'y attendait, Annette avait accepté immédiatement.

A présent il était dans le réfectoire, juste avant que la sonnerie du premier service du déjeuner retentisse, et il guettait sa venue. Depuis la mort de Ralph Weiss, le planning de surveillance des élèves au réfectoire avait été complètement chamboulé et Annette et lui assuraient ensemble la surveillance du premier service.

La sonnerie retentit. Un grondement sourd de voix, de rires et de course précipitée commença à cascader à travers les couloirs du bâtiment principal. Quelques instants plus tard, les premiers élèves commencèrent à entrer en trombe dans la salle. Derrière le comptoir, trois femmes qui lui rappelaient les sorcières de Shakespeare – la vierge, la matrone et la vieille bique – se préparèrent à servir des portions d'un ragoût douteux ou de raviolis en boîte.

Annette arriva cinq minutes plus tard. Des dizaines d'élèves étaient déjà assis et attaquaient joyeusement leur repas, indifférents, semblait-il, à cette nourriture infecte et sans goût.

Il l'accueillit avec un sourire hésitant.

— Bonjour, mademoiselle Muscari, dit-il de sa voix de professeur.

— Bonjour, monsieur Bairstow, lui répondit-elle.

C'était une plaisanterie habituelle entre eux, mais elle lui parut plutôt insipide aujourd'hui.

— Alors, comment ça s'est passé avec Janine hier soir ? Je lui ai parlé ce matin et elle m'a paru… je ne sais pas, plus animée. Comme si elle était revenue sur Terre. Je crois que tu lui as vraiment remonté le moral.

Annette acquiesça de la tête. Elle parcourut les tables du regard, la file des élèves qui attendaient avec leurs plateaux. Il y avait une gravité dans son expression qui mit David mal à l'aise, mais qui le rassura également.

— Il faut absolument que tu lui parles, David, dit-elle à voix basse. Je vais me montrer brutale, parce que je vous aime tous les deux. Janine veut que nous pensions tous qu'elle a surmonté la perte de son bébé, mais je pense qu'elle fait semblant. Et maintenant cette histoire avec Spencer… Je lui ai dit qu'elle devrait voir quelqu'un, un psychologue ou un psychiatre, quelqu'un avec qui elle pourrait parler sans se sentir inhibée. Tout ce chagrin et ces morts, cela la hante, lui donne des cauchemars.

Trois filles, des élèves de première année, passèrent à proximité. L'une d'elles lança un regard à Annette et chuchota quelque chose aux deux autres. La bouche couverte par la main, pour tenter de cacher leur fou rire, elles pouffèrent. Annette fit semblant de ne pas s'en apercevoir. Ce qui avait toujours étonné David. Des tas de ragots à son sujet circulaient certainement parmi les élèves, mais Annette ne prêtait aucune attention à ces enfantillages.

Puis il s'aperçut que l'une d'elles le fixait du regard. Un sourire entendu, espiègle, apparut sur les lèvres de la jeune fille. David battit des paupières et détourna la tête. Des gamines flirtaient avec leurs professeurs. Cela se produisait tous les jours. Mais il ne parvenait pas à s'y habituer.

Annette jeta un regard à la ronde de nouveau, pour s'assurer que personne ne les écoutait. Une fois les trois filles assises à une table, ils purent à nouveau poursuivre leur conversation.

— Tant qu'elle n'aura pas résolu tous ses problèmes, vous n'avez aucune chance, vous deux. Elle doit surmonter ce qui la hante avant d'être capable d'accepter mentalement l'idée d'une véritable relation.

« *Ce qui la hante* », songea David. L'ironie des mots choisis par Annette le glaça.

Son esprit commença à vagabonder et son regard à errer parmi les élèves en train de déjeuner. Annette lui donna une tape sur le bras. Lorsqu'il se tourna vers elle, Annette le regardait avec intensité.

— Tu dois absolument lui parler, David. Cette histoire d'accident te rend complètement absent, tout comme son chagrin la rend absente. Tout à coup, vous ne communiquez plus. Il est grand temps de vous y mettre.

Il acquiesça de la tête lentement.

— Tu comprends ce que je viens de te dire ? insista-t-elle.

— Je comprends, répondit-il.

— Parfait, dit-elle d'un air satisfait. Alors, à quelle heure ce soir ?

Il battit des paupières.

— Pardon ?

Le réfectoire résonnait des bavardages à briser le tympan de plus d'une centaine d'élèves. A une table, des garçons se lançaient des boulettes de ragoût. Dans un moment, il serait obligé d'intervenir et de leur dire d'arrêter. David s'aperçut que sa cravate était de travers. Il l'arrangea tandis qu'il regardait fixement Annette et s'efforçait de comprendre ce qu'elle disait.

— Ce soir, répéta-t-elle. Tu as bien parlé à Janine ce matin ?

— Oui.

— Mais elle ne t'a rien dit pour ce soir ?

Il lui adressa son air le plus abasourdi.

Annette soupira.

— Nous nous sommes mises d'accord hier soir. Jill et moi, on vous invite tous les deux à dîner ce soir, à l'*Harlequin*.

Un frisson parcourut David et son visage devint légèrement flasque.

— Oh !

— Oh ? Ça signifie quoi, ce « oh » ?

Annette était manifestement blessée, et David s'efforça de sourire. Une image de Jill – en fait, l'image de

Maggie Russell morte depuis longtemps – surgit dans son esprit, et il comprit que son sourire devait sembler forcé. David était un homme de bon sens. Même si c'était effrayant, même s'il avait paru sûr de lui lorsqu'il en avait parlé avec le père Charles, dans un recoin de son esprit, il savait que la ressemblance de Jill avec Maggie était *nécessairement* une coïncidence et rien d'autre. Mais c'était une ressemblance incroyable, bien au-delà d'une ressemblance entre une mère et sa fille, elle s'apparentait plutôt à la similitude de traits qui peut exister entre deux jumelles, et ça le terrifiait.

— Rien, répondit-il en hâte. C'est juste que… enfin, nous avions l'intention de passer la soirée à la maison. Mais, bon, après ce que tu viens de me dire, je pense que ça nous ferait probablement le plus grand bien de sortir.

— Comment peux-tu la trouver antipathique, David ? demanda Annette. Elle est douce, gentille et intelligente. Elle n'a qu'une envie, c'est de se faire accepter et aimer par mes amis. Et c'est aussi mon vœu le plus cher.

Sa voix avait un ton de supplication que David ne lui connaissait pas. Il se sentit coupable de lui avoir fait de la peine.

— Allons, Elfe, tu te trompes complètement, commença-t-il.

Il fut tenté de tout lui raconter, de lui expliquer pourquoi il se sentait si déconcerté en face de Jill. Puis il réalisa que, quelle que soit la façon dont il formulerait cela, « ta petite amie me fout les jetons » était bien la dernière chose qu'Annette pouvait s'entendre dire.

— Je flippe un peu parce qu'elle est très jeune, mentit-il. Mais c'est vrai qu'elle a l'air gentille. Il faudra que je m'habitue, c'est tout, et je suis sûr qu'une fois qu'on aura appris à la connaître, tout le monde va l'adorer, d'accord ? Bon, à quelle heure, ce soir ?

Le pétillement familier réapparut dans les yeux d'Annette. Elle eut un petit sourire et repoussa une mèche de cheveux, celle qui semblait toujours vouloir s'échapper de derrière son oreille.

— Promis ?

— Juré, craché !

— Super ! Parce que, tu sais, si vous ne la trouvez pas sympa, je ne pourrai jamais être heureuse avec elle, déclara Annette.

David eut le cœur serré. Il détestait mentir, détestait toute forme d'hypocrisie. Annette n'était pas toujours aussi influençable, aussi vulnérable, mais il savait qu'elle disait la vérité. Si tous deux, Janine et lui, disaient à Annette de laisser tomber cette fille, elle le ferait. Ils étaient ses meilleurs amis, et elle avait une confiance absolue en leurs opinions et en leur instinct.

— Tout va bien se passer, ne t'inquiète pas. Alors, à quelle heure ? demanda-t-il.

L'*Harlequin* était un restaurant européen qui proposait un menu assez étonnant composé de plats originaires de tous les coins de l'Europe, avec une touche d'originalité propre à la personnalité du chef cuisinier qui avait conçu la carte. Outre son nom, la décoration du restaurant témoignait de l'amour immodéré que portait le propriétaire des lieux aux clowns et aux saltimbanques : les murs étaient tapissés de photographies, de tableaux, de masques de carnaval et d'affiches de cirque du monde entier.

Janine avait une peur bleue des clowns, pourtant, par quelque logique perverse, elle adorait cet endroit. Il était d'ailleurs difficile de résister à l'ambiance tonique de ce cadre. Elle se demandait si ce n'était pas justement la raison pour laquelle Annette avait choisi ce restaurant.

Si c'était le cas, elle doutait fort que ça marcherait, car, depuis le moment où David était venu la chercher dans la Ford que la compagnie d'assurances avait mise à sa disposition, l'atmosphère entre eux était plutôt pesante et maussade, comme si une force invisible les séparait. Il était souriant, avait dit les mots justes, l'embrassa même sur le trottoir avant d'entrer à l'*Harlequin*, mais elle sentait chez lui une espèce de gaieté forcée qui gâchait tout et trahissait un sentiment de culpabilité.

Il n'était pas le seul d'ailleurs, car Janine devait reconnaître qu'elle éprouvait de son côté une certaine retenue qui la troublait. Apparemment, Annette avait raison. En s'efforçant de garder ses angoisses pour elle, de cacher la poussière sous le tapis, elle avait sans doute dressé des obstacles qui bloquaient ses relations avec David, au lieu de les faciliter, comme cela avait été son intention.

« *Je vais lui parler*, se promit-elle tandis qu'ils entraient. *Et je consulterai un psy, s'il le faut.* »

La vie n'avait pas été tendre avec elle ces derniers temps, néanmoins, elle avait trouvé la force de se relever après avoir été complètement sonnée. Mais ce n'était peut-être que la manifestation d'un simple instinct de survie. A présent, le moment était venu de se battre, de reprendre le contrôle de la situation. Ce qui lui convenait tout à fait. Toutefois, même si elle y parvenait, cela ne réglerait que la moitié du problème. Il lui faudrait s'occuper également de ce regard absent qu'elle avait constaté dans les yeux de David durant ces derniers jours.

La jeune fille de l'accueil les informa que leurs amies étaient déjà assises à leur table.

— Elles sont là-bas ! s'exclama joyeusement Janine, emportée par l'ambiance chaleureuse du restaurant.

L'hôtesse, des menus à la main, les guida vers la table. Jill portait une robe légère en coton avec un motif à fleurs bleu lavande. Peut-être à cause de sa coiffure frisée et de son maquillage, elle paraissait ce soir bien plus mature que le souvenir que Janine avait gardé d'elle lors de la soirée d'anniversaire où elle s'était comportée comme une adolescente speedée. Annette, elle, portait un ensemble noir, dont la veste lui arrivait à mi-cuisse, et elle s'était plaqué les cheveux en arrière, une coiffure qui aurait paru austère chez une autre femme, mais qui lui allait bien et lui donnait un look plutôt sexy. Elles paraissaient bien ensemble, renvoyant l'image d'un couple non seulement bien assorti, mais aussi heureux et épanoui.

Annette fut la première à les apercevoir, et elle leur fit signe en agitant le bras.

Janine voulut prendre la main de David et l'emmener vers la table, mais s'aperçut qu'il était resté un peu en arrière. Elle fronça les sourcils et se retourna pour le regarder. Son visage était si pâle qu'elle crut qu'il était malade.

— Qu'est-ce tu as ? Tu ne te sens pas bien ?

— Ça va passer, répondit-il. Je suis juste un peu patraque tout à coup. Je file aux toilettes, d'accord ? Je vous rejoins tout de suite.

Elle l'observa s'éloigner entre les tables vers le fond du restaurant. David lança un regard vers Annette et Jill, puis il détourna rapidement la tête.

— Il a un problème ? demanda Annette lorsque Janine prit place à la table.

— Il ne s'est pas senti bien, brusquement, répondit-elle avec un petit haussement d'épaules.

Jill eut un sourire bienveillant.

— J'espère qu'il va se remettre d'aplomb et pouvoir manger. Annette m'a dit que la cuisine ici était délicieuse.

Leur serveuse survint à ce moment pour demander si Janine désirait un apéritif. Constatant d'un coup d'œil sur la table que personne n'avait pris d'alcool, Janine hésita.

— Ma foi, je prendrais volontiers quelque chose, dit-elle finalement avec un petit rire qui se communiqua à ses deux convives. Un rhum-Coca, s'il vous plaît.

Elle remarqua alors que Jill prenait la main d'Annette sur la table et la gardait, d'un geste presque protecteur. Annette ne s'était jamais préoccupée de la réaction des autres à l'égard des marques d'affection qu'elle échangeait avec ses petites amies, pourtant elle lança un regard gêné à Jill, puis à Janine.

— Alors, dit-elle, est-ce que tu vas mieux aujourd'hui ?

— Beaucoup mieux. En fait, je crois que je vais suivre ton conseil.

Satisfaite de la réponse, Annette se détendit un peu. Elle tenait toujours la main de Jill, mais à présent leur étreinte était cachée aux regards par la table.

— Génial. Franchement, je me demande bien pourquoi mes amies se compliquent autant la vie alors qu'il leur suffirait de suivre mes conseils avisés !

— Tu veux dire en obéissant à tes ordres, ma douce ! la taquina Janine.

Jill se pencha vers Annette.

— Eh bien, moi, je crois que j'adore ça.

Le visage d'Annette s'empourpra jusqu'aux oreilles. Janine fut stupéfaite, car elle ne se rappelait pas l'avoir jamais vue rougir auparavant.

— Tu dors bien, alors ? demanda cette dernière, dans un effort manifeste pour changer de sujet.

— Pas de rêves, bons ou mauvais, si c'est ça ta question, confirma Janine.

C'était la vérité. Elle avait dormi profondément la nuit dernière et elle s'était réveillée bien reposée, comme cela ne lui était pas arrivé depuis très longtemps, peut-être depuis qu'elle était tombée enceinte.

David les rejoignit un moment plus tard. Il parla gentiment avec Annette, échangea quelques mots polis avec Jill, mais il était toujours un peu pâle. Puis, après qu'ils eurent passé leur commande, il demeura silencieux, contrairement à ses habitudes, se contentant de répondre lorsqu'on lui adressait la parole. Janine s'efforça d'entretenir la conversation, mais Annette et Jill se rendaient bien compte de la réserve de David, et elle devina qu'elles étaient aussi gênées qu'elle-même.

Lorsqu'on apporta leurs entrées, David toucha à peine à ses crevettes à la créole. Il en mangea quelques-unes, puis poussa les autres avec sa fourchette comme pour voir si elles étaient toujours vivantes.

Tout à coup, alors qu'Annette parlait d'une élève gay de première année à qui elle prodiguait ses conseils, David l'interrompit.

— Au fait, Jill, dit-il en se raclant la gorge, je ne me souviens pas si Annette m'a dit où vous aviez fait vos études.

Son visage était devenu encore plus pâle.

Un charmant sourire apparut sur le visage de Jill, ravie, semblait-il, de le voir entrer dans la conversation et s'intéresser à elle.

— A Suffolk, répondit-elle. Je vais peut-être m'inscrire à la fac de droit, mais je n'ai encore rien décidé.

— Et, en attendant, qu'est-ce que vous faites ? Vous travaillez ?

Janine tressaillit. C'était moins une question qu'une demande de renseignements. Elle lança un regard vers Annette et vit que ses yeux étincelaient de colère ; elle était visiblement furieuse – à juste titre, pensa Janine –, que David soumette sa compagne à un véritable interrogatoire. Evidemment, Annette ne pouvait pas savoir que Jill était la copie conforme d'une ancienne petite amie de David, morte depuis longtemps dans des circonstances tragiques.

Cette ressemblance troublait David, Janine le savait, mais elle pensait qu'il avait surmonté la réaction de panique qu'elle suscitait chez lui. Tout cela était étrange, bien sûr, mais ne justifiait certainement pas la façon dont il se conduisait ce soir, pour autant que ce soit bien l'explication de son attitude que Janine jugeait inadmissible.

Mais Jill, pour sa part, ne semblait pas du tout gênée par le comportement de David.

— Je suis réceptionniste dans une société d'informatique dont les bureaux sont à Harvard Square, répondit-elle. Je n'ai pas l'intention d'y rester très longtemps, mais cela me permet de vivre pendant que je réfléchis à ce que je veux faire.

Janine se força à sourire.

— Vous avez raison, prenez votre temps, Jill. Réfléchissez bien à ce que vous avez vraiment envie de faire. Vous avez toute la vie devant vous.

Les pieds de la chaise de David grincèrent tandis qu'il l'éloignait de la table et se levait. Il semblait plus blême que jamais.

— Excusez-moi. Je ne me sens pas bien du tout.

Il se précipita à nouveau vers les toilettes. Janine regarda Annette, appréhendant qu'elle ne soit toujours furieuse. Mais elle lut seulement de l'inquiétude sur son visage.

David revint quelques minutes plus tard.

— Ecoutez, j'ai l'estomac barbouillé, annonça-t-il en évitant de regarder Jill. Je suis désolé, mais je crois que je ferais mieux de rentrer me coucher. Je suis plutôt rabat-joie, je le sais. Je me rattraperai une autre fois, c'est promis.

Janine n'était pas convaincue que ce soit réellement un problème d'estomac qui mettait David dans cet état-là, mais elle ne pouvait pas lui poser la question ici, au restaurant.

— Bon. On règle l'addition et on s'en va.

— Pas question ! protesta Annette. J'avais dit que nous vous invitions et ça tient toujours. Vous paierez la prochaine fois. En espérant que David ne sera pas aussi accablé par la présence de trois superbes femmes !

— Vous savez quoi ? fit David. Et si tu restais, Janine ? Ce serait stupide que ta soirée soit gâchée parce que j'ai chopé une saleté de virus. Je suis sûr que cela ne dérangera pas Annette de te raccompagner.

Il interrogea celle-ci du regard, qui acquiesça de la tête.

— Aucun problème !

Janine s'apprêtait à protester, puis elle s'aperçut à sa grande surprise qu'elle n'avait aucune envie de suivre David. Elle l'aimait et elle s'inquiétait pour lui, mais il était évident qu'il désirait garder pour lui ce qui le faisait flipper ainsi. A vrai dire, elle trouvait qu'il se conduisait comme un crétin.

Quel que soit le problème de David, elle ne pouvait rien faire pour lui tant qu'il ne se déciderait pas à lui parler. Elle avait eu l'intention de lui faire part de ses propres inquiétudes à la fin de la soirée, mais ce serait pour une autre fois. Peut-être découvrirait-elle alors ce qui le préoccupait. De plus en plus, depuis sa conversation avec Annette le soir précédent, Janine réalisait que ses rapports avec David dépendaient en grande partie de leur ouverture l'un à l'autre. Ce soir en était une preuve supplémentaire.

— J'espère que ça va passer, dit-elle.

L'expression de soulagement qui s'afficha sur les traits de David, lorsqu'il comprit qu'il pouvait s'en aller seul, la piqua au vif. Elle se surprit même à espérer qu'il le regretterait.

« *Cette robe.* »

Depuis qu'il avait quitté l'*Harlequin*, David avait tenté éperdument de penser à autre chose qu'à cette robe que Jill portait au dîner.

« *Jill ?* » pensa-t-il comme il montait dans sa voiture. « *Arrête de te voiler la face, Dave !* »

Au début du repas, il avait eu une idée lumineuse : dès demain matin, il allait vérifier que Jill était bien allée à l'université Suffolk de Boston. Un vieux copain de lycée s'occupait des inscriptions là-bas. David avait également des amis au service des immatriculations de véhicule et à la police de l'Etat. Ça lui serait relativement facile d'en savoir un peu plus sur elle, de découvrir si elle était vraiment ce qu'elle prétendait être.

Et puis, alors qu'il poursuivait son mini-interrogatoire, elle l'avait regardé avec une expression presque irritée. Bien qu'il ait tout compris en entrant dans le restaurant et en la voyant dans cette robe – quasiment la même que celle qu'elle portait lorsqu'ils avaient fait l'amour pour la première fois, quand il était élève de première année à St. Matt's –, c'était ce regard qui lui avait ôté ses dernières illusions. Jusqu'à cette seconde précise, il avait tenté de se cacher la vérité à lui-même. La robe lui avait causé un choc, l'avait glacé, mais, après tout, il aurait pu s'agir d'une coïncidence. Ses souvenirs auraient pu être erronés, qui sait ?

Mais ce regard, ce sourire entendu…

Cette fille ne s'appelait pas Jill.

David tourna la clé de contact et la voiture de location émit comme un petit grognement de plaisir tandis que le moteur démarrait en douceur.

Il y avait très peu de circulation, pourtant il roulait presque au pas et, tous les cinquante mètres, ne pouvait s'empêcher de jeter un coup d'œil dans le rétroviseur et de regarder par-dessus ses épaules pour vérifier ses angles morts. Sa respiration était sifflante. Un frisson le parcourut qu'il ne put réprimer et qui lui émerisa la peau. Les mains crispées sur le volant, il conduisait le buste légèrement penché en avant, comme s'il traversait un blizzard.

Mais la nuit était claire.

La seule tempête, c'était celle qui se déchaînait dans son cœur et dans son âme, ravivant les souvenirs d'une nuit, bien des années auparavant, dont certains détails étaient gravés dans sa tête avec une netteté implacable.

L'éclat des réverbères sur le pare-brise. Maggie lui disant qu'il avait beaucoup trop bu pour conduire, qu'il ferait mieux de lui donner le volant. Ses seins qui pointaient sous son chandail. Le désir brûlant qu'il avait eu de quitter cette soirée et de l'emmener n'importe où, pourvu qu'il puisse lui enlever ce chandail. Le goût de cuivre dans sa bouche qu'il avait toujours associé à la bière et au sang.

Le passé et le présent semblaient converger devant lui en ce moment, la route se dédoublait, comme la voiture et comme lui-même. Il y avait deux David. Un adolescent ivre et un adulte, hanté par ses souvenirs et terrifié.

— Nom de Dieu ! chuchota-t-il d'une voix rauque.

Bien que ce soit un juron, c'était également, d'une certaine façon, une prière.

Les phares des voitures venant en sens inverse balayaient son pare-brise tel le faisceau d'un phare, et l'illusion était totale. Comme si ce n'était pas assez qu'il se trouve confronté à ce spectre, quel qu'il soit, la nuit autour de lui semblait maintenant s'être superposée à celle, fantomatique, de ce moment fatal, autrefois au lycée. Il avait beau savoir que tout cela n'était que le produit de son imagination, cela le glaçait.

David détestait penser à cette nuit-là. C'était quelque chose qu'il s'était longtemps efforcé d'occulter.

Riant aux éclats, les yeux troubles, ivre et bandant comme un âne, il conduisait trop vite. Maggie lui avait gentiment demandé de ralentir. Ils s'aimaient. Elle avait peur, mais elle était d'accord pour la virée. La radio beuglait *Sweet Home Alabama*, un tube de Lynyrd Skynyrd, son groupe préféré à l'époque. Juste après le premier riff de guitare, le chanteur de Skynyrd hurlait « *à fond la caisse* ! ».

« T'as foutrement raison, mec ! » avait marmonné David et, voulant obtempérer à cette injonction, il s'était penché pour se colleter avec le bouton de réglage du volume.

La route faisait un virage.

Lorsque Magie avait crié, il avait levé les yeux et vu un poteau téléphonique qui surgissait devant lui. Engourdi par l'alcool, il avait néanmoins eu le réflexe de donner un coup de volant qui leur avait permis d'éviter un choc frontal. Durant une fraction de seconde, il avait même pensé qu'ils allaient s'en tirer. Mais il avait braqué trop violemment et la voiture avait chassé de l'arrière, amorçant un tête-à-queue qui s'était brutalement arrêté contre le poteau.

Au moment de l'impact, son avant-bras, toujours baissé vers la console de la radio, s'était brisé d'un coup sec en heurtant la colonne de direction, en même temps qu'il était projeté contre sa portière et qu'une douleur fulgurante lui déchirait l'épaule.

La voiture s'était immobilisée et le moteur, après avoir cliqueté plusieurs fois, avait calé.

La radio, elle, continuait de hurler *Sweet Home Alabama*.

A moitié dégrisé par la violence du choc et grinçant des dents pour lutter contre la souffrance qui irradiait de son bras, il avait finalement jeté un coup d'œil à Maggie, pour voir si elle allait bien.

Tout d'abord, il avait pensé qu'elle était évanouie. Le poteau avait enfoncé sa portière et explosé sa vitre. Sa tête était appuyée contre les débris de verre. Puis, dans la lueur émanant du réverbère, il avait remarqué le sang qui suintait et s'infiltrait dans le réseau des milliers de minuscules éclats qui s'accrochaient encore à la carrosserie.

Les Lynyrd Skynyrd continuaient de seriner *Sweet Home Alabama*…

— Nom de Dieu ! chuchota David à nouveau.

Il mit son clignotant d'un geste brusque et se rabattit sur le bas-côté de la route. Une voiture, qui roulait trop près derrière lui, lui lança un coup de Klaxon rageur en le dépassant. Le volume de la radio était pourtant faible, mais, pétrifié d'horreur, il tendit la main et appuya violemment sur le bouton pour l'éteindre. Puis, l'estomac au bord des lèvres, il baissa la vitre et appuya sa tête sur le volant.

Aussitôt l'air printanier s'engouffra dans l'habitacle, balayant peu à peu l'étrange sentiment de déplacement dans le temps qui s'était emparé de lui et sa respiration redevint normale.

Il ne comprenait absolument rien.

Que fallait-il penser ?

Jill n'existait pas. D'une façon ou d'une autre, c'était Maggie, un peu plus âgée, mais elle n'accusait pas les quinze années qui s'étaient écoulés depuis l'accident, il s'en fallait de beaucoup. Des questions s'agitaient dans sa tête comme les nausées dans son estomac. « *Qui est-elle ? Pourquoi est-elle ici maintenant ? Que veut-elle à Annette ?* »

C'étaient des questions auxquelles il ne pouvait pas répondre. Demain matin, à la première heure, il téléphonerait au père Charles pour lui demander si ses recherches avaient débouché sur quelque chose. Dans le cas contraire, il réalisa qu'il serait obligé d'affronter cette créature, ce fantôme qui le hantait maintenant.

David songea qu'il lui serait impossible de fermer l'œil cette nuit.

12

Il se trompait sur ce point.

Une fois arrivé chez lui, David s'était affalé sur le canapé, tout habillé, et avait regardé la télévision pendant vingt minutes en zappant de chaîne en chaîne, puis il s'était endormi profondément devant un documentaire sur le Hollywood de la belle époque. Un peu plus tard dans la nuit, il s'était réveillé juste le temps de prendre la télécommande et d'éteindre la télé, mais il n'avait pas eu la force de se lever et d'aller se coucher dans sa chambre.

Lorsqu'il rouvrit les yeux, l'horloge sur le lecteur de DVD indiquait 00 h 17. Il était perclus de courbatures d'être resté si longtemps pelotonné sur le canapé, il avait envie d'uriner, mais rien de tout ça n'était assez gênant pour le décider à bouger, du moins pour l'instant. Les pensées encore embrouillées par le sommeil, il regarda autour de lui et, malgré l'espèce de rideau d'électricité statique, chaud et abrutissant, qui recouvrait son esprit, il lui vint à l'idée, juste un court instant, de se demander ce qui l'avait réveillé.

Puis, de même qu'il avait ignoré les exigences de son corps, il chassa cette pensée et s'allongea de nouveau sur le canapé. Ses yeux se fermèrent à nouveau, et il sombra dans le sommeil.

Une marche grinça.

David ouvrit les yeux de nouveau. L'horloge indiquait 00 h 18.

Silencieusement, le cœur battant la chamade, il se mit sur son séant et écouta attentivement dans l'obscurité. Ses terminaisons nerveuses semblaient capter les changements de l'air autour de lui, une altération de l'atmosphère dans cette maison, où il avait pratiquement vécu toute sa vie. C'était une demeure ancienne bruyante, incontestablement. La tuyauterie ferraillait et les murs grinçaient lorsqu'il y avait un vent violent. Les changements de saison faisaient craquer bruyamment le bois lorsqu'il se dilatait ou se contractait au gré de la température ambiante.

Mais David connaissait tous les bruits de sa maison.

Les marches ne grinçaient pas sauf si quelqu'un posait le pied dessus.

Haletant bouche ouverte, les lèvres et la langue sèches, c'est à peine s'il osait battre des paupières tandis qu'il parcourait à nouveau du regard la pièce plongée dans l'obscurité et continuait de tendre l'oreille. Son cœur cognait à grands coups dans sa poitrine douloureuse.

Rien.

L'adrénaline commença à diminuer et il se détendit un peu. La pression sur sa vessie se fit brusquement plus insistante.

Puis il entendit le grincement à nouveau.

Durant une seconde, David appuya ses doigts sur ses yeux, s'efforçant de calmer son esprit et les battements de son cœur. Il inspira profondément, aussi silencieusement qu'il le pouvait, puis il se leva et chercha du regard une arme de fortune.

Une nuit, alors qu'il avait onze ans, un cambrioleur s'était approché de la fenêtre et avait effrayé sa mère qui s'était mise à hurler. Il dormait à ce moment, le cri de terreur de sa mère les avait réveillés, sa sœur et lui. Mais là, c'était différent. Il n'y avait pas de visage à la fenêtre.

Il perçut un autre grincement, celui-là plus éloigné, et un bruissement de vêtements.

« *Ils sont deux*, pensa-t-il. *Putain de merde !* »

Un seul homme, non armé, il pensait être à même de s'en occuper sans problème. Mais deux ? Il chercha encore plus éperdument quelque chose, n'importe quoi, pour se défendre, et son regard se posa sur une petite étagère ancienne entre deux fenêtres. Il y avait sur la tablette du meuble une demi-douzaine de volumes poussiéreux reliés cuir avec deux lourdes gargouilles de granit en guise de serre-livres.

Prenant soin de ne pas faire de bruit, David traversa rapidement la pièce et prit l'une des gargouilles dans sa main droite. Ce n'était pas une batte de base-ball, mais c'était mieux que rien.

— *Ne luttez pas*, chuchota une voix.

Il se raidit.

La voix n'était pas venue du couloir, mais d'ici, dans la pièce, quasiment à côté de lui. David regarda par-dessus son épaule droite et une minuscule exclamation s'échappa de ses lèvres lorsqu'il vit le fantôme de Ralph Weiss tout près de lui pour la première fois. Les yeux effrayés du vieil homme étaient grands ouverts, son visage creusé par la tristesse. A travers sa forme éphémère, David distinguait la fenêtre et la rue au-delà. L'esprit luisait et flottait, faisant naître dans le cerveau de David, par quelque bizarre association d'idées, l'image d'une méduse ballottée par l'océan.

— *Ne luttez pas, monsieur Bairstow*, répéta le fantôme dont la voix semblait à présent résonner dans la tête de David. *Sauvez-vous. Vous n'êtes pas en mesure d'affronter les créations de Charon.*

David déglutit avec difficulté, lança un dernier regard au fantôme, puis il se dirigea vers le couloir. Ainsi il ne s'agissait pas d'un cambrioleur ordinaire.

Il l'avait su dès qu'il avait ouvert les yeux.

« *Ne lutte pas, sauve-toi.* »

Il s'approcha du seuil de la pièce, s'appuya sur le chambranle de la porte et risqua un coup d'œil au-dehors. Un craquement sourd, quasi inaudible, parvint du couloir. Les intrus avaient fait halte devant sa chambre à coucher.

« *Si je ne m'étais pas endormi sur le canapé...* », pensa-t-il.

Puis il chassa cette pensée. L'heure n'était pas aux « si ».

Une seule applique était allumée dans le couloir. David recula, prit une profonde inspiration, puis risqua un nouveau coup d'œil. Ils se tenaient dans le couloir, en face de la pièce de la télé, juste devant la porte de sa chambre. Dans la semi-obscurité, il distinguait seulement des silhouettes, vues de dos. Un adolescent aux cheveux bruns, courtaud mais aux poings serrés. Il sautillait sur place tel un boxeur s'apprêtant à monter sur le ring.

Durant une seconde, le gosse regarda son compagnon et cette vision fugitive de son visage fut suffisante pour confirmer l'intuition de David.

« *Steve Themeli.* »

C'était bel et bien lui, en chair et en os. David ne dormait plus maintenant, il n'y avait pas d'orage, pas d'accident de voiture, rien pour l'égarer.

Le plus effrayant, c'était qu'il n'était pas surpris. S'il avait pu, la veille au soir, s'asseoir en face de la petite amie dont il avait causé la mort autrefois, pourquoi pas la visite nocturne d'un jeune dealer à qui, en tant que professeur, il avait tendu la main pour tenter, en vain, de l'arracher à son destin ?

La gargouille était lourde dans sa main. Comment pouvait-il combattre ce garçon, ou plutôt cette créature qui, quelle qu'elle soit, arborait le visage de ce gosse qu'il avait tellement voulu secourir ? Puis il se souvint de l'accident, de sa peur tandis que la voiture dérapait et se retournait, du fleuve si proche où il avait failli s'engloutir.

Ses doigts durcirent leur prise sur le serre-livres en pierre.

Mais l'autre ? L'homme beaucoup plus vieux aux cheveux blancs et à la barbe fournie. Il était plus grand que Themeli, plus large d'épaules, avait une forte carrure malgré l'âge révélé par la couleur de ses cheveux.

« *Bouge-toi* », se chuchota-t-il. Dans un instant, ils allaient entrer dans sa chambre et voir qu'il n'était pas là. Alors ils se mettraient à fouiller la maison. Il avait l'avantage de la surprise pendant quelques secondes encore, c'était tout.

« *Fuyez* », avait dit le fantôme. « *Ne luttez pas.* » Mais pour prendre la fuite, il devait d'abord passer près d'eux. Quels qu'ils soient, ils étaient suffisamment matériels pour le frapper, pour le tuer.

David tapota sa poche pour vérifier que ses clés étaient toujours là. S'il était allé se coucher, il aurait été, en ce moment, allongé dans son lit, nu et sans défense, dans l'autre pièce. Rien que d'y penser, il en avait la chair de poule.

La mâchoire serrée, son cœur battant la chamade, il franchit la porte et s'élança dans le couloir. L'homme plus âgé était le plus près de lui. David tendit sa main gauche, saisit une poignée de cheveux blancs qu'il tira en arrière, et cogna violemment le crâne de l'intrus contre le mur.

Themeli pivota lentement sur lui-même et fit face.

Malgré la pénombre, David perçut nettement la lueur de méchanceté qui brillait dans ses yeux et il eut l'impression qu'une pointe de glace lui perforait le cerveau. Il faillit hésiter, puis son instinct reprit le dessus. Ces deux monstres s'apprêtaient le tuer, il en avait la certitude.

— Foutez le camp de ma maison ! vociféra-t-il d'une voix qui lui sembla éraillée et hystérique.

Il abattit la gargouille de toutes ses forces. Themeli essaya de parer le coup, mais il réagit avec une seconde de retard. Le serre-livres en pierre s'écrasa sur l'arête de son nez et l'os céda. Avec un cri de douleur, le gamin mort tomba à la renverse et s'écroula dans la chambre à coucher.

David serra la gargouille dans sa main comme si c'était un crucifix, et il courut vers l'escalier.

Une voix de basse, caverneuse, gronda derrière lui.

— *Ce n'est pas* ta *maison, fiston* !

David stoppa net dans l'escalier, quatre marches plus bas, et faillit basculer tandis qu'il tournait vivement la tête. La voix était familière. Elle l'avait toujours rempli de crainte et de peur, le renvoyant sans cesse à la dimension d'un petit crétin.

La silhouette lui revint à la mémoire, la barbe et les cheveux blancs, ce dos puissant et cette forte carrure…

— Papy Edgar ! chuchota-t-il, avec le sentiment que ses propres mots étaient autant de fantômes qui sortaient de sa bouche.

David se sentit à nouveau tout petit, sans force. Un immense désarroi le submergea et des larmes lui vinrent aux yeux. Marchant à grands pas, le vieil homme s'approcha du haut de l'escalier. Ses yeux lançaient des flammes de colère, ses mains épaisses et chenues étaient crispées en des poings massifs.

— Espèce de petit merdeux ! ricana-t-il. Lâche ce truc à la con et viens ici immédiatement ! Depuis le jour de ta naissance, tu n'as été qu'un perpétuel sujet d'irritation pour moi. Tu m'as pourri la vie. Et maintenant tu as foutu le bordel dans ma maison, fiston. *Ma* maison.

La chose, le mort-vivant, montra le palier avec colère.

— Amène ton cul ici ; je vais te flanquer la raclée que tu mérites !

Ce ne fut pas cette demande absurde qui amena

David à réagir, ni la peur que lui avait toujours inspiré son grand-père, ou qui que soit réellement ce revenant qui essayait de l'intimider. Ce fut le ton de sa voix.

Le ton qu'il avait toujours pris avec David.

La fureur monta en lui, venant du plus profond de son être. Ses doigts durcirent leur prise sur la gargouille.

— Espèce d'enfoiré ! rugit-il.

Une main posée sur la rampe d'escalier pour garder son équilibre, il lança de toutes ses forces la gargouille vers la poitrine du vieillard. Elle le heurta avec suffisamment de violence pour le faire chanceler en arrière, et il faillit tomber. L'expression de stupeur dans ses yeux procura à David un plaisir presque pervers.

Mais cette brève jouissance ne dura guère plus d'une seconde car, l'instant d'après, il dévalait l'escalier, sautant deux ou trois marches à la fois, au risque de se fracturer la cheville. D'un bond, il franchit les cinq dernières marches vers le vestibule, mais, emporté par son élan, il alla se cogner violemment contre la lourde porte en bois massif.

Au milieu des obscénités que lui hurlait son grand-père, David entendit deux paires de pieds résonner dans l'escalier. Maintenant ils étaient deux lancés à ses trousses. Car Themeli, bien qu'il eût dû avoir le visage fracassé, avait visiblement encore assez de forces pour lui courir après. Mais David n'avait pas envie de se retourner pour le vérifier, pas plus qu'il n'était curieux de voir le genre de dégâts que le serre-livres avait causés sur la trogne de son ancien élève.

Il fit jouer les deux verrous, ouvrit le battant à la volée et fonça dehors, claquant la porte derrière lui. La lune et les étoiles brillaient dans le ciel, projetant alentour les ombres insidieuses et menaçantes de la maison et des grosses branches des arbres qui se découpaient sur cette lueur d'un jaune malsain.

Maggie. Themeli. Papy Edgar. David savait qu'il n'était pas en sécurité, même s'il leur échappait maintenant. Il pouvait y en avoir beaucoup d'autres, à surgir d'où ils étaient venus. Car c'était la question, non ? D'où étaient-ils venus ?

« Les créations de Charon », avait dit le fantôme. Bordel de merde, qu'est-ce que ça signifiait ?

Dans un tintement de ses clés, il ouvrit violemment la portière de la voiture de location et se glissa derrière le volant. Puis il tendit la main pour refermer la portière, et regarda finalement vers la maison.

Le fantôme de Ralph Weiss se tenait sur le perron. Le spectre donnait presque l'impression de lui adresser un large sourire. Incapable de s'en empêcher, David lui sourit en retour.

La porte d'entrée s'ouvrit. Une lumière blafarde ruissela de l'intérieur de la maison. David mit le contact, claqua sa portière, et effectua une marche arrière. Une dernière fois, il regarda vers le porche.

La créature qui se découpait dans l'embrasure de la porte ne correspondait pas à la silhouette de son grand-père.

Elle était d'une taille inhumaine, son visage était très pâle et veiné comme du marbre. Ses yeux flamboyaient d'une lueur verte, même à cette distance, et sa longue barbe épaisse était enserrée par un anneau de métal à environ quinze centimètres de sa longueur. Dans sa main gauche levée, l'apparition tenait une lourde lanterne en fer dont la lumière était aussi glauque que ses yeux.

David en resta bouche bée. La terreur qui l'avait envahi jusqu'à présent n'était rien en comparaison de ce qu'il ressentait face à cette créature, cette manifestation qui, quoi qu'elle soit, semblait être une atteinte à l'intégrité du monde. Sa seule présence paraissait aspirer la lumière disponible avec toute la puissance du vide, un trou noir où s'obscurcissait la moindre lueur, comme avalée par la souillure verdâtre de sa lanterne.

Sur le perron, le fantôme de Ralph Weiss se tourna vers cette apparition, eut un mouvement de recul et poussa un cri muet.

La créature brandit sa lanterne et le fantôme frissonna. La brume diaphane qui constituait la forme spectrale de Ralph Weiss revêtit la même teinte verdâtre que cette lumière surnaturelle. Puis, brusquement, le fantôme fut arraché du perron et, la bouche ouverte sur un hurlement silencieux, parut se dissoudre peu à peu dans la lanterne.

Submergé par l'horreur et le chagrin, David ne put retenir un cri de terreur tandis que, dans un crissement de pneus, il sortait de l'allée en marche arrière.

Trente secondes plus tard, filant à toute allure dans Briarwood, il s'efforça d'effacer de son esprit l'image de la créature à la lanterne, de ne pas penser au prix que l'âme de Ralph Weiss payait peut-être en ce moment même pour avoir tenté de l'aider.

Alors que les maisons défilaient rapidement de chaque côté de la voiture et que d'autres véhicules le croisaient dans la rue, l'irréalité de tout ce qu'il venait de vivre commença à l'affecter sérieusement. Ce n'était pas simplement de la peur, mais une terreur comme il n'en avait jamais imaginée. Tout ce qu'il avait appris sur le monde était faux. Quoi que fût cette créature – démon, monstre, cauchemar ambulant – elle le poursuivait. Et David ne comprenait absolument pas pourquoi.

Il devait fuir.

Mais il n'avait nulle part où aller.

Janine est immergée sous les eaux impétueuses du fleuve. L'obscurité règne autour d'elle, pourtant elle voit parfaitement. Le fleuve l'emporte et elle dérive avec lui, les bras écartés comme si elle volait. Un sourire apparaît sur son visage. Le courant caresse son corps, la fait osciller d'un côté et de l'autre, la taquine, la touche, l'excite.

Bien qu'elle éprouve de la répugnance à remonter vers la surface, elle sait qu'elle aura besoin d'air bientôt. L'air si précieux. Sans lui, elle mourra. D'une certaine façon, cela a quelque chose d'amusant. Néanmoins, à puissantes brasses langoureuses, elle se propulse vers le haut. Un moment plus tard, elle sort sa tête de l'eau. Soudain elle a pied, elle se met debout, nue et luisante dans la lumière verte des étoiles. En riant, elle ramène ses cheveux en arrière, aspergeant de gouttelettes d'eau la berge toute proche.

Le vent la touche et elle frissonne, parcourue d'un froid délicieux. Ses mamelons sont durs, turgescents, elle en est parfaitement consciente. Elle les caresse tendrement, dessinant du bout des doigts de larges cercles autour de ses mamelons ; elle baisse les yeux et voit que ses seins sont gonflés et lourds de lait.

Une chaude lumière irradie sur son dos, projetant une ombre érotique sur la berge, sa propre image, une ombre d'elle en train de se caresser. Aiguillonnée par une peur diffuse qui la fait frissonner, elle ressent néanmoins un désir ardent qui balaie toute hésitation. Elle entend le clapotement de l'eau contre le flanc du bateau tandis qu'il descend de l'embarcation.

Un instant plus tard, il est derrière elle. Elle sent le tissu rugueux de sa robe tandis qu'il se presse contre sa chair nue. Il caresse doucement ses épaules, puis ses bras. Il l'enlace et, de ses longs doigts squelettiques, il caresse ses seins, trace de douces arabesques sur ses mamelons sensibles. Les reins cambrés, la tête rejetée en arrière, Janine lève les bras vers le ciel et s'offre à lui comme elle l'a fait dans le fleuve, car c'est à peu près la même chose.

C'est exactement la même chose.

Il est le fleuve.

Il la fait se retourner à demi afin de contempler ses yeux. Sa longue barbe est douce tandis qu'elle effleure sa poitrine nue, l'anneau de métal est froid sur sa peau. Dans ses yeux, il y a un désir violent qui ne ressemble à rien qu'elle ait jamais connu, si ce n'est que, d'une certaine manière, cela ressemble beaucoup à du chagrin.

Il est doux, n'appartient pas à ce monde. Il n'est pas laid mais délicat. Et comme dans les rêves, elle découvre qu'elle connaît son nom.

Charon.

— Tu es destinée à m'appartenir, chuchote-t-il d'une voix rocailleuse qui évoque la cascade du fleuve sur des pierres. Mais tu respires encore, aussi vais-je rester ici avec toi. Rien ne peut nous séparer.

Les mains de Charon la caressent, mais elles sont froides maintenant. Elle frissonne.

Le téléphone sonnait.

Janine ouvrit brusquement les yeux et inhala douloureusement, comme si elle avait oublié de respirer durant un moment. La sonnerie résonnait dans la chambre. Le cœur battant la chamade, la tête encore embrumée de sommeil, Janine se redressa difficilement. Le couvre-lit était tassé contre le pied du lit et le drap était entortillé autour de ses jambes. Elle s'était tellement agitée durant son sommeil que sa chemise de nuit en coton bleue était retroussée presque jusqu'à ses seins. Ainsi, quasi nue, elle se sentit terriblement vulnérable. D'autant plus que le picotement chaud entre ses jambes et la rémanence de l'excitation de son rêve ne faisaient qu'accroître cette sensation.

Alors que le téléphone sonnait pour la troisième fois, elle tira sur sa chemise de nuit pour la rabattre sur ses cuisses. A cet instant, la sonnerie fut interrompue par le répondeur dans la cuisine qui enregistrait l'appel.

Tendant la main vers le combiné, Janine battit des paupières et regarda son réveil. Il était plus de minuit et demi. Furieuse et paniquée à la fois, elle se demanda qui pouvait bien l'appeler à une heure aussi tardive mais, qui que ce soit, ce ne pouvait être que pour lui annoncer quelque chose de grave, sinon d'alarmant.

— Allô ? marmonna-t-elle d'une voix pâteuse.

— Janine ? Bon sang, je suis désolé de te réveiller. Je n'aurais pas dû t'appeler à une heure pareille, mais je suis… je suis très inquiet.

Encore un peu ensommeillée et désorientée, elle ne reconnut pas la voix tout de suite.

— Dis-moi, quand as-tu parlé à ta mère pour la dernière fois ?

Elle fronça les sourcils.

— Larry ? s'exclama-t-elle.

Puis son intonation, et la question, se firent jour en elle, et des sonnettes d'alarme commencèrent à se déclencher.

— Larry, qu'y a-t-il ? Qu'est-ce qui se passe ? demanda-t-elle.

— Est-ce que tu l'as vue aujourd'hui ? insista Larry, ignorant sa question.

— Je ne lui ai pas parlé depuis la semaine dernière. Je crois que c'était jeudi, répondit Janine. Qu'est-ce qui *se passe* ?

Il y eut un brusque silence à l'autre bout de la ligne.

— Larry ?

Il soupira bruyamment.

— Oh, mon Dieu ! chuchota-t-il. Janine, écoute-moi. Ta mère était inquiète à ton sujet, après ce qui est arrivé à Spencer. Elle voulait te faire une surprise. La nuit dernière, elle est partie pour Boston. Elle a pris une chambre au *Parker House*, très tard, mais d'après le concierge, elle est sortie peu de temps après, pour venir te voir, je suppose. Depuis lors, plus personne ne l'a vue. Le directeur de l'hôtel a dit que le lit n'était pas défait. Tu es certaine de ne pas avoir eu de ses nouvelles ?

Le désespoir dans sa voix donna envie à Janine de mentir, mais c'était stupide. Sa mère. Il était arrivé quelque chose à sa mère.

— Pas depuis la semaine dernière, répéta-t-elle, luttant contre une sorte de torpeur qui la gagnait lentement. Tu es… enfin, tu es sûr qu'ils ne se sont pas trompés à l'hôtel ?

— J'en suis sûr. J'ai déjà prévenu la police, mais ils ne peuvent rien faire avant vingt-quatre heures. Ils m'ont… mon Dieu, Janine, dit-il d'une voix angoissée, tu ne vas pas me croire, ils m'ont rembarré, ils avaient l'air persuadés que Ruth avait une… une liaison.

« *Tu es sûr que ce n'est pas le cas ?* »

Ce fut la première pensée qui vint à l'esprit de Janine, mais elle ne l'aurait formulée pour rien au monde. Elle ne portait pas beaucoup d'affection à son beau-père, mais elle ne voulait pas le faire souffrir. Même si elle croyait sa mère tout à fait capable de s'offrir une aventure extraconjugale.

— Je suis désolé de t'avoir réveillé, répéta-t-il. Je… j'aurais dû attendre jusqu'à demain matin. Mais… c'est trop dur. Ruth ne serait jamais partie sans me le dire. Je ne suis pas stupide au point de penser qu'il est impossible qu'elle me trompe, mais je suis convaincu d'une chose : si Ruth avait eu envie de me quitter, elle n'aurait pas voulu que les choses se passent ainsi. Il lui est arrivé quelque chose, Janine. J'en suis sûr.

— Maman… murmura Janine. Oh, mon Dieu !

« *Non*, pensa-t-elle. *Pas maintenant. C'est trop ! Trop d'horreurs !* »

— Je viens à Boston demain, Janine. J'irai d'abord à l'hôtel, je parlerai à la police, ensuite je t'appellerai pour te tenir au courant. Si un fait nouveau se présente, je t'appellerai immédiatement, bien sûr.

— Merci, dit-elle d'une voix rauque. Je… On se parle demain.

Janine avait l'impression d'être toujours profondément endormie. Son corps lui paraissait maladroit, comme si elle s'en était déconnectée. Son esprit était devenu une chose minuscule, perdue dans l'immense cage de chair, engourdie et immobile, qu'était devenue sa frêle carcasse tremblante et qu'elle observait de loin, surprise de ne pas voir son visage ruisseler de larmes. Mais elle avait la gorge et les yeux secs.

Une douleur lancinante lui noua l'estomac. Elle porta les mains à son ventre et se pencha légèrement sur le lit. Elle resta dans cette position un moment, puis elle se redressa. Elle avait froid à présent. Elle se sentait seule et désemparée, comme si souvent dans ses rêves, cernée par une avalanche de catastrophes sur lesquelles elle n'avait aucune prise, incapable même de ralentir le sombre courant qui semblait l'entraîner.

— Oh, maman... murmura-t-elle, les mains plaquées sur ses yeux fermés avec force.

Lorsqu'elle laissa ses bras retomber sur les draps et rouvrit les yeux, elle se figea, la bouche grande ouverte sous le choc, le souffle haletant. La chambre était baignée d'une faible lumière verte.

Charon le Passeur se tenait au pied du lit.

Rêve et réalité se modifièrent et semblèrent se confondre. Charon était un personnage d'hallucinations et de cauchemars, un mirage, Janine en était sûre. Ou alors elle ne s'était pas réveillée... Brusquement, bien qu'elle ait toujours cru connaître la différence entre le monde tangible et la subjectivité des rêves, tous les écheveaux qui la reliaient à ses certitudes commençaient à s'effilocher.

Le Passeur était si grand qu'il touchait presque le plafond. Dans sa main gauche, il tenait la lanterne qu'elle avait vue – quand l'avait-elle vue ? – et entendue tinter contre la proue de son bateau. Une flamme verte vacillait à l'intérieur et projetait des ombres déformées à travers un verre très ancien soufflé à la main. Il la fixait de ses énormes pupilles noires et bordées de feu comme deux soleils éclipsés par quelques mystérieuses planètes. L'air miroitait autour de lui, dans la lumière cauchemardesque – une lumière de mort – que dispensait sa lanterne.

« *Ce n'est pas réel* », pensa Janine, papillotant des paupières, éblouie par cette lumière. Et pourtant tout lui parvenait avec une précision hyperréaliste. Elle sentait le froid que semblait irradier sa présence. Ses yeux distinguaient chaque détail de la chambre autour d'elle, le moindre éclat dans la peinture, l'infime inclinaison de biais du cadre d'un tableau, de la même façon qu'elle distinguait chaque pli de sa robe aussi bien que la légère ternissure sur l'anneau de fer qu'il portait dans sa barbe.

Charon la contemplait. Un vague sourire apparut aux commissures de ses lèvres et il pencha la tête d'un côté.

— *Janine*, dit-il. *Tu ne dois pas avoir peur de ce que tu ne comprends pas. Tu m'as accueilli dans tes rêves. Je connais l'essence de ton être. J'ai bravé bien des choses pour toi.*

Elle entendait les mots, mais leur sens lui échappait. Baignée dans cette lumière éthérée, elle s'aperçut qu'elle était incapable de bouger. Peut-être était-ce le fait de Charon, peut-être était-ce tout simplement sa peur, sa terreur à l'idée que ce qu'elle voyait et entendait pouvait être réel.

Charon entrouvrit les pans de sa robe et glissa la lanterne à l'intérieur. Elle disparut là, bien que le Passeur lui-même soit inondé de sa lueur verdâtre. Dans un bruissement de robe évoquant le murmure du ressac, il s'avança vers Janine, avec l'arrogance d'un roi sûr de lui, sûr de son pouvoir.

Janine tenta de reculer sur son lit. Elle essaya de fermer les yeux pour ne plus le voir. Elle essaya d'ouvrir la bouche pour crier. Elle essaya, mais n'y parvint pas. Elle demeurait immobile, paralysée, tandis que la créature se penchait vers elle. Sa longue robe lui effleura le visage. De longs doigts décharnés, fins et crochus, se tendirent pour caresser son visage.

Ils étaient froids et humides.

Les yeux de Janine étaient grands ouverts, brûlant de larmes trop longtemps contenues, mais elle n'arrivait même pas à pleurer. Son cœur battait à grands coups dans sa poitrine qui résonnaient comme un tambour au rythme effréné jusque dans sa tête.

La peau du Passeur ressemblait à un galet poli par le fleuve, striée de veines bleutées et ombragée par sa longue chevelure et sa barbe. Il écarta les mèches brunes du visage de Janine, passa ses doigts dans ses cheveux.

Son souffle était la légère brise venant du fleuve. Ses yeux de braise noirs semblèrent s'agrandir comme s'il voulait y engloutir Janine.

— *Si forte... Si courageuse... Bien que tu n'aies eu aucune raison de rester, bien que ton corps ait été disposé à céder, tu as résisté. Tu as jeté les pièces dans l'eau. D'autres que toi m'ont vu et n'ont pas traversé le fleuve, mais personne n'avait encore jamais fait cela, gaspiller l'argent de leur passage. Tu n'as pas voulu venir à moi, mais lorsque j'ai vu cette fougue en toi, cette vie, j'ai compris que je ne pourrais pas l'oublier. Il fallait que je goûte leur saveur. Alors je suis venu.*

« Tu as peur. Mais tu as déjà quitté ce monde une fois. Tu sais donc qu'il y a bien des choses au-delà. Que la vie existe hors des limites de ce que tu connais. Souviens-toi de ce que tu as déjà vu, et tu apprendras. Oh, Janine, je peux t'offrir tant de choses ! N'aie pas peur.

« Tu ne fais pas partie de ceux-là, les vivants. Ils ne peuvent pas éprouver pour toi ce que j'éprouve. Ce que j'offre... est éternel. Tu verras que leur amour est indigne de toi. Une chose éphémère, impalpable. Alors tu comprendras que je dis la vérité.

« D'une manière ou d'une autre, tu m'appartiens.

Il se pencha encore plus vers elle, des cheveux effleurèrent son visage et des lèvres froides se posèrent sur son front. Charon l'embrassa au-dessus de chaque œil. Ses griffes se promenèrent sur son visage, sa gorge, sa chemise de nuit, et des doigts squelettiques tracèrent des lignes sur la rondeur de ses seins.

C'était comme dans le rêve.

Mais ce n'était pas le rêve. Elle n'avait pas envie de lui. Le nœud qui tordait son estomac était de la peur, et non du désir.

Au-dessus d'elle, si proches, ses yeux embrasés semblables à des éclipses étaient rivés aux siens. Une larme jaillit de son œil droit et coula, chaude et salée, sur le côté de son visage.

— Non, chuchota-t-elle doucement.

Elle pouvait parler. Elle pouvait pleurer. Elle pouvait bouger.

Levant les mains, elle cria et le repoussa. Le contact du tissu de sa robe sur ses doigts lui fit l'effet d'une mousse humide et gluante. Elle frissonna de dégoût tandis qu'elle se levait précipitamment du lit et reculait pour s'écarter de lui.

— Mon Dieu, qui êtes-vous ? demanda-t-elle d'une voix rauque, haletante sous le coup de la panique.

Mais elle savait qui il était. C'était impossible, pourtant elle le savait.

Charon se redressa de toute sa taille. Alors, ses énormes pupilles noires s'étrécirent, et la couronne ardente autour de chacune d'elles s'agrandit. Son corps continuait de briller de la lumière infernale émanant de sa lanterne, et le Passeur tendit un long doigt pour le pointer sur elle en un geste accusateur.

— *Tu m'appartiens bien plus qu'à ce monde. Tu seras à moi. Et quiconque, parmi les êtres qui te sont chers, tentera de s'interposer entre nous, souffrira le martyr.*

Sa voix ressemblait au cri d'agonie d'un homme qui se noie.

Janine se tenait le dos au mur de sa chambre, prise au piège.

Le crépitement d'énergie virtuelle qui régnait dans la pièce et la tension surnaturelle qui les reliait furent brusquement interrompus par un bourdonnement. Janine battit des paupières plusieurs fois avant de pouvoir détourner son regard de Charon. Son esprit analysa ce bruit, s'efforça de le placer dans le contexte de la vie réelle.

La porte d'entrée.

Il était bientôt une heure du matin, mais quelqu'un était en bas et sonnait pour qu'elle aille ouvrir.

Le bourdonnement reprit.

Charon poussa un léger grognement, puis il glissa la main sous les pans de sa robe pour y reprendre la lanterne. La cage de verre et de fer contenait à grand-peine la flamme verte qui sembla grésiller de plaisir au contact de l'air libre enfin retrouvé.

La lumière était tellement aveuglante que Janine fut obligée de se couvrir les yeux de la main. Lorsque son intensité diminua enfin et qu'elle put à nouveau parcourir la chambre du regard, le Passeur avait disparu. Janine suffoqua, certaine qu'il allait réapparaître d'un instant à l'autre. Son image persistait, imprimée sur la face interne de ses paupières.

« *C'est impossible*, pensa-t-elle. *Je perds la raison.* » Pourtant, tout en étant consciente qu'elle était incapable d'affronter seule la vérité, elle savait bien que c'était faux.

Le bourdonnement retentit une troisième fois.

Sa peur persistait, enveloppant son corps comme une pellicule de givre matinal. Janine tenta de s'en défaire comme elle courait vers la porte. N'importe quoi pour sortir de cette chambre, pour s'éloigner de l'écho moite du Passeur qui semblait imprégner l'atmosphère de la pièce. Son regard se portait vivement d'un côté et de l'autre, à la recherche du moindre indice indiquant que Charon se trouvait toujours là, tapi quelque part dans l'appartement. Saisie de panique, elle se passa la main dans les cheveux… et s'aperçut qu'ils étaient humides.

Charon l'avait touchée à cet endroit, et maintenant ses cheveux étaient mouillés comme si elle venait de prendre une douche. Dégoûtée et horrifiée à la fois par cette preuve tenace de sa présence, elle baissa les yeux dans la lumière ténue du couloir et vit que le devant de sa chemise de nuit était également humide, là où il l'avait caressée.

— Et merde ! lâcha-t-elle à mi-voix.

Arrivée à la porte, elle appuya sur le bouton de l'interphone.

— Qui… qui est-ce ? demanda-t-elle d'un ton mal assuré.

— Hé, désolé de te réveiller ! Je peux monter ?

David !

Elle porta une main à sa bouche et sentit quelque chose s'effriter en elle.

— Oh, grâce au ciel, c'est lui ! chuchota-t-elle.

Puis elle tressaillit, effrayée par sa propre voix dans l'appartement plongé dans l'obscurité.

De toute sa vie, Janine n'avait jamais été aussi heureuse d'entendre la voix d'un autre être humain. Même si les mises en garde et les menaces imprécises du Passeur résonnaient encore dans un recoin de sa tête, en ce moment elle avait éperdument besoin des bras de son amant autour d'elle. Son véritable amant, et non quelque soupirant échappé d'un cauchemar.

Elle ne prit pas la peine de répondre et appuya sur le bouton qui déclenchait l'ouverture de la porte d'entrée. Puis elle actionna les verrous fébrilement. Sans se soucier du fait qu'elle était presque nue, Janine ouvrit la porte à la volée et se précipita dans l'escalier.

Montant à sa rencontre, David fit halte à mi-hauteur

de l'escalier et la regarda, stupéfait. Ses cheveux étaient ébouriffés, ses vêtements en désordre, et ses yeux étaient injectés de sang. Il y avait une expression terrifiée, hagarde, sur ses traits qui devait être, elle le comprit, très proche de la sienne.

— David ! murmura-t-elle à nouveau.

— Janine, je… que s'est-il passé ? demanda-t-il.

Elle se jeta dans ses bras et faillit le faire basculer au bas des marches. Il se retint à la rampe d'escalier, puis il la serra contre lui tandis qu'elle pleurait en de gros sanglots douloureux, le visage enfoui dans la merveilleuse chaleur de sa chemise. La chemise avait l'odeur de David, et c'était un énorme soulagement pour elle.

C'était *réel*. David, et ce qu'elle éprouvait pour lui. C'était réel.

— Janine ?

Sa voix était douce, mais elle tremblait légèrement.

Elle se dégagea de son étreinte et regarda au fond de ses yeux cernés de rouge. Elle avait envie de lui demander ce qui s'était passé, pourquoi il débarquait chez elle en pleine nuit, pourquoi il semblait affolé lui aussi, mais elle était incapable de trouver les mots tant elle était oppressée par ses propres angoisses et l'urgence qu'elle ressentait à les évacuer.

Des rêves. Elle s'était dupée elle-même en pensant qu'il s'agissait seulement de rêves. Et ce jour-là près du fleuve, elle *l'avait vu*. Cela ne se passait pas dans son esprit. Elle le comprenait à présent.

— J'ai eu… quelqu'un s'est introduit chez moi, hasarda-t-elle.

Il se raidit immédiatement, et ses muscles se crispèrent. David n'était pas un homme imposant, mais il était vigoureux et rapide. De façon absurde, cela la sécurisait, bien qu'elle n'ait aucune idée de ce qu'il aurait pu faire contre le cauchemar qui lui avait rendu visite.

— Il est encore…

— Non, il est parti, répondit-elle, ne sachant pas comment commencer. Je… enfin, je crois.

Ils montèrent en haut de l'escalier. David passa devant, guettant le moindre signe d'une présence étrangère. Ils allumèrent toutes les lumières, pièce après pièce. Ils furent bientôt convaincus qu'il n'y avait personne d'autre qu'eux dans l'appartement.

Finalement, David sembla se détendre. Ils s'assirent sur le canapé dans le séjour. Il se passa la main dans les cheveux et Janine aperçut quelques fils gris qu'elle n'avait pas remarqués auparavant.

— Tu as pu voir son visage ?

Elle se mordit la lèvre et acquiesça de la tête.

— Il faut que tu préviennes la police.

— La police ne peut absolument rien faire, répondit-elle.

Peut-être était-ce quelque chose dans son intonation, mais David la regarda attentivement et une expression atterrée apparut sur son visage, comme s'il venait de comprendre une horrible vérité.

— Raconte-moi ce qui s'est passé, fit-il.

Janine obtempéra.

Lorsqu'elle eut terminé, elle tremblait de tous ses membres. Il se rapprocha d'elle et la prit dans ses bras, mais elle s'écarta légèrement.

— Je suis sûre que tu dois penser que tout ça se passe dans ma tête.

— Non. Non, pas du tout, lui assura-t-il.

Elle lui lança un regard stupéfait.

— Je ne comprends pas.

— Je l'ai vu, moi aussi, expliqua David. (Il détourna les yeux, et ce souvenir le fit grimacer.) Mais ce n'est pas tout. Il se passe des choses encore plus graves que tu ne le penses.

Ce qu'il lui apprit, les fantômes et les morts-vivants, fit naître une nouvelle terreur qui s'épanouit, encore plus froide, dans le cœur de Janine. Mais lorsqu'il lui précisa que l'un des intrus dans sa maison était son propre grand-père, qui avait essayé de le tuer, une profonde tristesse l'envahit, lui causant une douleur dont elle pensait qu'elle ne la quitterait jamais plus.

— Et Jill ?

— C'est Maggie, affirma David. J'en ai eu la certitude hier soir, mais comment aurais-je pu dire quoi que ce soit ? Tu aurais pensé…

— Tu aurais dû te confier à moi, lui dit-elle.

— Nous aurions dû nous confier l'un à l'autre, répondit David doucement.

— Bon, et qu'est-ce qu'on fait maintenant ? Tu es toujours en danger. Ces… les gens qu'il a jetés à tes trousses, d'accord, ils ont essayé de te tuer, mais lui n'a encore rien tenté.

— Tu l'as repoussé, lui rappela-t-il. A mon avis, nous sommes tous deux en danger. (Il se pencha un peu en arrière et s'affaissa presque sur le canapé, puis il parcourut la pièce du regard.) Nous ferions mieux de partir d'ici. Aller à l'hôtel. Il pourrait revenir n'importe quand. Et merde, nous ne savons même pas s'il est vraiment parti ! Demain matin, nous irons voir le père Charles.

— Tu penses qu'il nous croira ? demanda-t-elle.

Quelque chose apparut brièvement dans son regard, une sorte de curiosité, peut-être.

— Oui. Je pense vraiment qu'il nous croira. Durant ma conversation avec lui, j'ai eu le sentiment qu'il avait déjà été confronté à ce genre d'histoires.

— Très bien. Laisse-moi le temps de prendre quelques affaires, dit-elle.

Janine se leva et se dirigea vers sa chambre. Elle fit halte sur le seuil et jeta un coup d'œil à l'intérieur. Un instant plus tard, David la rejoignait. Elle poussa un soupir de soulagement lorsqu'il entra à sa suite. Elle n'avait aucune envie d'être seule dans la chambre.

Lorsqu'elle eut fourré quelques vêtements de rechange dans un sac de voyage, elle se dirigea vers le téléphone.

— Je vais appeler Larry pour lui dire où il peut me joindre, précisa-t-elle.

— Pourquoi maintenant ? Tu le feras plus tard.

— Juste au cas où il aurait eu des nouvelles de ma mère.

Dans le silence qui suivit, Janine se retourna lentement et vit que David la regardait d'un air étonné. Elle réalisa brusquement que durant toute leur conversation concernant les scènes cauchemardesques que tous deux avaient vécues cette nuit, elle n'avait pas mentionné l'appel qu'elle avait reçu un peu plus tôt, qu'elle ne lui avait rien dit au sujet de sa mère.

— Ta mère ? Que se passe-t-il ? demanda David.

Janine déglutit avec difficulté, tandis que les pièces d'un puzzle commençaient à s'assembler dans sa tête.

— Elle a disparu, répondit Janine, la gorge nouée.

Ils se regardèrent, tous deux glacés par ces mots.

13

La matinée aurait dû apporter un certain réconfort, mais le monde semblait toujours détraqué, comme si la lumière du soleil était filtrée par un rideau poussiéreux.

David se tenait dans le vestibule de sa maison. Il jetait un regard à la ronde, les yeux grands ouverts, et se demandait pourquoi il ne pleurait pas. La maison était intacte, certes, mais *ses* affaires avaient été saccagées et tout ce qui, dans cette maison, venait de lui ou lui appartenait, avait été détruit. Les tableaux et les plantes, les bibelots et les livres. Des meubles avaient été fracassés, éparpillés sur le sol, brisés en morceaux, déchiquetés. On avait même pissé dessus et une puissante odeur d'urine imprégnait les lieux.

Sous-jacente, il y avait aussi une autre odeur, celle de la mer à marée basse.

— David, je suis tellement désolée…

Prenant une profonde inspiration, il se ressaisit et tourna la tête vers Janine qui s'était approchée derrière lui. Ils avaient tous deux convenu que ni l'un ni l'autre ne devait rester à son domicile jusqu'à ce qu'ils aient trouvé une solution à leur problème, mais, au petit jour, David avait voulu passer chez lui pour y chercher quelques vêtements. Ils savaient qu'en venant ici, ils prenaient des risques, mais la venue de l'aube avait un peu apaisé leur crainte, même si, maintenant, ils réalisaient à quel point il était stupide d'avoir présumé que l'apparition du soleil aurait chassé les ombres menaçantes de la nuit.

Ils étaient entrés comme des voleurs, prêts à prendre la fuite à la moindre alerte. Et découvert l'étendue du désastre.

— Reste près de moi, dit-il d'une voix blanche.

Puis il monta l'escalier. Le premier étage avait été moins ravagé, mais le spectacle était néanmoins atterrant. Plus tard, lorsqu'il serait en mesure de revenir ici, il remettrait tout en ordre.

Pour le moment, il en était incapable.

Dans sa chambre – jonchée d'objets brisés et de vêtements déchirés en lambeaux – il parvint à trouver de quoi se changer pour trois jours. Il fourra ses affaires dans un sac de voyage tandis que Janine se tenait à ses côtés en silence, puis ils retournèrent au rez-de-chaussée. Durant plusieurs minutes, ils restèrent dans le vestibule. David regardait fixement l'escalier.

Il avait toujours peur, bien sûr, mais maintenant, sous le soleil éclatant de la journée qui s'annonçait, en même temps que la réalité humaine reprenait ses droits avec ses nouvelles perspectives, il était furieux. Ivre de rage même. Quelles que soient ces manifestations qui foutaient la merde dans sa vie, David était décidé à y mettre fin.

Un soupir s'échappa de ses lèvres et il grimaça tandis que Janine le précédait sur le perron. Alors qu'il s'apprêtait à tourner la clé dans la serrure, le téléphone sonna. Il hésita un instant, la tête penchée. Puis il lança un regard à Janine et elle haussa les épaules.

David hocha la tête, entra, traversa le vestibule jusqu'à la cuisine, enjamba des poêles et des casseroles, et décrocha le combiné.

— Allô ?

— Monsieur Bairstow ? Ici Gary Kindzierski de la police de Medford. A St. Matt's, on m'a dit que vous ne donniez pas de cours aujourd'hui. Je suis content d'avoir pu vous joindre chez vous.

Fronçant les sourcils, David prit le combiné dans son autre main et lui lança un regard furieux comme s'il lui avait fait un affront personnel.

— Les grands esprits se rencontrent, inspecteur ! Je m'apprêtais à vous appeler.

Un silence, tandis que le policier réfléchissait à cette déclaration.

— Vraiment ?

— Je n'étais pas chez moi la nuit dernière et des vandales ont saccagé ma maison.

— Je suis désolé d'apprendre cela, monsieur Bairstow, dit Kindzierski. Néanmoins, je pense qu'il s'agit là d'un événement… disons, intéressant. Est-ce que Mlle Hartschorn est auprès de vous en ce moment ?

David se raidit.

— Euh, oui.

— Je vais envoyer deux de mes hommes chez vous pour constater les dégâts et me faire un rapport. Entre-temps, j'ai rendez-vous avec le beau-père de Mlle Hartschorn au *Parker House* à Boston, à treize heures, au sujet de la disparition de sa mère. Je pense que ce serait utile que vous soyez également présents, tous les deux.

Janine était rentrée pendant que David parlait avec l'inspecteur ; elle l'avait rejoint dans la cuisine où elle s'efforçait d'éviter de piétiner le contenu du réfrigérateur répandu sur le carrelage, tout en essayant d'attirer son attention pour avoir une idée de la conversation qu'il avait avec le policier.

— Je suis content d'apprendre que vous enquêtez sur cette affaire, inspecteur, répondit David. Mais, d'après ce que Larry a dit à Janine, je croyais que vous n'aviez aucune possibilité d'agir avant quarante-huit heures…

Kindzierski hésita à nouveau. Lorsqu'il reprit la parole, ce fut sur un ton mesuré, comme si chaque mot avait été mûrement réfléchi.

— Ce laps de temps est destiné à éliminer les barjos, monsieur Bairstow. Les fugueurs d'une nuit, les épouses volages, les petits malentendus. Mais, eu égard aux faits qui se sont produits autour de vous et de Mlle Hartschorn au cours de la semaine passée, ma foi… Enfin, je pense que vous voyez ce que je veux dire…

— Tout à fait, lui dit David. Je vous remercie.

— Je vous vois à treize heures, alors, dit Kindzierski.

David raccrocha et rapporta leur conversation à Janine. Elle tourna les talons et retraversa la maison en silence. Arrivée près de la porte d'entrée, elle scruta la rue. David parcourut la cuisine du regard, eut envie de commencer à réparer les dégâts infligés à sa maison, puis il chassa cette idée. Cela pouvait attendre. Qui plus est, en faisant ça, il entraverait le travail de la police.

— Janine ? demanda-t-il comme il la rejoignait.

Aveuglé par les rayons éclatants du soleil, il mit sa main en visière pour se protéger les yeux. Janine se tourna vers lui.

— C'est une perte de temps. La police ne peut absolument rien faire pour nous aider, déclara-t-elle d'une voix terne. David, elle est morte, n'est-ce pas ?

— Tu n'en sais rien, dit-il en hâte. Nous ne savons même pas s'il y a un lien. Kindzierski ne peut sans doute pas *nous* aider, pour autant cela ne veut pas dire qu'il ne peut pas retrouver ta mère. Allons à Boston. Au retour, nous nous arrêterons pour voir le père Charles.

Janine hocha la tête puis se retourna pour contempler la rue à nouveau. Tout paraissait si paisible et serein, sous ce ciel printanier… Le monde avait été envahi, souillé par l'irruption d'une présence étrangère. Pourtant, en apparence, rien n'avait changé, personne ne se doutait de rien, et la Terre ressemblait à ce qu'elle était la veille, la semaine passée, le mois précédent.

« *Excepté pour nous*, pensa David. *A nos yeux, tout est différent maintenant.* »

Avec ses pittoresques rues tortueuses au tracé labyrinthique, Beacon Hill était l'un des plus vieux quartiers de Boston, l'un des plus branchés et des plus chers aussi. Les espaces verts de Boston Common's s'élevaient progressivement vers le sommet de la colline que couronnait la coupole dorée du Capitole du Massachusetts. Les bâtiments du gouvernement se confondaient sur Beacon Hill avec les demeures anciennes et des établissements vénérables tels que le *Parker House*.

David et Janine sortirent de la gare de Park Street, gravirent la côte jusqu'au Capitole, puis suivirent l'étroite rue transversale qui le longeait. Tandis qu'ils attendaient l'arrivée des policiers pour constater les dégâts commis dans la maison de David, Janine avait appelé Larry Vale sur son téléphone cellulaire et l'avait joint dans sa voiture, quelque part au sud de Hartford, Connecticut, en route pour Boston où il avait réservé une chambre au *Parker House*, avec la ferme l'intention d'y rester aussi longtemps qu'il le faudrait pour retrouver Ruth. Levé depuis six heures trente, lui aussi avait très peu dormi la nuit dernière.

Lorsque Janine rapporta leur conversation à David, il s'efforça de dissimuler la réaction que lui suscitait la résolution de Larry. Mais c'était inutile, car Janine prononça les mots mêmes qui lui étaient venus à l'esprit.

« Il pourrait bien rester ici jusqu'à la fin de sa vie », avait-elle dit.

Tant de fois, dans son enfance, les terreurs de la nuit

s'étaient dissipées avec la venue de l'aube. Cela aurait dû être le cas aujourd'hui, dans un cadre idyllique comme celui-ci, en compagnie de la femme qu'il aimait. Pourtant l'épouvante irréelle du soir précédent semblait presque composer avec la perfection de la journée. Peut-être, songea-t-il, parce que ces frayeurs étaient censées disparaître le matin venu, mais il savait qu'il n'en serait rien.

Main dans la main, ils se dirigeaient d'un pas décidé vers l'entrée du *Parker House*. David tint la porte à Janine puis la suivit à l'intérieur. Ils trouvèrent Kindzierski au bar, déjà en grande conversation avec Larry. Lorsqu'il aperçut sa belle-fille, Larry Vale poussa un soupir de soulagement, se leva, et vint vers elle. Janine et lui n'avaient jamais été proches, pourtant quand il la prit dans ses bras, elle se laissa faire et, qui plus est, s'accrocha à lui, comme si l'un ne pouvait survivre sans l'autre.

Ils ne pleurèrent pas, cependant. David devina que tous deux estimaient que cela aurait trop ressemblé à un aveu de défaite.

— Janine… Comment vas-tu ? demanda Larry.

Il la tint à bout de bras et la considéra. Le sourire de Janine s'éteignit aussitôt.

— Je fais avec ! Mais ne nous occupons pas de moi pour le moment, d'accord ?

Larry acquiesça et tendit la main à David. Ils échangèrent une poignée de main ferme.

— Vous connaissez déjà l'inspecteur, je crois ? demanda Larry.

Ils se saluèrent d'un bref signe de tête, puis David et Janine approchèrent des tabourets de bar afin de former tous les quatre un cercle approximatif. Kindzierski était plus réservé que David s'y était attendu, et il semblait aussi fatigué que la dernière fois qu'ils s'étaient rencontrés. Il avait des cernes sous les yeux où, pourtant, brillait une sombre intelligence. David se demanda à quoi pouvait ressembler l'âme de quelqu'un sans cesse obligé de suspecter tout le monde.

— Tout est en ordre chez vous ? demanda Kindzierski.

David hocha la tête.

— Autant que possible compte tenu des dégâts. Après le départ de vos hommes, nous avons rangé tout ce que nous pouvions. Mais il reste encore beaucoup à faire.

Il s'ensuivit un silence tandis que le policier les considérait tous les trois. Puis il expulsa bruyamment l'air de ses poumons et haussa un sourcil.

— J'irai droit au fait. Je ne veux pas vous faire perdre votre temps. Je préférerais être sur le terrain et essayer de comprendre ce qui est arrivé à votre mère, mademoiselle Hartschorn. Mais pour ce faire, je dois vous poser quelques questions qui vous paraîtront sans doute quelque peu brutales, eu égard à votre situation. Je le regrette, croyez-moi, mais je ne puis faire autrement.

Janine prit la main de David et posa leurs mains jointes sur sa jambe.

— Ne vous inquiétez pas. Tout ce que vous avez besoin de savoir.

Kindzierski hocha la tête. Il tendit la main vers un petit calepin posé sur le comptoir que David n'avait pas remarqué lorsqu'ils étaient arrivés, mais il ne le prit pas. Le regard de l'inspecteur était toujours lointain, attentif, mais son expression était bienveillante et son hésitation semblait sincère.

— M. Vale et moi, nous nous demandions s'il y avait quelqu'un qui pourrait, pour un motif ou un autre, vouloir nuire à madame Vale, commença-t-il en parlant rapidement comme s'il ne désirait pas être interrompu. Nous avons également évoqué la possibilité d'un enlèvement pour demander une rançon, bien que je pense que l'on peut, à coup sûr, écarter cette hypothèse, puisque personne n'a été contacté depuis sa disparition.

Le barman survint à ce moment. David commanda un Samuel Adams, Janine un verre de vin, et Larry demanda une autre Seven & Seven. L'inspecteur buvait une eau minérale avec un zeste de citron. Cela semblait un brin bizarre qu'il ne prenne pas d'alcool, lui aussi. Lorsque le barman se fut éloigné, Janine fronça les sourcils et regarda Kindzierski.

— Je n'arrive pas à imaginer que quelqu'un ait une raison quelconque de vouloir nuire à ma mère, dit-elle d'une voix légèrement saccadée mais ferme. De même, je suis sûre qu'il y a une autre éventualité que vous pouvez d'ores et déjà rayer de votre liste, celle d'une aventure extraconjugale. Ma mère aime Larry. Ils sont associés à l'agence. Et… (Elle marqua un temps, lança un regard gêné à son beau-père, puis reporta son regard sur le policier.) Franchement, le sexe ne l'a jamais beaucoup intéressée, aussi vous pouvez renoncer à cette hypothèse.

— Il est encore trop tôt pour renoncer complètement à quoi que ce soit, déclara Kindzierski. Mais je vous remercie de votre franchise. Cela m'aide beaucoup.

— Il me semble pourtant que vous avez une idée derrière la tête, fit observer Janine.

Le barman apporta leurs consommations. Ils prirent le temps de boire une gorgée, puis Kindzierski les considéra tour à tour. Finalement, son regard revint se poser sur Janine.

— Votre ex a été assassiné sur un parking en face du restaurant où vous participiez à une soirée d'anniversaire. Votre compagnon actuel, M. Bairstow, a été heurté par un chauffard, sa voiture a quitté la route, et il a failli mourir. Quelques jours plus tard, sa maison est saccagée par des inconnus. Je remarque qu'aucun de vous deux n'est allé travailler aujourd'hui. Cela signifie que quelqu'un doit vous remplacer pour vos cours, ce qui, d'après ce que je sais de vous, m'amène à supposer que vous prenez cette affaire très au sérieux. Je suis sûr que cet acte de vandalisme a été très traumatisant, mais pourquoi *vous deux* ?

« Je pense que vous voyez tous les deux où je veux en venir. Je regrette d'avoir à le dire, mademoiselle Hartschorn, mais des faits très graves se sont produits autour de vous ces derniers temps, et maintenant votre mère a disparu. Et ce, après être sortie de cet hôtel, apparemment pour se rendre chez vous. Certes, vous ignoriez qu'elle venait, mais elle n'est jamais arrivée.

Kindzierski prit une inspiration, eut un petit rire, et se pencha en avant sur son tabouret de bar.

— Vous savez quoi ? Je vous ai dit que j'avais pas mal de questions à vous poser. En fait, derrière une certaine curiosité concernant une multitude de faits, j'ai surtout une grosse question : qu'est-ce que vous ne me dites pas ?

Un million de réponses surgirent immédiatement dans l'esprit de David. Il vit dans les yeux de Janine qu'elle avait été également prise au dépourvu par l'approche directe de Kindzierski. Elle lui lança un regard, mais David songea que le policier trouverait bizarre que ce soit lui qui réponde. Aussi demeura-t-il silencieux.

Les doigts appuyés sous son menton, ses mains jointes comme pour une prière, Janine considéra Kindzierski un moment. Puis elle secoua la tête et posa ses mains sur ses genoux.

— Rien du tout, inspecteur. Franchement, j'aimerais avoir quelque chose à vous révéler, ajouta-t-elle. (Sa voix se cassa, et elle serra les lèvres tandis qu'elle luttait pour recouvrer son calme.) Je suis très inquiète au sujet de ma mère, je n'ai jamais eu aussi peur de toute ma vie. Mais je ne sais absolument rien qui pourrait vous aider.

— Je tiens à préciser, toutefois, fit David, que nous voyons très bien, en effet, ce que vous voulez dire.

Larry et Kindzierski parurent quelque peu surpris de son intervention et le policier le fixa en plissant les paupières.

— Cela semble quasiment impossible qu'il n'y ait aucun rapport entre tous ces faits, enchaîna David. Bien sûr, ce pourrait être le cas, mais nous serions stupides de ne pas chercher un lien. Le type qui m'a envoyé dans le décor l'autre nuit, je suis sûr que ce n'était pas un accident. Et je suis convaincu que c'est la même personne qui a saccagé ma maison. J'ignore pourquoi. Mais j'aimerais bigrement mettre la main sur lui !

David tremblait légèrement. Le mensonge avait été facile parce qu'il recoupait tellement la vérité. Sa frustration et sa colère étaient tout à fait sincères.

— Vous n'avez aucune idée de qui il pourrait s'agir ? demanda Kindzierski.

— A part le signalement que je vous ai donné, non, répondit David.

Visiblement troublé, le policier se contenta de hocher la tête.

— Je présume qu'aucun de vous deux ne soupçonne quelqu'un qui pourrait vouloir vous nuire ?

Janine eut un petit rire triste et morbide.

— Seulement Spencer, et il est mort.

— Bien, conclut Kindzierski. Je vous demanderai de rester en contact avec moi. Entre-temps, je sais que M. Vale a l'intention de participer aux recherches pour retrouver son épouse. Le département de police de Medford apprécierait énormément d'être tenu au courant de toute action indépendante afin de ne pas nous marcher sur les pieds les uns les autres.

— Naturellement, répondit Janine.

Cependant, il était clair, à en juger par l'expression du policier, qu'il n'en avait pas encore terminé avec eux. Le barman s'approcha, jeta un coup d'œil pour voir si quelqu'un avait besoin d'un autre verre, puis il s'éloigna vers l'extrémité du comptoir. Trois femmes à une table du restaurant éclatèrent de rire à une réflexion que fit l'une d'elles. Elles attirèrent l'attention de l'inspecteur, mais lorsque Kindzierski jeta un regard rapide dans leur direction, deux clients d'une cinquantaine d'années, assis quelques tabourets plus loin, détournèrent vivement la tête comme si on les avait pris sur le fait.

« *Ils nous écoutaient* », pensa David.

Kindzierski glissa une main à l'intérieur de sa veste en cuir et en tira un petit portefeuille. Il l'ouvrit d'une chiquenaude, découvrant la plaque dorée qui indiquait qu'il était officier de police.

— Hé ! dit-il à voix basse.

Les deux hommes, probablement des avocats ou des politiciens, eu égard au quartier, levèrent des yeux qui simulaient la plus totale surprise. L'un était d'une insigne maigreur, l'autre un homme corpulent au visage rougeaud et affligé de bajoues.

Kindzierski brandit sa plaque.

— Cassez-vous !

Le type bedonnant qui, manifestement, occupait un poste plus important que son compagnon, vu son attitude arrogante, se redressa sur son tabouret de bar.

— Excusez-moi, inspecteur, mais nous avons l'intention de déjeuner. Je ne vois pas de quel droit vous pouvez…

— Ne jouez pas au con avec moi, je ne suis pas d'humeur, répliqua Kindzierski d'un ton sec, assez fort pour attirer l'attention de toute la salle et faire rougir violemment le politicien. Vous voulez déjeuner ? Alors, allez ailleurs vous trouver une putain de table.

Les deux hommes regardèrent Kindzierski bouche bée comme si celui-ci avait baissé son pantalon. Puis le type au visage décharné commença à se lever. L'autre posa une main sur son épaule et l'obligea à se rasseoir.

— Nous sommes très bien où nous sommes, inspecteur. Si j'étais vous, je ferais preuve d'un peu plus de correction.

Kindzierski leur tourna le dos, la mâchoire crispée de colère, puis, sans les regarder, il lança juste assez fort pour qu'ils puissent l'entendre :

— Si, dans cinq secondes, ces deux enfoirés aux oreilles indiscrètes sont toujours là, je les mets en état d'arrestation pour obstruction à un officier de police dans l'exercice de ses fonctions ! Au cas où je serais obligé de partir, nous reprendrons cette conversation plus tard. Bon, je commence maintenant. Vous me direz s'ils sont toujours là quand j'aurai fini de compter.

Les bajoues du gros homme se mirent à trembloter d'indignation et son teint rougeaud s'empourpra un peu plus.

— Dites donc, espèce de connard ! Vous n'êtes même pas dans votre juridiction. J'ai vu votre plaque. Vous n'avez absolument pas…

— Un, l'interrompit Kindzierski en leur tournant toujours le dos. Deux. Trois. Quatre…

Fou de rage, l'homme aux bajoues céda. Il se leva en grommelant des obscénités à voix basse. Le sac d'os l'imita, et ils se dirigèrent vers une table libre, leurs verres à la main.

— Ils sont partis, murmura David.

— Parfait, dit Kindzierski.

Janine et Larry échangèrent un regard inquiet, mais David souriait. Il trouvait tout à coup le policier infiniment plus sympathique. Toute l'animosité qu'il avait accumulée contre Kindzierski et ses airs d'en savoir toujours plus sur votre compte que vous-même avait disparu. Il était presque tenté de lui confier la vérité. Mais Kindzierski n'était pas son ami, pas plus qu'il n'était théologien comme le père Charles. Et le policier aurait du mal à croire tout ce que pourrait lui dire David.

« *Qui sait, peut-être le croirait-il, après tout ?* »

Avant que David n'ait eu le temps d'ouvrir la bouche, Kindzierski s'éclaircit la gorge et se redressa sur son tabouret.

— Une dernière chose, dit-il. M. Vale m'a appris que vous aviez passé la nuit dans un hôtel, tous les deux. De ce fait, vous n'étiez pas là, monsieur Bairstow, lorsque votre maison a été saccagée. Je n'ai pas du tout l'intention de fourrer mon nez dans vos vies privées, mais vous et Janine, vous vivez seuls, chacun de votre côté. Si vous vouliez un peu d'intimité, pourquoi prendre une chambre d'hôtel ?

David battit des paupières, interloqué pendant un moment. La question l'avait décontenancé. Accoudé au comptoir, Larry Vale devint cramoisi et évita soigneusement de regarder sa belle-fille. Janine s'agita, complètement prise au dépourvu elle aussi. A coup sûr, sa réaction allait éveiller les soupçons de Kindzierski, il poserait d'autres questions, cela prendrait du temps, et David avait le sentiment qu'il était bien plus important pour eux d'aller à leur rendez-vous avec le père Charles.

— Dis-lui, Janine, murmura-t-il.

Kindzierski haussa un sourcil inquisiteur et Larry risqua un coup d'œil sur sa belle-fille qui, la bouche ouverte en une expression presque comique, lançait un regard désemparé à David.

— Dis-lui que tu es harcelée par un type qui te suit presque en permanence.

— Vous êtes harcelée par quelqu'un ? demanda Kindzierski. Et vous n'avez pas pensé à m'en parler plus tôt ? C'est bizarre, mais quelque chose m'empêche de croire à cette histoire…

Janine haussa les épaules, complètement désorientée.

David s'efforça de trouver une explication.

— Il ne la suit pas à longueur de temps. C'est un type bizarre qui rôdait autour de chez elle ces derniers jours. Rien de plus. Ce n'est certainement pas lui qui m'a envoyé dans le décor, et il ne répond pas à votre signalement de l'homme qui… qui a tué Spencer. Il s'agit sans doute d'un sans-abri, mais Janine l'a vu dans le jardin hier soir et elle ne tenait pas à rester chez elle.

Kindzierski fronça les sourcils d'un air méfiant.

— Pourquoi ne pas passer la nuit chez vous, dans ce cas ?

Janine se ressaisit à ce moment, au grand soulagement de David qui craignait que ça finisse par paraître louche s'il continuait de parler à sa place.

— Si cet homme me suit vraiment, comme je le crains, je me suis dit qu'il savait aussi où habitait David. Je voulais juste passer la nuit quelque part où personne ne pourrait me trouver, déclara-t-elle.

— C'est donc pour ça que tu m'as téléphoné aussi tard pour me dire que tu allais à l'hôtel, intervint Larry Vale. Mais pourquoi ne m'as-tu pas parlé de ce type ?

Habituellement, la voix du publicitaire était autoritaire, arrogante. Aujourd'hui, il semblait totalement perdu, bouleversé par la disparition de sa femme.

— Tu avais bien assez de soucis comme ça, répondit Janine avec douceur.

Elle posa une main sur son bras pour le réconforter.

— Mais ce type qui vous suit, il n'a rien fait pour vous menacer d'une quelconque façon ?

Janine hésita. Puis elle secoua la tête.

— Non. Il est juste… effrayant.

Kindzierski parut encore plus frustré.

— J'ai toujours le sentiment que vous me cachez quelque chose, l'un et l'autre. Et puis… je n'arrive pas à croire à toutes ces « coïncidences ». Il ne vous est pas venu à l'esprit que vous auriez dû me parler de ce type tout de suite ? Quoi que vous en pensiez, il est peut-être à l'origine de tous vos problèmes. Vous êtes assez perturbée pour passer la nuit dans un hôtel, mais vous ne m'en parlez pas. Il y a un épisode que j'ai loupé ou quoi ?

— Je suis désolée, inspecteur Kindzierski, dit Janine d'une voix mal assurée. Je suppose que nos idées sont plutôt embrouillées.

Le policier soupira et secoua la tête. Il considéra le jeune couple pendant quelques instants comme s'il attendait que l'un d'eux lui dise quelque chose. Puis il haussa les épaules.

— Bon, d'accord. Ecoutez, je ne peux pas faire grand-chose au sujet de ce type pour le moment. S'il ne répond pas au signalement de l'un ou l'autre des suspects, et puisqu'il n'a rien fait de répréhensible, tout ce que je peux faire, c'est demander qu'une voiture de police fasse une ronde aux abords de l'appartement de Mlle Hartschorn toutes les heures. Si vous voyez ce type de nouveau, prévenez-moi immédiatement. Même s'il n'est pas directement menaçant, je peux le faire coffrer afin de l'interroger sur ses agissements. Si je pouvais l'alpaguer dans le jardin, ce serait encore mieux. Cela me donnerait au moins un motif pour le mettre en garde à vue. J'ai juste besoin d'un signalement.

David et Janine reprirent le train pour rentrer à Medford. Assis côte à côte, se tenant par la main et les yeux perdus dans le vague, ils étaient aussi silencieux l'un que l'autre. Il y avait peu de passagers dans le train à cette heure, des étudiants pour la plupart ; pourtant, traumatisée sans doute par le souvenir des deux hommes qui épiaient leur conversation avec l'inspecteur Kindzierski au bar de l'hôtel, Janine n'avait pas envie de prendre le risque ne serait-ce que de chuchoter quelques mots banals à l'oreille de David, sachant qu'il y avait des gens à proximité.

Ils descendirent à la gare de Davis Square et

empruntèrent l'escalator, toujours en silence. Un type au visage juvénile et aux yeux bleus candides jouait de la guitare acoustique en chantant des blues d'une voix rauque comme s'il y croyait vraiment. Janine l'observa s'éloigner tandis que l'escalator l'emmenait vers le haut. Elle regretta de ne pas s'être arrêtée pour jeter un dollar dans l'étui de sa guitare, juste pour lui faire savoir que quelqu'un l'avait écouté.

Au niveau supérieur, à l'entrée de la station, juste devant les portes derrière lesquelles deux gosses qui auraient dû être à l'école faisaient du skate, il y avait une rangée de téléphones. Janine et David s'en approchèrent et David prit un combiné ; il commença à composer un numéro, puis il raccrocha et lança un regard à Janine.

— On s'est fait avoir, non ? lui demanda-t-il.

Janine le considéra un moment, puis elle acquiesça de la tête.

— Si et dans les grandes largeurs, si tu veux mon avis ! Il est impossible que Kindzierski ne se doute pas que nous lui dissimulons quelque chose. Mais que pouvions-nous lui dire d'autre ?

— J'aurais peut-être dû continuer à mentir, mais il avait déjà repéré qu'il y avait des points faibles dans ce que nous lui disions, fit remarquer David.

— Quoi qu'il en soit, on ne peut plus rien y faire maintenant, lui dit Janine. Et, visiblement, la police ne peut rien faire pour nous.

David prit une longue inspiration, puis il décrocha le combiné à nouveau. Il chercha des pièces de monnaie dans sa poche, les glissa dans la fente, et appela le père Charles à son bureau de St. Matt's. Janine écouta tandis qu'il parlait au prêtre. Comme David n'était pas allé faire ses cours aujourd'hui – bien que l'acte de vandalisme commis dans sa maison soit un motif d'absence parfaitement valable –, il ne voulait pas qu'on l'aperçoive dans les couloirs de St. Matthew's.

— Il nous attend au rectorat, fit-il en raccrochant.

— Maintenant ? demanda Janine.

— Je trouve que ce serait une bonne chose. Pas toi ?

Il leur fallut seulement quelques minutes pour aller de Davis Square à St. Matthew's. Lorsqu'ils sonnèrent à l'entrée du rectorat, la porte s'ouvrit presque tout de suite, comme si le prêtre les avait attendus dans le couloir. Le père Charles les accueillit avec un verre de Crown Royal dans une main et un cigare dans l'autre. Ces deux accessoires, ajoutés aux vêtements qu'il portait – pantalon et pull noirs – devaient correspondre à l'idée que Hugh Charles se faisait d'une tenue « civile », néanmoins, il avait toujours l'air d'un prêtre…

La femme qui travaillait au bureau du rectorat était au téléphone lorsqu'ils passèrent à proximité. Elle ne leva même pas les yeux. Le père Charles les emmena dans un cabinet de travail au premier étage, une pièce flanquée d'une énorme cheminée et sommairement meublée de quatre vieux fauteuils en cuir disposés autour d'une petite table ronde.

Le prêtre leur proposa de boire quelque chose, mais ils refusèrent. En conséquence, il ne toucha pas à son verre, et il éteignit même son cigare.

Tout d'abord, Janine hésita à relater les événements de la veille au soir. Mais David avait déjà brisé la glace avec le père Charles concernant la nature bizarre des faits qu'ils avaient vécus récemment, et il rapporta aussitôt ce qui s'était passé dans sa maison. A l'écouter raconter son histoire, Janine, elle-même sous l'emprise de la peur et saisie par le froid engourdissant qui la gagnait lorsqu'elle pensait à Charon, ou à la disparition de sa mère, réalisa vraiment pour la première fois la terreur qu'avait dû éprouver David.

Et tandis qu'il parlait, elle prit sa main et la serra.

Puis, lorsqu'il eut terminé son récit, toute hésitation balayée à présent, elle se confia à son tour au prêtre. Et si elle passa sous silence la connotation sexuelle de ses rêves, elle fut, pour le reste, bien plus franche avec lui qu'elle ne l'avait été avec David.

« *Comme dans un confessionnal* », pensa-t-elle.

A ceci près que, si tel avait été le cas, elle aurait eu l'impression d'être jugée. Or, à son grand étonnement, le père Charles ne manifestait aucun parti pris. Les mots « foldingue » et « aliénée » qui tourbillonnaient dans sa tête depuis un certain temps semblaient n'avoir aucune prise sur cet homme dont elle respectait l'intelligence et l'esprit logique et, pour la première fois depuis longtemps, elle parvenait même à évacuer ses doutes quant à son état mental.

Elle lui parla de ses rêves, des choses qu'elle avait vues et entendues, qu'elle avait tout d'abord pensé avoir imaginées. Elle lui raconta la vision qu'elle avait eue de Charon sur la berge du fleuve, à l'endroit où David avait été envoyé dans le décor. Ensemble, Janine et David lui apprirent la disparition de la mère de Janine et lui rapportèrent leur entretien avec l'inspecteur Kindzierski.

— Et vous lui avez *donné* un signalement ? demanda le père Charles, consterné, lorsque Janine révéla la fin de leur conversation avec le policier.

Elle haussa les épaules.

— Pas aussi précis que je viens de vous le faire. Plutôt flou même.

Finalement, lorsque Janine se renversa dans son fauteuil, épuisée d'avoir tant parlé, le prêtre reprit son bourbon et but une gorgée lentement, d'un air pensif, tout en l'observant par-dessus le bord de son verre.

Puis il se pencha en avant, les yeux rivés sur elle comme si elle était seule avec lui dans la pièce, comme si David n'existait pas. Janine s'agita un peu, mal à l'aise sous ce regard intense. Dans ce visage massif et amical, ses yeux étaient bienveillants. Pourtant ils brillaient d'une sorte d'allégresse. Il but une autre gorgée de bourbon puis reposa son verre.

— Je crois que nous devrions aller faire un tour en voiture, déclara-t-il d'un ton désinvolte, comme si ce qu'il venait d'entendre n'avait rien d'extraordinaire. Il y a quelqu'un que j'aimerais que vous rencontriez. Mais, je suis désolé, il faut que vous sachiez que vous serez sans doute obligés de raconter de nouveau tout ce que vous venez de me dire.

— Qui est-ce ? demanda Janine, déconcertée.

— Mon ancien professeur, en fait, répondit le père Charles.

— Celui du séminaire dont vous m'aviez parlé ? enchaîna David.

— En effet, acquiesça le prêtre. Le père Cornelius Jessup. Depuis que David m'a parlé de tout ce qui lui arrivait, j'ai eu plusieurs conversations avec lui. Je pense qu'il serait très intéressé de faire votre connaissance.

A nouveau, une sorte de silence impatient s'instaura entre eux. Le père Charles s'efforça de les distraire en parlant avec eux des activités quotidiennes à St. Matt's et à Medford High, mais pour Janine, toute cette partie de sa vie, le monde réel, semblait exister dans un pays très lointain à présent.

Quelques instants plus tard, les pneus de leur voiture chuintant sur l'asphalte et cahotant dans les inévitables nids-de-poule, tous trois rejoignirent la Route 16 qu'ils suivirent jusqu'à Everett. Au volant, David avait baissé sa vitre afin de faire entrer un peu d'air frais dans l'habitacle, mais cela ne parvenait pas à dissiper l'impression d'irréalité que ressentait Janine, incriminant, à cet égard, l'absence de réaction du père Charles.

Elle s'était attendue à ce qu'il réclame une foule d'arguments plus convaincants les uns que les autres, en admettant qu'on puisse le convaincre. A tout le moins, elle avait pensé qu'il les interrogerait plus en détail, qu'il essaierait de trouver des points faibles dans leur récit. Mais il n'en avait rien fait.

Et s'il n'en avait rien fait, la seule explication qui venait à Janine, c'était peut-être parce qu'il les *croyait*. D'une certaine façon, cela ne faisait qu'aggraver l'état de confusion dans lequel elle se trouvait. Car s'il les croyait, tout cela était peut-être vrai, et si c'était vrai, qu'en était-il de toutes les certitudes concernant le monde auxquelles elle s'était agrippée durant toute sa vie jusqu'à maintenant ?

— Nous sommes arrivés, dit le père Charles à David. Tournez ici. Vous pouvez vous garer au fond.

Janine leva les yeux tandis qu'ils remontaient une longue allée qui amenait à l'arrière d'un vaste bâtiment de brique, aux murs couverts de graffitis et plutôt délabré à première vue, qui servait de maison de retraite pour les prêtres de l'archevêché de Boston. Devant l'état des lieux, Janine ressentit un violent sentiment d'injustice. Avec tout ce que ces prêtres avaient fait pour leurs paroisses, cela lui semblait scandaleux qu'on les relègue dans un environnement aussi misérable, dans un bâtiment qui avait dû être une prison autrefois.

Lorsqu'ils y pénétrèrent, la réceptionniste leur dit que le père Jessup les attendait. Janine détesta aussitôt l'aspect austère des lieux et l'odeur d'antiseptique qui la faisait penser à un hôpital. Un hôpital comme celui qui avait été à la fois un abri et une prison après la mort de son bébé.

Comme s'il percevait son malaise, le père Charles posa une main sur son épaule pour la réconforter et ils suivirent un aide-soignant débraillé à qui la réceptionniste avait demandé de les conduire auprès du père Jessup.

— Vous devez être des visiteurs importants, déclara leur guide. Le père Jessup pérorait devant sa cour de résidents lorsqu'il a eu votre appel téléphonique. Depuis, il s'est installé dans la bibliothèque où il vous attend.

— Je lui ai demandé son avis sur une question de théologie, expliqua le père Charles.

Janine eut un petit rire contenu, un peu fou. Cela semblait tellement innocent, et c'était pourtant tellement faux…

— Ouais, alors préparez-vous à assister à un véritable cours magistral ! dit l'aide-soignant rigolard. Cornelius ne se gêne pas pour donner son avis même quand on ne lui demande rien. Je préfère ne pas penser à ce qu'il en est lorsque des gens *veulent* savoir ce qu'il pense !

Le père Charles se raidit.

— Jeune homme, s'il vous plaît ! jeta-t-il d'un ton sec, bien que son interlocuteur, un homme massif aux cheveux ébouriffés et à la chemise sortie de son pantalon, ne semblait guère avoir l'âge répondant à cette appellation.

L'aide-soignant se figea et se retourna vivement mais ne leva pas les yeux. Le ton du père Charles avait été suffisant pour lui faire comprendre qu'il avait dépassé les bornes. Suffisant pour lui, peut-être, mais pas pour le père Charles.

— Cornelius Jessup, dont vous parlez avec une telle désinvolture, est un homme d'une très grande intelligence. Il a été mon professeur. A ce jour, il est toujours mon professeur. Vous pourriez acquérir d'immenses connaissances simplement en vous tenant près de lui pour saisir les perles de sagesse qui tombent de ses très augustes lèvres. Malheureusement, je crains fort que vous ne soyez même pas capable de les reconnaître. Vous connaissez le dicton sur les perles et les cochons, je suppose ?

L'aide-soignant comprit qu'on venait de lui passer

un savon, mais il semblait n'avoir qu'une idée très vague qu'on l'avait également insulté.

— Excusez-moi, dit-il sans grand enthousiasme. C'est juste l'impression qu'on a, lorsqu'on voit la façon dont certains des autres prêtres se comportent avec lui. Ils le traitent comme s'il était complètement louf, vous voyez ce que je veux dire ?

Le père Charles soupira.

— Cela ne me surprend guère. Un jour, cependant, vous comprendrez peut-être qu'il vous est possible de faire votre propre opinion sur ceux dont vous vous occupez ici, au lieu de vous en remettre aux préjugés d'autres personnes.

— Excusez-moi, mon père, répéta l'aide-soignant.

— Bon, avançons, maintenant ! répondit le père Charles, inflexible.

Dansant d'un pied sur l'autre, l'aide-soignant reprit finalement sa marche le long du couloir et ils le suivirent.

En l'occurrence, la bibliothèque était bien plus vaste que Janine ne s'y était attendue, et meublée bien plus richement que le reste de l'établissement, surtout quand on songeait à sa façade. Il y avait des chaises en cuir à haut dossier, ainsi que d'autres plus confortables, et au moins deux canapés. Tout un mur était constitué de hautes fenêtres qui laissaient entrer la lumière du jour, et les trois autres étaient tapissés de livres, pour la plupart des volumes cartonnés.

L'endroit était désert, à part un surveillant qui était assis derrière un bureau près de la porte.

— Le père Jessup est ici ? demanda l'aide-soignant.

— Tout au fond, répondit le surveillant.

— Parfait. Vous pouvez nous laisser maintenant, dit le père Charles d'un ton qui n'admettait aucune discussion.

Non pas que l'aide-soignant ait manifesté la moindre envie de discuter. Il lança un regard inquiet au père

Charles puis quitta la salle en hâte, vraisemblablement plus que ravi de retourner à ses tâches quotidiennes – changer des bassins de lit ou passer la serpillière – pourvu que cela lui permette d'échapper au regard sévère de ce prêtre intransigeant.

A l'autre bout de la salle, il y avait plusieurs rangées de hauts rayonnages et, au-delà, ils aperçurent une longue table de travail en chêne, entourée de chaises en bois austères, très différentes des sièges luxueux et confortables de l'entrée. C'était un lieu conçu pour étudier, songea Janine immédiatement, et qui n'invitait guère à l'oisiveté.

Les livres semblaient différents, eux aussi. Malgré la présence de quelques ouvrages visiblement récents, la plupart d'entre eux arboraient un dos relié de cuir dont certains paraissaient même très anciens. Janine jeta un coup d'œil aux titres et s'aperçut que tous ces volumes étaient consacrés à la mythologie et à des études de théologie comparée.

Un personnage solitaire était assis au bout de la longue table, un homme grand et maigre, en pantalon foncé et cardigan vert. Il avait des cheveux blancs clairsemés, une peau claire et une petite moustache qui fit penser Janine à l'acteur britannique David Niven, même s'il portait des lunettes à la monture carrée en acier. Ce devait être Cornelius Jessup, et bien qu'il lui parût plein d'allant, elle estima qu'il avait au moins soixante-quinze ans.

— Père Jessup ? dit le père Charles.

Le vieil homme releva la tête vivement. Ses yeux étaient brillants et vifs derrière les verres de ses lunettes. Lorsqu'il se leva, cependant, ce fut avec une grande difficulté. Une expression de douleur apparut sur son visage, mais il la chassa aussitôt.

— Hugh, mon garçon ! dit-il, de la voix rauque d'un fumeur invétéré. Tu as bonne mine.

— Et vous êtes toujours aussi bel homme. Je parie

que vous continuez de briser le cœur de bien des femmes ! répondit le père Charles.

Janine rougit, un peu surprise par cet échange entre les deux prêtres. Comme s'il percevait sa gêne, le père Jessup se tourna vers elle et tendit dans sa direction une main marbrée par les années.

— Ne l'écoutez pas, ma chère enfant. Je ne transige jamais avec mon vœu de chasteté.

— C'est précisément ce qui leur brise le cœur ! répliqua le père Charles.

Mais ce moment d'humour fut de courte durée. Car, à peine le père Jessup avait-il posé son regard sur Janine, qu'il ne l'avait plus quittée des yeux. A présent il la considérait avec une intensité qui la mit au supplice. Toute trace de légèreté avait quitté son visage, pour faire place à une gravité qu'elle trouvait intimidante.

— Vous avez vu quelque chose que vous ne pouvez pas expliquer, n'est-ce pas ? demanda le vieux prêtre. (Puis il lança un regard à David.) Tous les deux.

Le père Charles les désigna de la main.

— Voici David Bairstow, mon père. L'un de mes collègues à St. Matthew's. Et cette jeune femme est Janine Hartschorn qui, après avoir débuté à St. Matt's, enseigne maintenant à Medford High.

Le père Jessup hocha la tête d'un air sévère.

— Des enseignants… Ma foi, je présume que nous découvrirons bientôt quel genre d'enseignants vous êtes.

— Que voulez-vous dire ? demanda Janine, surprise de constater qu'elle était encore capable de parler.

Le vieux prêtre arbora un large sourire.

— Trop de gens pensent qu'ils n'ont plus rien à apprendre, dès lors qu'ils ont commencé à enseigner. Je suppose que vous avez déjà pris conscience de l'absurdité d'une telle opinion, à en juger par ce que Hugh m'a déjà dit.

Avec une petite grimace en raison de la douleur qui

irradiait dans ses jambes et le bas de son dos, le père Jessup tendit le bras et leur serra la main à tous deux.

— Bien, asseyez-vous et dites-moi pourquoi vous vouliez me voir. Mais, avant toute chose, sachez que tout ce que vous pourrez me dire ne peut pas être plus insensé que bien des choses que l'on m'a racontées au cours de ma longue existence.

« Heureusement pour vous, je suis sans doute le vieux débris le plus fou dans cet établissement. (Il fit un clin d'œil au père Charles en disant cela, mais il y avait pourtant une pointe d'amertume dans sa voix.) Interrogez n'importe qui, on vous le confirmera.

Tous les quatre s'installèrent à la longue table en chêne au fond de la bibliothèque. Hugh Charles en profita pour glisser une poignée de cigares à son ancien professeur que celui-ci dissimula prestement sous son chandail avec un air de conspirateur, et regrettant haut et fort de ne pouvoir siroter un bon bourbon par la même occasion.

Puis Janine et David racontèrent leur histoire tour à tour.

Le père Jessup écouta attentivement d'un bout à l'autre, et Janine remarqua que le père Charles leur prêtait également une grande attention, bien qu'il connût déjà tous les faits.

Lorsqu'ils eurent terminé, Cornelius Jessup s'appuya sur le dossier de sa chaise en bois inconfortable et se frictionna le dos. Son regard se posa successivement sur Janine, David et le père Charles, avant de s'absorber dans la contemplation d'un point, dans le lointain, dont lui seul semblait capable de comprendre l'importance. Il glissa une main sous son chandail et en tira l'un des cigares « de contrebande », ôta délicatement la cellophane et le huma avec délices.

Puis il le coinça entre ses dents et se leva avec difficulté de sa chaise.

— Vous voulez bien m'accorder un moment ? demanda-t-il.

Il entreprit d'aller et venir parmi les rayonnages. Pendant plus de vingt minutes, tandis que les autres faisaient de pitoyables efforts pour parler de choses et d'autres, le vieil homme fureta parmi les livres. Il lisait les titres et prenait un volume sur un rayonnage de temps en temps pour parcourir attentivement quelques pages.

Puis, brusquement, il délaissa les rayonnages et revint vers la table. Il se glissa sur sa chaise en de douloureuses contorsions. Il ôta le cigare de sa bouche, le posa précautionneusement sur la table devant lui, et l'aligna comme s'il était un charpentier prenant de précieuses mesures.

Finalement, il les regarda à nouveau. Ses yeux, légèrement étrécis, accentuaient les rides sur son visage. Il ajusta ses lunettes posées sur l'arête de son nez. Ses mains tremblaient légèrement.

— Tout d'abord, permettez-moi de vous dire que je vous crois, déclara-t-il. Et cela, bien que tout ce que vous venez de me raconter serait sans nul doute considéré comme ridicule et rejeté par l'Eglise, c'est évident. Durant les cinquante-sept années que j'ai passé au service de Dieu, j'ai vu un grand nombre de choses étranges. Je les ai recherchées, je dois l'avouer. Cela m'a valu une réputation qui n'est pas entièrement flatteuse.

Le père Charles voulut parler, mais le vieux prêtre pointa son index sur lui.

— Toi, tu te tais, ordonna-t-il.

Le père Charles obtempéra.

— Sachez, mes jeunes amis, que j'ai consacré ma vie à la théologie, poursuivit le père Jessup, les yeux brillants d'une nouvelle étincelle de vie. A la croyance en Dieu. A la spiritualité et à ce qui est souvent perçu comme le surnaturel. C'est pourquoi, oui, je crois à tout ce que vous m'avez dit.

« Néanmoins, il y a une partie de ce récit que vous avez omise. C'est une partie vitale, à mon avis, et avant que je puisse avancer une hypothèse, j'aimerais beaucoup entendre cette histoire.

Janine haussa les sourcils. Du coin de l'œil, elle vit que David l'observait. Elle eut un haussement d'épaules.

— J'ignore à quoi vous faites allusion.

— A la première fois où vous l'avez vu, Janine, dit le prêtre avec douceur. Au cours de l'accouchement, lorsque vous avez perdu votre bébé. Vous n'en avez parlé à aucun moment. Racontez-moi. Dites-moi quel effet cela fait de mourir.

14

En rentrant de St. Matt's, Annette s'arrêta pour faire quelques achats à l'épicerie. Elle avait remplacé David pour l'un de ses cours et n'avait pas eu le temps de déjeuner. Ce n'était jamais une bonne idée d'aller au supermarché lorsqu'elle avait faim. Au lieu de se contenter du lait, du pain et du jus de fruits qu'elle avait eu l'intention d'acheter, elle prit également un gros morceau de cheddar, un sachet de cookies, des petits gâteaux au chocolat et aux noisettes, et une pizza surgelée, ce qu'elle regretterait, elle le savait.

Fatiguée et affamée, elle porta ses sacs d'épicerie du parking jusqu'à son immeuble et réussit l'exploit acrobatique de sortir ses clés de sa poche et d'ouvrir la porte d'entrée sans les poser par terre. Dans l'escalier, cependant, ses bras commencèrent à faiblir. Finalement, elle fut obligée de les poser sur le palier afin de déverrouiller la porte de son appartement.

Au moment où elle poussait le battant, le téléphone se mit à sonner.

Elle récupéra deux sacs d'épicerie et fit glisser le troisième du pied vers l'entrée. D'une torsion du poignet, Annette jeta ses clés sur le guéridon puis claqua la porte derrière elle. Le téléphone mural dans la cuisine en était à sa troisième sonnerie lorsqu'elle réussit à le décrocher.

— Allô ?

— Salut, bête de sexe !

Annette n'aurait su dire pour quelle raison elle rougit. Habituellement, il était difficile de la décontenancer. Mais depuis qu'elle avait fait la connaissance de Jill, tout s'était un peu décalé. Il y avait quelque chose chez cette femme étonnante et ardente qui la déstabilisait constamment. Elle avait l'estomac serré, comme à l'école primaire quand elle s'apprêtait à monter sur l'estrade pour la représentation théâtrale de fin d'année.

— Salut, répondit-elle.

Sa voix prit un ton rauque de félin, presque inconsciemment.

— Tu es occupée ? demanda Jill d'une voix espiègle, comme toujours.

— Maintenant ?

— Oui, maintenant.

— Il faut que je range les courses. Ensuite… la journée a été plutôt longue, et j'avais l'intention de prendre une bonne douche.

— Toute seule ?

Annette s'adossa au mur de la cuisine et croisa les jambes. Comme si Jill se trouvait en ce moment dans la pièce avec elle, elle eut un sourire timide et baissa les yeux vers le carrelage. Sa voix semblait si proche. Annette pouvait presque sentir les mains de Jill sur elle.

— Je t'attends, dit-elle.

« *Dites-moi quel effet cela fait de mourir.* »

Janine tressaillit et détourna les yeux. Même si elle comprenait parfaitement ce qui lui était arrivé – ce qui avait *failli* lui arriver – personne ne lui avait encore jamais exprimé cette réalité aussi nettement, aussi brutalement. Cela la ramena à ce moment, à cette sensation de se perdre, de partir à la dérive, qui l'avait envahie lorsqu'elle avait… *failli* mourir.

Il lui sembla que ce souvenir intensifiait ses sens.

Tout autour d'elle, la bibliothèque donna l'impression de s'animer. Ses mains touchèrent les accoudoirs de son siège et éprouvèrent le bois dur et sec. Un frisson la parcourut. Le bois, le verre et le cuir des reliures des livres… tout dans cette salle, si chaude et tellement masculine, lui apparut avec une netteté stupéfiante. Chaque ligne lui était perceptible, chacune était une œuvre d'art. David la considérait avec amour et inquiétude, lui renvoyant le reflet de l'expression affligée de sa propre image qui brillait dans ses yeux. Le père Charles avait de petites rides autour de ses yeux et aux commissures de ses lèvres, une tache blanche parmi les cheveux châtain-roux de ses tempes. C'était comme si elle pouvait voir chaque ride, chaque mèche de cheveux. Il lui adressa un signe de la tête pour qu'elle poursuive, comme pour l'encourager à se confier maintenant, lui dire que c'était bien de leur communiquer toute cette souffrance qu'elle avait endurée.

Le père Jessup tendit le bras et posa une main froide, douce et sèche comme du papier de soie, sur la sienne.

— Je vous ai bouleversée, dit-il avec cette voix âpre de fumeur. Je suis vraiment désolé.

Elle leva une main, comme si elle était aveugle, et secoua la tête.

— Non. Non, tout va bien. C'est juste… j'ai eu une impression bizarre, brusquement. Lorsque je pense à ce que j'ai ressenti… à ce moment-là. J'étais tellement perdue, tout était tellement irréel, pas comme dans un rêve, mais comme, je ne sais pas… vous vous apercevez que vous jouez dans une pièce de théâtre, et alors que vous savez que ce n'est pas la réalité, mais vous avez le sentiment d'être incapable d'arrêter de jouer.

Janine secoua la tête. Elle regarda David, cherchant un soutien.

— Je suis parfaitement incohérente, je sais bien !

— Mais non, pas du tout, affirma David. D'accord,

aucun de nous n'a connu ce que tu as connu, mais on sait tous comment les choses se passent quand on rêve. J'ai fait des rêves où je savais que je rêvais, et pourtant je ne me réveillais pas tout de suite.

Un téléphone se mit à sonner quelque part au loin.

— Oui, dit Janine en reportant son attention sur le père Jessup. Ça ressemblait un peu à ça. Mais je ne me suis pas réveillée. C'était comme si ça devait durer pour toujours.

Le vieux prêtre s'appuya sur le dossier de sa chaise et la considéra, dans l'expectative. Le père Charles l'observait avec une sollicitude quasi paternelle.

Janine ferma les yeux et se souvint. Un muscle de son épaule tressauta et elle se mit à trembler. Les yeux clos, avec seulement les odeurs de la salle et la conscience silencieuse de la présence des trois hommes pour la réconforter, elle se remémora ce jour affreux.

Des lumières au-dessus d'elle. Des médecins et des infirmières qui se parlaient d'un ton sec. Des appareils qui émettaient des bips furieux.

Mais pas de pleurs. Elle était censée avoir donné naissance à un enfant, mais il n'y avait pas de pleurs. Son corps avait subi un tel traumatisme que, le temps que le bébé soit sorti de son ventre, il était mort.

Elle s'en était vaguement rendu compte, alors même qu'elle était inconsciente, mais elle n'avait pas vraiment compris jusqu'à ce que, finalement, elle reprenne connaissance. C'était ce qui s'était passé durant l'accouchement, tandis que son bébé mourait... tandis qu'elle mourait... que le père Jessup désirait savoir.

— Ils m'ont perdue, chuchota-t-elle, les yeux toujours clos.

Elle sentit vaguement la main de David se poser sur la sienne, là sur l'accoudoir du fauteuil. Mais elle était plongée dans le passé maintenant, dans le souvenir de quelque chose qu'elle avait essayé de toutes ses forces d'oublier.

— J'entendais plus ou moins des voix, les appareils, et je sentais cette horrible odeur d'ammoniac dans les hôpitaux, qui est censée assainir l'air, mais qu'on utilise en fait pour couvrir l'odeur de la maladie et des mourants.

« Et puis je me suis réveillée… j'étais dans cet endroit. Un endroit très sombre avec des arbres tout autour. Le sol était mou et humide, il y avait un fleuve, et le bruit qu'il faisait résonnait trop fort dans mes oreilles. Il y avait des étoiles dans le ciel, mais elles étaient rouges, comme du sang, et le ciel semblait trop proche de moi, trop bas. C'est ce que j'ai pensé, je suppose. Comme si le ciel était un décor de théâtre et que je me trouvais sur une scène quelque part.

« Mais le fleuve… le fleuve était réel. J'ai compris que je m'étais égarée. Je n'étais pas censée me trouver là et, qui plus est, personne n'était censé se trouver au bord du fleuve. J'avais l'impression que l'eau m'attirait, comme un aimant. Mais je ne voulais pas m'avancer vers l'eau. Tout ce que je voulais, c'était trouver un chemin pour rentrer chez moi, j'essayais continuellement de m'éloigner du fleuve mais je revenais sans cesse vers lui.

Les yeux toujours fermés, Janine s'interrompit un moment. Elle réalisait que sa respiration avait changé. Sa poitrine se soulevait et s'abaissait violemment, à cause de la terreur qui l'envahissait. L'image était tellement nette dans son esprit que c'était quasiment comme si elle se trouvait là-bas de nouveau.

— Je sens presque l'odeur du fleuve, en ce moment même, chuchota-t-elle. L'eau.

Ting-ting !

A ce bruit, un frisson de peur la parcourut et elle ouvrit brusquement les yeux. Puis elle vit que c'était le père Jessup qui avait posé ses lunettes sur la table. Elle se sentit stupide.

— Janine ? murmura le père Charles.

— Tout va bien. C'est juste… rien. Ne vous inquiétez pas.

Elle ferma les yeux. Ce fut comme si elle glissait de nouveau dans ce rêve de mort, comme si, une fois ses yeux clos et l'obscurité faite dans son esprit, elle pouvait peindre sur la toile de son cerveau en éveil les images qu'elle puisait dans son subconscient.

Janine avait froid partout. Ses mains étaient moites. Elle sentait presque le poids des pièces en argent dans sa poche, celles avec lesquelles elle était censée payer le Passeur.

— A travers la brume qui flottait sur le fleuve, j'ai vu la lumière de sa lanterne sur l'eau. J'ai entendu quelque chose cogner contre le bois tandis que le courant faisait osciller le bateau. Le bruit a résonné. Je suis tombée dans l'eau, ou plutôt je me suis avancée trop loin de la berge… alors que j'essayais de m'en écarter. L'eau me tirait, comme si elle cherchait à m'entraîner en son sein. Je me sentais tellement lourde… j'avais tellement froid… et lorsque j'ai levé les yeux, le bateau était là. Et il était là, lui aussi. Il portait une robe rouge foncée, avec un capuchon. Ensuite il a fait glisser son capuchon sur sa nuque, et il était tel que je l'ai décrit. Ces yeux…

Elle hésita un moment. Elle se sentait toute petite et terrifiée, redevenue une enfant. Elle détestait ce sentiment, cette impuissance à laquelle elle avait décidé d'échapper.

Janine s'éclaircit la gorge.

— Il voulait les pièces. Je savais qui il était. D'une façon ou d'une autre, je savais. Il a demandé les pièces, le prix de mon passage. Mais j'ai refusé. Je… j'ai sorti les pièces de ma poche et je les ai jetées dans l'eau.

David serra sa main un peu plus fort, mais elle poursuivit sans le regarder.

— Je me suis enfuie. C'était comme si j'étais délivrée, après avoir jeté les pièces. Je me suis détournée du fleuve et j'ai couru. J'ai trébuché et je suis tombée dans la boue, la tête la première. Je ne pouvais plus respirer. J'ai eu la certitude que j'étais morte. Et puis j'ai senti l'air. Il s'engouffrait dans mes poumons, il était brûlant, et mes yeux me faisaient mal à cause de ces lumières...

« Et j'étais à l'hôpital de nouveau. Et ils m'ont dit que mon bébé était mort.

Tandis qu'elle attendait l'arrivée de Jill, Annette fit un peu de rangement dans le séjour, puis elle fit son lit. Elle savait que c'était idiot, puisque le lit serait probablement sens dessus dessous d'ici peu. Mais elle trouvait qu'il y avait quelque chose d'excitant à froisser des draps bien tirés.

Une fois ce petit travail terminé, elle résista à l'envie de continuer et d'entreprendre un nettoyage de grande envergure, et elle alla dans la cuisine. Le coup de fil de Jill lui annonçant sa venue lui avait fait oublier sa faim, mais elle était toujours consciente qu'elle n'avait rien dans le ventre depuis le matin. D'ailleurs, son estomac se mit à gargouiller dès qu'elle ouvrit le réfrigérateur. Ne sachant pas dans combien de temps Jill allait arriver, elle renonça à se préparer un sandwich et opta pour un yaourt avec du sucre en poudre.

Jill n'était toujours pas là lorsqu'elle jeta le pot de yaourt vide dans la poubelle, aussi grignota-t-elle tout en faisant les cent pas dans la cuisine. Une poignée de Cheerios. Une banane. Une soupe de poulet aux vermicelles Lipton.

Elle était en train de terminer son bol de soupe lorsque la sonnette de l'entrée retentit.

Depuis qu'elle avait raccroché le téléphone, sa peau la picotait d'excitation. Une pensée cynique à propos du chien de Pavlov lui traversa l'esprit car, au moment où le bourdonnement de la sonnerie retentissait, ce crépitement d'énergie sexuelle avait aussitôt redoublé d'intensité. Un délicieux frisson la fit trembler légèrement, un sourire lubrique apparut sur ses lèvres, et elle émit un petit couinement de plaisir.

Puis elle se moqua d'elle-même.

— Mais c'est pas vrai, Elfe ! chuchota-t-elle à voix haute. Un peu de tenue, bordel !

Mais, bien que son cerveau ait enregistré les mots, son corps n'en tint aucun compte. Personne ne lui avait jamais fait cet effet-là jusqu'à maintenant. En hâte, elle tremblait presque, elle se précipita dans l'entrée et appuya sur le bouton de l'interphone. Puis elle ouvrit la porte et attendit, guettant les pas de Jill dans l'escalier.

Elle était tout à fait consciente qu'elle se laissait emporter, aussi bien physiquement que sentimentalement, que les chances d'une relation durable avec une fille de vingt-deux ans étaient quasi nulles.

« *Ce n'est pas de l'amour* », se dit-elle, s'agrippant à cette évidence pour tenter de contenir son excitation.

Puis Jill apparut sur le palier et Annette sentit sa gorge se nouer. Jill portait un pantalon en cuir souple et noir et une veste assortie qui lui arrivait aux cuisses. Ses cheveux blonds s'étalaient en éventail sur ses épaules en une cascade soyeuse. Sous sa veste, elle portait un T-shirt avec le S de Superman s'étirant sur ses seins. Le T-shirt était coupé au-dessus de son nombril récemment orné d'un piercing. Un sourire espiègle retroussait les commissures de ses lèvres.

Annette sortit sur le palier et la prit dans ses bras. Enlacées, elles s'embrassèrent longuement, fougueusement, avidement, leurs mains se promenant l'une sur l'autre. Lorsqu'elles s'écartèrent enfin, Jill eut un rire léger.

— Prête pour une bonne douche ? demanda-t-elle, légèrement essoufflée.

Un petit gloussement s'échappa des lèvres d'Annette.

— Je suis déjà trempée depuis que tu m'as téléphonée, répondit-elle avec un petit sourire timide.

Jill la poussa doucement vers l'appartement et referma la porte.

Les paupières toujours closes, Janine pointa le bout de sa langue pour humecter ses lèvres sèches. Ce fut seulement lorsqu'elle sentit un goût de sel qu'elle réalisa qu'elle pleurait. Elle ouvrit les yeux en battant des cils et essuya ses larmes chaudes sur ses joues glacées.

David était accroupi à côté d'elle et lui tenait la main. Il s'était approché d'elle tandis qu'elle avait les yeux fermés. Le père Charles était penché en avant sur sa chaise et l'observait attentivement. Le père Jessup la regardait fixement, une expression de fascination sur son visage, comme si elle était une sorte d'expérience de laboratoire. Puis le vieux prêtre poussa un long soupir et tendit le bras pour lui tapoter l'autre main.

— Je suis tellement désolé pour la perte de votre enfant, Janine. Je sais que cette blessure est encore très douloureuse pour vous.

Elle acquiesça de la tête.

— S'il vous plaît, mon père, dit David, presque sèchement. Je sais que toute cette histoire semble complètement dingue, mais si vous pouvez nous aider à comprendre ce qui nous arrive, nous vous en serions reconnaissants.

Janine sursauta, surprise par l'intonation étrange qu'il y avait dans la voix de David. C'était autre chose que de la compassion envers elle, sans doute était-ce lié à la tension nerveuse et à la peur qui s'étaient accumulées en eux. Elle se tourna vers lui, mais le regard de David était rivé sur les deux prêtres assis de l'autre côté de la table.

— Le père Jessup vous a déjà dit qu'il vous croyait, déclara le père Charles. Et je vous crois, moi aussi.

David leva vivement les mains.

— Je ne comprends rien, Hugh. Je ne comprends vraiment rien. Ni moi ni Janine n'avons été victimes d'hallucinations, j'en suis sûr. Mais vous, comment pouvez-vous nous croire sur parole, tous les deux ? Comment est-ce possible ?

Le père Charles haussa un sourcil devant cet éclat de colère.

— Excusez-moi, murmura David. Je ne comprends pas, c'est tout. D'accord, vous m'avez dit avoir vu un fantôme une fois, et que le père Jessup avait lui aussi vu certaines choses, mais…

— J'ai vu un ange, dit le prêtre brusquement.

Janine battit des paupières.

— Pardon ?

Le père Charles éclata de rire.

— Après tout ce que vous m'avez raconté, vous trouvez *cela* difficile à croire ? Pourtant, c'est la vérité. Lorsque j'avais douze ans, j'ai vu un ange. Il se tenait juste devant moi, pas beaucoup plus loin que vous l'êtes en ce moment. J'espérais en voir un autre, mais cela ne s'est jamais produit. C'est pour cette raison que je suis devenu prêtre, en fait.

Fascinée, et remplie d'espoir, Janine le regarda fixement.

— Vous voulez bien nous en parler ?

— Je le ferai une autre fois, répondit le père Charles. Lorsque ceci sera terminé. (Il sourit comme s'il se remémorait un lointain souvenir.) Mais revenons à l'affaire en cours. Père Jessup ?

Le vieux prêtre observait son ancien élève avec une expression de bonté que Janine lui envia. Puis il la regarda, et elle eut l'impression qu'une partie de cette bienveillance lui avait été transmise. Cela ressemblait à un cadeau.

— Je pense que, durant votre expérience de mort rapprochée, vous vous êtes trouvée en présence de

Charon, une créature de la mythologie de la Grèce antique, déclara le père Jessup. Et je crois que, d'une manière ou d'une autre, il est ici, dans notre monde, et qu'il vous poursuit tous les deux.

Clouée de stupeur, Janine se contenta de poser sur son interlocuteur des yeux écarquillés. C'était la vérité, cela ne faisait aucun doute pour elle, une vérité qu'elle *vivait* depuis des semaines. Pourtant, de même que sa brève rencontre avec la mort, cette vérité, énoncée à haute et intelligible voix, semblait plus terrifiante encore, plus incroyable aussi.

— Comment est-ce possible ? répéta David.

Le père Jessup lança un regard à son ancien élève. Il paraissait hésiter, comme si ce qu'il avait à dire était encore plus difficile à croire que ce qu'ils lui avaient raconté. Au bout d'un moment, il eut un sourire embarrassé et reporta son attention sur eux.

Son sourire fut déconcertant.

— Je me suis fait rappelé à l'ordre plus d'une dizaine de fois pour avoir exposé mes théories ; l'archevêché m'a même quasiment interdit d'en parler à qui que ce soit. Autant pour moi ! dit le vieux prêtre avec un petit rire.

Il joua un moment avec le cigare posé sur la table devant lui, puis il le glissa de nouveau sous son chandail.

— Je puis vous dire cependant que je suis persuadé que toutes les religions ont une même origine, que Dieu, ou ce que vous et moi appelons Dieu, est l'énergie spirituelle collective qui a non seulement créé l'univers mais qui continue de l'alimenter. Cette même école de pensée suggère que les croyances humaines façonnent Dieu pour qu'Il soit conforme à notre foi et à nos perceptions. Dieu demeure une constante, mais la façon dont nous Le voyons définit… eh bien, la façon dont nous Le voyons. Les atours et les manifestations de Son pouvoir sont malléables, peut-être même *sculptés* par la foi.

« Jadis, les humains croyaient en de nombreux dieux. Ce qui signifierait que, bien qu'ils aient tous fait partie d'un grand tout, de nombreux dieux *existaient* en effet, à cette époque. Des créatures mythologiques ont peut-être réellement existé, elles aussi, comme une manifestation de ce pouvoir divin tout-puissant ici sur la Terre.

« C'est un très grand paradoxe, voyez-vous. Dieu est éternel et constant dans ses desseins, et pourtant inconstant dans les images et les représentations que nous nous faisons de Lui. En ce sens, il est possible que, d'une certaine manière, toutes les religions soient fondées.

Il s'interrompit un moment. Janine et David lancèrent un regard au père Charles pour voir sa réaction. Il était clair, à en juger par son expression, qu'il avait déjà entendu cette théorie et que, s'il n'y croyait pas, à tout le moins il n'était pas disposé à refuser d'y croire.

— Les anges. Les démons. Les divinités de la Rome antique, de l'Egypte, de la Chine, de la Grèce. Absolument tout, ajouta le père Jessup.

— Alors… ce Charon est… une partie de Dieu ? demanda Janine.

Le vieux prêtre secoua la tête. Il parut presque en colère.

— Ce n'est qu'une théorie. Si c'est la vérité, alors cette créature est une manifestation du pouvoir de Dieu. Une partie de ce que j'appellerai l'énergie-dieu, mais pas dans le sens où cela impliquerait que le Tout-Puissant soit responsable de cette créature ou même qu'Il ait connaissance de ses actes. A tous égards, quel que soit le tissu de son être, ce dont il est fait, Charon existe et, à l'évidence, il a à la fois une fonction et une volonté qui lui sont propres.

Janine frissonna.

— Je suis complètement perdue, avoua-t-elle. Si tout cela est vrai… bon sang, je n'arrive même pas à croire que je dis ça. Mais je pense que si *vous*, vous pouvez le dire, alors je le puis également. Admettons que ce soit vrai. Toutefois, est-ce que Charon ne devrait pas être… disons, périmé depuis belle lurette ? Est-ce qu'il n'aurait pas dû disparaître, comme Bast et Odin ?

Le père Jessup hocha la tête lentement et la considéra d'un air pensif.

— En effet. Ce serait logique.

David s'insurgea.

— Encore faudrait-il qu'il y ait la moindre logique dans cette théorie !

Il s'ensuivit un silence pendant quelques instants. Le père Charles lui lança un regard contrarié, mais son vieux maître ne sembla pas s'en offusquer.

Janine se déplaça sur le bord de sa chaise et posa ses mains jointes sur la table. Durant un moment, David parut surpris qu'elle se soit éloignée de lui, mais, lorsqu'elle le regarda, il décela sur son visage l'expression d'une concentration si intense qu'il ne dit rien.

— Peut-être l'avait-t-on oublié, suggéra-t-elle.

— Oublié ? fit le père Charles d'un air de doute.

Elle hocha la tête.

— Je veux dire que Charon était peut-être une créature sans importance, en fait. On peut aussi penser qu'il a fallu très longtemps à ce… cette déité… pour évoluer. Ou bien peut-être que rien ne disparaît vraiment et que tous ces anciens dieux sont autour de nous, en sommeil la plupart du temps, créés mais oubliés, mis au rebut comme les jouets d'un enfant et abandonnés à la poussière d'une cave ou sous un lit.

— La cave de Dieu ? demanda David avec un léger sourire.

Janine eut un petit rire, réalisant que ses propos devaient sembler un peu farfelus. Mais elle était lancée. Et parler lui faisait du bien.

— Je vois ce que vous voulez dire, dit le père Charles. Une fois qu'une déité est créée par le pouvoir de Dieu, elle existe pour toujours, mais elle perd son rang éminent lorsque la foi qu'elle suscite dépérit.

— Exactement ! s'exclama le père Jessup, surexcité tout à coup.

Puis, tel un enfant indocile, il regarda vers l'entrée de la bibliothèque pour vérifier qu'il n'avait pas attiré l'attention du surveillant et, lorsqu'il reprit la parole, il avait baissé d'un ton.

— Certaines de ces entités s'en vont, peut-être même disparaissent-elles complètement, pour être absorbées de nouveau dans le grand tout, bien qu'il soit possible qu'il y ait une sorte de royaume spirituel où elles continuent d'exister, j'imagine. Mais, eu égard à l'apparition de Charon ici, il est clair que d'autres... s'attardent dans notre monde.

L'image du Passeur surgit brusquement dans l'esprit de Janine. Elle ferma les yeux un moment et elle vit ses yeux noirs ardents, sa chair semblable à du marbre sculpté.

— Je suis sûre qu'il continue de nourrir de noirs desseins, dit-elle. (Elle rouvrit les yeux et s'aperçut que les deux prêtres la regardaient fixement.) J'en suis sûre. Comme l'Ange de la Mort ou les Walkyries dans la mythologie nordique.

— Oui ! approuva le père Jessup avec agitation. Peut-être y a-t-il un paradis. Peut-être y a-t-il un enfer. Mais nous pouvons tous admettre qu'il y a une vie après la mort.

— Sur l'autre rive du fleuve, murmura Janine.

— Dans la Grèce antique, cela s'appelait le monde souterrain. Mais lorsque les premiers chrétiens ont créé les dogmes du paradis et de l'enfer, cette notion a volé en éclats. Peut-être que le purgatoire est le monde souterrain d'autrefois, tel que les Grecs le connaissaient.

— Et que Charon, transportant les âmes de l'autre

côté du fleuve, les mènent vers… le purgatoire ? demanda Janine lentement. Ce qui signifierait aussi que c'était là où il voulait me conduire…

A nouveau, ils demeurèrent silencieux.

Janine se leva et alla jusqu'à la fenêtre. Durant plusieurs minutes, elle contempla les ombres de l'après-midi qui s'allongeaient sur la pelouse jaunie devant la maison de retraite.

— J'ai deux questions, dit-elle doucement en se tournant vers eux. La première, pourquoi moi ? Enfin, cette créature archaïque a-t-elle cherché et trouvé un moyen de pénétrer dans notre univers uniquement… pour être avec moi ? Afin de toucher… de me toucher ? De me donner ces rêves érotiques ? Je ne comprends pas.

David leva une main.

— Il est facile de répondre à cette question, déclara-t-il. Il est tombé amoureux de toi.

— Possible, fit le père Charles d'un air pensif. Mais pourquoi Janine ? Des expériences de mort rapprochée se produisent très souvent.

— Mais aucun de ceux qui les ont vécues n'a jamais parlé de *lui*, murmura Janine. (Puis elle se souvint des paroles du spectre la nuit précédente, et elle comprit.) Personne n'avait encore jamais jeté les pièces dans l'eau. Il me l'a dit. Il avait déjà essuyé des refus, mais pas de cette façon. Pas aussi complètement.

— Ce qui voudrait dire que le Passeur a apprécié ton courage ? s'exclama David d'un air incrédule. (Puis il se radoucit.) Non pas que je le lui reproche. Et cela tient la route, apparemment. Pendant que tu parlais de… ce qui t'est arrivé, le bébé et tout le reste, je réfléchissais. Et quelque chose de troublant m'est venue à l'esprit.

« Une *autre* chose troublante, devrais-je dire.

Janine fronça les sourcils et, scrutant son visage, elle vit une immense détresse dans ses yeux.

— Ces gens que j'ai vus… les morts surgis de mon passé… je pense qu'il les a fait revenir. Il est allé les chercher là où ils se trouvaient et, d'une manière ou d'une autre, il les a fait revenir d'entre les morts, dans notre monde. Il me tourmente. Il a même tenté de me tuer. Et il y a autre chose. Les témoins qui ont vu le type qui a tué Spencer… Son signalement correspond à celui de mon grand-père.

Janine secoua la tête.

— Mais… pourquoi ?

— Cette… créature… ce monstre, s'il est réellement amoureux de toi, il a peut-être cru qu'il te rendait service, ou bien il a pensé que Spencer le gênait. Sinon, pour quelle raison Themeli m'aurait-il envoyé dans le décor ? Pourquoi a-t-on essayé de me tuer la nuit dernière ? C'est la seule explication qui tient la route. Toute personne qui t'aime, toute personne vers qui tu peux te tourner, lui ravit ton affection… Charon te veut pour lui seul.

Un horrible frisson glacé traversa les entrailles de Janine et ses yeux s'agrandirent lentement. Bien que l'inspecteur Kindzierski n'ait absolument pas pu savoir ce qui se passait vraiment, David venait de se faire l'écho inconsciemment des paroles du policier. Elle regarda le père Charles, dans l'espoir qu'il réfuterait cet argument, mais il acquiesça de la tête.

Le père Jessup s'éclaircit la gorge.

— Cela semble logique, si mes théories sur Charon sont exactes.

— Et ma mère ? fit Janine dans un souffle.

— Je sais, dit David, en lui prenant la main et la serrant avec force. Pourtant ce n'est pas tout. Themeli et mon grand-père voulaient me tuer. Mais si cette « Jill » est vraiment Maggie Russell…

— Annette… dit Janine lentement. David ? Il faut faire quelque chose.

Le père Charles se leva en hâte. Il se pencha et saisit la main de son vieux maître.

— Je suis désolé, mon père, mais nous devons partir. Leur amie est sans doute en danger de mort.

— Je comprends, Hugh, répondit le père Jessup d'un ton affectueux. (Puis, tandis que ses visiteurs se levaient de leurs sièges, il jeta sur eux un regard presque suppliant.) Je vous en prie, tenez-moi au courant des suites de cette affaire. Il y a là tout ce à quoi je crois depuis si longtemps… En attendant, n'oubliez pas ceci : sachez que chaque fois que vous désirez faire appel à Lui, quelle que soit l'image que vous avez de Lui, Dieu est toujours là.

« Pour ma part, je prierai pour qu'Il vous protège.

Environnée de vapeur tourbillonnante, le corps ruisselant de minuscules torrents d'eau chaude, Annette releva le menton et offrit son visage au jet puissant de la douche. Derrière elle, Jill venait de l'attraper par les hanches et commençait à savonner langoureusement ses seins et son ventre. Le dos cambré, Annette s'abandonna un instant à ces caresses puis, se retournant à demi, elle plaqua ses lèvres sur celles de sa maîtresse. Jill, dont les cheveux blonds se fonçaient avec l'eau, l'embrassa sauvagement, laissant glisser ses mains vers le bas de son ventre.

Lorsqu'elles se glissèrent entre ses jambes, Annette poussa un petit gémissement dans la bouche ouverte de Jill, puis elle pivota sur elle-même et prit la savonnette des doigts de Jill, répétant sur le corps de la jeune femme les caresses qu'elle lui avait d'abord prodiguées. Elle lava son amante lentement et tendrement, mais avec une nécessité ardente qu'elle n'avait jamais éprouvée auparavant.

« *Ce n'est pas de l'amour*, se remémora-t-elle. *Peut-être. Mais, même si ce n'est pas de l'amour… merde, je m'en fous complètement !* »

Grimaçant un sourire, elle redressa la tête et s'aperçut que les yeux de Jill étaient remplis de tristesse. Annette ne pouvait en être sûre à cause de l'eau qui giclait de la pomme de douche, mais elle pensa que Jill pleurait. Celle-ci soutint son regard un moment, puis elle détourna la tête, sa magnifique bouche tordue par un rictus de désespoir.

— Jill ? demanda Annette, déconcertée par ce changement soudain. Qu'est-ce que tu as, chérie ?

Elle glissa ses mains derrière le dos de Jill et la secoua légèrement.

— Hé, qu'y a-t-il ?

Jill la regarda brièvement avec une expression d'un regret si profond qu'Annette en eut le cœur brisé.

— Qu'est-ce que j'ai fait ? balbutia Annette, incapable de chasser l'angoisse de sa voix.

— Toi ? dit Jill d'une voix empreinte d'amertume.

Elle secoua la tête. Ses longs cheveux étaient collés en d'épaisses mèches mouillées sur ses épaules, sa poitrine, et dans son dos.

— Rien. Tu es… tu es la chose la plus merveilleuse qui me soit jamais arrivée.

— Je ne comprends pas.

Finalement, Jill se redressa et la regarda dans les yeux. Elle passa ses doigts dans les cheveux courts, trempés et hérissés, de sa compagne.

— Je t'aime, Annette, murmura-t-elle. Je tiens à ce que tu le saches.

Le cœur battant la chamade, Annette réalisa qu'elle attendait éperdument cet aveu depuis le début de leur relation, pourtant elle ne se laissa pas distraire.

— Est-ce une raison pour être bouleversée ? C'est si tragique que ça de m'aimer ?

A nouveau, Jill évita son regard.

— Tu ne peux pas savoir.

Annette la regarda avec stupeur tandis que l'eau martelait leurs corps. Tout l'érotisme de cette douche prise ensemble avait disparu, emporté par la vapeur ou bien dans le tuyau d'écoulement avec l'eau savonneuse.

— Je ne veux pas, siffla Jill entre ses dents.

— Tu ne veux pas m'aimer ? demanda Annette, atterrée.

Puis Jill redressa la tête, mais ses yeux se portèrent au-delà d'Annette, à travers la paroi embuée de la cabine de douche, vers la salle de bains. Annette était déconcertée et commençait même à s'angoisser. Puis elle remarqua la douce lueur verte sur le visage de son amante.

— Je ne veux pas, murmura Jill, d'un ton presque inaudible.

Annette se retourna lentement. A travers la porte vitrée, elle aperçut une silhouette sombre qui se tenait juste à l'extérieur de la cabine de douche, brandissant une sorte de lumière verte dans sa main.

— Allez vous faire foutre ! hurla Jill dans un cri si aigu que sa voix sembla se casser dans sa gorge à vif.

Alors qu'Annette pivotait à nouveau vers elle, Jill la saisit à la gorge et, la poussant violemment contre le mur carrelé de la cabine, commença à serrer. Ses mains étaient incroyablement vigoureuses. Les yeux agrandis par l'horreur, Annette chercha d'abord désespérément à percer le rideau liquide qui séparait son visage et celui de Jill en train de l'étrangler.

Puis elle essaya de se débattre, tenta d'appeler, de crier sa colère, de demander une explication. Eperdue et abasourdie, ses yeux se tournèrent de côté pour regarder à nouveau à travers la paroi vitrée. La forme sombre avait disparu, ainsi que la lumière verte.

Sa vision devint trouble. Des taches multicolores scintillèrent un moment autour d'elle avant de s'éteindre lorsqu'un voile sombre s'abattit brusquement devant ses yeux. Chose étrange, sa peau lui donnait l'impression d'être hypersensible, comme si elle ressentait dans sa chair la moindre aspérité dans les jointures des carreaux, et que chacune des gouttes d'eau qui martelaient sa poitrine était comme une piqûre d'épingle.

La savonnette qu'elle tenait toujours dans sa main, lui glissa entre les doigts et tomba dans la cuvette. A cet instant, Jill se pencha vers elle et son visage traversa le rideau de vapeur. Annette vit de la douleur dans ses yeux. Alors qu'elle commençait à faiblir, Jill se rapprocha et ses lèvres effleurèrent les siennes.

— Je suis tellement désolée. Je t'aimais, lui chuchota-t-elle.

Ces mots éveillèrent une curieuse réaction chez Annette. Quelque chose céda au fond d'elle-même et une fureur l'envahit, ne ressemblant à rien qu'elle ait jamais connu. Avec le peu de vie qui lui restait, elle frappa le visage et les bras de sa tortionnaire, mais elle était déjà trop faible.

Ses jambes ne la portaient plus et elle s'affaissa contre la paroi de verre. Jill voulut la soutenir, mais l'eau et le savon ruisselant sur le corps d'Annette rendaient sa peau glissante. Dans un ultime effort, puisant dans les dernières forces qui lui restaient, Annette agrippa une poignée des longs cheveux trempés de Jill. Celle-ci essaya de la repousser mais perdit l'équilibre.

Bras et jambes enchevêtrés, les deux femmes basculèrent, fracassant la porte de la cabine de douche qui vola en éclats. En tombant, Annette heurta le siège des W.-C. et, si elle sentit à peine la douleur de l'impact, le choc fut suffisant pour les faire rouler l'une sur l'autre et ce fut Jill qui s'écrasa le dos sur les éclats de verre.

Elle cria, mais elle ne saigna pas.

Annette suffoquait, et l'air chaud lui brûla la gorge tandis qu'elle respirait à grandes goulées. Mais, affaiblie comme elle l'était, elle avait l'impression de se mouvoir sous des tonnes d'eau. Elle tenta de se relever, insensible aux petits morceaux de verre qui lui rentraient dans la plante des pieds, mais Jill se jeta sur elle immédiatement.

— Pourquoi rends-tu les choses aussi difficiles ? dit-elle d'un ton implorant. Je ne voulais pas… je n'ai jamais voulu cela.

Avec un grognement, elle frappa Annette au visage dont la tête, projetée en arrière, alla cogner contre la cuvette des W.-C. Ses oreilles se mirent à bourdonner, et il lui sembla entendre une sorte de martèlement quelque part.

Elle attendit le prochain coup, mais il ne vint pas.

Ses oreilles continuaient de bourdonner. Elle leva les yeux. Jill était penchée sur elle, les joues ruisselantes de larmes. Elle secoua la tête, puis regarda ses mains.

— Non, dit-elle.

Son visage était creusé par la souffrance, par une tristesse qui venait du plus profond de son être, qui marquait ses traits. En tremblant, elle tendit la main vers le visage d'Annette qui tressaillit.

— Oh, faites-moi repartir maintenant ! gémit-elle. Rien ne justifie tout ça !

Le martèlement sourd se reproduisit et toutes deux l'entendirent vraiment pour la première fois. Puis il y eut un coup violent, un craquement de bois fracassé, des cris et le bruit d'une course précipitée leur parvint du séjour. Ainsi que des voix qui appelaient Annette.

Elle ne pouvait pas répondre.

De toute façon, ce n'était pas nécessaire.

La porte de la salle de bains n'était pas verrouillée. Jill commença à reculer vers la cabine de douche dévastée. L'eau chaude continuait de se déverser, au milieu d'un nuage de vapeur qui tourbillonnait et couvrait le miroir de buée. A ce moment, la porte s'ouvrit à la volée.

Janine se tenait à l'entrée de la salle de bains, David à ses côtés. Il y avait une troisième personne, mais Annette ne la distinguait pas à travers le brouillard vaporeux qui s'échappait vers le couloir. Des sanglots commencèrent à secouer violemment son corps nu et, pour la première fois, elle sentit la douleur des entailles qui constellaient ses pieds, ses bras, son dos, et celle qui étranglait encore sa gorge.

— David… laissa tomber Jill.

Et une expression d'indicible souffrance assombrit son visage.

— Maggie, répondit David, fous-lui la paix, putain de merde ! Elle ne t'a rien fait !

— Espèce d'enfoiré ! hurla Jill-Maggie. Ce n'est pas moi qui ai voulu tout ça. C'est entièrement de ta faute. Tu n'as pas versé une larme après m'avoir tuée, David ! vociféra-t-elle avec colère. Pas une larme !

Puis la scène se figea. Personne n'avait envie de bouger. Jill n'essaya pas de se jeter sur Annette à nouveau, mais David et Janine semblaient tellement frappés de stupeur, tellement horrifiés, qu'ils restèrent cloués sur place, à l'entrée de la salle de bains.

Puis le personnage qu'Annette n'avait pas pu identifier dans le couloir se fraya un passage et s'avança dans la salle de bains. Le père Charles avait revêtu ses vêtements sacerdotaux et, sous son visage crispé et sévère, le col blanc qui lui enserrait le cou formait comme une tache de pureté sur sa haute silhouette noire. Il portait un crucifix en argent au bout d'une chaînette et tenait une Bible reliée cuir dans une main.

Jill éclata de rire.

— Je ne suis pas un vampire, monsieur le prêtre ! Tu crois vraiment pouvoir m'atteindre ? Je suis déjà en enfer, tu n'as donc pas compris ?

— Ta place n'est pas ici, Maggie Russell. Ta présence est un blasphème aux yeux de Dieu. Si tu es bien Maggie Russell, tu devrais le savoir. Ne laisse pas cette créature façonner ton âme, Maggie. Elle fera de toi un monstre. Tu sais que ce n'est pas l'enfer. Tu peux encore obtenir le pardon.

— C'est des conneries tout ça ! cria Maggie.

Elle leva les bras au-dessus de sa tête. Une sorte de beauté perverse émanait de tout son être, malgré ce qu'elle avait fait, malgré les éclats de verre qui criblaient son corps d'où ne sourdait pas la moindre goutte de sang.

— Tout ce que je voulais, c'était ma vie ! Une autre chance !

Annette la regardait avec horreur. Cette femme… Maggie… perdue, seule, et désespérée. Damnée.

— Mais tout ceci n'est pas la vie, chuchota Maggie.

Ce disant, elle franchit la paroi vitrée fracassée et entra dans la cabine de douche. Des volutes de vapeur semblèrent l'envelopper et des torrents d'eau éclaboussèrent sa peau tandis que le jet se déversait sur elle à nouveau.

Janine se précipita vers la blessée, s'agenouilla auprès d'elle et la serra dans ses bras. Mais toute l'attention d'Annette était fixée sur la jeune femme dans la cabine de douche.

Maggie était en train de fondre.

Tandis que le jet de la douche l'arrosait, son corps se changea en eau, sembla se vaporiser et disparut en tourbillonnant dans la bonde tandis que les éclats de verre qui hérissaient sa peau se brisaient un à un en de minuscules miettes translucides en heurtant la cuvette de la douche.

Annette regarda fixement la cabine vide, l'eau qui formait des cercles et s'écoulait vers la bonde.

Le père Charles commença à prier.

15

« *Il devrait faire nuit au-dehors* », pensa David. Assis sur le canapé dans le séjour d'Annette, il regardait par la fenêtre les longues ombres de l'après-midi qui se projetaient sur Medford Square.

« *Une merde pareille n'est pas censée se produire en plein jour.* »

Mais il savait que ce genre de réflexion n'existait que dans les films ou à la télévision et que tout ce qui se passait autour d'eux n'était pas de la fiction. Les personnages d'un film ne pouvaient pas sortir de l'écran pour vous tuer, heurter votre voiture pour vous envoyer dans le décor, ou étrangler votre meilleure amie dans une cabine de douche.

— Nom de Dieu ! soupira-t-il.

Annette était dans sa chambre et s'habillait. Elle avait demandé à Janine de l'accompagner parce qu'elle ne voulait pas être seule, ne serait-ce qu'une seconde. David était donc seul dans la pièce avec le père Charles qui se tenait les bras croisés, telle la statue du commandeur, et son regard était perdu dans le vague comme s'il était en proie à une crise de catatonie aiguë.

Il sursauta lorsque David parla, puis il lui lança un regard courroucé.

— J'espère que c'était une prière, mon ami ! Je crois que nous en aurons bien besoin !

David hocha la tête lentement, par respect pour

l'homme. Cependant, il devait bien admettre que ses propos étaient logiques. Car, si les théories délirantes du père Jessup étaient exactes, si la foi, la simple foi, était capable de créer les déités de ce monde et leurs serviteurs, alors la prière était probablement la seule arme dont ils disposaient. Mais que devaient-ils demander dans leurs prières ? Que Charon n'ait jamais été engendré ?

L'existence même du Passeur était la preuve que la foi persistait. Ce qui avait été vénéré autrefois ne pouvait pas être effacé, sauf par le temps et les circonstances.

— Comment pouvons-nous combattre une telle créature ? demanda David, constatant avec surprise que sa voix était ferme et assurée.

Le père Charles commença à répondre, puis son regard se porta vivement vers la chambre d'Annette. David se leva du canapé et se tourna pour voir les deux personnes les plus importantes de sa vie, sa compagne et sa meilleure amie, s'avancer dans le séjour. Janine était très pâle, bouleversée, mais elle se montrait forte pour Annette, laquelle était visiblement effondrée. David trouva que ses yeux, toujours si lumineux, étaient à présent ternes et sans vie. Elle semblait toute petite, vêtue d'un jean et d'un chandail, le bras de Janine passé autour de sa taille.

David s'approcha. Annette le regarda, chercha quelque chose dans ses yeux, peut-être de la force. Quoi que ce fût, elle donna l'impression de l'avoir trouvé, car elle hocha la tête comme pour lui signifier qu'elle allait bien. Il y avait des ecchymoses sur sa gorge et plusieurs petites entailles sur sa peau, mais à part ça, elle semblait indemne.

— Je suis désolé, Elfe. Désolé de t'avoir entraînée dans cette histoire.

Il y avait tellement d'autres choses qu'il aurait pu lui dire, mais Annette savait parfaitement ce que cette vérité lui avait coûté : l'amour, la confiance, et un avant-goût du bonheur. Et David n'avait aucune envie de remuer le couteau dans la plaie, même involontairement.

Annette lui posa une main sur la poitrine.

— Cette… Maggie…

Elle s'interrompit, secoua la tête tristement et se tourna vers les autres.

— Janine m'a expliqué en gros ce que vous avez découvert, dit-elle.

— Ce que nous pensons avoir découvert, la reprit David.

Annette acquiesça.

— D'accord. Voilà une heure, j'aurais dit que vous aviez complètement pété les plombs !

Son regard se porta vivement vers le père Charles. La barrière qu'elle avait dressée entre eux était toujours là, mais peut-être était-elle un peu moins solide à présent.

— Excepté vous, mon père, ajouta-t-elle. J'aurais trouvé une manière plus polie pour vous traiter de barjo. Mais maintenant… tout cela me semble un peu trop logique, à présent que les pièces du puzzle sont assemblées devant moi. Néanmoins, il y a une chose que je ne comprends pas. Jill…

Son visage se crispa de douleur et elle inspira profondément.

— Enfin, Maggie. Cette Maggie… qu'est-elle donc ? Elle s'est littéralement liquéfiée sous nos yeux. Excusez-moi à nouveau, mon père, mais c'est quoi ce foutu bordel ?

Durant un moment, il s'ensuivit un tel silence que David entendait le tic-tac de la pendule murale et les échos lointains de la musique venant de l'appartement du dessus. Il éprouvait pour Annette une immense compassion à l'idée de ce qui aurait pu lui arriver car, bien qu'elle ait trouvé la force nécessaire pour faire face à cette situation, au lieu de s'effondrer tout bonnement, il savait qu'il s'en était fallu de peu.

Ils regardèrent le père Charles, guettant une réponse.

— Je n'en sais rien, soupira-t-il en haussant les sourcils. Néanmoins, je dirais que cela laisse le champ libre à de nombreuses hypothèses. Il est possible que ces êtres soient uniquement des manifestations du subconscient de David…

— Non, dit David vivement. C'était Maggie. Vous n'avez donc pas entendu la douleur dans sa voix ? Et j'ai vu mon grand-père. C'était lui.

— Et moi, je peux vous assurer que la… la jeune femme qui était ma compagne n'était pas un simple mirage, ajouta Annette, avec un brin de provocation dans sa voix, comme si elle défiait le prêtre d'intégrer ses goûts sexuels dans l'équation.

— Bon, admettons, dit le père Charles lentement. Dans ce cas, si Charon fait vraiment revenir ces… esprits de… du monde souterrain, peut-être leur a-t-il aussi créé des corps à partir de l'eau. Ce genre de spéculation délirante n'est pas de mon ressort, mes amis. J'ai toujours montré de l'indulgence pour les incursions du père Jessup dans le domaine de la logique et de la théologie, mais, en l'occurrence… je suis aussi déconcerté que vous. Toutefois, l'eau est l'élément de Charon, n'est-ce pas ? Alors ce serait logique d'envisager une telle hypothèse.

— Mais pourquoi ces esprits incarnés agiraient-ils ainsi ?

Janine avait posé la question, et tous se tournèrent pour la regarder. Assise sur l'accoudoir du canapé, elle serrait ses bras sur sa poitrine comme si elle avait froid. Son regard était perdu dans le vague, et David comprit que son cerveau carburait à mille tours/seconde, examinant la situation, essayant de lui trouver un sens.

— Bonne question ! fit Annette. (Puis elle regarda David.) Pourquoi ?

Un frisson parcourut David. Il sentait tous les regards converger vers lui. Il se détourna et alla jusqu'à la fenêtre. Le chagrin et la culpabilité commençaient à bouillir au fond de lui-même, à vrai dire, il les sentait qui mijotaient là depuis un bon moment... depuis que la vérité avait commencé à s'imposer dans son esprit, en fait. Il posa ses mains à plat sur la vitre. Le verre était froid, apaisant.

Au-dehors, le ciel avait commencé à s'assombrir tandis que la journée s'avançait vers le crépuscule.

« *Ce serait préférable. Ce serait juste* », pensa-t-il.

Un picotement de chaleur parcourut sa nuque, comme s'il percevait leur attention sur lui. Il ferma les yeux.

— Vous vous demandez si mon grand-père pourrait tuer quelqu'un. Il a tué Spencer, d'accord ? Et Steve Themeli a tenté de me tuer. A deux reprises. Et Maggie... mon Dieu, pauvre Maggie ! Je suis incapable de vous dire si mon grand-père a jamais tué qui que ce soit d'autre, excepté pendant la guerre. A mon avis, ce qui est important, c'est qu'il m'a toujours haï. Même lorsque j'étais gosse, il me haïssait. C'était déjà un vieux con sadique, à l'époque.

« Vous savez tous ce qui est arrivé à Maggie. Elle est morte par ma faute.

« Et Themeli ? J'ai voulu l'aider à se sortir de la drogue, j'ai essayé de lui tendre la main et, comme je ne suis pas parvenu à le tirer de son enfer, je l'ai livré à la police. Je pensais que, même s'il allait en prison, au moins je lui sauverais la vie. Avec, peut-être, à la clé, la possibilité de se désintoxiquer et donc, d'une certaine manière, la chance d'en sortir clean. Il s'est fait poignarder au cours d'une rixe en prison, il est mort là-bas.

« Bref, pour de bonnes ou mauvaises raisons, tous

les trois, ils me haïssaient. D'une façon ou d'une autre, Charon les a trouvés, leur a donné la possibilité de me nuire. Peut-être afin de m'éloigner de Janine ou de se débarrasser définitivement de moi en me tuant.

Il ouvrit les yeux. Il faisait encore plus sombre au-dehors, la nuit approchait inexorablement, aspirait la vie du jour. David voyait les reflets de ses compagnons dans la vitre. Tous le regardaient fixement.

— Je ne savais pas pour Themeli, murmura Janine. Tu ne m'en avais jamais parlé.

— C'est une chose dont je ne suis pas très fier, avoua David.

— Mais tu as fait ce qu'il fallait faire, pourtant. Tu as essayé de l'aider. Ce n'était pas de ta faute, déclara Janine.

David le savait. Mais cela ne changeait rien.

Annette s'approcha et s'appuya contre le mur entre les fenêtres. A la périphérie de son champ de vision, David voyait qu'elle l'observait. Il se détourna finalement de la fenêtre et la regarda.

— Ecoute, dit Annette, si ça peut te consoler, Maggie n'avait aucune envie de faire ce qu'elle a fait. Elle a dit certaines choses qui m'amènent à penser que Charon lui avait promis quelque chose en échange. Peut-être d'ailleurs, a-t-il fait la même promesse à tous les trois. Bien sûr, il n'a pas dû avoir trop de mal à les convaincre compte tenu de leur sentiment à ton égard, mais…

Elle haussa les épaules.

Le père Charles s'éclaircit la gorge bruyamment. Bien qu'il ait paru aussi troublé qu'eux par ce qui s'était produit et par ce qu'il avait vu, il avait recouvré une bonne partie de sa dignité naturelle. Symbole d'autorité, la soutane qu'il portait lui conférait sans doute cette force particulière d'où émanait la stature majestueuse avec laquelle il considérait pour l'instant ses interlocuteurs.

— On peut penser qu'il leur ait offert la possibilité de rester sur place, une fois accompli le travail pour lequel il les avait sollicités.

— Mon Dieu ! s'écria Janine. Vous croyez qu'il en a le pouvoir ?

Elle s'approcha de David et se précipita dans ses bras. A la tenir ainsi, blottie contre lui, David ressentit une merveilleuse sensation de bien-être, comme si tous les deux, ensemble, étaient plus en sécurité, plus forts. Ce n'était pas vrai. Pas complètement. Il le savait. Mais c'était ce qu'il éprouvait et il songea que c'était peut-être suffisant. C'était une question de foi, après tout.

— Je suppose qu'il peut faire à peu près tout ce qu'il veut, dit Annette d'une voix blanche.

— Non, il est incapable de tuer, fit remarquer le père Charles d'un ton assuré.

— Et pour Spencer ? répliqua David en fronçant les sourcils. Et pour…

Il s'interrompit au milieu de sa phrase. Il était sur le point de mentionner la mère de Janine, mais il ne voulait pas lui faire de la peine. A en juger par son regard, cependant, Janine avait compris ce qu'il s'apprêtait à dire. Elle tressaillit et détourna la tête.

Le père Charles commença à déambuler de long en large, plongé dans ses réflexions. Puis, comme s'il était seul dans la pièce et qu'il réfléchissait à voix haute, il se mit à marmonner, s'adressant à tous et à personne en particulier.

— Le Passeur n'a tué personne, pour le moment. C'est votre grand-père qui a tué Spencer. Les attentats contre votre vie, David, et contre la vôtre, Annette, ont été commis par ces… revenants qui lui sont soumis. Si toutes les théories que nous avons élaborées sont exactes, que se passerait-il si une créature responsable des allées et venues des âmes humaines d'un monde à l'autre se mettait à tuer lui-même des gens ?

David fronça les sourcils. Il ne voyait pas très bien où le prêtre voulait en venir.

Mais Janine avait compris. Un imperceptible « honhon » s'échappa de ses lèvres. David lui lança un regard.

— Eh bien, déclara-t-elle, puisque le Passeur existe, il va sans dire qu'il n'est pas le seul et qu'il y a d'autres créatures comme lui, qui gravitent organisées dans une sorte de hiérarchie. Appelez-les des anges si vous préférez. Qui que soit l'immense entité au sommet de cet ordre divin, elle pourrait ne pas remarquer que Charon se met à tuer des gens. Mais ces autres créatures, les créatures qui sont censées veiller au bien-être de l'humanité, guider nos âmes… cela pourrait leur poser un problème.

— Génial ! s'exclama Annette.

Tous la regardèrent. Elle haussa les épaules.

— Hé, il a une faiblesse ! C'est intéressant, non ? Bon, d'accord, il est amoureux de Janine. Suffisamment pour la harceler et faire commettre toutes ces saloperies. Mais il ne peut tuer personne.

— Sauf s'il arrête de se préoccuper des conséquences, murmura David.

Il se haït presque pour avoir prononcé ces mots.

— Merci d'avoir émis une telle hypothèse ! fit Annette d'un ton sec.

Plusieurs minutes de silence s'écoulèrent avant que Janine prenne la parole.

— Alors, on fait quoi maintenant ?

— Je vais rappeler le père Jessup, répondit le père Charles. Et peut-être aussi quelques vieux amis du séminaire qui, à l'époque, s'étaient laissés séduire, eux aussi, par ses théories ; un peu plus d'ailleurs que l'Eglise ne l'aurait souhaité. Naturellement, avec eux, je ne pourrai aborder ces questions que de façon théorique, mais cela nous permettra peut-être d'apprendre quelque chose.

— Parfait, dit David. Vous pouvez leur téléphoner de chez moi. Annette, prends-toi des vêtements pour quelques jours. Nous allons passer chez Janine, ensuite au rectorat.

— Pourquoi chez toi ? Il est déjà allé là-bas, lui rappela Annette, les yeux, à nouveau, remplis d'angoisse.

— Il est allé chez moi. Il est allé chez Janine. Je doute qu'il y ait un endroit où il ne puisse pas aller. Mais nous devons réfléchir ensemble à ce que nous allons faire… à ce que nous *pouvons* faire pour le neutraliser. De toute façon, ma maison est le seul endroit assez vaste pour nous loger tous et nous permettre de rester réunis.

— Et nous *devons* rester ensemble, nous protéger les uns les autres, ajouta Janine.

Ses yeux étaient rivés sur ceux d'Annette.

— Nous sommes tous des cibles maintenant, murmura-t-elle.

A chaque fois qu'il mettait les pieds dans le quartier où vivait David Bairstow, Kindzierski était toujours surpris par la tranquillité du coin. Certes Medford n'était pas exactement Boston ou Cambridge, et il y avait une multitude de rues résidentielles bien entretenues, mais la ville était assez animée, dans l'ensemble. Dans Briarwood Road, cependant, avec ses rangées de grands arbres et le fleuve à proximité, on aurait pu se croire au New Hampshire, tellement tout était paisible.

Mais cette ambiance quasi campagnarde ne lui valait rien. Elle lui donnait sommeil, ses paupières se fermaient, et il bâillait malgré le café Dunkin'Donuts qu'il tenait entre ses jambes dans le plus gros gobelet qui puisse exister sur cette bonne vieille Terre.

Il était garé trois maisons plus loin et du côté opposé à celle de Bairstow dans une antique Toyota qu'il avait empruntée au parc automobile de la police. La vue de la porte d'entrée et de l'allée était médiocre mais il n'avait pas osé se garer plus près dans la journée. Maintenant qu'il faisait nuit, cependant, il avait songé une dizaine de fois à déplacer sa voiture, mais il ne voulait pas attirer l'attention des voisins. Mieux valait rester ici, observer ce qui se passait.

C'est-à-dire, jusqu'à présent, absolument rien.

Tant qu'il faisait encore jour, il avait tué le temps en lisant la rubrique sportive de son journal et une revue de cinéma qu'il avait emportés. Mais maintenant qu'il faisait nuit, Kindzierski en était réduit à contempler la maison en haut de la rue. Le soir tombant, la température s'était un peu rafraîchie et, assis, immobile, vitre ouverte dans sa voiture, il avait tout juste chaud avec sa veste de toile, mais l'air frais sur son visage lui faisait du bien et, surtout, l'aidait à rester éveillé.

Le café, par contre, n'était pas aussi efficace. Il lui restait plus de deux heures à attendre avant que Simmons n'arrive pour prendre la relève de la planque, et il ne voulait pas être obligé de quitter son poste pour aller pisser, aussi dorlotait-il l'énorme gobelet.

L'ennui était le plus grand ennemi quand on planquait. Kindzierski le savait du fait d'une longue expérience. A deux reprises déjà, il avait piqué du nez un court instant. Heureusement, à chaque fois, il s'était réveillé très vite et n'avait raté rien d'important, pour autant qu'il puisse en juger.

A présent, les yeux rivés sur la maison de Bairstow, il luttait pour ne pas s'endormir une troisième fois. Dans ce quartier si paisible et la douceur ambiante, c'était un combat plutôt rude. Heureusement, avec le soir, les gens rentraient chez eux après le travail et la fréquence des voitures qui empruntaient Briarwood augmenta. Chaque fois que des phares illuminaient son pare-brise, un jet d'adrénaline faisait sursauter Kindzierski, sur le qui-vive.

Mais jusqu'ici, aucune de ces voitures n'était celle de Bairstow.

C'était son enquête, et Kindzierski n'avait pas réussi à obtenir les effectifs dont il aurait eu besoin pour surveiller les deux personnes qu'il désirait avoir à l'œil, à savoir Bairstow et sa petite amie, Janine Hartschorn. Aussi avait-il été contraint de faire un choix. Suivant son instinct, il avait décidé de planquer devant la maison de Bairstow. Car, même si, vrai ou faux, un type suivait réellement Hartschorn, à deux reprises, quelqu'un avait censément tenté de liquider son petit ami.

Kindzierski n'avait pas la moindre idée de ce qui se passait vraiment, mais il soupçonnait fortement que au moins l'un d'eux, sinon les deux, en savaient foutrement plus qu'ils ne voulaient bien le dire. Peut-être qu'un type suivait Janine Hartschorn, et peut-être pas. Bairstow pouvait très bien être le type en question, il aurait même pu saccager sa propre maison, mais il ne s'était certainement pas envoyé dans le décor tout seul. Et il n'avait pas tué Spencer, à l'évidence.

Pour le moment, toutefois, Kindzierski était surtout préoccupé par un des aspects de cet étrange imbroglio : la disparition de Ruth Vale. Il subodorait que la mère de Janine était morte, mais, s'il y avait une chance qu'il se trompe, il devait la retrouver très vite.

Alors il était là, sirotant son café et luttant contre le sommeil, tandis qu'une légère brise printanière envahissait de douces senteurs l'intérieur de la vieille Toyota.

Vers dix-neuf heures trente, après l'heure de pointe de la sortie des bureaux, la circulation dans Briardwood diminua puis cessa complètement. Et peu à peu, malgré la fraîcheur relative de la nuit, une sensation de chaleur saisit Kindzierski qui dodelina de la tête tout en papillotant désespérément des paupières pour s'efforcer de rester éveillé.

— Et merde ! murmura-t-il en se redressant sur son siège.

Alors il envoya au diable ses bonnes résolutions antitabac – sachant pourtant qu'il risquait *ipso facto* de se faire repérer en fumant dans la voiture – et sortit de la poche de sa veste un paquet de cigarettes un peu chiffonné. Il en alluma une ; la nicotine lui procura un plaisir immédiat et il s'étira légèrement. Au bout d'un moment, il tourna la clé de contact, non pour mettre le moteur en marche mais il avait besoin de la compagnie de la radio pendant quelques minutes. De toute façon, il ne pouvait pas la laisser allumée très longtemps pour ne pas décharger la batterie, mais les accords d'un rock bien musclé l'aideraient à garder les idées claires.

Alors qu'il tripotait le bouton de sélection, à la recherche d'une station à son goût, des phares balayèrent le pare-brise et il entendit un bruit de moteur qui approchait. Au moins deux voitures, en fait.

Kindzierski écrasa sa cigarette dans le cendrier et se baissa légèrement sur son siège. Il voyait juste au-dessus du tableau de bord. Dans la lumière des réverbères, il vit que le premier véhicule à s'engager dans l'allée de la maison du prof était la voiture de location que conduisait Bairstow depuis son accident. L'autre était une Saab des années 1990.

Des portières s'ouvrirent. Bairstow et Hartschorn descendirent de la voiture de location, puis se dirigèrent vers le coffre où la jeune femme prit une petite valise. Le conducteur de l'autre voiture était une femme menue aux cheveux blonds coupés court. Bien que, à cette distance, il ne distinguât pas très bien son visage dans la lumière ténue des réverbères, Kindzierski devina qu'il devait s'agir d'Annette Muscari. Bairstow et Hartschorn étaient à sa soirée d'anniversaire la nuit où Spencer Hahn avait été assassiné.

Annette Muscari ouvrit la portière arrière de sa Saab et en sortit un sac de voyage.

« *Mince alors ! Tout ce petit monde découche ?* »

Et Muscari n'était pas seule. Un homme de haute

taille portant un long manteau noir descendit du côté passager. Ça, c'était nouveau. Kindzierski plissa les yeux et jura à voix basse parce qu'il n'était pas en mesure de distinguer le visage de l'homme. Le petit ami de Muscari peut-être…

L'homme en noir ouvrit la portière arrière côté passager et en sortit une valise à son tour. Cela devenait de plus en plus étrange. Les deux jeunes femmes habitaient à proximité, dans la même ville en fait. A moins qu'ils aient l'intention d'organiser une partie carrée, Kindzierski ne comprenait absolument pas pourquoi ils avaient l'intention de passer la nuit chez Bairstow.

Tous les quatre se dirigèrent vers le perron. Bairstow sortit ses clés et ouvrit la porte d'entrée. Au même moment, l'homme en noir se tourna pour dire quelque chose à Hartschorn et Kindzierski le vit distinctement. L'homme portait le col blanc d'un prêtre de l'Eglise catholique romaine.

Le policier poussa un petit grognement de surprise.

— Bordel de merde, qu'est-ce que ça signifie ?

A chaque fois qu'elle pénétrait dans le vestibule de la maison de David, Janine avait l'impression de remonter dans le temps. Malgré les dégâts qu'elle avait subis récemment – bien pis que ceux de son appartement ou celui d'Annette –, cette maison était encore très belle et les souvenirs qu'elle y avait étaient réconfortants. Même saccagée comme elle l'avait été, Janine s'y sentait en sécurité.

— Vous avez une magnifique demeure, David, s'exclama le père Charles tandis qu'Annette refermait la porte derrière eux et la verrouillait.

— Je suis heureux qu'elle vous plaise, mon père. Elle a été aménagée et meublée par mes parents il y a des années, mais j'essaie de l'entretenir de mon mieux.

Le père Charles jeta un coup d'œil aux deux petits salons, puis se planta devant l'escalier majestueux.

— Je sais que vous avez grandi ici, mais ce n'est pas trop grand tout ça, pour une seule personne ? Personnellement, je pense que je m'y sentirais un peu perdu.

Une onde de tristesse parcourut Janine et elle lança un regard à David. Celui-ci la regarda à son tour et une communication silencieuse passa entre eux. Il n'avait jamais décidé de vivre seul dans cette maison. Qui plus est, il avait désiré épouser Janine. Si elle ne l'avait pas quitté pour Spencer, ils auraient pu vivre ensemble ici, peut-être même avoir des enfants. Rien de tout cela ne se serait jamais produit. Peut-être n'aurait-elle pas perdu son bébé.

Mais il n'y avait aucun reproche dans leur constatation tacite de cette douloureuse réalité. David ne portait aucune accusation contre elle. Tout simplement, tous deux auraient voulu que les choses aient été différentes.

Un petit sourire ironique apparut sur son visage lorsqu'il regarda le prêtre.

— De toute façon, je pense qu'il y a toujours eu des fantômes dans cette maison. Mais jusqu'à présent, ils ont été des compagnons plutôt agréables.

Le père Charles ne releva pas la provocation de cette remarque, captivé qu'il l'était par son exploration de la maison. Il s'éloigna vers la cuisine.

— Prem's pour la pièce de la tourelle ! annonça Annette.

— Seigneur, tu vas grelotter là-haut ! s'exclama Janine. Il ne fait pas encore chaud à ce point !

David prit leurs bagages et s'avança vers l'escalier.

— Et puis tu sais, Elfe, je pense qu'il serait préférable que nous nous installions tous au même étage. Plus nous serons près les uns des autres, mieux ce sera.

Janine s'attendait à ce qu'Annette réponde par une série de sous-entendus plus ou moins égrillards, mais elle n'en fit rien. Son silence était éloquent, il en disait long sur son angoisse. Ils avaient tous peur, en fait, Janine le savait. Mais elle-même désirait de toutes ses forces faire comme s'ils étaient capables d'affronter cette situation sans s'effondrer. C'était important pour elle de faire semblant, ne serait-ce que pour elle-même.

Une fois que David eut installé ses invités – le père Charles et Annette dans les autres chambres à coucher au premier étage, et Janine dans sa chambre avec lui –, ils se réunirent dans la salle à manger. Le prêtre apporta une pile de livres qu'il avait empruntés au rectorat, ainsi que son carnet d'adresses. Il y avait plusieurs ouvrages consacrés à l'histoire et à la mythologie de la Grèce antique, d'autres traitant des théologies comparées, et un essai en trois volumes sur la croyance en la vie après la mort.

— Que cherchons-nous, au juste ? demanda Annette.

L'air pensif, le père Charles marqua un temps et fronça les sourcils. Puis il secoua la tête.

— Je dirais, globalement, tout ce qui pourrait faciliter vos recherches, c'est-à-dire, en fait, tout ce qui se rapporte à Charon. Tout récit ou référence le concernant qui puissent nous renseigner sur ses points faibles ou la manière d'éviter de traverser le Styx. Le plus infime détail peut avoir une signification profonde à partir de laquelle nous pourrons établir un plan d'action.

Il se tut, voyant ses compagnons se répartir les ouvrages dispersés sur la table et commencer à les feuilleter. Non seulement il ne voulait pas étaler devant eux ses inquiétudes et sa propre angoisse, mais, bien plus, il s'efforçait de se dissimuler à lui-même la profonde anxiété qu'il ressentait au fond de lui-même à la pensée de l'ennemi qu'ils affrontaient… et de ce que cela signifiait.

D'une certaine façon, il continuait d'essayer de comprendre pleinement cette ignoble créature haineuse qui avait insufflé des rêves érotiques à Janine et fait revenir des âmes d'entre les morts afin de tourmenter David. Dans un sens, c'était la preuve pour lui qu'il y avait bien un Dieu.

En tant que prêtre, il avait toujours eu la foi.

Mais, là, en l'occurrence, il était face à un problème qui n'entrait pas dans le cadre de la foi puisqu'il se situait au contraire dans le champ d'une réalité concrète. Tout d'abord, il avait craint que cette réalité ne tourne en dérision son sacerdoce ou, pis encore, ne démolisse tous les dogmes de l'Eglise catholique romaine qu'il était censé enseigner. Mais, durant le trajet à leurs domiciles respectifs et tandis qu'il rassemblait quelques vêtements et sélectionnait des livres, une autre pensée lui était venue à l'esprit, une pensée exactement inverse. Au lieu de discréditer ces enseignements auxquels il avait consacré sa vie, ces phénomènes leur assuraient au contraire un fondement de vérité.

Ce que cela signifiait pour lui, pour sa vocation de prêtre, son sacerdoce… ça, le père Charles n'aurait su le dire.

« *Allons jusqu'au bout de cette affaire, et ensuite je le découvrirai* ».

— Je vais passer ces coups de fil dont je vous ai parlé, dit-il. Si je réussis à éviter de passer pour un fou furieux échappé de l'asile, j'espère apprendre quelque chose.

Ses trois interlocuteurs eurent un rire poli, mais, aiguillonnés par la peur qui les taraudait, ils étaient déjà absorbés par leurs recherches. Il y avait certainement une solution, un moyen d'échapper à cette créature, sinon de la détruire. Ils n'avaient pas le choix, ils le savaient. Ils devaient à tout prix trouver ce moyen et mieux valait pour eux ne pas penser à ce qui leur arriverait en cas d'échec.

Annette avait du mal à focaliser son attention sur le livre ouvert devant elle. Elle était constamment obligée de relire des paragraphes ou même des pages entières. Les multiples entailles qui couturaient sa peau l'empêchaient de se concentrer, non pas tant à cause de la sensation de brûlure qu'elles irradiaient, mais plutôt à cause de l'espèce de courant sous-jacent permanent, un bourdonnement dans sa tête comme des parasites à la radio, qu'elles créaient et qui la ramenait sans cesse à la cabine de douche. A Jill.

Pas Maggie. Jill.

Elle comprenait ce qui se passait. En théorie. Mais, en son for intérieur, elle savait que la jeune femme… la jeune fille… qui que soit cet être qui avait fait l'amour avec elle, qui avait tenté de la tuer puis qui s'était liquéfié en eau… elle *savait* que Jill avait éprouvé quelque chose pour elle. Que *Maggie* avait éprouvé quelque chose. Charon lui avait ordonné de la tuer, et Maggie avait refusé.

Au fond d'elle-même, Annette savait que c'était la vérité, et cela ne faisait qu'accroître sa souffrance. Elle souffrait comme elle n'avait jamais imaginé que ce fût possible ; ce n'était pas simplement un chagrin d'amour qui la torturait – sa relation avec cet « être » n'avait pas duré assez longtemps pour qu'elle en arrive à ce point –, non, c'était l'aspect profondément tragique qu'avait révélé cette succession d'événements. La souffrance de la jeune fille morte, la souffrance de David, la sienne, celle de Janine aussi, qu'elle ne pouvait pas oublier et qui dépassait sans aucun doute celle de tous les autres.

Ici, dans la salle à manger, face à cette magnifique vitrine d'époque où étaient disposés les verres en cristal et les bibelots de porcelaine qui avaient survécu au saccage de la maison, installée à cette table en noyer qui luisait d'encaustique, sous les lumières brillantes du lustre, elle avait le sentiment de se trouver propulsée dans un autre monde que celui de son appartement où s'était déroulé ce terrible drame. Et pourtant, de façon ou d'autre, *cet environnement-là*, la normalité de cette pièce, lui faisait l'effet d'un rêve, alors que la terreur et le chagrin qui résonnaient dans son esprit la renvoyaient à la réalité de la veille, vers laquelle ils allaient être contraints de revenir dans peu de temps.

Cette pensée la fit frissonner.

— Hé ! chuchota Janine.

Annette leva les yeux et s'aperçut que David et elle, ses meilleurs amis, l'observaient d'un air anxieux.

— Ça va ? demanda David doucement. Enfin, vu les circonstances…

— Vu les circonstances ? répliqua Annette avec un petit rire sévère. Tout bien considéré, je crois que je tiens une putain de forme ! Pas vous ?

Ce trait d'humour noir leur arracha un petit sourire las. David secoua la tête, la regarda un moment encore, puis se replongea dans son livre. Janine la considéra un peu plus longtemps, et Annette lut de l'amour dans ses yeux. La chaleur de cet amour était pour elle presque insoutenable. Cela ne servait à rien de se demander à quoi aurait ressemblé le monde si la situation avait été différente. Cependant, rien n'était plus important pour elle que ce qu'elle lisait dans les yeux de Janine en ce moment.

Tous trois, ils avaient subi de terribles épreuves récemment, et pourtant ils avaient survécu. Mais elle soupçonnait qu'il y avait une chose à laquelle ils ne survivraient pas : la mort de l'un d'entre eux.

A cet instant, une pensée lui traversa l'esprit et elle posa à nouveau les yeux sur David. Au bout d'un moment, comme s'il avait senti le poids de son regard sur lui, il leva la tête.

— Annette ?

— Excuse-moi, dit-elle. Je pensais à Ralph…

— Et alors ?

— Il est revenu pour toi, d'accord ? poursuivit Annette. Réfléchis un peu. Je sais que tu souffres, David, à cause de toute cette merde. Mais Ralph était mort. Or, j'ignore comment cela a pu se produire, pourtant, d'une façon ou d'une autre, il a su ce qui se passait.

— Par Charon peut-être ? suggéra Janine.

Annette acquiesça de la tête.

— Exactement ! Tout le monde pensait que vous vous détestiez, David. Tout le monde, excepté le père Charles. Alors on peut imaginer que Charon lui ait dit : « salut, Ralph, tu acceptes de m'aider à pourrir la vie de David Bairstow et, en échange, je te donne un délai supplémentaire sur Terre. » Mais le problème, c'est que Ralph a dû lui répondre d'aller se faire foutre et qu'ensuite il a trouvé un moyen pour revenir sous la forme d'un fantôme, d'un spectre, ou un truc comme ça, afin de te *prévenir*. Il me semble qu'on pourrait partir d'un tel scénario, non ? C'est vrai qu'il y a plein de gens qui te harcèlent, David, mais, tous, nous avons des relations qui tournent mal dans la vie et, parfois, à force de déconner, on finit par se faire des ennemis, sans très bien comprendre comment on en est arrivés là.

« Pourtant, malgré tout, Ralph Weiss est revenu pour toi.

David hocha la tête lentement, un sourire triste aux lèvres.

— Tu as raison, Annette. Je te remercie.

Il semblait si désemparé que Janine lui prit la main et la serra. Ils se regardèrent un moment, puis David soupira et ils se replongèrent dans la lecture de leurs livres.

Un peu plus tard, le père Charles entra dans la pièce et s'éclaircit la gorge.

— Alors, mon père, ça a donné quoi ? demanda Annette.

Le prêtre déglutit puis secoua la tête.

— Rien du tout, désolé. Les théories du père Jessup ne sont que cela, des théories, et il n'a rien découvert de plus précis concernant Charon. Les autres personnes à qui j'en ai parlé ont pensé que j'avais besoin de prendre de longues vacances. Et ça m'étonnerait que vous trouviez quoi que ce soit dans ces livres. Evidemment, je n'ai pas abordé directement la question, mais personne n'a jamais entendu parler de phénomènes de ce genre. J'ai même demandé, toujours en évoquant un cas d'école bien sûr, à un vieil ami – un théologien grec orthodoxe qui connaît parfaitement la mythologie de son pays – comment on pouvait neutraliser une créature légendaire, comme la Méduse par exemple, si elle cherchait à vous nuire. Il m'a rappelé que Méduse avait été vaincue par son propre pouvoir qui s'était retourné contre elle. Son reflet l'a changée en pierre. Cependant, je doute fort que nous soyons capables de noyer Charon le Passeur.

— Et merde… soupira David.

— C'est à peu près ce que je lui ai dit, répondit le père Charles.

— Génial, le prêtre jure ! C'est un putain de bon signe ! marmonna Annette.

Un long silence lui répondit, personne n'avait le cœur à rire, puis Janine se leva.

— Je vais appeler Larry. Il a peut-être appris quelque chose par la police au sujet de ma mère.

La peur, à présent familière, avait repris possession de Janine tandis le père Charles leur expliquait son impuissance face à Charon. D'une démarche d'automate, elle gravit l'escalier jusqu'à la chambre de David et prit le téléphone.

« *Fuir* », pensa-t-elle. Elle voulait être seule pour parler à son beau-père, mais elle désirait surtout échapper à la triste réalité que le prêtre avait évoquée sans l'exprimer expressément.

Ils étaient foutus.

Rien, pas même une indication sur un moyen qui permettait de neutraliser Charon. Encore moins de le vaincre. Il pouvait leur tomber dessus n'importe quand. En fait, elle se demandait pourquoi il ne l'avait pas déjà fait.

Angoissée, elle se promena dans le couloir du premier étage tout en composant le numéro du *Parker House*. La réception de l'hôtel appela la chambre de Larry. Tandis qu'elle écoutait la sonnerie bourdonner dans son oreille, son regard se posa par hasard sur l'escalier qui conduisait au deuxième étage.

« *Fuir* », pensa-t-elle à nouveau. Et quel meilleur endroit que celui où David se retirait toujours pour réfléchir, apaiser un chagrin, ou tout simplement pour se détendre ou céder à la langueur de la nostalgie ?

La première fois qu'ils avaient fait l'amour, des années auparavant, ça s'était passé dans la pièce de la tourelle. David n'était pas le seul à se sentir en sécurité là-haut. Peu à peu, le besoin de s'y réfugier devint si urgent que, incapable d'y résister, Janine commença à monter les marches vers le deuxième étage.

— Allô ?

— Bonjour, Larry.

— Janine ! Est-ce que tu as…

— Non, non. Je voulais juste me tenir au courant. Tu n'as aucune nouvelle, alors ?

Il y eut un temps d'arrêt. Le silence de Larry répondait à sa question, et elle entendit toute sa souffrance qu'il ne pourrait jamais exprimer par des mots.

— Rien. Je viens de rappeler la police, ils poursuivent leur enquête, je n'en sais pas plus. J'ai fait diffuser des avis de recherche un peu partout. Et je suis passé au journal télévisé ce soir. Sur Channel 5.

— Je n'ai pas regardé les informations, lui dit

Janine comme elle arrivait au deuxième étage. Mais c'est formidable, Larry. Si quelqu'un l'a vue, il téléphonera.

Cela semblait dérisoire, même pour elle. Larry ne répondit rien.

— Bon, écoute, je voulais juste te dire que je suis chez David. Je vais te donner son numéro de téléphone. Tu as de quoi écrire ?

Tandis que Larry cherchait un stylo, Janine fit le tour du deuxième étage. La température y était nettement plus fraîche et, un peu tristement, elle constata que les pièces servaient de débarras. Elle ne put s'empêcher de les aménager mentalement, là, il y aurait la nursery, là, elle ferait un cabinet de travail, là, elle installerait une salle de jeux pour les enfants qu'elle espérait avoir un jour avec David.

Elle ferma les yeux avec force tandis que le souvenir du bébé qu'elle avait porté dans son ventre, ce petit être qui était mort et qu'elle avait décidé d'appeler David, envahissait sa tête. Janine se mordit la lèvre, s'efforçant de croire que l'espace inerte, mort, en elle, n'était que provisoire et qu'il disparaîtrait.

— Bon, je t'écoute, dit Larry.

Elle serra le combiné un peu plus fort et lui indiqua le numéro de téléphone de David. Il y eut un moment de gêne avant qu'ils raccrochent, comme si l'un et l'autre savaient qu'il manquait quelque chose, des mots affectueux qu'ils auraient dû échanger avant de couper la communication, mais leurs relations n'avaient jamais comporté la moindre expression de tendresse. Finalement, ils se dirent seulement au revoir.

Avec un soupir, Janine se retourna et monta les quelques marches qui menaient à la pièce de la tourelle, à demi éclairée par les lueurs qu'y projetaient la lune et les étoiles.

Le cadavre de sa mère était là, prostré dans le fauteuil, placé dans une position qui voulait faire croire qu'elle était vivante et regardait par la fenêtre. Ses yeux fixes, écarquillés, étaient révulsés, sa bouche, entrouverte sur une expression de stupeur, sa peau violacée et bouffie avait la texture de la pâte à pain crue, comme si elle s'était noyée et qu'on l'avait sortie de l'eau des jours plus tard.

— Maman… chuchota Janine, et ce mot lui brûla la gorge. Oh, mon Dieu, maman…

Comme pour s'assurer que ce n'était pas un fantôme devant elle, ou quelque horrible hallucination, Janine avança la main et toucha le bras de sa mère. La tête du cadavre s'affaissa d'un côté et un filet d'eau croupie s'écoula de sa bouche.

Quelqu'un cria.

Il fallut un moment à Janine pour réaliser que cette voix était la sienne.

16

Kindzierski se réveilla en sursaut, se cogna le genou contre le dessous du tableau de bord de la Toyota et poussa un juron. Puis il fronça les sourcils, battit des paupières, encore troublé par l'écho du son aigu dont l'écho résonnait encore dans sa tête. Il avait éteint la radio pour ne pas décharger la batterie, et la rue au-dehors était calme, d'une façon presque inquiétante.

Le silence.

Mais, une seconde plus tôt, un cri avait retenti, qui avait déchiré le voile de demi-sommeil dans lequel il était enveloppé. Même lorsqu'il était assoupi, son esprit demeurait en éveil, attentif à toute manifestation qui sortait de l'ordinaire.

Un cri, par exemple.

— Bordel, qu'est-ce que ça veut dire ? grommela-t-il en se frottant le genou endolori.

Il se pencha en avant pour scruter, à travers le pare-brise, la maison de David Bairstow un peu plus haut dans la rue. Il y avait de la lumière au rez-de-chaussée, mais tout y paraissait normal et, derrière les fenêtres de la pièce de la tourelle, des silhouettes se déplaçaient dans la pénombre, un zootrope de mouvements tremblotants, mais c'était tout ce qu'il distinguait.

Néanmoins, le souvenir du cri était récent dans sa tête et, même s'il s'était inscrit dans l'irréalité d'un rêve, il était sûr que ce n'en était pas un. Sûr et certain.

Tout en passant en revue mentalement les divers

prétextes qu'il pouvait utiliser pour faire une petite visite à Bairstow sans être annoncé, Kindzierski retira les clés du tableau de bord et sortit de la Toyota. Il tendit le cou pour essayer d'avoir une meilleure vue de la pièce de la tourelle, mais elle était trop haut perchée.

Le problème, c'est qu'il ne voyait pas très bien comment découvrir l'origine de ce cri sans dévoiler aux habitants des lieux qu'il planquait devant chez eux. Bien sûr, il était possible que ce hurlement soit venu d'une autre maison, mais, aiguisé par des années d'expérience professionnelle, son instinct lui disait que ça ne tenait pas la route. Il avait le poil hérissé sur le crâne comme si, à son insu, une femme venait de lui passer la main dans les cheveux, et l'impression que son estomac s'était transformé en bocal où frétillait une demi-douzaine de poissons rouges vivants.

Il se passait quelque chose d'anormal.

Kindzierski sautilla sur place plusieurs fois avant de prendre finalement une décision. Il traversa la chaussée et remonta le trottoir vers la vieille demeure de Bairstow.

A quelques mètres de l'allée, il fit halte et secoua la tête, atterré par sa propre bêtise. Quelle que soit l'excuse pitoyable qu'il pourrait trouver pour expliquer son irruption sur place, elle ne serait guère convaincante s'il laissait sa voiture garée au bas de la rue. Bizarrement, cette grosse bourde parut provoquer chez lui une montée d'adrénaline, car c'est au petit trot qu'il repartit vers sa voiture. A coup sûr, un homme corpulent vêtu d'une veste en cuir noire qui, la nuit tombée, courait sur la chaussée et, à l'évidence, n'habitait pas le quartier, ne pouvait qu'attirer l'attention. Pourtant, il s'en fichait comme d'une guigne à présent.

Devant la portière verrouillée de la Toyota, Kindzierski poussa un juron à voix basse et, fébrile, fouilla ses poches à la recherche de ses clés. Il s'était programmé pour toujours verrouiller les portières de sa voiture. D'habitude, cela ne tirait pas à conséquence, mais, là, de plus en plus, il se sentait gagné par un sombre pressentiment.

Il glissa la clé dans la serrure de la portière côté conducteur et la déverrouilla.

Puis il se figea sur place. Un frisson lui parcourut l'échine. Kindzierski se renfrogna et se demanda d'où lui venait cette espèce d'angoisse diffuse qui, loin de s'évanouir, l'enveloppait comme l'odeur d'une mouffette apportée par quelque vent malveillant. En réalité, ce n'était pas une odeur. C'était une impression. Il n'y avait pas le moindre souffle d'air en ce moment, pas la moindre brise, aucun bruissement de feuilles dans les arbres, pas même l'aboiement de chiens au loin.

Des phares l'éclairèrent tandis qu'il se tenait près de la portière de la Toyota, mais il n'entendit aucun bruit de moteur. Il savait qu'il aurait dû faire semblant de partir, se glisser derrière le volant et observer la voiture passer à sa hauteur. Pourtant quelque chose l'empêchait de bouger, comme s'il était sous le champ d'attraction magnétique d'une femme d'une beauté stupéfiante ou la carcasse calcinée d'une voiture gisant sur le bas-côté de la route après un accident de la circulation.

Il se retourna et battit des paupières, ébloui par la lueur des phares, tandis que la voiture ralentissait et s'immobilisait devant la maison de David Bairstow. Ce fut seulement lorsque les phares furent éteints qu'une autre idée lui vint à l'esprit. Le moteur n'avait fait aucun bruit.

Les phares éteints, Kindzierski était à même de distinguer le véhicule. C'était une Lexus bleu clair toute neuve, exactement comme celle que Ruth Vale conduisait lorsqu'elle avait disparu.

« *Qu'est-ce que tu attends pour monter dans ta voiture* ?, grommela-t-il intérieurement. *De là, au moins, tu seras peinard pour mater cette putain de bagnole !* »

Mais il était incapable de détourner les yeux. Les portières de la Lexus s'ouvrirent, et trois hommes en descendirent. Même à cette distance, Kindzierski était à peu près certain de savoir de qui il s'agissait. Le conducteur était un adolescent aux cheveux bruns, dans les dix-huit ans. Il répondait parfaitement au signalement donné par Bairstow du chauffard qui l'avait heurté et envoyé dans le décor. Le type sur le siège du passager, lui, était beaucoup plus vieux, dans les soixante-dix ans, et bien qu'il ait une barbe et des cheveux blancs, il ne ressemblait guère au Père Noël, à moins d'imaginer un Père Noël à la mine renfrognée et après un régime amaigrissant plutôt drastique. En fait, il répondait au signalement donné par les témoins oculaires de l'homme qui avait assassiné Spencer Hahn au volant de sa voiture dans un parking de Cambridge.

Cloué sur place, Kindzierski les observait sans chercher à se dissimuler, sûr qu'il était de se faire repérer de toute façon. Il s'efforçait d'assembler dans sa tête les pièces de ce puzzle ahurissant, de comprendre ce que ces gens venaient foutre chez Bairstow. Ce dernier était-il leur complice ou leur victime ? Mais ni sa stupeur ni son désarroi ne pouvaient à eux seuls expliquer qu'il ait pu ainsi perdre tout sens commun, voire oublier un des principes de base acquis durant sa formation de policier, au point de rester planté là, à découvert.

Non, en réalité, ce qui semblait avoir tétanisé les zones de son cerveau qui commandaient à l'esprit logique et à l'instinct de conservation, c'était bien plus la présence du troisième type, celui qui était descendu de l'arrière de la voiture et traversait la pelouse à présent pour suivre les deux autres vers la porte d'entrée de Bairstow, tous trois parfaitement indifférents au flic entre deux âges, bâti comme un *quarterback* de football, à la veste en cuir, qui les regardait fixement, une soixantaine de mètres plus loin.

Ce troisième type était Spencer Hahn.

Mais ce putain de Spencer Hahn était mort, la gorge tranchée par le type à la barbe blanche avec qui il semblait copain comme cochon maintenant…

— Bordel de merde… chuchota Kindzierski.

Le son de sa voix fut le catalyseur dont il avait besoin. La stupeur qui l'avait figé sur place vola en éclats et il réussit enfin à bouger. Une fourgonnette descendit la rue, venant de la direction opposée, et le monde sembla s'animer de nouveau. Une porte claqua quelque part à proximité et, dans la Federal Colonial garée en face de sa voiture, la radio se mit à beugler.

Kindzierski retraversa la chaussée et accéléra l'allure tandis que les trois hommes gravissaient les marches du perron de la maison de David Bairstow, les deux plus jeunes en retrait, comme s'ils étaient intimidés par le faux Père Noël qui frappait à la porte d'un air furieux. Tout en galopant sur le trottoir, Kindzierski chercha dans sa poche de derrière le portefeuille en cuir qui contenait sa plaque. Presque inconsciemment, il glissa la main à l'intérieur de sa veste et ôta la petite languette en cuir qui maintenait son pistolet. C'était étrange mais, sans qu'il ait jamais pu comprendre pourquoi, lorsque la languette était fixée, il était parfaitement capable d'oublier son flingue. Et, une fois la languette ôtée, il se sentait aussitôt envahi par la sensation du danger que son arme irradiait à nouveau.

En l'occurrence, il ne parvenait pas à détacher ses yeux de la silhouette de Spencer Hahn ; comment les mecs des services de police de Cambridge et, *a fortiori*, ceux du bureau du médecin légiste, avaient pu se planter à ce point ?

Le vieillard frappa un deuxième coup et, comme, à l'intérieur, personne ne semblait réagir, leva son poing une troisième fois. Entre-temps, Kindzierski avait atteint la bordure de la pelouse et se trouvait à une quinzaine de mètres d'eux. Il cessa de courir, marcha, et prit deux longues inspirations.

— Bonsoir, messieurs. Je peux vous aider ? demanda-t-il, brandissant sa plaque pour leur permettre de la voir tandis qu'il traversait la pelouse.

Hahn et le gosse lancèrent un clin d'œil interrogatif au vieux barbu qui se contenta de lever les yeux au ciel, l'air exaspéré par l'irruption de l'inspecteur.

— Débarrassez-vous de lui, dit-il simplement.

Kindzierski se renfrogna, mais avant qu'il n'ait eu le temps de réagir, Hahn et le gamin descendirent les marches et s'approchèrent de lui.

— Vous avez bien mal choisi votre moment pour venir fouiner par ici, inspecteur, dit Spencer Hahn. Le mauvais endroit au mauvais moment…

Il y avait quelque chose qui clochait dans sa voix, un truc bizarre. Comme un ventriloque buvant un verre d'eau pendant que sa marionnette fait semblant de parler. Mais le cerveau de Kindzierski n'eut pas le temps d'enregistrer cette observation. Les deux hommes marchaient vers lui avec une lueur teigneuse dans les yeux.

Le policier sentit son pistolet s'alourdir dans son étui. Il le saisit par la crosse et dégaina avec une rapidité qui surprenait quiconque le voyait faire, il le savait. Mais ces types ne sourcillèrent même pas.

Il braqua son flingue sur Hahn.

— Pas un pas de plus !

Hahn éclata de rire et lui balança un coup de poing. Kindzierski vit le geste s'amorcer et tenta de l'esquiver, mais Hahn était plus rapide qu'il n'en avait l'air. Touché à la cage thoracique, le flic fut projeté en arrière et s'étala le cul par terre dans l'allée. Ses dents s'entrechoquèrent brutalement lorsqu'il heurta le sol et une grimace de douleur apparut sur son visage. Il parvint néanmoins à contrôler sa chute et, surtout, à ne pas lâcher son arme. Tenant son pistolet à deux mains maintenant, Kindzierski assura sa prise et, en un lent mouvement de va-et-vient, prit Hahn et l'adolescent – qui semblait beaucoup s'amuser – dans sa ligne de mire.

Sur le perron, le vieil homme tambourinait toujours sur la porte de la maison.

— Laisse-moi entrer, nom de Dieu ! gueulait-il. C'est ma maison, espèce de petit merdeux !

Kindzierski releva le chien de son pistolet qu'il pointa à nouveau sur Hahn.

— Je suis presque content que tu aies fait ça, grommela-t-il. Encore un geste et je te pulvérise l'épaule.

— Hou, la, la ! ricana Hahn, les deux mains levées comme s'il jouait avec un copain dans une cour de récréation.

Il fit un petit pas, presque dansant, vers le policier.

Visant l'épaule gauche, Kindzierski tira. La balle heurta Hahn et le fit pivoter à demi sur lui-même. L'impact aurait dû le projeter à terre. Même le gosse regarda son complice d'un air incrédule tandis que, toujours souriant, celui-ci se tournait vers Kindzierski à nouveau.

Il ne présentait aucune blessure apparente, pas même un trou dans sa veste que la balle avait traversée.

— Curieuse sensation, fit Hahn, comme s'il était lui-même étonné par ce qui venait de se passer.

— Cool… murmura le gosse en regardant son compagnon. On le refait ?

Les deux hommes posèrent alors un regard haineux sur Kindzierski qui, stupéfait, battait des paupières comme s'il n'en croyait pas ses yeux. Hahn fit un nouveau pas vers lui, et Kindzierski riposta aussitôt, tirant cette fois dans la jambe. Quelque chose d'humide gicla du point d'impact de la balle… puis la blessure se referma immédiatement comme si le projectile avait été avalé.

Abasourdi, Kindzierski fit feu à deux reprises

encore, atteignant Hahn une première fois en pleine poitrine, puis dans le front.

Hahn se contenta d'éclater de rire.

Les yeux du policier étaient grands ouverts mais son corps était engourdi. Une partie de lui, celle qui aurait dû essayer de trouver une logique à cette série de phénomènes pourtant insensés, semblait s'être complètement déconnectée. Il n'était plus qu'un bloc de peur dans cette torpeur où il flottait comme un noyé. Aussi, lorsque Hahn tendit la main pour l'empoigner par les cheveux, Kindzierski ferma les yeux, tel un petit garçon qui essaie de ne pas voir le visage de l'ogre derrière la fenêtre ou d'oublier le monstre tapi sous son lit.

Spencer Hahn était mort. Bien sûr, on ne pouvait pas le tuer une seconde fois. Gary Kindzierski n'avait jamais reculé devant une bagarre. Mais, là, il ne s'agissait plus de se battre contre un ennemi aussi costaud fût-il. Il était face à face avec un croque-mitaine.

Kindzierski se mordit la lèvre, garda ses yeux fermés avec force, et pria silencieusement pour qu'ils partent. Il restait des balles dans son arme de service mais il n'avait plus la force de la lever. Puis la décision lui échappa. Il sentit qu'on lui arrachait le pistolet des mains et ouvrit les yeux, juste le temps de voir Hahn pointer le canon sur lui.

« *C'est impossible* », se dit-il avec force.

Pas suffisamment toutefois pour arrêter la balle. Elle traversa son œil droit et fit exploser l'arrière de son crâne.

Normale.

David allait et venait dans la cuisine, cherchant dans les placards s'il y avait quelque chose à grignoter. Il avait mis une bouilloire d'eau à chauffer, sans bien savoir encore ce que – thé ou chocolat – il allait en faire. Le père Charles les avait quittés. Peut-être était-il monté dans sa chambre au premier. Assise à la table de cuisine, voûtée, le menton appuyé sur ses bras croisés, Annette observait David farfouiller dans ses placards.

Cela avait quelque chose de pitoyable, pensait-il, cette tentative de leur part pour faire comme si cette situation était parfaitement *normale*. Ils étaient là, tous les quatre, terrés comme des rats dans cette maison, portes et fenêtres verrouillées, et ils se comportaient comme si c'était la meilleure réponse qui soit.

C'était pourtant la seule qui puisse contenir leur panique, même si cela ne les avançait guère. S'il y avait un moyen de combattre cette créature, le père Charles le trouverait. David en était persuadé. Tout comme il était convaincu que, dès l'aube, ils seraient tous en mesure de réfléchir à d'autres solutions peut-être plus rationnelles. David ignorait d'où lui venait une telle certitude. Après tout, le matin était encore loin et il n'y avait aucune raison de penser que le Passeur serait moins puissant à ce moment-là.

« *Mais, au moins, nous n'aurons pas aussi peur*, se dit-il. *Dans le noir, nous redevenons des enfants.* »

Avec un soupir, il s'appuya contre le plan de travail et examina le contenu du placard ouvert au-dessus du four à micro-ondes.

— Qu'est-ce que tu veux ? demanda-t-il à Annette. Des Oreo ou une boîte de saumon Pepperidge Farm ?

— Houlà, tu parles d'un choix ! répondit Annette en simulant l'ennui.

David eut un pâle sourire tandis qu'il sortait le sachet de cookies Oreo du placard.

A cet instant, là-haut, tout là-haut, un cri retentit. Janine.

Durant une seconde, à peine le temps d'un battement de cœur sans doute mais qui leur parut durer une éternité, David et Annette retinrent leur souffle et se regardèrent paralysés par l'angoisse. Puis David sortit de la cuisine en trombe, laissant tomber les cookies qui s'émiettèrent sur le carrelage. Avec un temps de retard, Annette lui emboîta le pas.

Une main posée sur la rampe, David avala les marches quatre à quatre, rejoint, sur le palier du premier étage, par le père Charles qui, lui aussi, se hâtait vers l'escalier conduisant au deuxième étage. Il y avait une expression déterminée sur son visage que David lui envia, comme si le prêtre venait de recevoir un appel aux armes pour une bataille qu'il avait attendu de livrer toute sa vie.

David, lui, ne sentait plus que la peur qui l'avait envahi totalement. La peur qu'il éprouvait pour Janine. Pour lui-même. La peur que toute la démence distillée par les ombres qui gravitaient autour d'eux depuis ces dernières semaines n'ait fini par triompher de leur raison.

Arrivés au deuxième étage, ils découvrirent Janine assise par terre, blottie contre un mur, les mains posées sur ses genoux. Des larmes coulaient sur son visage dépourvu de toute expression. David dépassa le père Charles et s'agenouilla près d'elle.

— Janine ! Que s'est-il passé ? Il était ici ?

Elle serra les lèvres avec force comme si elle appréhendait les mots qui pouvaient en sortir. Incapable de parler tant elle était encore sous le choc de ce qui l'avait fait hurler, elle fit un geste vague devant elle puis sa main revint se poser sur sa bouche.

— Il n'y a plus rien ici, murmura Annette.

La sentant derrière lui, David se sentit, une fois de plus, réconforté par sa présence. Sans elle à ses côtés pour éponger sa propre peur et redoubler son amour pour Janine, il doutait fort d'avoir pu garder assez de force pour soutenir Janine en ce moment.

Il tourna la tête et regarda Annette, ses mains tendrement posées sur les jambes de Janine.

— Tu as jeté un œil dans les autres chambres ?

Le père Charles commença à gravir les marches vers la pièce de la tourelle.

— Inutile. Elle regardait dans cette direction. Quoi que ce soit, ça…

Le prêtre se figea à l'entrée de la pièce et les mots s'étranglèrent dans sa gorge. Une mauvaise suée envahit David qui sentit ses mains devenir moites.

— Qu'y a-t-il ? demanda-t-il.

Le père Charles redescendit de la tourelle et s'assit sur les marches, face à eux. Il considéra Janine avec douceur durant un long moment avant de se tourner vers David.

— Il y a une femme là-haut. Une femme morte. Apparemment, elle s'est noyée.

— Noyée ? s'exclama Annette, presque avec colère. Comment pourrait-elle…

Elle s'interrompit, comme brusquement bâillonnée par le regard que le père Charles et David posèrent sur elle. Jurant à voix basse, elle sembla vouloir ajouter quelque chose, puis elle croisa les bras sur sa poitrine et alla s'appuyer contre le mur.

— C'est votre mère ? demanda le prêtre à Janine qui acquiesça, toujours muette.

Puis ses yeux s'agrandirent un peu et elle secoua la tête.

— Pourquoi ? demanda-t-elle finalement. Enfin… pourquoi l'avoir amenée ici ?

David posa la main sur son bras.

— Mon amour… Je suis vraiment désolé. Vraiment désolé…

Janine s'abandonna contre sa poitrine et il l'étreignit. Elle se mit à pleurer en silence. En fait, à travers ses larmes qui roulaient sans bruit sur ses joues, elle regardait fixement au-delà de David, vers les marches menant à la pièce de la tourelle. Bouleversé, David ne savait pas quoi faire, sinon attendre qu'elle se calme. Il tourna la tête pour lancer un regard désemparé au père

Charles, mais il ne put s'empêcher, lui aussi, de lever les yeux vers la pièce de la tourelle plongée dans l'obscurité.

— Nous sommes étrangers à ce monde, chuchota-t-il, ne sachant pas très bien d'où lui était venue cette phrase.

— Que voulez-vous dire ? sursauta le père Charles.

David haussa les épaules, lâcha Janine, commença à lui caresser les cheveux. Puis il regarda ses compagnons.

— Je ne sais pas au juste. Mais, bon sang, écoutez-nous ! A force de nous éloigner de nos propres références, de tout ce à quoi nous avons toujours cru, nous ne nous sommes même pas demandé comment Ruth était morte, ni comment une femme semble-t-il noyée pouvait se retrouver au troisième étage de cette maison ! C'est comme si Charon avait estompé les frontières et nous attirait sur une terre incertaine, un *no man's land* entre le monde qui est le nôtre et cet enfer souterrain où il existe, où il exerce son pouvoir.

— C'est *son* domaine, en effet, admit le père Charles d'un ton détaché tant il était plein de certitude. Et, entre ce monde et l'autre, le niveau matériel et le niveau spirituel, se trouve le lit où coule le fleuve. Le Styx.

— Mais ce satané fleuve n'est pas ici ! s'écria Janine brusquement, crachant chaque mot. Tout ici est réel, fait de terre, de pierre et de bois, et… et de chair et de sang. C'est notre monde. Un monde dont il ne fait même pas partie !

A cet instant, du coin de l'œil, David vit Annette se raidir. Une onde d'inquiétude parcourut son visage qui prit une expression si sévère qu'elle en effaçait presque le tracé délicat qui la faisait ressembler à un elfe. Elle se tourna pour regarder vers la cage d'escalier.

— Qu'est-ce que c'était, ce bruit ? demanda-t-elle.

Les sens immédiatement en alerte, en quête du

moindre souffle inhabituel, David se contenta de regarder Annette, puis le père Charles, et Annette de nouveau et tous se figèrent comme s'ils écoutaient le tic-tac d'une pendule.

— Je n'ai rien entendu, dit le prêtre.

A peine finissait-il sa phrase que des coups sourds, lointains, ébranlèrent la maison, venant du rez-de-chaussée. Quelqu'un frappait violemment à la porte d'entrée. Ils s'interrogèrent du regard. Aucun d'eux n'avait envie de bouger.

David se releva brusquement et lança un regard à Annette. Réagissant aussitôt à cet appel muet, celle-ci vint se placer aux côtés de Janine tandis que David s'élançait en haut des marches, vers la pièce de la tourelle. Le père Charles s'écarta pour le laisser passer, puis il le suivit. Le corps imbibé d'eau de Ruth Vale était affaissé dans le fauteuil, les yeux béants et fixes, la bouche ouverte sur un puits d'obscurité sans fond ; il dégageait une telle angoisse que David détourna les yeux. Un filet d'eau continuait de dégoutter de ses vêtements et une flaque avait commencé à se former autour d'elle sur le parquet.

David se ressaisit. Les décisions à prendre concernant le corps de Ruth Vale pouvaient attendre. Le père Charles se tenait juste derrière lui lorsqu'il se pencha et regarda par la fenêtre vers le jardin en contrebas. La première chose qu'il vit fut l'inspecteur Kindzierski. Puis, venant du perron, invisible du haut de la maison, deux formes sombres et menaçantes se dirigèrent à grandes enjambées vers le policier, lequel dégaina son pistolet.

L'un d'eux, David en était sûr, était Steve Themeli. L'autre, il le reconnut lorsque, durant une fraction de seconde, il leva la tête et que la lumière ténue des réverbères éclaira son visage.

— Putain de merde… marmonna-t-il en se tournant vers le père Charles. C'est Spencer Hahn !

— Apparemment, Charon continue de recruter, dit le prêtre avec une pointe d'ironie.

Quelque chose dans l'estomac de David se souleva, et il s'écarta de la fenêtre. Il lui était impossible de voir le perron de son perchoir, donc de voir qui frappait à coups redoublés contre la porte, mais il savait qui c'était. Son grand-père… Qui, comme Steve Themeli et Spencer Hahn, était une de ces âmes perdues changées en morts-vivants par le pouvoir de Charon. Exactement comme Maggie.

Mais, pour quelque raison mystérieuse, Maggie, elle, n'était pas là.

Un coup de feu déchira la nuit à l'extérieur de la maison.

Poussant un nouveau juron et contournant sans un regard le cadavre de Ruth, David sortit de la pièce de la tourelle d'un pas chancelant. Le père Charles le rattrapa.

— Attendez !

Les deux hommes se firent face. Une sorte de circuit électrique les reliait. Un autre coup de feu retentit au-dehors, puis un troisième.

— Vous ne pouvez rien pour lui, dit le père Charles. Sinon, vous prenez le risque de les laisser entrer.

— Vous êtes prêtre, Hugh ! lança David sèchement. Comment pouvez-vous l'abandonner comme ça ?

Le père Charles demeura impassible.

— Si je pensais qu'il y a une seule chance de le sauver, je n'hésiterais une seconde, même au péril de nos vies à tous. Vous le savez, David.

Il y eut un quatrième coup de feu, étouffé cette fois, comme lointain.

Les larmes de Janine avaient disparu, et une sorte de froide détermination se lisait sur ses traits lorsqu'elle s'interposa entre eux.

— David, le père Charles a raison, dit-elle. Pour le moment, tout ce que nous pouvons faire, c'est essayer de les empêcher d'entrer. Essayer de tenir Charon en échec jusqu'à ce que nous ayons trouvé un moyen de le détruire.

— Le détruire ? répéta David rageusement. Alors que nous ne savons même pas comment le combattre ? (Il se tourna vers Annette, dans l'espoir de trouver quelqu'un qui entendrait raison.) Et merde ! Je sais bien que nous sommes foutus si l'un d'eux pénètre dans la maison ! A moins de sauter par une fenêtre du deuxième ou du premier étage et d'essayer de se sauver à toutes jambes !

— Il vaudrait mieux ne pas y songer, dit le père Charles.

David se mordit la lèvre une seconde, puis il leva les mains.

— Bordel de merde ! cria-t-il en se retournant pour descendre l'escalier. Mon père, restez ici avec Janine. Vous êtes sans doute le seul qui ait une petite chance de s'en sortir. Elfe, viens me donner un coup de main !

Comme si elle avait des ailes, Annette se propulsa instantanément derrière lui, et elle le poussa tandis qu'il dévalait l'escalier. A mi-étage du rez-de-chaussée, ils entendirent la voix du grand-père de David rugir de l'autre côté de la porte qu'il martelait de coups de pieds au point de la faire trembler sur ses gonds, tout en hurlant d'ignobles injures contre son petit-fils.

David fit halte au bas des marches. La peur surgit brusquement de son esprit confus avec une férocité qu'il n'avait encore jamais connue. Elle lui coupa le souffle, lui mit les jambes en coton, le faisait sursauter à chaque coup assené à la porte.

Le bois du chambranle commençait à se fendiller.

Quelque part sur le côté de la maison, une vitre vola en éclats.

— Ils entrent, lui chuchota Annette. Qu'est-ce qu'on fait, David ? Ils entrent !

Sa main se crispa sur celle de David, lequel était figé sur place.

Plantée dans le couloir du deuxième étage, Janine regardait fixement vers la cage d'escalier obscure où David et Annette avaient disparu un moment auparavant. Elle prit une profonde inspiration et se tourna vers le père Charles dont les cheveux châtain-roux commençaient à grisonner, auréolant un visage qui s'était un peu empâté au fil des ans. Pourtant ces concessions apparentes à l'âge ne diminuaient en rien la force qu'elle avait toujours sentie chez cet homme. Il était troublé, oui. Effrayé, mais il aurait été stupide de ne pas l'être. Néanmoins, son regard était ferme et il était visiblement soutenu par le pouvoir que lui donnait sa foi.

Janine l'envia.

Elle écarta ses cheveux bruns de son visage, essuya les larmes qui mouillaient encore ses joues, et chercha le regard du prêtre.

— Il y a certainement quelque chose, dit-elle d'une voix rauque et lasse. Quelque chose que vous pouvez faire. Je ne sais pas, moi, une invocation, une prière qui le ferait fuir ?

Sa voix tremblait et elle comprit qu'elle devait paraître aussi complètement désespérée qu'elle l'était en ce moment.

Le père Charles hocha la tête. L'air navré qui s'afficha sur ses traits était aussi éloquent que les mots qui sortirent de sa bouche.

— Je suis désolé, Janine. Je suis un prêtre. Pas un sorcier.

Janine soupira. Elle s'apprêtait à répondre lorsque, du coin de l'œil, elle vit quelque chose bouger dans la pièce de la tourelle. Elle entrouvrit les lèvres et sentit son chagrin la submerger à nouveau. Il y eut un coup sourd puis elle perçut le bruit d'un objet lourd qu'on traînait sur le parquet en produisant un gargouillis humide.

— Non, gémit-elle en secouant la tête. Pas ça !

Le père Charles se tourna vivement vers les marches qui menaient à la pièce de la tourelle dont Janine regardait fixement l'embrasure de la porte restée entrouverte. Elle finit par détourner les yeux, comprenant qu'elle ne supporterait pas l'horrible vision du cadavre aux yeux grands ouverts et ruisselant d'eau de sa mère qui, elle le savait, apparaîtrait dans un instant en haut de ces marches. Mais elle était incapable de bouger.

— Pas ça ! répéta-t-elle dans un chuchotement.

Le prêtre recula précipitamment, tendit la main vers Janine en agitant le bras pour lui faire signe de rester derrière lui.

Avec un rire chuintant d'humidité, la créature descendit les marches. Un flot de bile monta dans la gorge de Janine, mais elle parvint à le contenir, en même temps que le cri qui voulait s'échapper de ses lèvres.

« *Maman ?* »

Mais ce n'était pas sa mère.

C'était une forme qui, tout au plus, avait l'apparence de sa mère, une forme entièrement constituée d'eau boueuse du fleuve. Pas plus que Ralph Weiss ne l'avait fait, sa mère n'aurait jamais accepté l'offre de Charon. La forme n'avait donc pas de véritable densité et ne pouvait guère, comme Maggie et les autres, prétendre à la vie. L'apparition était une espèce de monstrueuse baudruche gonflée de liquide plus ou moins coagulé, aux contours flasques, qui descendait lentement vers eux en traînant derrière elle son lourd fardeau.

Le cadavre de Ruth Vale. Car cette chose abjecte, cette créature du Styx, avait été en quelque sorte façonnée avec l'eau dans laquelle sa mère s'était noyée, cette eau qui ruisselait de ses vêtements, de ses poumons, de tout son corps auquel elle était toujours reliée par un horrible cordon ombilical liquide qui s'étirait de la bouche de la morte jusqu'à son crâne. D'une brusque torsion de côté, elle fit basculer en avant le corps de Ruth Vale qui tomba lourdement au bas des marches dans un horrible bruit d'éclaboussures.

Enfin, Janine parvint à libérer un cri. Mais, plus que de chagrin ou d'horreur, c'était un hurlement de rage. Une rage folle à présent.

— Bonté divine… balbutia le père Charles.

— Faites quelque chose ! lui lança Janine. N'importe quoi, mais faites quelque chose ! C'est vous qui avez la foi, ici ! Vous qui êtes censé détenir un pouvoir !

La forme s'écoula sur le parquet vers le prêtre. Janine comprit qu'il risquait de mourir d'un instant à l'autre. Charon essayait de l'isoler de tous ceux qui l'aimaient, de tous ceux qui pouvaient l'aider. Mais le Passeur ne prendrait pas le risque de la tuer. Aussi longtemps qu'elle était en vie, il pouvait tenter de la convaincre de le suivre, mais si elle mourait… la barque de Charon n'était pas le seul moyen de rejoindre l'au-delà. Sa mort pouvait la mettre hors de sa portée.

Alors Janine se jeta sur le monstre qui ondoyait. D'abord elle se sentit s'enfoncer dans un élément liquide. Puis elle rencontra brusquement une résistance qui essayait de la repousser. Mais Janine tint bon.

— Tu vas devoir me tuer ! cria-t-elle. Tu m'entends, Charon ? Si je meurs, comment feras-tu pour m'atteindre, hein ?

Pourtant, la chose répugnante continua de lutter, et parvint même à lui opposer une force suffisante pour la faire basculer en arrière contre le mur. Un tableau, une marine, tomba de son clou.

Le père Charles intervint à son tour : levant sa main droite, il fit rapidement un signe de croix dans l'air. Puis il se mit à psalmodier une prière en latin, la récitant aussi vite que possible mais sans trébucher sur un seul mot. La créature qui bavait depuis la bouche de la mère de Janine recula en ondoyant, puis elle sembla se rassembler en une masse compacte dans l'air avant de se précipiter vers le prêtre qu'elle heurta, telle une puissante vague. Elle le fit pivoter sur lui-même et, s'enroulant autour de lui, essaya de s'engloutir dans sa gorge. Dans un gargouillis presque inaudible, le père Charles parvint cependant à articuler les derniers mots de la bénédiction.

Alors, soudain libérée de son enveloppe informe, l'eau gicla et se répandit sur le sol, inoffensive. Vaincue.

Janine lança un regard stupéfait au prêtre.

— Comment avez-vous réussi à faire ça ?

Le père Charles cracha un jet d'eau croupie et ramena en arrière ses cheveux mouillés.

— Franchement, je n'en sais rien. Le fleuve que contrôle Charon, le Styx, ne fait pas partie de notre réalité. Mais ce… enfin, ça… je n'ai pas la moindre idée de l'étendue de ses pouvoirs.

Un grincement de bois et de métal forcé remplit brusquement le couloir, accompagné de fortes détonations dans les murs. Ils se tournèrent vers la porte ouverte de la salle de bains au fond du couloir, juste à temps pour voir le siège des W.-C. et le lavabo se briser au moment où la tuyauterie explosait. Des morceaux de porcelaine heurtèrent le carrelage qui se fendilla en de nombreux endroits tandis que l'eau jaillissait des canalisations éclatées.

Beaucoup trop d'eau. Beaucoup trop vite.

Les lumières clignotèrent et s'éteignirent. Janine eut la certitude que l'eau avait provoqué un court-circuit quelque part. La lueur des réverbères entrait par les fenêtres au fond du couloir, puis une autre lumière sembla scintiller et apparaître dans le lointain, illuminant le deuxième étage.

L'eau se déversait, se répandait, devint un fleuve. Le couloir qui longeait ce qui avait été la salle de bains parut s'engloutir. C'était maintenant un fleuve roulant ses eaux tumultueuses sous des étoiles rouges semblables à des plaies ensanglantées dans le ciel qui s'était substitué au toit de la maison. Celle-ci était toujours là, autour de Janine et du père Charles, mais quelques mètres plus loin, le plancher était devenu un fleuve en cru dans lequel ils pataugeaient.

Une brume flottait au-dessus de la surface de la rivière. Au sein de la brume, Janine aperçut la lueur verdâtre de la lanterne du Passeur. Elle entendit la lanterne tinter contre l'avant du bateau tandis que celui-ci approchait.

— Tout ça n'est pas réel, dit-elle avec force en fermant les yeux. Bon sang, il est incapable de faire ça !

Elle sentit la main du père Charles lui agripper le bras.

— Et si vous vous trompiez ? Et s'il en était capable ? Et si nous n'étions plus dans notre propre univers ?

Janine rouvrit les yeux. Au-dessus du fleuve qui continuait de couler, la brume se dissipa, et elle aperçut au loin la silhouette de Charon. Pourtant, malgré la distance, elle pouvait discerner les couronnes embrasées autour de ses énormes pupilles noires, et les lignes bleutées qui marbraient sa peau. Elle se souvint de ses rêves, les mains de Charon sur son corps, ses lèvres froides qui suçaient ses seins, le désir ardent qu'elle avait ressenti.

Tout ceci n'était pas un rêve, mais elle ne permettrait pas que ce soit le réel pour autant.

Charon leva un bras et le pointa sur le père Charles.

— *Tu éprouves ma patience, prêtre !*

Sa voix était froide, terne… mais il ne s'approcha pas. Et ce fut à ce moment que Janine comprit.

— Il a peur, dit-elle.

Le père Charles sursauta et la regarda vivement.

— Que dites-vous ?

— Il a peur ! s'écria-t-elle, surexcitée. Vous lui avez foutu la trouille !

— *Bientôt, Janine Hartschorn*, dit Charon. *Bientôt nous serons ensemble.*

— Tu n'es même pas dans notre dimension ! lui répliqua-t-elle.

« *Oublie l'eau*, se répétait-elle mentalement. *Oublie la brume. Ceci est un plancher solide, une maison, des pièces où tu es venue un millier de fois.* »

Janine s'élança vers Charon comme si elle pouvait le chasser telle une volée de moineaux. Elle se trempa les pieds jusqu'aux chevilles, mais ce n'était que de l'eau qui se déversait des tuyaux éclatés. Elle en avait la certitude.

Comme si elle voulait s'en persuader, elle courut jusqu'à l'endroit où le plancher cédait la place au fleuve, et elle tomba, aussitôt submergée par des tonnes d'eau. Elle se débattit, agita les bras autour d'elle, essaya de trouver une prise. Enfin ses doigts agrippèrent le rebord du plancher et elle se hissa sur la rive en suffoquant.

A cet instant, l'eau sortit du fleuve et se souleva, formant des tourbillons de boue liquide qui enveloppèrent le père Charles et le projetèrent violemment contre le mur. Le prêtre poussa un cri de douleur, puis il commença à prier à voix haute en latin.

— *Non !* vociféra Charon.

Janine cria, appelant David.

La baie vitrée du salon au rez-de-chaussée vola en éclats qui se projetèrent dans un cliquetis cristallin sur le parquet et le tapis. Dans le vestibule, à quelques pas seulement de l'escalier, David jura à nouveau.

— Ils ont réussi à entrer, murmura-t-il, plus pour lui-même que pour Annette, debout à ses côtés.

Les yeux luisant de peur, celle-ci lui jeta un bref coup d'œil, puis elle lui saisit la main et tous deux remontèrent l'escalier quatre à quatre. Arrivés au premier étage, ils regardèrent vers le rez-de-chaussée. Le grand-père de David se tenait dans le vestibule et les regardait d'un air furieux, branlant du chef comme s'il était exaspéré par la énième bêtise commise par son petit-fils.

— Salut, Davey, dit-il d'une voix grave et sonore, comme celle qu'il avait de son vivant. Tu ferais aussi bien d'abandonner, fiston. Tu ne crois pas que tu m'as suffisamment fait chier comme ça ? De toute façon, tu n'as jamais su encaisser les coups durs. Toujours à pleurnicher comme une mauviette !

A ce moment, Spencer Hahn sortit du petit salon et Steve Themeli apparut dans le vestibule, venant de la cuisine. C'était lui qui avait fracassé une fenêtre à l'arrière de la maison.

— Je vais vous dire un truc, les gars, poursuivit Edgar en ricanant. Quand il était gosse, Davey pleurnichait tellement qu'il aurait pu faire descendre le Christ de sa croix !

Tous trois arborèrent des sourires cruels. David saisit Annette par la taille et l'entraîna vers la porte de l'escalier menant au deuxième étage. Comme elle n'était pas fermée, Annette faillit tomber en avant lorsque David la poussa vers l'escalier. Il franchit la porte, la claqua derrière lui, et poussa le verrou. Songeant qu'il l'avait installé pour pouvoir s'isoler au deuxième étage, du temps où il était au lycée, il ne put s'empêcher d'adresser une courte action de grâces à l'adolescent qu'il avait été.

David sentait le souffle chaud d'Annette sur sa nuque. Il la regarda. Sa peau était très pâle, ses yeux grands ouverts, et il trouva qu'elle ressemblait à une poupée en porcelaine. Mais quelque chose dans son regard, ses pupilles réduites à des pointes d'épingle, démentait cette fragilité apparente. Annette était tout sauf fragile.

— Et maintenant ? demanda-t-elle.

Il leva les yeux vers le deuxième étage, où le père Charles et Janine attendaient avec le cadavre de Ruth. Leur situation était désespérée. Ils n'avaient plus aucune issue à présent. L'inspecteur Kindzierski était probablement mort ou si grièvement blessé qu'il ne pouvait guère les aider, et, en bloquant l'accès au rez-de-chaussée, David venait de les empêcher d'accéder à un téléphone dans la maison.

Il saisit la poignée de la porte.

— On les retient ici aussi longtemps que possible. Si nous n'y arrivons pas…

— Nous sommes foutus, poursuivit Annette.

— Ouais.

Un coup violent dans les murs les fit alors sursauter et toute la maison sembla gémir et grincer sous ce nouvel assaut. David durcit sa prise sur la poignée de la porte. Des cris parvinrent du deuxième étage, un craquement, un fracas, puis un bruit d'eau giclant violemment d'un conduit.

Au moment où David se retournait vers le palier supérieur, il se rendit compte qu'un filet d'eau coulait dans la cage d'escalier et commençait même à cascader sur les marches en un ruissellement de plus en plus torrentiel. Ce fut bientôt un véritable flot qui se déversa sur les dernières marches du premier, inondant le petit palier où ils se trouvaient tous les deux. Puis, il y eut un claquement sec et la maison fut plongée dans l'obscurité, à la suite d'un court-circuit général.

— David, dit Annette en grinçant des dents, je ne supporte pas d'être dans le noir…

Une étrange lueur sembla alors descendre vers eux depuis le haut de l'escalier d'où jaillissaient à présent des torrents d'eau. Ils entendirent Janine crier quelque chose avec colère et le père Charles qui répliquait par une prière en latin.

A ce moment, les morts, tous ces fantômes haineux

surgis du passé de David, commencèrent à s'attaquer à la porte verrouillée, s'acharnant sur la poignée avec une telle violence que David dut rapidement lâcher prise, martelant le battant d'une volée de coups de poing, de coups de pied ; par bonheur, le verrou résista.

En haut, Janine cria, appelant David.

Ce dernier lança un regard désespéré à Annette.

— Vas-y ! hurla-t-elle.

Le voyant hésiter, Annette l'écarta d'une poussée et saisit la poignée de la porte, la mâchoire crispée de colère et de détermination. L'écho du cri de Janine subsistait encore dans son esprit lorsque David se retourna et grimpa en hâte l'escalier où l'eau continuait de ruisseler à flots.

Arrivé en haut, un spectacle s'offrit à ses yeux qui le fit s'arrêter net et l'obligea à s'agripper au chambranle de la porte pour ne pas tomber.

Un véritable fleuve avait inondé la moitié du deuxième étage. Sous un ciel piqueté d'étoiles cramoisies, des écharpes de brume flottaient au-dessus de ses eaux tumultueuses à travers lesquelles se découpait la silhouette du Passeur ; il se tenait à l'avant de sa barque, un bras levé comme pour se protéger d'un danger.

Janine apparut alors, se hissant péniblement hors du courant impétueux pour se traîner sur le plancher détrempé du couloir. Le père Charles se pencha vers elle. Son visage était tuméfié et sa joue gauche ensanglantée par une large entaille. Il cria d'une voix rauque, psalmodia quelques mots en latin qui parurent vaguement familiers à David. Puis il traça devant lui un large signe de croix.

— *Je te retrouverai bientôt sur l'eau, prêtre !* gronda Charon.

A partir de ce moment, le fleuve diminua d'impétuosité et commença à se retirer. Mais au lieu que le niveau baisse progressivement, tout à coup, le plancher réapparut à sa place.

Le Passeur prit la lanterne à l'avant de la barque et la brandit. Sa flamme verte s'embrasa. David, qui avait vu les ravages qu'elle était capable de provoquer, cria à Janine et au père Charles de se mettre à l'abri. Mais l'attaque était terminée. Charon éteignit la flamme verte en soufflant dessus, et ils furent tous à nouveau plongés dans une obscurité dont seuls les réverbères extérieurs parvenaient à entamer un peu l'épaisseur.

Le fleuve avait totalement disparu. Comme la brume. Comme le Passeur lui-même. L'eau continuait pourtant à se déverser sans interruption des canalisations crevées de la salle de bains, ruisselant sur le plancher, s'écoulant dans l'escalier, mais ce n'était plus maintenant qu'une banale inondation domestique.

David aida Janine à se relever. Appuyée contre lui, elle jeta un regard stupéfait alentour, puis se tourna vers le père Charles.

— Vous avez réussi, murmura-t-elle. Vous l'avez chassé !

— Pour le moment… acquiesça le prêtre.

— Comment ? s'exclama David. Enfin, comment avez-vous fait ?

Le père Charles secoua la tête.

— Je ne sais pas très bien, si ce n'est qu'il n'est pas dans son élément, ici. Je ne comprends même pas comment il peut s'y *introduire* ainsi. La seule réponse qui semble logique, c'est que, pour une raison qui m'échappe et qui, à mon avis, dépasse le cadre de son obsession pour Janine, il a cherché et trouvé sur place un point d'amarrage. Quelle qu'elle puisse être, cette amarre lui permet non seulement d'apparaître sur notre monde, mais lui donne aussi la faculté d'y intervenir matériellement. Comme la façon dont il arrive à contrôler l'eau, par exemple. Je n'ai aucune idée de l'étendue de ce pouvoir, mais j'ai l'impression qu'il est nouveau pour lui, comme s'il venait de le découvrir.

— Par rapport à son comportement, ça semble logique, en effet, intervint Janine. Si votre hypothèse est juste, on a l'impression qu'il éprouve ses limites.

— Et les nôtres, approuva le père Charles d'un ton grave. Je commence à croire que, chaque fois qu'il touche cette réalité, sa capacité d'influer sur elle devient un peu plus forte. Il essaie d'effacer les frontières entre notre monde et le sien.

David était toujours sous le choc de ce qu'il avait vu. Il s'appuya contre le mur et hocha la tête.

— C'est le moins que l'on puisse dire… soupira-t-il. Moi, j'appellerais plutôt ça un flou radical !

Il se passa les mains sur le visage, puis il se donna des claques comme s'il essayait de se maintenir éveillé.

— Où est Annette ?

La question fit sursauter David. Il regarda Janine, puis se tourna vers le couronnement de la balustrade. Aussitôt, s'écartant du mur, il se précipita vers l'escalier transformé en cascade et se pencha au-dessus de la rambarde. La cage était sombre, mais, à la faveur de la faible lumière que dispensaient les fenêtres, il vit que la porte palière du premier étage avait été enfoncée, fracassée. Ses débris gisaient sur les marches.

Annette avait disparu.

17

« *Je te retrouverai bientôt sur l'eau.* »

Janine s'agenouilla près du corps de sa mère et contempla ses yeux vitreux. Une larme glissa sur sa joue et elle l'essuya avec colère. Elle en avait assez de pleurer. Ses doigts se fermèrent sur la main froide et inerte de sa mère. Janine resta ainsi pendant plusieurs minutes, seule.

Oui, elle en avait assez de pleurer. Elle avait le sentiment d'avoir tout au plus commis une erreur de jugement, un an auparavant en faisant confiance à Spencer Hahn. Et elle estimait avoir chèrement payé pour cette erreur depuis lors. Son cœur et son esprit avaient été dévastés par la cruauté et la tragédie, la terreur et la perte. Jusqu'ici, elle avait pensé que le seul fait d'avoir survécu à tout ça pouvait constituer un exploit. Mais cela ne lui suffisait plus à présent. Elle avait lutté pour résister à un maelström d'émotions, mais elle n'avait jamais songé à riposter, à rendre coup pour coup.

Ce moment était arrivé.

Charon… Ce salaud de Passeur avait assassiné sa mère, tourmenté David à tel point qu'elle-même avait fini par douter de sa valeur, et voilà maintenant qu'il s'était emparé d'Annette… Il lui suffisait de fermer les yeux pour que le souvenir des rêves que lui avait imposés Charon revienne en détail, avec ses mains sur son corps, ses lèvres… Janine frissonna à l'évocation du plaisir trouble qu'il lui avait procuré en rêve. Ce monstre avait joué avec elle, utilisant le déséquilibre de sa vie déréglée par le chagrin et le désespoir pour essayer de la contraindre à considérer que c'était un moyen d'échapper à ses souffrances.

Mais tout était clair maintenant et Janine mesurait avec une lucidité parfaite à quel point elle avait été envahie, violée.

Elle serra les doigts rigides de sa mère, puis elle se releva et descendit au premier étage. Dans la chambre d'amis, elle prit le couvre-lit et, tout en le coinçant sous son bras, elle put constater que, là aussi, la rupture des canalisations avait provoqué de gros dégâts : le plafond était imbibé d'eau. David avait réussi à arrêter l'inondation, mais le mal était fait. Il y avait pour plusieurs dizaines de milliers de dollars de réparations dans toute la maison. Pourtant c'était la dernière de leurs préoccupations en ce moment.

Ruminant sa colère à devoir sans cesse réagir aux événements, elle retourna au deuxième étage. Elle jeta un regard vers la pièce de la tourelle, puis elle étendit le couvre-lit sur le corps de sa mère et redescendit. Au bas des marches, où les débris de la porte fracassée gisaient toujours dans le couloir, elle pensa de nouveau à Annette et pria pour que David et le père Charles se dépêchent.

Comme en réponse à ses prières, la porte d'entrée s'ouvrit.

— Janine ! appela David.

— Je suis au premier !

Depuis le haut de l'escalier, elle les aperçut tous les deux. David avait mis un jean sec et enfilé un pull, ses cheveux étaient ébouriffés, séchés à la hâte, et ses joues étaient mangées par une barbe naissante qui le vieillissait. Il semblait amaigri et hagard, mais il marchait avec une détermination qui reflétait ce qu'elle ressentait dans son cœur. A quelques pas derrière lui, le père Charles, dont la silhouette lui parut presque extravagante dans sa soutane noire encore trempée, le suivait en jetant des regards furtifs autour de lui, scrutant chaque ombre.

— Vous avez trouvé Kindzierski ? demanda Janine.

Sa voix résonna, caverneuse et froide dans l'immense vestibule.

David acquiesça.

— Il est mort. Je… je ne sais pas combien de personnes ont entendu les coups de feu, ou si quelqu'un a prévenu la police, mais nous avons pris toutes les précautions.

Janine laissa sa main posée sur la balustrade, son regard rivé sur eux.

— Qu'est-ce que vous avez fait ?

— Il y avait une Toyota garée un peu plus bas que la maison, avec des revues et des sachets vides de Doritos à l'intérieur. Elle n'était pas fermée à clé. Je suppose qu'il surveillait la maison. Nous…

Il s'interrompit, alerté par une lumière vive qui balaya rapidement la façade de la maison. Tournant les talons, il rebroussa chemin et se posta derrière les panneaux vitrés qui encadraient la porte d'entrée.

— C'était moins une ! dit-il d'une voix lasse. C'est la police. Espérons que personne n'a vu ce qui se passait, et qu'ils n'auront pas remarqué la fenêtre fracassée.

Il promena ses doigts sur le bois éclaté par le verrou qui s'était enfoncé dans le chambranle sous la violence des coups assenés par les morts-vivants.

— Qu'avez-vous fait de Kindzierski ? insista Janine en regardant le père Charles.

Le prêtre se signa, mais lentement, comme s'il avait une nouvelle appréciation du pouvoir contenu dans ce geste de foi.

— Nous l'avons installé dans sa voiture, répondit-il. En prenant le maximum de précautions pour ne pas laisser d'empreintes sur la poignée de la portière.

Il s'avança vers le bas de l'escalier et leva les yeux vers Janine. Son visage était sévère mais son regard bienveillant.

— Néanmoins, Janine, cela ne règle que la moitié du problème, ajouta-t-il. Lorsque la police aura découvert le corps de l'inspecteur Kindzierski, ils examineront les lieux et comprendront vite qu'il surveillait la maison de David. Et lorsqu'ils remarqueront les fenêtres fracassées, ils vont forcément vouloir y faire un tour d'inspection.

David vint se mettre à ses côtés comme s'ils s'adressaient à une reine ou à quelque déesse antique.

— Qu'allons-nous faire pour le corps de Ruth, Janine ? demanda-t-il. Comment expliquer sa présence ici ?

Elle comprit tout de suite où ils voulaient en venir.

— Vous voulez l'abandonner quelque part ? La jeter dans le fleuve, c'est ça ? Inutile, David. La police sait déjà que nous étions harcelés par un ou des inconnus. Avec le témoignage du père Charles pour confirmer nos déclarations, nous pouvons très bien reconnaître que nous l'avons trouvée ici. La porte d'entrée a été enfoncée, des fenêtres ont été fracassées… De toute façon, je refuse que vous emportiez le corps de ma mère pour…

Sa gorge se serra et elle lutta pour réprimer son émotion.

— Je ne supporterai pas d'attendre ici jusqu'à ce qu'on la trouve. Je ne pourrai pas faire semblant d'ignorer ce qui lui est arrivé. Je n'y arriverai déjà pas devant les flics, et encore moins devant Larry.

Les deux hommes se tenaient immobiles dans le vestibule avec ses meubles d'époque et ses portes en demi-cercle, un décor familier et solide. Pourtant Janine ne pouvait s'empêcher de penser au fleuve qui s'était écoulé à l'intérieur de cette maison, à la façon dont Charon avait réussi à imposer son monde souterrain dans le monde réel. Elle frissonna, puis elle écarta ses cheveux de ses yeux et descendit l'escalier.

— Tu as raison, reconnut David. Je suis d'accord.

Il la rejoignit au bas de l'escalier et ils s'étreignirent. Ce fut bref, mais ce moment était empreint d'une tendresse qui donna à Janine force et réconfort. Elle mit fin à leur étreinte et se tourna pour prendre la main du père Charles. Elle la serra, esquissa un sourire, puis elle la lâcha.

Elle prit une profonde inspiration et appuya son regard sur David. Dans chaque mot et dans chaque regard, il y avait une connaissance tacite, lourde de menaces.

— Que faisons-nous au sujet d'Annette ? demanda-t-elle d'une voix mal assurée.

David hocha la tête en soupirant et lança un regard au père Charles comme si celui-ci avait une réponse toute prête. Le prêtre demeura silencieux, aussi déconcerté qu'ils l'étaient quant aux moyens à mettre en œuvre pour arracher Annette des griffes de cette bande de morts-vivants que Charon avait fait venir de l'autre monde. L'image du cadavre de sa mère était récente dans l'esprit de Janine, et elle repoussa de toutes ses forces, sans y parvenir vraiment, celle qui tentait de se frayer un passage dans son cerveau, celle où le visage d'Annette remplaçait celui de sa mère.

— Nous devons la retrouver, murmura David.

Les cernes foncés sous ses yeux ne faisaient qu'accentuer la tristesse qu'on pouvait y lire. Il s'adressait des reproches, Janine le savait. Annette était la meilleure amie de David, ainsi que la sienne. La retrouver était, bien sûr, leur priorité numéro un, mais encore fallait-il savoir où la chercher. Leur impuissance était pathétique.

Le père Charles s'éclaircit la gorge pour attirer leur attention.

— Je ne pense pas qu'il ait l'intention de la tuer.

— Qu'est-ce qui vous fait dire ça ? demanda Janine.

Le prêtre se gratta la tête.

— Son pouvoir dans ce monde est encore fragile. Il se renforce, sans doute, mais il lui est peu familier. Il est peut-être ancré ici, mais il manque de confiance en lui-même. Il a besoin que vous soyez vulnérable, Janine. Charon aurait très bien pu leur dire de tuer Annette sur-le-champ et en finir de cette façon. Au lieu de ça, ils l'ont emmenée. En fait, il cherche à vous attirer sur son territoire.

Un frisson parcourut Janine tandis qu'elle revivait brusquement les moments de l'accouchement, lorsqu'elle avait failli mourir, la vision de Charon, du Styx et du monde souterrain qu'elle avait eue alors.

— Je ne peux pas aller vers lui sans mourir, mon père. Et, en l'occurrence, comment pourrait-il emmener Annette là-bas sans la tuer ?

David se mit à faire les cent pas dans le vestibule. Il se frappait inconsciemment la jambe du poing.

— Pas là-bas, marmonnait-il. Pas dans son… royaume. Quelque part dans notre monde, mais dans un endroit où il se sent plus sûr de lui et de ses pouvoirs.

Il cessa de marcher et regarda Janine.

— Le fleuve… poursuivit-elle. Je l'ai vu ce jour-là, le lendemain de ton accident, sur la berge opposée du fleuve.

— « Je te retrouverai bientôt sur l'eau », récita le père Charles. C'est ce que Charon m'a dit. Peut-être faut-il prendre ces paroles au sens littéral.

Ils prirent la direction du fleuve en silence. Ils ne s'étaient pas concertés, mais intuitivement David s'était engagé sur la route où le spectre de Steve Themeli avait heurté sa voiture pour l'envoyer dans le décor, comme s'il voulait achever de se convaincre que, même si c'était Janine que Charon poursuivait, c'étaient ses fantômes à lui qui avaient été évoqués, des fantômes pleins de haine surgis de son passé. Il avait envie de croire qu'ils n'étaient pas réels, qu'ils n'étaient que des échos lancés dans le monde pour le tourmenter. Pourtant Maggie – ou Jill, l'avatar qui avait séduit Annette – avait exprimé des sentiments qui lui conféraient une réalité évidente. Et cette évidence-là le torturait, le déchirait, comme s'il était Prométhée, enchaîné sur la montagne et livré en pâture aux oiseaux de proie.

David tenait la main de Janine tout en conduisant. Assis à l'arrière, le père Charles contemplait en silence sa Bible posée sur ses genoux. Il n'était pas très tard, pourtant il y avait peu de circulation sur la route.

Alors qu'ils approchaient de leur destination, l'endroit où David avait failli mourir, une légère brume apparut au-dessus de l'eau. Aucun d'eux ne réagit à ce phénomène. Sans doute s'y attendaient-ils plus ou moins consciemment. Ils parcoururent encore quelques mètres et David actionna son clignotant pour se rabattre sur l'accotement en face de la berge, non loin d'un véhicule déjà garé sur le bas-côté et qu'il reconnut aussitôt : c'était la voiture de Ruth Vale. Janine devait certainement l'avoir repérée, elle aussi, mais, pas plus que lui, ne fit le moindre commentaire.

David coupa le moteur, descendit et alla jeter un coup d'œil dans la voiture de Ruth ; il n'y avait évidemment personne à l'intérieur.

Le double faisceau des phares d'un 4×4 transperçait la brume qui nappait le paysage lorsqu'il rejoignit ses compagnons. Il s'aligna auprès d'eux, Janine à ses côtés, attendant qu'il soit passé pour s'engager sur la chaussée. En dépit du brouillard qui l'enveloppait de ses volutes tourbillonnantes, il apercevait le croissant de la lune et les étoiles briller dans le ciel. L'air était glacial et vif, malgré l'humidité ambiante. Il frissonna. Néanmoins, ce froid lui fit du bien. Il se sentait en éveil. Vivant. Ses sens lui semblaient plus aiguisés et, paradoxalement, l'odeur de la terre retournée sur la rive, où subsistait encore la profonde ornière creusée par l'accident, lui parut vivifiante, enivrante presque.

Il songea à la description que Janine lui avait faite de sa brève rencontre avec la mort, du Styx, et il ressentit le besoin de la serrer contre lui. C'était absurde, étant donné les circonstances, mais il n'avait jamais éprouvé une telle envie de la tenir dans ses bras. Il lui toucha le bras, sentit la douceur satinée de sa veste en cuir. Elle scrutait le fleuve noyé dans la brume. Ses cheveux bruns encadraient son visage, la faisaient presque ressembler à un fantôme, elle aussi.

« *Voilà*, pensa-t-il. *C'est tout cela qui est réel.* »

— Je n'y vois absolument rien, dit Janine.

Sa voix exprimait de la frustration plutôt que de la peur.

— Là-bas, chuchota le père Charles, si bas que c'est à peine s'ils l'entendirent.

Au milieu du fleuve, au sein de la brume, s'élevait une étrange lumière verte dont la lueur était diffusée et réfractée par le brouillard. Alors qu'ils l'observaient, elle commença à se déplacer dans leur direction. Elle avançait, indifférente au courant, comme si elle flottait au-dessus de l'eau et non sur elle.

La terre et le fleuve exhalaient de puissantes odeurs que David respira à grandes goulées afin de s'enraciner dans le monde qui était le sien. Un monde qui n'avait rien à voir avec celui où brillait cette lueur sur le fleuve ni, peut-être, avec le fleuve lui-même. Sans doute se trouvait-il face à la frange incertaine et floue du monde souterrain d'où sourdait le fleuve de Charon – dans la frontière entre le tangible et l'intangible, entre le vrai et l'illusoire – pour couler dans celui-ci.

Il sursauta lorsque le père Charles lui agrippa le bras par-derrière. Il fit volte-face et vit que le prêtre le regardait intensément. Toute expression d'arrogance qu'exprimaient en général ses traits altiers avait disparu de son visage où ne subsistait plus que la dignité.

— Restez ici. Protégez-vous mutuellement, dit le prêtre dont les yeux brillaient sous ses épais sourcils. Au besoin, Janine, n'hésitez pas à vous servir de David comme monnaie d'échange. Votre présence auprès de Charon contre la vie sauve pour David.

Janine le regarda bouche bée, horrifiée.

— Mon père, je… commença-t-elle en secouant la tête.

— Mentez, lui dit le prêtre.

— Mais… Où allez-vous ? demanda David.

Son esprit s'emballait. Sans lui, ils n'avaient plus aucune protection puisque, jusqu'à présent, seules ses prières avaient eu un effet sur Charon.

Le prêtre hésita. Il y avait de la peur dans ses yeux.

— Dans le fleuve, répondit-il.

Puis il se retourna et s'éloigna à grands pas le long de la berge, en direction de l'amont. Il disparut en quelques instants, avalé par la brume.

Janine saisit la main de David. Tous deux observèrent l'eau, où la lumière verte de la lanterne du Passeur brillait avec un éclat accru, se rapprochait. Ils entendaient le claquement de l'eau sur les flancs en bois de l'embarcation.

— Mais, bon sang, David ! Qu'est-ce qu'on va faire, nous ici ? chuchota Janine.

Il déglutit avec difficulté.

— Ce que nous devons faire : l'affronter. L'affronter ensemble et lui arracher Annette. De toute façon, même si Annette n'est pas avec lui, on n'a pas le choix, nous n'avons nulle part où nous enfuir. On va s'en sortir, Janine. D'une manière ou d'une autre. Il faut que tu le croies.

— Je le crois. J'ai confiance.

A quatre mètres de la berge, le courant impétueux du fleuve commença à se rider en deux endroits, comme s'il y avait des rochers juste sous la surface. L'effet ne dura qu'un instant, puis Themeli et Edgar crevèrent la surface. Ils émergèrent lentement de l'eau, tout en marchant calmement mais inexorablement vers la berge, comme s'ils avaient traversé à pied le lit du fleuve à la même allure. Le plus troublant était peut-être que ni l'un ni l'autre ne semblait mouillé.

La peur tout autant que l'incrédulité face à ce mystère suscitèrent chez David une réaction de fuite ; il dut lutter de toutes ses forces contre la tentation de se sauver comme un enfant, exactement comme le petit garçon qu'il était prenait ses jambes à son cou quand ce grand-père si sadique se dressait sur sa route. Mais il n'était plus un petit garçon.

— Reste derrière moi, Janine, dit-il.

Ses yeux brillaient de terreur.

— David, tu ne vas pas…

— Ce sont mes fantômes, lui dit-il. Le moment est venu pour moi de les affronter.

Les deux revenants, le vieil homme aux yeux caves et au large sourire sarcastique et l'adolescent au visage insolent, s'arrêtèrent à quelques pas de la berge. Ils avaient toujours de l'eau jusqu'à la cheville.

— Tiens, tiens, fiston, on dirait que tu es un peu moins trouillard maintenant ? ricana Edgar.

Themeli eut un reniflement de mépris à ces mots, puis il secoua la tête.

— Qu'est-ce qui te prend, Bairstow ? Allez, barre-toi, pauvre con ! T'as pas encore pigé ? Il se fout complètement de toi. C'est la fille qu'il veut.

Un muscle tressauta au coin de l'œil de David, mais ce fut le seul signe visible de sa terreur. Il se campa fermement dans l'herbe arrachée et les considéra, sans même lancer un regard à Janine.

— Tu n'es qu'une sale petite ordure, Themeli, dit-il. J'ai tout essayé pour t'aider à sortir de la merde dans laquelle tu t'étais toi-même fourré, mais tu te complaisais tellement dans la tragédie de ta vie que tu n'as jamais saisi la main que je te tendais ! La seule identité à laquelle tu t'es toujours accroché, c'était ta toxicomanie ! Ce n'est pas parce que j'ai échoué à te sauver la vie que tu es furieux contre moi, c'est parce que je t'ai balancé aux flics. J'ai foutu en l'air ton trip. Allez, sors ton mouchoir !

Le visage de Themeli se crispa de rage et il voulut sortir de l'eau, mais Edgar le saisit par le bras et le tira en arrière. Tous deux lancèrent un regard nerveux par-dessus leur épaule et David comprit que s'ils ne s'étaient pas encore jetés sur lui c'était que Charon leur avait dit d'attendre son ordre.

— Touchant ! railla son grand-père. (Ses yeux brillaient de haine tandis que des lambeaux de brume laiteuse semblèrent s'accrocher sur les poils blancs de sa barbe.) A mon tour, d'accord, David ? Alors, fiston, dis-moi, à quel délire psychologique à la con tu t'es raccroché pour comprendre pourquoi ton vieux papy était revenu te hanter ? Etais-je le produit d'une autre époque ? La cruauté de mon père m'avait-elle empêché d'exprimer tout l'amour qui était dans mon cœur, m'interdisant de céder à l'envie que j'avais de te raconter des histoires pour t'endormir à l'heure du coucher ou d'aller à la pêche avec toi ?

— Non, répondit David d'une voix terne. Tu n'étais qu'un enfoiré.

Edgar partit d'un grand éclat de rire à ces mots, tout en acquiesçant de la tête. Au même moment, la brume sur le fleuve parut se dissiper un peu, et le voile qui recouvrait le paysage alentour devint plus léger. Toute l'attention de David était focalisée sur les créatures devant lui, ces monstres qui arboraient les visages de morts, mais, d'une pression de la main, Janine détourna son regard vers le fleuve où la brume s'était colorée d'une lueur verte qui faisait miroiter l'eau.

Le Passeur était là, à moins de dix mètres de la rive.

Sa longue barque se balançait doucement sur place, malgré le flux des eaux emportées par le courant. Tout ce qui restait de familier dans le monde autour d'eux semblait avoir disparu avec l'arrivée de Charon. David frissonna. Le sol sous ses pieds lui parut plus humide, il gargouillait presque sous son poids, mais peut-être était-ce le fait de son imagination. Il n'osait pas lever les yeux vers le firmament, craignant que les étoiles n'y soient devenues rouges. Le brouillard les entourait, les enveloppait tel un suaire. David avait entendu plusieurs voitures passer à leur hauteur, mais il n'osait pas non plus se retourner, de peur que la route ne se soit effacée elle aussi.

« *Dans quel monde sommes-nous donc ?* » se demanda-t-il, angoissé à l'idée que la réponse ne fasse vaciller ses dernières certitudes. A l'évidence, ce monde, c'était le leur. Ils n'avaient pas bougé. Pourtant le sentiment de se trouver autre part, ailleurs, l'avait saisi aussi brusquement que s'il venait de prendre conscience qu'il était ivre.

« *Non* », pensa-t-il, secouant la tête pour s'éclaircir les idées. « *Et si personne ne peut nous voir depuis la route, c'est à cause du brouillard. Ce fleuve, c'est la Mystic River, pas le Styx. Nous ne sommes pas dans le monde de Charon.* »

Pourtant David ne pouvait nier que là-bas, sur l'eau, le Passeur détenait le pouvoir. « *C'est pour cette raison que nous sommes venus là* », se remémora-t-il. « *Pour cette raison qu'il y a emmené Annette.* » Car elle était, en effet, assise dans la barque derrière Charon. Un capuchon noir lui recouvrait la tête et elle avait les mains liées dans le dos. Le dernier avatar de Spencer Hahn était assis à côté d'elle. Il la poussait, la bousculait sans cesse tandis qu'elle se contorsionnait pour essayer de s'écarter.

— Annette ! cria Janine dans un mouvement pour s'approcher de l'eau.

— Ouais, c'est ça, ma fille, viens te baigner ! grogna Edgar.

Janine tressaillit et recula. David vit sur son visage à quel point elle souffrait d'être aussi impuissante. A cet instant, bien qu'il fût intimement convaincu que le père Charles avait un plan, une bouffée de colère contre le prêtre le submergea. Une brève seconde, il fut même assailli par un doute qui lui émerisa la peau. Et s'il les avait tout bonnement abandonnés ?

« *Non, c'est impossible* », pensa-t-il. Puis, comme pour exorciser cette pensée, David envoya une petite prière vers la voûte céleste. « *Quoi que vous ayez l'intention de faire, Hugh, faites-le, vite et bien !* »

Le Passeur oscillait au gré du mouvement de l'eau sous la barque. Son capuchon était rabattu sur sa nuque et laissait apparaître la double éclipse que formaient ses yeux noirs auréolés d'or. Plus que jamais, sa chair livide veinée de bleu semblait avoir été sculptée dans un bloc de marbre. Sa barbe se balançait lourdement, toujours maintenue par l'anneau en métal fixé presque à son extrémité. Il brandissait devant lui sa lanterne qu'il avait décrochée de l'avant de l'embarcation. La flamme verte scintillait dans la brume.

— Va au diable ! l'invectiva Janine, détachant chaque mot comme si elle cherchait à refluer les sanglots qui lui obstruaient la gorge. Tu n'as aucune autre raison d'être que le boulot que tu es censé accomplir ! Alors fais-le et fiche-nous la paix !

Charon ne réagit pas, mais ses yeux s'agrandirent légèrement. Il leva sa lanterne un peu plus haut et son visage prit une teinte verdâtre.

— *Ce n'est pas la première fois que j'abandonne ma tâche pour une autre*, finit-il par répondre d'une voix arrogante et pleine de sous-entendus. *Je suis toujours reparti et je le ferai cette fois-ci encore. Mais je ne m'en irai pas seul. Comment le pourrais-je alors que mon cœur est ici ?*

Quelque chose se dénoua en David. Les hésitations, les spéculations, la peur, le doute et la tristesse en lui furent balayés et emportés par un torrent d'adrénaline qui charriait tout un bric-à-brac d'émotions.

— Ton cœur ? Mais tu n'as pas de cœur, pauvre con ! vociféra-t-il. Tu n'es qu'un mythe !

Un filet d'air siffla entre les dents serrées de Janine. Grand-père Edgar éclata de rire, mais les yeux de Themeli s'agrandirent de surprise, tandis que, dans la barque, Hahn baissait la tête pour éviter de rencontrer le regard de Charon.

Les pupilles du Passeur se réduisirent à des pointes d'épingle. Les couronnes embrasées qui entouraient chacune d'elles flamboyèrent tels des soleils rivalisant d'éclat. Autour de l'embarcation, l'eau se mit à bouillonner. David s'arma de courage en vue de représailles.

Pourtant, avant même qu'elles n'aient pu se manifester, une gerbe d'eau jaillit du fleuve et se maintint en suspension dans l'air. D'abord ce fut juste une masse, comme une silhouette aquatique. Puis elle s'irisa de couleurs, prit une densité et, enfin, s'inscrivit dans une forme réelle.

— Maggie… chuchota David.

Quel que fût le sombre pouvoir que Charon avait utilisé pour donner une nouvelle enveloppe à l'âme de Maggie Sawyer, celle-ci persistait. Maggie, qui s'était enfuie lorsqu'elle avait dû affronter la réalité, était revenue. Elle avait trouvé une autre vie dans l'eau du fleuve. Elle se laissa tomber dans l'embarcation avec assez de pesanteur pour la faire gîter fortement et Spencer Hahn dut se cramponner pour ne pas tomber par-dessus bord. Le Passeur, en revanche, garda son équilibre sans le moindre effort.

— *Je me demandais où tu étais partie !* dit-il dans un grand éclat de rire.

— Je ne te laisserai pas lui faire du mal, répliqua Maggie.

Elle avait revêtu l'identité qu'elle avait utilisée pour séduire Annette. La même apparence aussi, aux yeux de David, que la nuit où elle était morte à cause de lui qui conduisait en état d'ivresse. Maggie était la seule personne dont il ne pouvait ignorer l'animosité. Dans la barque, il voyait Annette se débattre, tirer sur ses liens ; elle cria quelque chose sous son capuchon, mais son cri fut étouffé par le tissu et assourdi par la distance et le grondement du fleuve.

— On y va ! dit Janine.

David tourna la tête pour la regarder ; il y avait une telle détermination sur son visage et dans toute son attitude qu'il se sentit emporté par cet élan. Elle avait raison. Chez lui, tout à l'heure, ils n'avaient rien fait sinon essayer de se défendre. Mais à présent la vie d'Annette était en jeu et ils ne pouvaient plus se cacher, prendre la fuite. Plus maintenant. Le moment de vérité était arrivé. C'était sans doute leur seule chance de survivre à cette créature.

Visiblement étonnés par la tournure des événements, Themeli et Edgar s'étaient retournés vers la barque qui se trouvait à une dizaine de mètres d'eux. Themeli avait même fait quelques pas dans sa direction, comme s'il voulait prêter main-forte à son maître. C'était maintenant ou jamais !

David s'élança jusqu'au bord du fleuve et se jeta violemment sur le dos de son grand-père. Le vieil homme poussa un grognement et bascula dans l'eau, entraîné par David. Dans sa chute, celui-ci eut le temps de voir Janine sauter elle aussi sur le dos de Themeli et lui passer un bras autour de son cou pour l'étrangler.

Saisi par la température de cette eau glaciale, David agrippa son grand-père et, ramenant ses pieds sous lui, se démena pour sortir le vieil homme du fleuve en le tirant par ses vêtements. Les yeux d'Edgar Bairstow brillaient d'un éclat métallique. Il souriait de toutes ses dents jaunâtres et mal plantées. Face à cette gueule grimaçante qui paraissait si réelle, si authentique dans ce contexte cauchemardesque, David se trouva, bien malgré lui, à nouveau confronté à l'image humiliante et au dégoût de lui-même que le vieil homme lui avait renvoyés durant toute son enfance.

Un désir de fracasser ce sourire féroce et primitif lui fit perdre tout sang-froid. Le tenant fermement de la main gauche, il voulut le frapper du poing droit. Mais le visage de son grand-père s'affaissa, comme s'il s'écoulait autour de son poignet. Ecartant vivement la main, David poussa un cri car, aussitôt, les traits du vieil homme se reformèrent, tels qu'ils étaient une seconde auparavant.

— Tu n'as pas changé, tu es toujours aussi stupide ! croassa ce dernier.

Pendant ce temps, Themeli s'était débarrassé de son adversaire d'un violent coup de reins et Janine, dont le bras s'était refermé en vain sur un obstacle liquide, était tombée à genoux dans le fleuve.

Dans la barque, Charon leva sa lanterne. La brume, déjà plus légère autour de l'embarcation, se dissipa presque entièrement, comme dans l'œil d'un cyclone environné de brouillard. Une lumière verte jaillit alors de la lanterne, décrivit un arc de cercle et frappa comme un éclair la poitrine de Maggie. Celle-ci se raidit un instant puis, comme si le processus de sa création s'était inversé, elle retourna à l'état liquide. Un torrent d'eau s'abattit sur la barque tandis que l'énergie vert émeraude crépitait puis retournait à son point de départ. Spencer Hahn salua cet exploit de nouveaux éclats de rire entre lesquels David perçut, plus nettement cette fois, les cris étouffés d'Annette.

— Jill ? hurlait-elle. Jill ?

A ce moment, profitant de son inattention, Edgar le frappa et le fit tomber dans l'eau. David se retrouva à genoux, à moins de deux mètres de Janine.

« *Putain de merde, Hugh Charles* ! gémit-il intérieurement. *Où êtes-vous ?* »

Alors David faillit perdre confiance. Tout cela aurait pu être si facile… Par sa faute, la vie de Maggie s'était arrêtée prématurément mais, tout aussi brièvement, elle s'était vu offrir une autre chance de vivre. D'aimer. A présent, elle avait à nouveau tout perdu.

De plus, ni lui ni Janine ne pouvaient détruire Charon. Pis encore, ils ne pouvaient même pas anéantir ses putains de créatures si elles leur opposaient la moindre résistance. En tout cas, pas ici, sur l'eau. *Leur* élément. *Son* royaume. Bon sang, où était passé le père Charles, son ami, lui qui avait au moins le pouvoir de priver Charon de ses serviteurs ?

— David… hoqueta Janine, toussant et recrachant l'eau du fleuve.

Il la regarda et vit dans ses yeux tout ce qu'elle éprouvait pour lui. Il aimait Janine et savait qu'elle l'aimait. Pourtant il avait toujours nourri des doutes sur la profondeur de ses sentiments envers lui. En un instant, cela changea. Il tendit la main vers elle, mais, d'un coup de pied, son grand-père lui écarta le bras. David ne lui donna pas la satisfaction du plus petit grognement de douleur.

— *Ça suffit*, dit Charon simplement.

Sa voix étrange ruisselait comme un torrent à présent, comme si c'était le fleuve lui-même qui parlait.

Puis il descendit de son bateau et s'avança sur la surface de l'eau qui tourbillonnait. Solide sous ses pas, le fleuve le portait. Janine se rapprocha de David. Cette fois, non seulement ni Edgar ni Themeli ne firent rien pour l'en empêcher mais ils s'écartèrent quand Charon arriva devant eux.

Le Passeur marchait, son regard surnaturel était focalisé sur Janine. David la vit alors redresser la tête pour fixer Charon à son tour, comme si elle était incapable de résister à sa présence.

— *Je sais que tu penses que je suis un monstre. Je te montrerai d'autres mondes, des choses magiques. Je te prouverai le contraire*, lui promit le Passeur.

Sa longue robe virevoltait autour de lui au gré du vent glacial.

Puis la brume les enveloppa et se referma sur eux, créant une sorte de fausse intimité entre eux.

— Non, se contenta de répondre Janine d'une voix douce.

Pourtant ce simple mot parut faire frissonner la brume autour d'elle.

Charon porta la main à l'anneau en métal qui enserrait sa barbe, le tourna lentement tandis qu'il semblait mesurer le poids de cette réponse. Marchander. Mais comment pouvait-on marchander avec une créature pareille ? se demanda David. Cette pensée était accablante. Le vent, la brume et le fleuve continuaient de bouger, mais tout le reste parut s'arrêter en cet instant. Finalement, Charon pencha la tête vers Janine et acquiesça.

— *Viens avec moi*, dit-il, *et je ferai revenir ton enfant. Tu ne l'as jamais tenu dans tes bras. Je peux te le rendre.*

18

Hugh Charles était un homme de Dieu. Un homme qui avait la foi. Mais il ne pouvait empêcher le doute de surgir en lui tandis que la Mystic River l'emportait dans son courant.

Bien que le printemps soit arrivé, l'eau était glaciale, et tandis qu'elle pénétrait ses vêtements et l'alourdissait, le père Charles se sentit engourdi, pesant et très, très vieux. Il avait ôté ses chaussures sur la berge avant de se glisser dans l'eau et de s'éloigner à la nage, mais à présent il regrettait de ne pas avoir aussi retiré le reste de ses vêtements. Ce n'était pas tant par pudeur qu'il avait gardé sa soutane et son col blanc, mais plutôt parce que ses vêtements sacerdotaux lui donnait un sentiment accru de ce qu'il était, un soldat de Dieu. C'était un uniforme, d'une certaine façon, et cela lui donnait une confiance que, sinon, il n'aurait sans doute pas éprouvée, du moins le craignait-il.

L'habit fait l'homme. Il connaissait ce vieux proverbe. Mais parfois, il en était persuadé, l'habit pouvait faire de l'homme quelque chose de plus.

— Pauvre imbécile ! se murmura-t-il en s'efforçant de garder son visage au-dessus de l'eau.

Il était trop vieux pour ce genre de chose, en trop mauvaise forme. L'eau le tirait, tourbillonnait autour de lui. Le père Charles voyait à peine les étoiles à travers la brume. La berge opposée du fleuve était complètement cachée, mais il distinguait la silhouette de la berge d'où il était parti. Quelque part, juste devant, il y avait l'endroit où il avait laissé David et Janine. « *Où je les ai abandonnés* », songea-t-il.

Mais il ne les avait pas abandonnés. Il avait simplement fait le calcul que l'amour du Passeur pour Janine lui sauverait la vie, et que l'intelligence de David irait dans le même sens. Dès que le père Charles avait vu la lumière glauque de la lanterne de Charon approcher à travers la brume, il avait compris qu'il devait agir. S'ils avaient une chance, non seulement de sauver Annette mais de survivre eux-mêmes, il devait se rapprocher. Suffisamment pour pouvoir *toucher*.

Ainsi donc, il se laissait emporter par le courant jusqu'au moment où, d'un instant à l'autre, il apercevrait la vieille, très vieille embarcation de Charon.

« *Qu'est-ce que tu fais, Hugh ? Au nom du ciel, qu'est-ce que tu fais ?* »

La question résonna dans son esprit et la première réponse qu'il obtint fut une réponse amère, terrifiée. « *Je suis en train de me noyer.* » Mais il ne se noyait pas. Pas encore. Il n'avait pas voulu, pas osé, retirer ses vêtements, mais il avait laissé son portefeuille, sa montre et ses clés dans ses chaussures, là-bas sur la berge, et il avait bien l'intention d'aller les récupérer plus tard. Il n'était donc pas question qu'il se noie. Mais toutes ses pensées concernant le poids de ses vêtements détrempés et sa condition physique déplorable étaient simplement sa manière à lui de distraire son esprit des affres qu'il éprouvait en ce moment.

Ensuite la diversion ne serait plus de mise.

A cet instant, juste devant lui, il aperçut la barque du Passeur qui dansait sur l'eau ; par quelque mystérieux prodige, elle ne semblait pas être affectée par le courant. La brume se dissipa tandis qu'il se laissait porter contre la coque, et il vit que Charon n'était plus à bord. Il se tenait debout sur l'eau, à moins de quatre mètres de la berge. David et Janine étaient à sa merci, à genoux dans l'eau. Deux de ses laquais étaient également à leurs côtés.

Fronçant les sourcils, le père Charles lutta contre le poids de ses vêtements trempés et entreprit de nager pour se rapprocher de la berge. Il chercha du regard le troisième serviteur de Charon. Saisi par une angoisse soudaine, il reporta les yeux sur la barque. Pourtant légère autour de l'embarcation, la brume avait peut-être abusé ses sens, lui faisant croire qu'elle était vide. De fait, tandis que le courant l'entraînait, il aperçut Spencer Hahn assis dans la barque, un bras passé autour d'une silhouette menue et encapuchonnée, comme si tous deux étaient de grands amis.

« *Annette !* » pensa-t-il.

Durant un moment, il se contenta de se maintenir à la surface et rassembla ses forces, quelque peu réconforté par le poids familier du crucifix qu'il portait autour du cou suspendu par une chaînette. Puis il commença à nager et se plaça de façon à ce que le courant l'entraîne vers le flanc du bateau.

Il ouvrit la bouche pour une courte prière et plongea. Quelques secondes plus tard, soufflant et recrachant l'eau du fleuve, il émergea en s'efforçant de faire le moins de bruit possible. La barque, immobile là-bas sur la surface de l'eau agitée de remous, parut se précipiter vers lui, mais, bien sûr, il le savait, c'était le courant qui *l'*emportait vers *elle*. Le temps pressait, aussi sans plus tarder, immergé jusqu'au cou, commença-t-il à psalmodier le rituel en latin qui préludait à la bénédiction de l'eau. Une fois consacrée et présentée en offrande à Dieu, elle devenait en quelque sorte Son instrument. Peu de temps auparavant déjà, la formule de consécration avait ébranlé le pouvoir du Passeur sur son élément naturel. Il fallait que ça marche à nouveau, coûte que coûte, sinon ils étaient perdus.

Le fleuve semblait l'entraîner plus vite. Inquiet, le

père Charles se dépêcha et trébucha sur plusieurs mots tout en jetant des regards anxieux vers la berge, priant pour que Charon ne fasse pas de mal à ses amis avant qu'il ait la possibilité de les aider.

Tout à coup, le bateau surgit devant lui et l'ombre de Spencer Hahn se découpa dans la brume ; il était d'une beauté si arrogante que, durant un moment, le prêtre douta que cet homme était mort. Avec toute l'énergie dont il était capable, poussant vigoureusement sur ses jambes, il nagea vers la gauche pour être sûr d'atteindre sa cible. S'il dérivait trop loin du bateau, il était peu probable qu'il ait une autre chance.

A cet instant, il vit Spencer grimacer et pencher la tête de son côté, comme s'il avait été alerté par quelque bruit insolite. Etait-ce le clapotement produit par ses mouvements de brasse ? Quoi qu'il en soit, Spencer se retourna, scruta le fleuve autour de lui, et il *comprit*.

Un large sourire apparut sur ses traits et il marmonna quelques mots qui échappèrent au père Charles, encore trop loin de l'embarcation. La silhouette encapuchonnée redressa la tête et une onde d'espoir envahit le prêtre. C'était Annette, il en avait la certitude maintenant, et non seulement elle était vivante, mais elle était aussi consciente.

Il répéta trois fois la dernière phrase du rituel en latin. Il n'était plus qu'à quatre mètres de la barque. Trois. Deux.

Spencer se mit debout dans la barque et commença à tirer sur la fermeture à glissière de son pantalon.

— Approchez-vous, mon père ! Allez, venez prendre une bonne douche !

Un mètre. A présent le prêtre était assez près pour comprendre chaque mot. Spencer avait l'intention de pisser sur lui. Le bateau tangua tandis qu'il abaissait son pantalon en éclatant de rire.

Le père Charles sortit la main de l'eau et fit le signe de la croix dans l'air. Puis il heurta le flanc du bateau et s'y agrippa. Le bateau oscilla sous le choc et Spencer perdit l'équilibre.

Alors même qu'il tombait dans le fleuve, le pouvoir qui maintenait jusqu'alors la cohésion de son corps fut chassé et toute l'eau dont il était constitué frappa le fleuve dans un claquement sec ; puis il se dilua dans le courant agité de remous avant de perdre toute identité. Dieu avait repris cette eau à Charon, Il avait également repris l'âme de Spencer Hahn.

A bout de souffle, épuisé, Hugh Charles resta cramponné au flanc de la barque un long moment. Toutefois, il n'avait plus froid. Une sorte de chaleur et de lumière s'était répandue en lui, car il avait vu de ses propres yeux le pouvoir de la foi ; au plus profond de son cœur, il savait à présent que, comme cela lui était arrivé dans le passé, sa foi ne lui ferait plus jamais défaut.

Enfin, un léger sourire aux lèvres, le père Charles se hissa hors de l'eau et grimpa à bord de la barque.

— Mais, bon Dieu, qu'est-ce que vous foutez encore ? lança Annette d'une voix furieuse, un peu assourdie par le capuchon.

— C'est moi, Annette, le père Charles, dit-il. Tenez bon.

Il rampa à quatre pattes sur le vieux plancher de bois de la barque et lui retira son capuchon, tressaillant en voyant les ecchymoses violacées autour de sa bouche et la longue entaille qui surlignait l'un de ses sourcils, mais Annette ne semblait guère remarquer qu'elle était blessée. Ses yeux bleus brillaient. Ils étaient pleins de vie.

Et de colère.

— Janine et David ? demanda-t-elle en jetant un regard à la ronde.

— Ils ont besoin de notre aide, répondit le père Charles.

— Vous avez bigrement raison !

« Je peux te le rendre. »

Les mots résonnaient dans la tête de Janine. Ils lui émerisaient la peau. Leur saveur lui desséchait la bouche. Le sol mou du fleuve ressemblait à des sables mouvants sous ses genoux, l'attirait tout autant que l'eau, tout autant que sa douleur. Janine ne s'était jamais sentie aussi humaine, aussi matérielle, aussi lourdement constituée de chair et de sang. Ses os lui semblaient peser des tonnes, ses membres, ses seins et le bloc de désespoir et de douleur qu'elle traînait dans son ventre, tout cela avait pris une densité considérable qui menaçait de l'entraîner au fond de l'eau.

Saisie de vertige durant plusieurs instants, elle s'efforça de mettre un nom sur cette sensation, de comprendre ce poids horrible, charnel. Pourtant, au tréfonds de son être, elle savait très bien ce que c'était.

C'était la vie. Le fardeau de la vie. Autrefois, il n'y a pas si longtemps, elle était jeune, heureuse et, sans fausse modestie, elle se savait belle, du moins l'avait-elle lu dans certains regards. A présent, à travers le voile de son chagrin, elle voyait quelle femme elle était devenue. Le monde autour d'elle s'était réduit à une simple façade décrépite, à un ensemble de décors, de trompe-l'œil dérisoires. Son bébé avait été un miracle, l'étincelle de quelque chose de vrai et de bien en elle, mais ce bébé était mort. Maintenant sa mère était morte, également.

Et Janine savait que la mort viendrait la chercher, elle aussi. Si ce n'était pas aujourd'hui, eh bien, c'était une simple question de temps. Les jours et les années qui la séparaient de ce moment consistaient à tenir debout, guère plus. Et si c'était vrai, alors à quoi bon lutter, tout compte fait ? Jadis, elle avait cru que la mort était la fin, que seul l'oubli l'attendait au-delà du monde qu'elle connaissait. A présent qu'elle savait – avec une certitude absolue, comme la plupart des gens ne le sauraient jamais – qu'il y avait une vie après la mort, un autre monde où les âmes de son fils et de ses parents demeuraient maintenant… pourquoi s'acharner à vivre ?

Ses yeux s'embuèrent de larmes qui ruisselèrent sur ses joues ; elle en apprécia la saveur salée sur ses lèvres. Car, dans toute cette eau environnante, la brume et le fleuve qui trempait son jean et s'écoulait impétueusement autour de ses jambes, ces larmes étaient la seule eau qui échappait au contrôle du Passeur. De la mort.

Elle vacilla. Ses muscles ne la soutenaient plus, c'est à peine si elle parvenait à rester debout dans ce courant qui lui enveloppait les mollets. Pourtant, au lieu de s'en retourner vers la berge, Janine s'avança, s'enfonça plus profondément, s'immergeant pratiquement jusqu'à la taille. A la lumière des étoiles, elle voyait le bas de la robe de Charon qui caressait la surface du fleuve, flottant et virevoltant au gré des eaux autour de ses pieds. Pourtant, le tissu de sa robe ne semblait pas mouillé.

Puis elle regarda Charon. Un petit sourire apparut aux commissures des lèvres blanches et froides de la créature. Ses yeux noirs la suivirent tandis qu'elle s'approchait de lui.

Janine ferma les yeux.

— Non ! lui cria David sur sa gauche. Janine, ne fais pas ça ! Ne pars pas avec lui ! Je t'aime. Il ne peut pas t'obliger à le suivre, tu ne comprends donc pas ? Souviens-toi, lorsque tu as failli mourir, tu as finalement refusé de partir avec lui et il n'a pas pu t'emmener. Ne pars pas !

Son cœur se serra d'amour pour David, mais elle garda les yeux clos. Elle prit une profonde inspiration, s'imprégnant de l'odeur du fleuve, et se concentra sur la sensation de l'eau qui coulait rapidement autour de sa taille, la tirait et l'encourageait à suivre le cours du fleuve. A lui céder.

Dans son esprit, défilaient à nouveau d'innombrables images des rêves érotiques que lui avait suggérés Charon. Et ces images étaient si puissantes qu'elle pouvait presque sentir ses mains sur sa peau et le désir ardent qui l'avait gagnée tandis que, le dos cambré, son corps se tendait vers ses caresses comme les fleurs vers le soleil. Ses lèvres froides sur ses seins.

— *Les pièces*, chuchota le Passeur.

Sa voix se confondait avec le murmure du fleuve.

Au même moment, Janine sentit tout à coup le poids des pièces d'argent qui cliquetaient dans sa poche. Ses paupières papillotèrent et elle ouvrit les yeux. La brise agita ses cheveux tandis qu'elle regardait le Passeur. L'anneau en métal qui enserrait sa barbe lança un éclat de lumière. Il brandit la lanterne d'une main et tendit l'autre vers sa proie. Ses yeux luisaient d'un désir passionné. Un désir d'elle, violent et sombre. Un désir de la goûter et de la sentir, comme si elle était la vie même.

Pour lui, peut-être était-elle la vie…

— Janine ! cria David à nouveau.

Elle tourna la tête et le regarda. Il était agenouillé dans l'eau, entouré de son grand-père et de Steve Themeli. Ses yeux couleur châtaigne étaient désespérés, remplis de peur et d'amour. Elle vit ses joues bleuies par sa barbe naissante, et elle imagina, sentit presque, les poils qui lui griffaient la peau tandis qu'ils s'embrassaient. Avec son pull détrempé qui pendait lamentablement, David avait l'air d'un noyé, vaincu, pourtant, à ce moment, il trouva la force de se relever et se précipita vers Janine, d'un mouvement trop rapide pour qu'Edgar ou Themeli puissent l'en empêcher.

Charon eut un petit mouvement du poignet. Une gerbe d'eau jaillit du fleuve et repoussa David vers les fantômes, les morts qui l'avaient tourmenté. Son grand-père l'accueillit d'un direct au visage qui lui arracha un cri de douleur et l'envoya valdinguer vers Themeli. Celui-ci le reçut d'un coup de poing dans les reins. Chancelant, courbé en deux par la violence du choc, David essaya de reculer pour échapper à ses tortionnaires.

Il cria son nom à nouveau.

C'était plus que Janine ne pouvait en supporter. L'amour de cet homme et l'amitié d'Annette étaient les seuls cadeaux que la vie lui avait apportés dans le torrent de souffrance et de chagrin qu'elle avait traversé au cours de l'année passée. Elle plongea sa main dans l'eau et, avec quelque difficulté, parvint à la glisser dans la poche de son jean. Malgré le froid du fleuve, les pièces lui semblèrent chaudes lorsqu'elle les prit et les sortit de sa poche.

Charon la couvait des yeux.

— *Oui, Janine*, dit-il dans un chuchotement moelleux. *Accompagne-moi sur le fleuve*.

Elle frotta du pouce les pièces dans sa paume et considéra les éclipses jumelles des yeux de Charon.

— L'éternité avec toi, ni vivante ni morte, dérivant sur le fleuve entre ce monde et l'autre, c'est ça que tu me proposes ?

Janine jeta les pièces dans le fleuve.

Elle entendit le Passeur pousser une exclamation qui la fit presque sourire tant elle lui parut incongrue.

— *Tu oses ?* rugit-il avec fureur.

Même si elle pleurait toujours, Janine puisait de la force dans ses larmes à présent. Elle s'essuya les joues du bout des doigts puis les porta à ses lèvres pour en lécher le sel. C'était sa vie. Son pouvoir à elle.

Un pouvoir qui visiblement dépassait l'entendement des monstrueuses créatures du Passeur qui, ayant empoigné David, avaient cessé de le torturer et la contemplaient avec stupeur. Même David semblait abasourdi.

— C'est vrai que, parfois, il est trop douloureux de vivre, dit Janine. (Sa voix semblait rebondir sur l'eau, répercutée par le rideau de brume environnant.) Mais mon cœur bat, mon sang coule dans mes veines et, contrairement à ton fleuve, il est chaud. Malgré tout ce que tu m'as pris, j'ai encore beaucoup d'amour à donner. Le soleil continuera de se lever. C'est la vie. Quelque chose que tu ne pourras jamais comprendre.

Les veines bleutées du visage de Charon parurent s'incruster plus profondément encore dans sa chair, tendues à se rompre sous cette peau blême. Il leva sa lanterne au-dessus de sa tête. Des étincelles de flamme vert émeraude en jaillirent et dansèrent dans l'air autour de sa sombre silhouette. Il ricana et, pour la première fois, Janine vit que ses dents étaient l'argent des pièces de monnaie, mais souillé d'une moisissure verdâtre, comme les eaux glauques que charriait le fleuve.

Charon allait la tuer, Janine en était certaine. Si elle refusait de le suivre, il n'avait plus besoin de dissimuler sa présence dans ce monde. Et si un châtiment s'ensuivait, qu'il en soit ainsi !

Janine vit tout cela dans ses yeux noirs cerclés de feu.

Derrière elle, sur sa gauche, Edgar Bairstow fut le seul à réagir.

— Bordel ! lâcha-t-il.

Quelque chose dans son intonation força Janine à se tourner vers lui, imitée par le Passeur qui paraissait sur le point d'exploser de fureur. Mais Edgar ne semblait les voir ni l'un ni l'autre. Il fixait un point sur le fleuve. Suivant la direction de son regard, Janine porta ses yeux au-delà du Passeur pour essayer de discerner ce qui avait pu provoquer une telle réaction de la part du mort-vivant.

Alors, enveloppé des volutes de brume, elle vit le père Charles qui se tenait à l'avant de la barque de

Charon. Spencer Hahn avait disparu mais Annette était assise derrière lui. Ses cheveux blonds étaient ébouriffés, hirsutes même et, avec ses yeux flamboyant de rage, Janine trouva qu'elle ressemblait à un guerrier elfe. Elle aperçut un reflet métallique dans la main tendue du prêtre. La barque se trouvait encore à quinze ou vingt mètres de distance, il faisait sombre, mais Janine songea que ce devait être le crucifix qu'il portait sur la poitrine.

Le père Charles redressa la tête d'un air de défi.

— Tu avais dit que tu me retrouverais sur l'eau. Eh bien, me voilà !

Le Passeur donna libre cours à sa fureur. Le fleuve se mit à bouillonner sous ses pieds, une gerbe d'eau écumante le souleva et l'emporta vers sa barque.

— *Puisque tu as osé pénétrer dans mon royaume, prêtre*, grogna-t-il d'une voix semblable au grondement d'un torrent impétueux, *sache que ton âme est entre mes mains, désormais. Je vais lui faire traverser le fleuve et ce, sans la moindre contrepartie !*

Aussitôt, tel un chef d'orchestre, Charon leva les bras vers les nues, soulevant dans son mouvement deux gigantesques vagues desquelles s'élancèrent des dizaines de tentacules aquatiques en de longs arcs de cercle vers les deux passagers de l'embarcation.

Le prêtre contre-attaqua en traçant un signe de croix dans l'air. A peine eut-il achevé son geste que l'eau retomba lourdement, inoffensive, dans le fleuve.

— Ta place n'est pas ici, dit-il d'un ton ferme. Ce fleuve n'est pas de ton royaume et cette eau ne t'appartient pas. Elle appartient au monde de l'homme. A celui de Dieu.

Dans un rugissement de fureur, le Passeur lança un nouvel assaut. Deux murs liquides se formèrent de part et d'autre de la barque et, telles les mâchoires d'un énorme étau, se ruèrent contre ses flancs pour l'écraser.

Au moment où ces deux battoirs d'eau allaient

atteindre leur but, le père Charles bénit les déferlantes et elles retombèrent avec un bruit flasque.

Un sourire d'émerveillement apparut sur le visage de Janine.

— La foi, chuchota-t-elle.

Charon poussa un grondement qui secoua le fleuve et s'avança vers eux, mais lentement à présent, presque précautionneusement. Le père Charles bénit l'eau autour de la petite embarcation. Délivrée du lien invisible qui la maintenait sur place, elle commença à dériver et à descendre le fleuve.

— *Impossible !* vociféra le Passeur.

— Pas tant que ça, apparemment, espèce de vieux pou chassieux ! lui cria Annette joyeusement depuis la barque.

Puis elle sauta dans l'eau, imitée aussitôt par le père Charles. Et, côte à côte, ils commencèrent à nager vers la berge – vers le Passeur – au lieu de s'en éloigner. Entre deux brasses, le père Charles récitait – hurlait plutôt, à s'en casser les cordes vocales – des prières en latin.

A quelques mètres, toujours à demi immergée près de la rive, Janine reconnut ces incantations qu'elle avait déjà entendues. Elle éclata de rire et se retourna vers David pour s'apercevoir qu'il était toujours solidement maintenu par les créatures mortes, les fantômes de son passé. Mais, l'air anxieux et craintif à la fois, Edgar et Themeli étaient plus préoccupés par les exploits du père Charles et les vaines tentatives de leur maître pour le détruire que par leur prisonnier.

Elle se demanda. Et si… ? Ça valait sûrement la peine d'essayer.

Tandis que le prêtre psalmodiait les mots en latin, Janine les répéta pour elle-même, bien qu'elle n'ait aucune idée de leur signification. Puis, grelottant dans ces eaux glaciales du fleuve et sous l'effet du vent froid de ce soir de printemps, elle rebroussa péniblement chemin vers la berge et s'approcha de David et de ses geôliers. Ces derniers étaient tellement attentifs aux efforts de leur maître qu'ils ne la remarquèrent même pas.

David lui lança un regard, l'implorant silencieusement de partir.

Mais, loin d'obtempérer, Janine tendit la main et, avec son pouce, elle traça le signe de la croix sur la nuque de Steve Themeli.

Aussitôt, il parut se liquéfier, se répandit dans l'eau et fut emporté par le courant.

Edgar s'aperçut alors de la présence de Janine. Il se retourna, effrayé, et la frappa violemment du tranchant de la main, l'atteignant au visage. Janine sentit sa lèvre se fendre, le goût du sang dans sa bouche, mais elle souriait lorsqu'elle tomba à la renverse dans le fleuve.

David avait observé la scène avec un étonnement muet, paralysé par l'intensité de ses émotions auxquelles il se sentait relié comme une marionnette désarticulée par la tension trop forte exercée sur chacun de ses fils. Lorsqu'il avait vu Janine bénir et, ainsi, anéantir Themeli, un cri de victoire lui avait monté aux lèvres. Mais quand son grand-père la frappa, il reçut comme un électrochoc qui le libéra de toutes les émotions qui l'avaient retenu jusqu'à présent.

— Espèce de salaud ! cria-t-il en même temps qu'il lui balançait un uppercut dans la mâchoire.

Son poing avait rencontré une matière solide. Projeté en arrière, Edgar Bairstow tituba dans l'eau puis, encore à demi groggy, il se retourna et lança un regard stupéfait à son petit-fils.

— Comment tu… ? balbutia-t-il.

Un sourire apparut sur le visage de David. En un instant, un enchaînement de déductions surgit dans son esprit. Charon avait créé des formes aquatiques pour loger ces âmes, pour les attirer hors du purgatoire.

Sans son influence immédiate, quel contrôle pouvaient-elles exercer sur ces corps ?

Apparemment, la réponse était : très peu.

Edgar se frotta le menton, puis il arbora un large sourire à son tour, et David réalisa avec horreur que ce visage à la barbe blanche à la Hemingway serait vraisemblablement son propre reflet dans une glace dans trente ou quarante ans.

— D'accord, Davey, grogna Edgar. Voyons quelle sorte d'homme tu es, une bonne fois pour toutes !

David se campa sur ses jambes et se prépara à soutenir l'attaque du vieil homme. Il entendait la voix de Hugh Charles retentir au-dessus du fracas du fleuve. Des bribes de phrases en latin. Mais bien plus que des mots, elles véhiculaient un rituel, une sorte de credo plutôt. Tout cela concernait la foi. Pas simplement en Dieu, mais la foi en ce monde, en lui-même, et en l'amour qu'il ressentait.

— Allez, amène-toi ! dit Edgar, les poings levés, en lui faisant signe de s'approcher.

David abaissa ses mains et se redressa. Une immense pitié dans le cœur, il considéra le fantôme de son grand-père et secoua la tête.

— Je n'ai rien à te prouver, vieil homme, dit-il. Je te pardonne. Et, au nom de Dieu… quel qu'Il puisse être… je te bénis.

Edgar baissa brusquement ses poings et le regarda fixement, les yeux écarquillés de surprise. Une expression de tristesse apparut sur ses traits. Puis il s'affaissa dans l'eau telle une cascade de pleurs.

David fit volte-face et vit que Janine se tenait juste derrière lui. Avec un doux sourire, elle tendit les bras vers lui. Il lui prit la main. Elle était chaude.

Main dans la main, ils se tournèrent et virent alors Charon qui s'apprêtait à se jeter sur le père Charles et Annette. Le Passeur avait visiblement renoncé à ses attaques aquatiques pour s'en prendre à eux directement. Une langue de feu verdâtre jaillit de sa lanterne. Le père Charles continua de psalmodier en latin, mais, loin de se dissiper, la flamme vert émeraude poursuivit sa trajectoire mortelle.

Le prêtre essaya de se protéger dans l'eau, tant bien que mal, mais cette flèche embrasée lui brûla les bras et ses cheveux s'enflammèrent. Annette cria, l'empoigna et l'obligea à plonger afin d'éteindre le feu. Une tache verte naquit alors à la surface du fleuve car, même sous l'eau, ce brasier diabolique continuait de brûler. Enfin il s'éteignit et tous deux se laissèrent emporter par le courant. Ils remontèrent à la surface à un peu plus de deux mètres de l'endroit où ils avaient plongé, Annette soutenant le père Charles qui hoquetait et crachait pour tenter d'évacuer l'eau de ses poumons.

De la berge où ils avaient suivi la scène, Janine et David comprirent que le père Charles était vivant mais que, tout comme Annette, il était au bout de ses forces ; or le Passeur s'était lancé à leur poursuite. Il marchait sur la surface de l'eau agitée de remous d'un pas déterminé, inquiétant.

— Il faut y aller, dit Janine.

David obtempéra. Il prit son élan en pliant maladroitement les jambes et plongea dans le fleuve, Janine à ses côtés. Un long moment, ils se laissèrent porter par le courant puis, toujours ensemble, crevèrent la surface, battant des paupières pour chasser l'eau de leurs yeux, et nagèrent vers Annette et le père Charles.

« *Hugh, nom de Dieu, Hugh, tenez bon !* » Tandis que David adressait cette prière muette à son vieux maître, il entendit Janine se mettre à invectiver le Passeur.

— Hé, toi ! lui criait-elle. Alors, vieil enfoiré, qu'est-ce qui se passe ? Tu ne m'aimes plus ?

D'un mouvement ample qui fit jaillir une gerbe d'eau dans l'air, Charon se tourna vers eux. Ses yeux étaient entièrement noirs maintenant, sombres et pourtant, paradoxalement, étincelants bien que toute lumière ait disparu autour de ses pupilles.

David voulut s'arrêter, reculer, mais il n'y parvint pas. Puis, voyant Janine continuer de nager vers le Passeur, il la suivit. Le fleuve les emportait avec toute la force inexorable du monde naturel. Du temps. Au-delà du Passeur, ce monstre qui avait dévasté leurs vies à tous les deux, David aperçut Annette qui nageait vers une boucle du fleuve. Le père Charles faisait des brasses désespérées à ses côtés. La moitié de son visage était carbonisé et ses cheveux roussis se dressaient sur sa tête en touffes rabougries.

Pourtant il recommença à psalmodier, d'une voix forte et claire.

C'est à ce moment-là que David finit par comprendre ce qu'il faisait inlassablement : Hugh Charles consacrait tout le fleuve. Il changeait la Mystic River en un flot ininterrompu d'eau bénite.

Devant lui, le Passeur leva à nouveau sa lanterne et, à cet instant, alors que David l'observait qui marchait sur la surface du fleuve, il prit tout à coup conscience que la répugnance manifestée par cette créature infernale à l'égard de l'eau pouvait revêtir une autre signification que celle qu'il lui avait attribuée jusqu'à maintenant. Il avait cru auparavant à une volonté destinée à montrer son pouvoir sur le fleuve. Mais il comprenait maintenant que le Passeur, ne faisant pas partie de ce monde, ne voulait pas être touché par lui, si ce n'était, peut-être, par les mains de Janine. Charon avait dû créer des formes d'eau solidifiée, si l'on peut dire, pour les âmes qu'il avait arrachées du purgatoire, mais qu'en était-il de sa propre forme ? Qu'avait-il donc dû exiger de lui-même pour pouvoir exister ici ? David pensa à ce que le père Charles lui avait dit : Charon avait besoin d'un ancrage dans ce monde. Mais quelle était-elle, cette ancre au juste ? Et lui, de quoi était-il fait ?

Plongeant à nouveau dans les profondeurs du fleuve, David écarta les bras et, d'une poussée vigoureuse de ses jambes, il se propulsa aussi loin que possible malgré l'eau qui imbibait lourdement ses vêtements et entravait ses mouvements. Puis il ouvrit les yeux et regarda vers le haut. Apercevant une lumière verte qui miroitait à la surface, il remonta et sortit la tête de l'eau. Le Passeur se trouvait juste au-dessus de lui, environné d'un feu émeraude qui crépitait en arcs de cercle autour de sa lanterne, là où, en fait, résidait son pouvoir.

Lorsque, d'un geste vif, David empoigna la créature démoniaque, il ressentit dans tout son corps la traction du fleuve tandis qu'il s'agrippait à cette nouvelle amarre. Charon poussa un rugissement outragé devant ce blasphème, mais David se cramponna à sa prise et lança son bras vers le haut pour lui arracher la lanterne des mains puis, dans le même élan irrésistible il le ramena en arrière ; alors, tel un ressort comprimé à l'extrême, son bras se détendit vers l'avant, projetant son arme improvisée sur le visage du Passeur. Durant une fraction de seconde, David eut l'impression de se trouver face au fantôme de Ralph Weiss auréolé de cette lueur flamboyante. Puis l'image disparut et un feu liquide d'un vert brillant se répandit sur l'eau et sur Charon lui-même. Sa robe s'enflamma, mais cela ne dura qu'un instant.

Une gerbe d'eau jaillit du fleuve et éteignit les flammes.

Lâchant sa proie, David se mit à nager vers la berge, à l'endroit où s'étaient réfugiés Annette et le père Charles. Il les entendait répéter inlassablement les prières de consécration du fleuve dont le cours rapide les obligeait à renouveler constamment les formules. Pourtant leur foi paraissait inébranlable et David se surprit à psalmodier lui aussi les mots latins qui lui parvenaient.

Depuis que la lanterne s'était éteinte, il ne subsistait plus que la lumière des étoiles à présent. Elle s'accrochait au brouillard, environnant les lieux tel l'œil d'un cyclone, qui commençait à se condenser en nappes légères s'effilochant autour d'eux à la surface des eaux.

Dans cette atmosphère irréelle, la voix de Charon retentit à nouveau.

— *Je t'aimais, pitoyable créature !* vociféra-t-il à l'adresse de Janine qui nageait vers lui.

— Tu me *désirais*, répliqua-t-elle. C'est tout. Et tu ne m'auras jamais !

Le Passeur fit un geste vers le fleuve qui se souleva à nouveau en de gigantesques vagues. Dans un fracas terrible, elles déferlèrent sur Janine avec une telle force que, submergée, elle se trouva propulsée en amont du fleuve, repartant dans la direction d'où elle était venue, contre le courant. David, qui avait suivi la scène, figé, debout dans l'eau près de la berge où le père Charles et Annette regardaient, eux aussi horrifiés, Janine ballottée par les flots, l'appela de toutes ses forces. Désespéré, il croisa le regard d'Annette et, ensemble, ils s'appliquèrent à hurler de plus belle les mots en latin du prêtre.

« *L'eau* », pensa David, tout en psalmodiant ses litanies, paupières closes. « *Elle ne lui appartient pas.* »

Lorsque, alerté par les cris furieux du Passeur, il releva les yeux dans la direction où Janine avait disparu, il s'aperçut que le fleuve n'obéissait plus aux ordres de Charon. De fait, Janine réapparut à la surface de l'eau. Elle suffoquait et se débattait, faisant de grands mouvements frénétiques des bras, mais finit par reprendre le contrôle de la situation et se remit bientôt à nager dans le sens du courant. Ses cheveux étaient plaqués sur son dos et ses yeux brillaient de colère.

Elle saisit le Passeur qui, alarmé sans doute par la perte de ses pouvoirs, hurlait à perdre haleine, et le tira vers le bas. Puis, l'empoignant par sa longue barbe, elle le fit basculer dans l'eau.

Ils dérivèrent ainsi un moment, engloutis dans les profondeurs troubles du fleuve, Janine fermement agrippée au cou du Passeur dont les yeux la fixaient sous l'eau, grands ouverts et courroucés. Puis ils commencèrent à blanchir. Charon tenta de desserrer l'étau des doigts de Janine autour de sa gorge, mais elle parvint à maintenir la pression jusqu'à ce que, ne sentant plus de résistance, elle réalise que c'était un cadavre à la chair molle et pétrifiée qu'elle tenait dans ses mains. Les restes sans doute de quelque malheureuse créature morte qui avait permis à Charon de trouver une amarre dans ce monde. A présent, malgré les efforts qu'il faisait pour se dégager de l'étreinte mortelle de Janine, cette amarre se libérait.

Et Charon se noyait.

Charon, le Passeur du Styx, était en train de se noyer.

Au tout dernier moment, Janine songea à le tirer vers la surface, puis il cessa de se débattre. Au même instant, comme décapée par le fleuve, la chair de son enveloppe corporelle parut se décomposer et se détacher des os qui eux-mêmes se pulvérisèrent tandis que les lambeaux de sa robe s'éparpillaient dans le fleuve.

Ce fleuve qui avait vaincu Charon et où achevaient de se disperser les maigres fragments qui restaient de lui.

Janine se laissa porter par le courant pendant quelques secondes. Elle se sentait à la fois euphorique et horrifiée. Puis elle regarda en amont du fleuve, vers la berge où se trouvaient Annette et le père Charles. Elle entendit un cri, leva les yeux, et aperçut David qui courait au bord de l'eau à sa hauteur. La brume s'était suffisamment dissipée pour lui permettre de le distinguer clairement. Au loin, au-delà de la silhouette de David, il lui sembla voir des phares qui passaient rapidement sur la route.

Alors, d'un battement des jambes et d'un mouvement puissant des bras, Janine commença à nager vers la berge, luttant contre les eaux tourbillonnantes qui tentaient de l'attirer dans ses profondeurs pour toujours. En vain.

EPILOGUE

Le troisième samedi de mai, Annette se rendit à *Bookiccino* à Arlington. Il était encore un peu tôt dans la saison, mais le propriétaire de la librairie avait disposé quelques tables sur le trottoir pour créer une sorte de terrasse. Il faisait un temps splendide. La température avoisinait les dix-huit degrés, l'air était vif et pur, et le vent annonçait déjà la chaleur étouffante de l'été à venir, de ces journées d'été où seules la fraîcheur de l'océan et la climatisation parviennent à soulager les brûlures du soleil sur la peau.

Annette attendait avec avidité juillet et août, pour s'allonger sur le sable et se laisser purifier par cette chaleur. Néanmoins, une journée comme celle-là était un début prometteur. Le soleil se reflétait sur son pare-brise et elle dut se protéger les yeux derrière les lunettes à monture en argent que Janine avait laissées dans la boîte à gants l'été précédent.

Quelques instants plus tard, après avoir garé sa voiture le long de Massachusetts Avenue, marchant d'un pas léger vers *Bookiccino*, elle aperçut son reflet dans la devanture d'un magasin. Avec ces lunettes clinquantes sur le nez, elle se surprit à éprouver la sensation assez grisante d'être une parfaite étrangère ici et de mettre les pieds pour la première fois dans cette librairie.

Lorsqu'elle y entra, les haut-parleurs déversaient les

riffs scandés d'un vieux blues. Elle reconnut la chanson. *Plus d'ennuis*. Elle sourit en écoutant le refrain.

Elle prit son temps pour parcourir les allées où s'empilaient les dernières nouveautés et le rayon des romans policiers, mais, finalement, elle ressentit le besoin d'un changement. Le livre qu'elle choisit était *Colombe solitaire*, un roman de Larry McMurtry qui avait obtenu le prix Pulitzer. Il faisait plus de mille pages et c'était un western. Si quelqu'un lui avait dit qu'elle lirait un jour un livre comme celui-ci, Annette aurait éclaté de rire.

Pourtant le titre l'attirait, ainsi que les images qu'il évoquait dans sa tête, celles d'hommes partant à l'aventure dans le contexte simple d'une époque où les gens avaient le courage de surmonter les tragédies qui leur arrivaient et de continuer à se battre.

« *Quels drôles de mots* ! se gronda-t-elle. *Continuer à se battre... Comme si c'était la guerre, alors que c'est la vie tout simplement. Ta vie.* » Pourtant sa vie ressemblait parfois à une guerre. Une lutte perpétuelle contre l'écoulement du temps et les ombres qui s'attardaient dans les recoins de l'âme, un combat pour trouver la force de tenir le coup, ou quelqu'un avec qui tenir le coup.

Annette emporta le livre jusqu'au comptoir et l'acheta, ainsi qu'un énorme cappuccino. La femme qui préparait le cappuccino était une rousse d'une quarantaine d'années. Elle adressa à Annette un sourire las lorsqu'elle lui tendit l'énorme tasse et la soucoupe.

— Tiens, c'est vous ! dit-elle. Ça fait plaisir de vous revoir ici ! Vous devriez venir plus souvent.

— Hein ? marmonna Annette, surprise.

Il lui fallut un moment pour repasser les mots dans son esprit, tellement elle avait été prise au dépourvu. Lorsqu'elle comprit, un grand sourire éclaira son visage.

— Ne vous inquiétez pas, répondit-elle. Je ne peux pas rester loin de cette librairie très longtemps.

Toutes deux se sourirent poliment, puis Annette prit le cappuccino et son livre et s'assit à une table à l'intérieur. Pas question de s'installer à cette terrasse bidon avant que l'été ne soit vraiment arrivé ! Alors qu'elle commençait à lire les premières pages du livre, elle se sentit à nouveau réconfortée par la gentillesse de cette femme à son égard. Ce n'était rien de plus que de la politesse, une attitude aimable, néanmoins cela la touchait. On la connaissait dans cette librairie, et elle y était la bienvenue.

Une chose insignifiante, mais cela la faisait se sentir un tout petit peu moins seule.

Lorsqu'elle rentra à Medford, elle fit un détour, passa devant la maison de David et continua vers la Mystic River jusqu'à l'endroit où s'était terminé le drame. Annette se gara sur l'accotement non stabilisé, mais resta dans sa voiture. Là, assise, elle contempla un long moment le fleuve qui coulait, et laissa les larmes venir à nouveau.

En pleurant maintenant, elle serait peut-être plus forte tout à l'heure pour soutenir Janine.

Vingt minutes plus tard, elle mit le contact, fit demi-tour et prit la direction du cimetière d'Oak Grove.

L'assistance était peu nombreuse, et Janine s'en réjouit. Les obsèques de sa mère avaient eu lieu deux semaines auparavant à Scarsdale et elle avait été submergée de condoléances de la part de centaines de personnes qu'elle n'avait apparemment jamais rencontrées mais qui pensaient, pour quelque raison, la connaître. Des clients et des collègues de sa mère, des proches de son beau-père qui s'agrippaient à elle comme si c'était leur mère qui s'était noyée.

Noyée.

Si seulement cela avait été aussi simple que ça…

Janine s'était pourtant montré aussi patiente que possible avec tous ces gens qui étaient venus à la veillée mortuaire et aux obsèques, ne serait-ce que parce qu'elle voulait tenir le coup pour Larry. A part l'agence de pub, Ruth était tout pour lui, et il avait avoué à Janine dans l'établissement des pompes funèbres, alors que tout le monde était parti et que le corps de sa mère se trouvait à proximité, que le travail lui semblerait dérisoire désormais, sans elle à ses côtés.

Pour la première fois depuis que sa mère l'avait épousé, Janine s'aperçut qu'elle avait de l'affection pour Larry Vale. Cette prise de conscience si tardive avait un aspect à la fois ironique et cruel, mais elle considéra que c'était un cadeau précieux. Désormais elle resterait en contact avec lui, irait le voir régulièrement, prendrait soin de lui le jour où ce serait nécessaire. A vrai dire, il était la seule famille qui lui restait.

Aujourd'hui, deux semaines plus tard, ils se trouvaient à nouveau réunis dans un autre cimetière. Larry se tenait à sa gauche, les yeux rouges, mais il refoulait courageusement ses larmes, s'efforçant d'être fort pour elle. Annette était à ses côtés, elle lui donnait le bras, et Janine l'en remercia silencieusement.

Annette avait toujours été la plus solide d'entre eux.

David se tenait à sa droite, son bras passé autour de ses épaules, engoncé dans son costume noir. Il la tenait avec suffisamment de fermeté pour lui faire comprendre qu'elle pouvait compter sur lui si elle en éprouvait le besoin, si elle avait envie d'appuyer sa tête contre lui ou de cacher ses yeux ou simplement de se réfugier dans son amour pour elle. Le jour de l'enterrement de sa mère, c'était ce qu'elle avait fait. Mais maintenant, elle allait aussi bien que possible.

La douleur était en elle, comme un vide glacé au creux de son estomac, une hésitation au fond de sa gorge. C'était quelque chose qu'elle porterait en elle pour toujours, le poids de son affliction, la perte de son enfant. Mais elle acceptait ce fardeau et elle tiendrait bon. Elle savait que, lorsqu'elle se sentirait fatiguée, elle trouverait autour d'elle des gens pour l'aider à partager ce chagrin.

Tom Carlson était là, ainsi que d'autres enseignants de Medford High. La directrice de St. Matt's, sœur Mary, était venue avec Lydia Beal et Clark Weaver. Il y avait encore quelques autres personnes, assez peu en fait, car Janine avait été très sélective quant aux gens qu'elle désirait informer du service religieux.

Hugh Charles se tenait devant la tombe où, deux mois auparavant, la dépouille mortelle du fils de Janine avait été inhumée à côté des restes de son père. Le prêtre s'était toujours comporté avec beaucoup de dignité et une grande solennité, mais, en ce moment précis, il irradiait une grâce particulière et très réconfortante pour Janine.

Il avait dû répondre à une foule de questions de la police concernant les vandales qui s'étaient introduits dans la maison de David, et l'homme qui harcelait soi-disant Janine et qui, les inspecteurs en étaient convaincus, avait tué Ruth Vale, ainsi que l'inspecteur Kindzierski et Spencer Hahn. Les flics avaient également enquêté auprès des élèves des deux établissements pour savoir s'il y en avait parmi eux qui auraient pu en vouloir à l'un des enseignants, ou aux deux, mais ils n'avaient rien trouvé. Ce qui les avait rendus de très mauvaise humeur. Evidemment, le père Charles avait commis un grand nombre de péchés d'omission, il avait carrément menti à de nombreuses reprises, afin de protéger Janine et David.

C'était ce qu'il fallait faire, tout simplement, avait-il déclaré.

Janine le regardait avec une admiration manifeste tandis qu'il bénissait la sépulture de son enfant.

Silencieusement, elle le remercia pour le réconfort qu'il lui avait apporté.

Et pourtant, au bout du compte, malgré tout l'amour et le soutien qu'elle recevait de ses amis et de David, elle savait bien que cette paix relative à laquelle elle était parvenue, c'était au fond d'elle-même qu'elle l'avait trouvée, au terme d'un chemin qu'elle avait parcouru toute seule.

— Amen, murmura l'assistance.

Le père Charles regarda Janine et elle le remercia d'un signe de la tête. Le prêtre écarta les bras devant lui pour remercier en son nom les personnes réunies autour de la sépulture, puis les gens commencèrent à s'éloigner par petits groupes de deux ou trois.

Janine leva les yeux vers David. Elle avait évité de le faire durant le service religieux. Il lui donnerait toute la force, le courage et l'amour qu'il avait en lui si jamais elle en avait besoin. David le lui avait souvent répété. Mais, quand bien même ne lui eût-il rien dit, Janine le lisait dans ses yeux chaque fois qu'elle le regardait.

Mais elle ne le voulait pas. S'ils voulaient survivre côte à côte, elle savait qu'elle ne devait pas ne compter que sur lui. La force, le courage et l'amour, oui, mais à condition de pouvoir les lui donner en retour, à doses égales. Pour ce faire, elle devait les trouver en elle-même.

Elle le ferait.

Après tout ce qu'ils venaient de traverser ensemble, plus rien ne serait comme avant. Leur regard sur le monde autour d'eux avait changé en même temps que sur tout ce à quoi ils avaient cru. Mais l'essentiel aujourd'hui était ce en quoi ils croyaient. Ils croyaient en la vie. Et chacun croyait en l'autre.

La température s'était alourdie au fil de la journée et quelques gouttes de sueur lui coulèrent dans le dos tandis qu'elle traversait la pelouse et se dirigeait vers les voitures. Autour d'eux, la terre était vivante à nouveau. Le vent apportait l'odeur du gazon fraîchement tondu et les senteurs des lilas et des jasmins en fleur.

Une partie de son cœur resterait toujours dans la tombe derrière elle, mais, avec David à ses côtés et ses amis autour d'elle, Janine ne pouvait s'empêcher de croire que ce n'était pas une fin, mais un commencement.

Elle avait confiance.

— Hé, chuchota-t-elle à David.

Il la regarda.

— Plus de cimetières pendant quelque temps, d'accord ?

David se contenta de sourire. Il l'aimait trop pour lui mentir, mais Janine savait que, par égard pour elle, il le ferait. Maintes et maintes fois, au cours de leurs vies, ils reviendraient vers ces champs de granit et de marbre, jusqu'à ce que, finalement, ils y viennent pour ne plus en repartir.

« *En attendant* », pensa Janine, et elle sourit. Elle aimait ce terme, et tout ce qu'il comportait.

En attendant…

DANS LA MÊME COLLECTION

BARKER Clive	Sacrements
GOLDEN Christopher	Le passeur
HAMILTON Laurell K.	Le squelette sanglant
KOONTZ Dean	Une porte sur l'hiver
MASTERTON Graham	Katie Maguire
MASTERTON Graham	Manitou
STRAUB Peter	Monsieur X
SUZUKI Koji	Double hélice
SUZUKI Koji	Ring
WILKINS Kim	L'envoûtée
WILSON F. Paul	La tombe
WILSON F. Paul	La forteresse noire

Achevé d'imprimer sur les presses de

BUSSIÈRE

GROUPE CPI

à Saint-Amand-Montrond (Cher)
en août 2003

FLEUVE NOIR
12, avenue d'Italie
75627 Paris Cedex 13
Tél. : 01-44-16-05-00

— N° d'imp. : 34756. —
Dépôt légal : septembre 2003.

Imprimé en France

